国家出版基金项目
NATIONAL PUBLICATION FOUNDATION

中国宗教文学史

吴光正 主编

第六卷 上册

明代道教文学史

余来明 方宪 白金杰 著

北方文艺出版社
哈尔滨

图书在版编目（CIP）数据

明代道教文学史 / 余来明，方宪，白金杰著. -- 哈尔滨：北方文艺出版社，2019.7（2023.8 重印）
（中国宗教文学史 / 吴光正主编）
ISBN 978-7-5317-4472-6

Ⅰ. ①明… Ⅱ. ①余… ②方… ③白… Ⅲ. ①道教－宗教文学－文学史－中国－明代 Ⅳ. ①I207.99

中国版本图书馆 CIP 数据核字（2019）第 025087 号

明代道教文学史

MINGDAI DAOJIAO WENXUE SHI

作　　者 / 余来明　方　宪　白金杰
主　　编 / 吴光正
责任编辑 / 曲丹丹
封面设计 / 琥珀视觉

出版发行 / 北方文艺出版社
邮　　编 / 150080
发行电话 /（0451）86825533
经　　销 / 新华书店
地　　址 / 哈尔滨市南岗区宣庆小区 1 号楼
网　　址 / www. bfwy. com

印　　刷 / 哈尔滨久利印刷有限公司
开　　本 / 787mm×1092mm　1/16
字　　数 / 344 千
印　　张 / 26. 5
版　　次 / 2019 年 7 月第 1 版
印　　次 / 2023 年 8 月第 2 次印刷

书　　号 / ISBN 978-7-5317-4472-6
定　　价 / 78. 00 元

项目来源：国家社科基金重大项目《中国宗教文学史》（15ZDB069）

学术顾问：宇文所安　孙昌武　李丰楙
陈允吉　　郑阿财　项　楚
高田时雄

丛书主编：吴光正

本册作者：余来明　方　宪　白金杰

《中国宗教文学史》导论

吴光正

《中国宗教文学史》包括中国道教文学史、中国佛教文学史、中国基督教文学史、中国伊斯兰教文学史四大板块，是一部涵盖汉语、藏语、蒙古语等语种的大中华宗教文学史。经过多次会议[①]，无数次探讨[②]，我们以为，编撰这样一部大中华宗教文学史，编撰者需要探索如下理论问题。

---

① 《中国宗教文学史》编撰学术研讨会（2012 年 8 月 28—30 日，黄梅）、宗教实践与文学创作暨《中国宗教文学史》编撰国际学术研讨会（2014 年 1 月 10—14 日，高雄）、宗教实践与星云法师文学创作学术研讨会（2014 年 9 月 12—16 日，宜兴）、第三届佛教文献与佛教文学国际学术研讨会（2014 年 10 月 17—21 日，武汉、黄梅）、宗教生命关怀国际学术研讨会（2015 年 12 月 18—19 日，高雄）、第三届宗教实践与文学创作暨《中国宗教文学史》编撰国际学术研讨会（2016 年 12 月 16—18 日，武汉）、从文学到理论——星云法师文学创作学术研讨会（2017 年 11 月 18—19 日，武汉）、《中国宗教文学史》审稿会（2018 年 1 月 10—11 日，武汉）、“古代中国的族群、文化、文学与图像国际学术研讨会”（2019 年 6 月 22—23 日，武汉）、中国文学史编撰研讨暨国家社会科学基金重大项目“中国宗教文学史”结项鉴定会（2021 年 12 月 4 日，武汉）。参见李松《〈中国宗教文学史〉编撰研讨会召开》，《长江学术》2013 年第 2 期；张海翔《宗教和文学联袂携手，弘法与创作结伴同行——宗教实践与文学创作暨〈中国宗教文学史〉编撰国际学术研讨会综述》，《哈尔滨工业大学学报》2014 年第 3 期；《第三届宗教实践与文学创作暨〈中国宗教文学史〉编撰国际学术研讨会成功举办》，《长江学术》2017 年第 2 期；《〈中国宗教文学史〉审稿会成功举行》，《长江学术》2018 年第 2 期；孙文歌《“古代中国的族群、文化、文学与图像国际学术研讨会”召开》，《文学遗产》2019 年第 5 期；《中国文学史编撰研讨会在武汉大学召开，“中国宗教文学史”结项鉴定会同期举办》，《长江学术》2022 年第 2 期。

② 吴光正、何坤翁：《坚守民族本位 走向宗教诗学》，《武汉大学学报》2009 年

一、宗教文学的定义

宗教文学即宗教实践（修持、弘传、济世）中产生的文学。它包含三个层面的内涵。

第3期；吴光正：《“宗教文学与宗教文献”开栏辞》，《江西师范大学学报》2010年2期；吴光正：《中国宗教文学史研究（专题讨论）》，《哈尔滨工业大学》2012年第3期；吴光正：《宗教文学史：宗教徒创作的文学的历史》，《武汉大学学报》2012年第2期；吴光正：《扩大中国文学地图，建构中国佛教诗学——〈中国佛教文学史〉刍议》，《哈尔滨工业大学学报》2012年第3期；吴光正：《“宗教实践与文学创作”开栏弁言》，《贵州社会科学》2013年第6期；吴光正：《佛教实践、佛教语言与佛教文学创作》，《学术交流》2013年第2期；吴光正：《宗教文学研究主持人语》，《学术交流》2014年第8期；吴光正：《民族本位、宗教本位、文体本位与历史本位——〈中国道教文学史〉导论》，《贵州社会科学》2014年第5期；吴光正：《宗教实践与近现代中国宗教文学研究（笔谈）》，《哈尔滨工业大学学报》2015年第5期；吴光正：《〈中国宗教文学史〉导论》，《学术交流》2015年第9期；刘湘兰：《先秦两汉宗教文学论略》，《哈尔滨工业大学学报》2012年第3期；李小荣：《论中国佛教文学史编撰的原则》，《学术交流》2014年第8期；李小荣：《汉译佛典文学研究的回顾与展望》，《武汉大学学报》2012年第2期；李小荣：《疑伪经与中国古代文学关系之检讨》，《哈尔滨工业大学学报》2012年第6期；赵益：《宗教文学·中国宗教文学史·魏晋南北朝道教文学史》，《哈尔滨工业大学学报》2012年第3期；高文强：《魏晋南北朝佛教文学之差异性》，《武汉大学学报》2012年第2期；王一帆：《21世纪中国宗教文学研究动向之一——新世纪中国宗教文学史研究综述》，《文艺评论》2015年第10期；罗争鸣：《宋代道教文学概况及若干思考》，《哈尔滨工业大学学报》2012年第3期；张培锋：《宋代佛教文学的基本情况和若干思考》，《武汉大学学报》2012年第2期；张培锋：《论宋代文艺思想与佛教》，《哈尔滨工业大学学报》2014年第3期；李舜臣：《中国佛教文学：研究对象·内在理路·评价标准》，《学术交流》2014年第8期；李舜臣：《〈明代佛教文学史〉编撰刍议》，《学术交流》2012年第5期；李舜臣：《〈辽金元佛教文学史〉研究刍论》，《武汉大学学报》2012年第2期；余来明：《明代道教文学研究的几个问题》，《云南大学学报》2013年第4期；鲁小俊：《清代佛教文学的文献情况与文学史编写的体例问题——〈清代佛教文学史〉编撰笔谈》，《哈尔滨工业大学学报》2015年第5期；贾国宝：《中国现代佛教文学研究的回顾与展望》，《贵州社会科学》2016年第8期；索南才让、张安礼：《藏传佛教文学论略》，《江西师范大学学报》2013年第5期；树林：《蒙古族佛教文学研究回顾与前瞻》，《蒙古学研究年鉴（2017年卷）》，2019年5月；宋莉华：《基督教汉文文学的发展轨迹》，《武汉大学学报》2012年第2期；荣光启：《现当代汉语基督教文学史漫谈》，《武汉大学学报》2012年第2期；马梅萍：《中国汉语伊斯兰教文学史的时空脉络与精神流变》，《武汉大学学报》2013年6期；马梅萍：《中国汉语伊斯兰教文学述略》，《中国宗教文学史编撰研讨会论文集》，哈尔滨：北方文艺出版社，2015年。我们的讨论也获得了学术界的支持和呼应：张子开、李慧：《隋唐五代佛教文学研究之回顾与思考》，《哈尔滨工业大学学报》2012年第3期；吴真：《唐代道教文学史刍议》，《哈尔滨工业大学学报》2012年第3期；李松：《中国现当代道教文学史研究的回顾与省思》，《学术交流》2013年第2期；郑阿财：《论敦煌文献对中国佛教文学研究的拓展与面向》，《长江学术》2014年第4期。

一是宗教徒创作的文学。宗教徒身份的确定，应依据春秋名从主人之义（自我认定）、时间之长短等原则来处理。据此，还俗的贾岛、临死前出家的刘勰、遁迹禅林却批判佛教之遗民屈大均等不得列为宗教作家；政权鼎革之际投身方外者，其与世俗之关系，当以宗教身份来要求，不当以政治身份来要求；早期宗教史上的一些作家可以适当放宽界线。

宗教徒文学具有神圣品格与世俗品格。前者关注的是人与神、此岸与彼岸的超越关系，彰显的是宗教家的神秘体验和内在超越；后者关注的是宗教家与民众及现实的内在关联，无论其内容如何世俗乃至绮语连篇，当从宗教作家的宗教身份意识来加以考察，无常观想也罢，在欲行禅也罢，弘法济世也罢，要做出符合宗教维度的界说。那些违背宗教精神的作品，不列入《中国宗教文学史》的研究范围。

二是虽非宗教徒创作，但出于宗教目的、用于宗教场合的文学。这类作品包括如下两个层面：

宗教神话、宗教圣传、宗教灵验记等神圣叙事类作品。其著作权性质可以分为编辑、记录、整理和创作。编辑、记录、整理的作品，其特征是口头叙事、神圣叙事的案头化；创作的作品，则融进了创作者个人的宗教理念和信仰诉求。

用于仪式场合，展示人神互动、表达宗教信仰、激发宗教情感的仪式性作品。这类作品有不少是文人创作的，具有演艺性、程式性、音乐性等特征。许多作品在宗教实践中传承演变，至今依然是宗教仪式中的经典，有的作品甚至保留了几百年、上千年前的原貌，称得上是名符其实的活化石。

三是文人参与宗教实践、因有所感触而创作的表达宗教信仰、宗教体验的作品。在这个层面上，“宗教实践”可作为弹性概念，“宗教信仰”和“宗教体验”应该作为刚性概念。文人创作与宗教有关的作品，有的当作一种信仰，有的当作一种生活方式，有的当作一种文化资源，有的当作一种文化批判，其宗教性差异非常大，要做仔细辨别。只有与宗教信仰和宗教体验有关的作品才可以纳入宗教文学的范畴。因此，充斥于历代文学总集、选集、别集中的，与宗教信仰和宗教体验关系不大的唱和诗、游寺诗这类作品不纳入宗教文学的范畴。

本部分仅仅包括文人创作的“文”类作品，不包括文人创作的碑记、序跋等“笔”类作品。文人创作的“笔”类作品可以作为宗教徒创作的背景材料和阐述材料。

尽管教内的认可度宽延尺度不一，文人创作的宗教性仍要参考教内的认可度。有的文人被纳入宗教派别的法嗣，有的文人被写入教内创作的宗教传记如《居士传》等。这是很好的参考标准。

梳理这部分作品时，应从现象入手，将有关文人的作品纳入相关章节，并进行理论概括。理由如下：几乎所有古代文人都会写有关宗教的作品，其宗教性程度不等，甚至有大量反宗教的作品，所以需要从上述层面进行严格限定；几乎所有古代文人所写的与宗教相关的作品都只是其创作中的一个小景观，《中国宗教文学史》不宜设过多章节来介绍某一世俗作家及其作品，否则，中国宗教文学史就成了一般文学史。

这三部分之间的关系，应该遵循如下原则：宗教徒创作的文学是中国宗教文学史的“主体”，用于宗教场合的非宗教徒创作的作品是中国宗教文学史的“补充”，文人参与宗教实践而创作的表达宗教信仰、宗教体验的作品是中国宗教文学史的“延伸”。编撰

《中国宗教文学史》时，要用清理“主体”和“补充”部分所确立起来的理论视野对“延伸”部分进行界定和阐释，“延伸”部分所占比例要比其他部分小。这样，就可避免宗教文学内涵与外延的无限扩大。

我们对宗教文学的界说，是在总结百年中国宗教文学研究、中国宗教研究经验和教训的基础上展开的。

百年中国宗教文学研究关注的主要是“宗教与文学”这个领域，[①] 事实层面、文献层面的清理成就斐然，但阐释层面存在不少隔靴搔痒的现象，其关键在于对宗教实践和宗教徒文学的研究相对匮乏。我们甚至可以认为，不了解宗教实践与宗教徒的文学创作，我们就无法对“宗教与文学”做出比较到位的阐释。纵观百年中国宗教文学研究史，在“宗教与文学”层面做出卓越贡献的学者对宗教实践、宗教思维的体会往往很深刻，因此对宗教文学文献的释读也很到位。从宗教徒的角度来说，宗教实践是触发其文学创作的唯一途径。宗教徒创作的文学作品，有的是出于宣教的功利目的，有的是出于感悟与体验的审美目的，有的是出于个人的宗教情怀，有的是出于教派的宗教使命，但无一不与其宗教实践的方式和特性密切相关，无一不与其所属宗教或教派的宗教理念和思维方式密切相关。从“宗教实践”的角度来界说宗教文学，目的在于切除关系论、影响论下的文学作品，纯化论述对象，

① 参见吴光正：《二十世纪大陆地区“道教与古代文学”研究述评》，台湾《文与哲》第9期，2006年；吴光正：《二十世纪“道教与文学”研究的历史进程》，《文学评论丛刊》第9卷第2辑，2007年；何坤翁、吴光正：《二十世纪“佛教与古代文学”研究述评》，《世界宗教研究》2013年3期；吴光正：《域外中国道教文学研究述评》，《中国文哲研究通讯》（台湾）第31卷第2期，2021年。

把握宗教文学的本质。任何界说，作为一种设定，都具有其合理性和局限性。本设定作为《中国宗教文学史》论述对象的理论界定，需要贯彻到具体的章节设计之中。

百年中国宗教研究，从业人员以哲学界人士占主导地位，哲学模式的宗教研究成果无比丰硕，从业人员不多的史学界在这个领域也留下了经典论著。国内近几十年的宗教研究一直是哲学模式一统天下，有力地推进了中国宗教研究的历史进程。但是，宗教是一个复杂的精神现象和社会现象，需要多维度、多学科加以观照。在目前的研究态势下，更需要强化史学、社会学、政治学、民族学、人类学、文学、心理学等学科的观照，辨析复杂、多元的宗教史实，还原宗教实践场景。有学者指出，目前出版的所有《中国道教史》居然没有一本介绍过道教实践中最为关键的一环——受箓，因此，倡导多元的研究维度还是必要的。在阅读中国宗教研究著作时，学者们常常会反思：唐代以后，大规模的宗教经典创作和翻译工作已经结束，不再产生新宗教教派或新宗教教派不以理论建构见长，哲学模式主导的宗教研究遂视唐以后的宗教彻底走向衰败，结果导致宋元明清宗教史一直被学术界忽视，连基本事实的清理都未能完成，宗教实践的具体情形更是无从谈起。近些年来，宗教学界已经注意到这个问题，并陆续出版了不少精彩的论著。笔者在这里想强调的是，如果能从宗教实践的立场来研究这段历史，结论一定会很精彩。近一百年来，中国宗教史研究所使用的材料主要是经典、经论、史籍和碑刻，对反映宗教实践的宗教徒文学创作关注不够，导致许多研究无法深入。比如，王重阳用两年六个月的时间在山东半岛收了七大弟子后即羽化，他创建的全真教因何能够发展壮大，最后占了道教的半壁江山？史籍和碑刻资料很难回答这个问题，王重阳和全真七子的文学创作却能够回答这个问题。[①] 明末清初的佛教其实非常繁荣，但是通过史籍和经论很难说清楚，不过，中国台湾学者廖肇亨的研究却很好地解决了这个问题，[②] 原因就在于他能够读僧诗、解僧诗。从宗教实践的角度来看，就是被哲学模式研究得非常深入的唐宋禅学，也有重新审视的必要。哲学擅长的是思辨，强调概念和推理，而禅学偏偏否定概念和推理，甚至否定经典和文字，讲究的是“悟”，参禅、教禅强调的是不立文字、不离文字，即绕路说禅，具有很强的诗学意味。因此，从宗教实践的角度来看，唐宋禅学研究应该是语言学界和文学研究界擅长的领域。[③]

可见，无论是从宗教史还是从文学史的立场，宗教实践都是一个最为关键的切入点。

二、宗教文学经典与宗教文学文献

从宗教实践的角度将宗教徒的文学创作确立为宗教文学的主体，需要解决的问题是如何认定宗教文学经典、如何收集宗教文学文献。在课题组组织的会议上，我们都面临着这样的问题：宗教徒的文学创作有经典吗？对此，我们的回答是：宗教文学从来不缺经典，缺的是经典的发现和经典的阐释。

关于宗教文学经典的认定，我们觉得应该从如下层面加以展

---

① 吴光正：《金代全真教掌教马丹阳的诗词创作及其文学史意义》，《世界宗教研究》2019 年第 1 期；吴光正：《试论马丹阳的诗词创作及其宗教史意义》，《宗教学研究》2021 年第 1 期。

② 廖肇亨：《中边·诗禅·梦戏：明末清初佛教文化论述的呈现与开展》，台北：允晨文化实业股份有限公司，2008 年版。

③ 周裕锴：《禅宗语言》，复旦大学出版社，2017 年版；周裕锴：《法眼与诗心：宋代佛禅语境下的诗学话语建构》，中国社会科学出版社，2014 年版。

开。一是要从宗教实践的立场审视宗教文学作品的功能，对宗教文学的“文”类、“笔”类作品之优劣加以评估，确立其经典性。二是要强调宗教性和审美性的统一。具备召唤能力和点化能力的作品才是好作品，能激发宗教情感的作品才是好作品，美感和了悟兼具的作品才是好作品。三是要凸显杰出宗教徒在文学创作中的核心地位。俗话说：“诗僧未必皆高，凡高僧必有诗。”“诗僧”产出区域与“高僧”产出区域往往并不重叠。因此，各宗教创始人、各教派创始人、各教派发展史上的杰出人物的创作比一般的宗教徒创作更具经典性。因此，《真诰》《祖堂集》中的诗歌比一般的宗教徒如齐己的别集更具有经典性。四是要从宗教传播中确立经典。很多作品在教内广泛流传，甚至被奉为学习、参悟之典范，甚至被固定到相关的仪式中而千年流转。流行丛林之《牧牛图颂》《拨棹歌》《十二时歌》《渔父词》一类作品应该作为丛林之经典；在宗教仪式中永恒之赞美诗、仙歌道曲应该是教内之经典；被丛林奉为典范之《寒山诗》《石门文字禅》应该是教内之经典。最后需要指出的是，在终极关怀和生命意识的呈现上，一个优秀的宗教作家完全等同于具有诗人情怀的世俗作家。高僧与诗人，高道与诗人，曹雪芹和空空道人，贾宝玉和文妙真人，本质上是同一的，具备这种同一性的作家和作品，可谓达到了宗教文学的极致！总之，宗教文学经典的确立应从教内出发而不应从世俗出发，而最为经典的宗教文学作品和最为经典的世俗文学作品，其精神世界是相通的。

有了这样的认识，我们才能从浩瀚无边的文献中清理宗教文学作品并筛选宗教文学经典。清理宗教文学文献时，我们拟采取如下步骤和措施。

各大宗教内部编撰的大型经书和丛书应该是《中国宗教文学史》首先关注的文献。《道藏》、《藏外道书》、《道藏辑要》、《大藏经》（包括藏文、蒙古文大藏经《甘珠尔》《丹珠尔》）、汉译《圣经》、汉译《古兰经》中的文献，需要全面排查。经典应该首先从这些文献中确立。《大藏经》中的佛经文学以及《圣经》《古兰经》的历次汉译本要视为各大宗教文学的首要经典和翻译文学的典范加以论述，《道藏》中的道经文学要奉为道教文学的首要经典加以阐释。《道藏》文献很杂，一些不符合宗教文学定义的文献需要剔除，一些文学作品夹杂在有关集子中，需要析出。《大藏经》不收外学著作，其内学著作尤其是本土著述，有的全本是宗教文学著作，有的只有一部分，有的只存在于具体篇章中，需要通读全书加以清理。

各大宗教家文学别集的编撰、著录、存佚、典藏情况需要进行全面清理，要在目录学著作、志书、丛书、传记、序跋、碑刻和评论文章中进行爬梳。

宗教文学选集与总集的编著、著录、传播、典藏情况要从文献学和选本学的角度加以清理，归入相关选本、总集出现的时代。因此，元明清各段的文学史要设置相关的章节。这是从宗教实践、宗教传播视野确立经典的一个维度。

《中国佛寺志丛刊》《中国道观志丛刊》和地方志等文献中存在大量著述信息，需要加以考量。

方内文人编撰的断代、通代选集和总集中的“方外”部分也需要从选本学、文献学的立场进行清理，归入相关选本、总集出现的时代。这类文献提供了方外创作的面貌，保留了大量文献，但其选择依据是方内的，和方外选本有差距。这类选集和总集数量非常庞大，如果不能穷尽，则需要选择典范选本加以介绍。需要特别指出的是，近百年来编撰的各类文学总集往往以“全集”命名，但由于文学观念和资料的限制，“全集”并不全。比如，《全元诗》秉持纯文学观念，对大量宗教说理诗视而不见，甚至整本诗集如《西斋净土诗》也完全弃之不顾。在佛教界内部，《西斋净土诗》被奉为净土文学的典范。中国台湾的星云法师是当代非常擅长文学弘法的高僧，他在宜兰念佛会上举办各种活动时就不断从《西斋净土诗》中抽取相关诗句来吸引信徒。因此，收集宗教文学文献时，我们一定要秉持宗教文学观，不要轻易相信世俗总集之“全”，而要上穷碧落下黄泉式地搜寻资料。

藏族佛教文学、蒙古族佛教文学、南传佛教文学、中国基督教文学和中国伊斯兰教文学的基本文献均未得到有效整理，基本上尘封于全国乃至全世界的图书馆、宗教场所中，尘封于报刊中，需要研究者花时间和精力去探寻。近些年来，一些大型史料性丛书得以出版。如钟鸣旦、杜鼎克、黄一农、祝平一主编《徐家汇藏书楼明清天主教文献》，钟鸣旦等主编《耶稣会罗马档案馆明清天主教文献》，王秀美、任延黎主编《东传福音》，曾庆豹主编《汉语基督教经典文库集成》，周振鹤主编《明清之际西方传教士汉籍丛刊》《徐家汇藏书楼明清天主教文献续编》，张美兰所著《美国哈佛大学哈佛燕京图书馆藏晚清民国间新教传教士中文译著目录提要》，周燮藩主编《清真大典》，王建平主编《中国伊斯兰教典籍选》，吴海鹰主编《回族典藏全书》等。从这些文献中爬梳宗教文学作品，也是一份艰辛的工作。

总之，《中国宗教文学史》各段要设专章对本段宗教文学文献进行全面清理，为后来的研究提供文献指南。不少专著和专文已经做了初步的研究，可以全面参考。这是最见功力、最耗时间的一章，也是最好写的一章，更是造福士林、造福教界的一章。

三、宗教文学文体与宗教诗学

近百年来，西方的纯文学观念彰显的是符合西方观念的作品，一定程度上遮蔽了中国自身的文学传统，并且制造了不少伪命题。作为一种学术反思，学术界的本土化理论建构已经在探究“传统文学”的“民族传统”。在这种学术潮流中，诸多学者的研究已经产生重大反响，比如，罗宗强的文学思想研究，刘敬圻的还原批评，张锦池的文献文本文化研究，陈洪、蒋述卓、孙逊、尚永亮的文学与文化研究，吴承学倡导的文体研究，陈文新秉持的辨体研究，等等，均深获学界赞许。这一研究路径应该引起宗教文学研究者的重视，《中国宗教文学史》应该继承和发扬这一研究范式，因为，宗教文学是最具民族特色的文学，而文体作为一种把握世界的方式，是最具民族特性的。

对中国宗教文学展开辨体研究，就意味着要抛弃西方纯文学观念，不再纠缠“文学”之纯与杂，而是从宗教实践的立场对历史上的各大“文”类、“笔”类作品进行清理，对其经典作品进行理论阐述。因此，我们特别注重如下三个方面的论述：第一，我们强调，研究最具民族性的传统文学——宗教文学时，要奉行宗教本位、民族本位、历史本位、文体本位，清理各个时期宗教实践中产生的各类文体，对文体进行界说，对文体的功能、题材、程式、风格、使用场合进行辨析，也即对各大文体、文类下定义，简洁、明晰、到位之定义，足以垂范后学之定义。如，魏晋南北朝时期的经表之文、仙真之传、神仙之说、仙灵之诗，其文体在道教文学史上具有典范意义，我们在撰述过程中应该对其文体进行准确界说。第二，我们强调，各文体中出现的各大类别也要进行界说，并揭示其宗教本质和文学特质。如佛教山居诗，要对山居诗下定义，并揭示山居诗的关注中心并非山水，而是山水中的僧人——俯视众生、超越世俗、自由自在、法喜无边的僧人。第三，我们强调，宗教文学文体是应宗教实践而产生的，有教内自身的特定文体，也有借自世俗之文体，其使用频率彰显了宗教实践的特色和宗教发展之轨迹。

在分析各体文学的具体作品时，我们不仅要尊重“文各有体，得体为佳”的创作规律，而且要建立起一套阐释宗教文学的话语体系和诗学理论。

用抒情言志这类传统的文人诗学话语和西方纯文学的诗学话语解读中国宗教文学作品时，往往无法准确揭示中国宗教文学的本质，甚至过分否定其价值。比如，关于僧诗，唐代还能以“清丽”加以正面评价，从宋人开始就完全以“蔬笋气”、“酸馅味”加以一概否定了。中国古代宗教文学作品，无论是道教文学还是佛教文学，能得到肯定的只是那部分“情景交融”的作品，这类作品在研究者眼里已经“文人化”，因而备受关注和肯定。这是一种完全不考虑宗教实践的外在切入视野。如学术界一直否定王重阳和丘处机的实用主义文学创作，却认定丘处机的山居诗情景交融，是“文人化”的体现，是难得一见的好作品。殊不知，丘处机的山居诗是其苦修——斗闲思维的产物。为了斗闲，丘处机在磻溪和龙门山居十三年，长期的苦修导致他一生文学创作的焦点均是山居风物，呈现的是一种放旷、悠闲、自由的境界。西方纯文学观念引进中国后，宗教徒文学在相当长的一段时间内基本上淡出学者的学术视野，在百年中国文学史书写中销声匿迹。大陆晚近三十来年的宗教文学研究主要在文献和事实清理层面上成绩突出，理论层面虽有所建树，但需要探索、解决的问题依然很多。因此，需要从宗教实践的立场探索一套解读、阐释宗教文学的话语系统和诗学理论。

因此，我们强调，宗教观念决定了宗教的传播方式和语言观，也就决定了宗教文学的创作特性。不同的宗教有不同的传播策略、不同的语言观，从而影响了佛教、道教、基督教和伊斯兰教的经典撰述和翻译，也影响了宗教家对待文学创作的态度，更影响了宗教家的作品风貌。佛典汉译遵循了通俗易懂原则、随机应变原则，这是受佛经语言观影响形成的翻译原则，导致汉译经典介于文白和雅俗之间，对佛教文学创作产生了重要影响。[①] 葛兆光甚至认为，佛教“不立文字”和道教“神授天书”的语言观和传播方式决定了佛教文学和道教文学的风格特征。[②] 基督教和伊斯兰教的语言观和传播方式不仅决定了经典的翻译特色，而且决定了基督教文学和伊斯兰教文学的创作风貌。伊斯兰教强调《古兰经》是圣典，不可翻译，因此，中国伊斯兰教徒一直用波斯语和阿拉伯语诵读《古兰经》，大量伊斯兰教徒的汉语文学创作难觅伊斯兰教踪影，直到明王朝强迫伊斯兰教徒汉化才形成回族，才有汉语教育，才有《古兰经》的汉语译本，才有伊斯兰教汉语文学。巴别塔神话实际上就是基督教的语言观和传播方式的一个象征，这一象征决定了中国基督教文学的特色。为了宣传教义，传教士翻译了大量西方世俗文学作品和基督教文学作品，李奭学的《译述：

① 李小荣：《汉译佛典文学研究的回顾与展望》，《武汉大学学报》2012 年第 2 期。

② 葛兆光：《“神授天书”与“不立文字”——佛教与道教语言传统及其对中国古典诗歌的影响》，《文学遗产》1998 年第 1 期。

明末耶稣会翻译文学论》《中国晚明与欧洲文学——明末耶稣会古典证道故事考诠》[①] 已经成功地论证了晚明传教士在这方面的努力。与此同时，传教士不仅不断翻译、改写《圣经》来传播福音，而且利用方言和白话创作了大量文学作品，并借助现代传媒——报纸、杂志、电台进行传播，其目的就是为了适应中国国情而进行宗教宣传，其通俗化、艺文化和现代化策略极为高超，客观上对中国现代文学产生了重要影响。

因此，我们强调，中国宗教文学自身具有一些和传统士大夫文学、传统民间文学截然不同的表达传统。中国史传文学发达，神话和史诗不发达，这是一般文学史的看法。如果考察宗教文学就会发现，这样的表述是不准确的。民族史诗、佛教和道教的神话、传记在这方面有很显著的表现，形成了一种独特的叙事诗学，并对中国小说、戏剧产生了重要的影响。[②] 中国抒情诗发达，叙事诗和说理诗不发达，这是一般文学史的定论。但是，宗教文学的目的在于劝信说理，宗教文学最为注重的就是说理和叙事，并追求说理、叙事、抒情兼善的表达风格，其叙事目的在于说理劝信，其抒情除了在人与人、人与自然之间展开外，更多在人与神、宗师与信众之间展开。这是一种迥异于世俗文学的表达传统，传统诗学和西方诗学或视而不见，或做出不公的评价，因此，需要确立新的阐释话语。

《中国宗教文学史》的目的在于通过宗教文学史史实、宗教文

---

① 李奭学：《译述：明末耶稣会翻译文学论》，香港：香港中文大学出版社，2012 年版；李奭学：《中国晚明与欧洲文学——明末耶稣会古典证道故事考诠》，台北："中央研究院"及联经出版公司联合出版，2005 年版。

② 参见吴光正：《神道设教——明清章回小说叙事的民族传统》，武汉：武汉大学出版社，2012 年版。

学经典、宗教文学批评史实的清理，建构中国宗教诗学。本领域需要发凡起例，垂范后学。即使论述暂时无法深入，但一定要说到，写到，要周全，要周延。这是一种挑战，更是一种诱惑。编撰者学术个性应该在这个层面凸显。宗教诗学的建构任重而道远，虽不能一蹴而就，而心向往焉。

四、中国宗教文学史与民族认同、文化认同

《中国宗教文学史》将拓展中国文学史的疆域和诗学范畴，一个长期被忽视的疆域，一个崇尚说理、叙事的疆域，一个面对神灵抒情的疆域，一个迥异文人创作、民间创作的表达传统和美学风貌。《中国宗教文学史》魅力无限，宗教徒文学魅力无限，只有在宗教徒文学的历史进程、表达方式、内在思想、生命意识得到清理之后，我们才能更好地把握纯文学视野无法放下的苏轼和白居易们。

《中国宗教文学史》需要跨学科的视野，其影响力不仅仅在文学领域，更可能在宗教和文化领域，也即《中国宗教文学史》不仅仅是文学史，而且还应该是宗教史和文化史。

宗教文学史是宗教实践演变史的一个层面，教派的创建与分合、教派经典的创立与诵读、教派信仰体系和关怀体系的差异、教派修持方式和宗教仪式上的特点、教派神灵谱系和教徒师承风貌、宗教之间的冲突与融汇均对宗教文学创作产生了重要的影响，有时甚至就是这些特性的文学呈现。在这个层面上，我们特别强调教派史和文学史的内在关联。并不是所有的作品均呈现出教派归宿，不少宗教徒作家出入各大教派之间，有的甚至教派不明，但教派史乃至宗门史视野一定能够发现太多的宗教文学现象，并加深研究者对作品的阅读和阐释，深化研究者对宗教史的认识。

《中国宗教文学史》的编撰一定能催生一种新的宗教史研究模式，并对学术史上的一些观点进行补说。宗教信仰是一种神圣性、神秘性、体验性、个人性的心灵活动，其宗教实践和概念、体系关系不大。可是，以往的中国宗教史研究对这一点重视不够。宋前的概念史是否真的就反映了历史的真实？宋后没有新教派、新体系、新概念就真的衰弱了吗？《中国宗教文学史》需要反思这一研究模式，对宗教文学史、宗教史做出新的描述和阐释。宗教文学最能反映宗教信仰的神圣性、神秘性、体验性、个人性，清理这些特性一定能别开生面。《中国宗教文学史》的断代和分期应该与宗教发展史相关，和朝代更替关系不大，和世俗文学史的分期更不相关。目前采取朝代分期，是权宜之计。如何分期，需要各段完成写作之后才能知道。因为，目前的研究还不足以展开分期讨论。我们坚信，对中国宗教文学史的深入研究足以引发学界对宗教发展史分期和特点的探讨。其实，先秦宗教重在实践，理论表述不多；汉唐宗教实践也没有西方、日本式的发展形态和理论形态；道教符箓派本质上是一个实践性的宗教，理论表述并不是其关注焦点；中国宗教在唐代以后高度社会化，其宗教实践渗透到民众生活的各个层面。目前关于明末清初佛教文学的研究已经表明，明清佛教并不像学术界所说的那样“彻底衰败”。通过对清代三百余种僧人别集的解读，我们相信，这种“彻底衰败说”需要修正。我们梳理清代道教文学创作后发现，清代道教徒的文化素养、艺文素养其实并不低，清代道教其实在向社会化和现代化转变。

宗教实践的演变和一定时代的文化氛围密切相关，冲突也罢，借鉴也罢，融合也罢，总会呈现出各个时代的风貌。玄佛合流、三教争衡、三教合一、以儒释耶、以儒释经（伊斯兰教经典）、政教互动、圣俗互动、族群互动、对外文化交流、宗教本土化等文化现象，僧官制度、道官制度、系账制度、试经制度、度牒制度、道举制度等文化制度均对宗教文学的创作产生了重要影响。例如，金元道教出现了迥异于以往的发展面貌，从而形成了一些颇具特色的文学创作现象：苦行、试炼与全真教的文学创作；弘法、济世与玄教领袖的文学创作；远游、代祀与道教文学家的创作视野；遗民情怀与江南道教文学创作；雅集、宴游、艺术品鉴与江南道教文学创作；宗教认同与金元道教传记创作；道人居室题咏；文人游仙诗创作；道教实践、道教风物之同题集咏；道士游方与送序、行卷；北方全真教的“头陀”印记与南方符箓派的“玄儒”“儒仙”印记，国家祭祀与族群文化认同。这些文学现象，是金元道教发展史上的独特现象，也是金元王朝二元政治环境下的产物，更是元王朝辽阔疆域在道教文学中的折射。这些文学现象，不仅是文学史、宗教史上的经典个案，更是文化史上的经典个案，值得我们深入探究。

文学史和宗教史向文化史靠拢，就意味着文化交流，就意味着族群互动与文化认同。中国历史上的两次南北朝时期，就是通过文化认同和民族认同熔铸了中华民族的精神谱系。其中，道教，尤其是佛教所起的作用颇为重要，可惜这一贡献在百年来的文化建设和学术研究中得不到足够的重视。其实，只要我们认真清理这两个时期留下的宗教文学作品，我们就能体会到宗教认同与文化认同、民族认同之间的密切联系。近现代以来，西方文明在列强的枪炮声中席卷全中国，包括宗教在内的传统文化被强烈批判乃至抛弃，给今天的文化建设带来了巨大的困扰。但太虚法师倡导的人间佛教在台湾取得丰硕成果，不仅成为台湾精神生活的奇迹，而且以中华文明的形式在全球开花结果。以佛光山、法鼓山、中台禅寺、慈济功德会为代表的台湾人间佛教，如今借助慈善、禅修、文化、教育和文学，不仅在中国台湾，而且在全球弘扬中国传统文化，提升中国文化软实力。星云法师、圣严法师的文学创作，不仅建构了自身的人间佛教理念，而且强化了自身的教派认同，不仅在台湾岛内培育了强大的僧团和信众组织，而且在全球吸纳徒众和信众，其文学创作所取得的宗教认同、文化认同和民族认同，非同凡响，值得我们深思。这也提醒我们，编撰《中国宗教文学史》不仅是在编撰文学史、宗教史、文化史，而且是在进行一种国家文化战略的思考。

目　　录

第一章　绪论 · 001

第一节　明代道教文学史书写的对象与人物 · 002

第二节　明代道教文学史研究的文献与文本 · 005

第二章　明代的道教、道士及其对社会、文化的影响 · 009

第一节　明代国家伦理建构中的道教 · 010

第二节　明代国家体制中的道士 · 022

第三节　明代道教对思想文化与社会生活的影响 · 039

第三章　张三丰的道学、文学思想与创作 · 051

第一节　如谜的身世、行踪及其著述 · 051

第二节　张三丰道学思想系谱 · 056

第三节　张三丰的文艺思想及其创作 · 061

第四节　张三丰与明代武当道脉的兴盛 · 067

第四章　张宇初的著述、思想与文学创作 · 071

第一节　《岘泉集》考原 · 072
第二节　张宇初道学思想的渊源与系谱 · 092
第三节　张宇初诗歌所见情感与忧愁 · 103

第五章　明代前中期其他道士的创作 · 129

第一节　赵宜真的思想谱系与诗歌创作 · 130
第二节　刘渊然的思想及其著述 · 150
第三节　周思得的《上清灵宝济度大成金书》与诗歌创作 · 156
第四节　孙碧云的生平与著述 · 175
第五节　邓青阳的生平、交游及其作品 · 184
第六节　嘉靖两道士——邵元节与陶仲文 · 191

第六章　陆西星的思想世界与文学创作 · 201

第一节　陆西星的生平与著述 · 201
第二节　陆西星的思想面向 · 215
第三节　《瞉音漫录》——行旅与吟咏 · 252

第七章　明代后期道士及其著述 · 275

第一节　伍守阳内丹思想的要义 · 275
第二节　王常月的宗教实践与龙门派的中兴 · 287
第三节　王一清《道德经释辞》的思想面向 · 301

第八章　明代俗文学中的道教叙事
——以“二拍”为考察对象·323

第一节　遇仙：方外与方内·323
第二节　修仙：遂欲与禁欲·329
第三节　修行：持戒与破戒·335

第九章　明代皇室的道教文学活动·347

第一节　明代皇室崇道的一般情形·347
第二节　朱权的道教思想与文学创作·352
第三节　朱有燉的道教文学创作·358

附录　明代道士著述征存·365

参考文献·387

后记·395

第一章　绪　论

道教在经历元代的发展后，到明代呈现出不同的变化。从上层政治来看，明代以儒立国，对佛、道两教采取既控制又利用的政策，将其作为实现皇权统治的思想和伦理工具。朱元璋曾批评禅宗和全真道“务以修身养性，独为自己而已”，而肯定正一道“专以超脱，特为孝子慈亲之设，益人伦，厚风俗，其功大矣”[①]。抑扬之间，为全真、正一两派在明代的升降确立了基调。而二者间的升沉转换，也反映出朱元璋将宗教纳入国家体制的用意与导向。

从文人层面来看，明代不少文人有着深厚的道教情结，宋濂以龙门子、玄真遁叟、元贞子等为号，入仙华山修道，成《龙门子凝道记》；王阳明提倡良知之学，然其思想中多见道教用语[②]；明代中后期女道士昙阳子王焘贞（王锡爵女）以贞节修道，白日飞升，引来王世贞、屠隆等一众名士膜拜赞颂（王世贞撰有《昙阳子性命三十六体仙篆歌》《纯节祠记》《性命仙篆七十二字记》《昙阳先师授道印上人手迹记》《昙鸾大师纪》《昙阳大师传》等）。根据王岗的调查，明代有大约四百二十位文人把道教信仰作

---

① 见朱元璋洪武七年为宋宗真等编《大明玄教立成斋醮仪范》所作序文，题作《御制玄教斋醮仪文序》，收入《道藏》第 9 册，文物出版社、上海书店、天津古籍出版社，1988，第 1 页。

② 可参见柳存仁《王阳明与道教》《王阳明与佛道二教》等文，载柳存仁《和风堂文集》中册，上海古籍出版社，1991，第 847—923 页。

为一种个人习性，并且将为自己取道号作为一种习惯。[①] 如此种种，都可以见出道教对文人生活、知识、思想影响的一般情形。

从一般信仰和日常生活的角度来看，明代道教的影响更为广泛。洪武七年，朱元璋敕命道士宋宗真等编成《大明玄教立成斋醮仪》，颁行天下道观，统一斋醮仪式，在斋仪唱颂中突出忠孝说教内容，确立了明代道教发展的基调。同时，缘于正一道偏重符箓、科仪的派别特征，明代道教与世俗紧密结合。明代中后期道士的普遍世俗化，即成必然趋势。

从中国道教文学的创作历程来看，明代以后道教徒创作的历史形态发生明显变化。元代对不同宗教虽有所偏重，但并无明显排斥，因而其发展尽管各有盛衰，总体来说都较为昌盛。元代释道作家群体人数之多，文学水平之高，在中国宗教史上颇为耀眼。明代道教徒的创作在明代文学创作中并不突出，甚至颇为边缘，难与宋元时期道士在各该时期的撰述相比。缘于此，在此前的道教史或道教文学史写作中，明代道教徒的创作一直不受重视。然而从另一个方面来说，明代道教发展所呈现的世俗化倾向等特征，又为道教文学的发展提供了另一条路径：表现道教主题的戏曲、小说等作品数量迅速增加，文人创作与道教相关的作品也在此可见，由此造就了道教相关文学创作的兴盛与繁荣。

第一节　明代道教文学史书写的对象与人物

根据“中国宗教文学史”编撰的总体思路，明代道教文学研究的对象是在明代道教实践中产生的文学作品，包括洪武元年

---

① Richard G. Wang, *The Ming Princes and Daoism: Institutional Patronage of an Elite*, Oxford: Oxford University Press, 2012. 中译本题为《明代藩王与道教：王朝精英的制度化护敌》，秦国帅译，上海古籍出版社，2019。

（1368）至崇祯十七年（1644）间所有明代道教徒创作的文学，虽非道教徒创作但出于宗教目的、用于宗教场合的文学，以及文人参与道教实践有所感触而创作的表达道教信仰、道教体验的作品。[①] 此处所谓“文学”，是建立在中国传统语境基础上的广义“文学”，遵循的是一种大文学史观，而并非近代西方输入的“纯文学”观念。前者包含了诸多中国文学特有的“笔”在内，后者则主要包括诗歌、散文、戏曲、小说四种文体。这一处理方式，一方面是基于对中国文学自身特性的理解。中国文学的演进，并无明确的“文学”观念，也没有固定不变界定“文学”的标准。以后设的“文学”观念划定中国文学研究的范围，无疑会遮蔽和抛弃许多原本属于广义“文学”观念之下的内容。另一方面，也是由中国宗教文学研究的特殊性所决定。如果以“纯文学”史观为标准，道教徒创作的诸多体类作品显然不具备进入文学史的资格，如神仙传、山志、偈语等。即便是道歌、道情诗等形式上属于韵文的作品，大多数也可能因为缺乏文学性和审美性而被排除在文学史书写之外。

从文学层面来看，与元代数量庞大、创作水平很高的道士诗人群体相比，明代以诗歌创作闻名的道士数量明显降低。张宇初、余善、席应珍、周思得等被认为是明代较为出色的道士诗人，然而与元代的张雨、马臻等人相比，作品数量与诗史地位却相去甚远。造成这一局面的原因，一方面是由于明朝政府加强了对宗教徒的控制，大多数道士始终处于政权体制之下，道士出任官职的情形在明代前中期颇为普遍，造成道教缺乏独立发展空间。明代自太祖之后，诸帝对道教均颇为崇奉，扶乩、丹药、房中术等极

① 吴光正：《宗教文学史：宗教徒创作的文学的历史》，《武汉大学学报》2012 年第 2 期。

为盛行，到世宗时达到高峰。然而，在看似兴盛的背后，却将道教的发展引向了另一个方面，由此造成道教徒在著述方面未能有突出的表现。即便知名者如张宇初、刘渊然等人，与文人间也缺少广泛的交游。另一方面的原因是，道教在明代的日常化和世俗化程度极高。在元代以前，文献关于崇道的记载，其主体大多是文人或者具有一定文化水平的士人。明代以后，道教开始广泛进入日常生活。正一道在明代的盛行，借助的主要是方术、符箓和各种世俗信仰。在此背景下，在元代道士身上表现甚为明显的文人特征，至明代以后逐渐减弱，趋于淡化。

从现存文献记载情况来看，明代道教徒在著述上较突出的时期集中在明初和晚明两个阶段。明初时期，虽然太祖对道教采取既控制又利用的策略，但因为道教在其取得政权过程中曾发挥重要作用，因而那些由元入明的道士尚能获得较大自由，受政治的拘束也相对较小。其时较有影响的道士如王道渊、刘渊然、邓仲修、赵宜真、王宗道、张宇初等人，虽然大多接受了明朝的册封，却并没有如明代中期的道士陶仲文、邵元节等人一样深陷政途之中。其时在著述方面表现较为突出的道士有张三丰、王道渊、张宇初等，其中尤以张宇初的文学创作受论者肯定。晚明道教徒创作的振兴，则是其时思想活跃、佛道之风盛行的诸多面向之一。明代中后期思想的开放式发展，使各种思潮都不乏存在的空间。儒士的选择也不再拘束于科举功名，山人、僧道等群体的兴盛，便与儒士群体的多重选择有一定关系。晚明时期较有影响的道士，其最初的身份多为儒生。与此同时，明代前期限制僧道游于士林的规定也逐渐松动，士大夫与佛道徒间的交往又再现了元代的盛况。这一时期的道教徒在撰著方面较前中期更为活跃，其中如陆西星、伍守阳、王常月、周玄真等人，均有一定数量的作品存世。

值得注意的是，明代也有少数人虽然并不具有严格的道教徒身份，但他们常以道士自居，其创作具有浓厚的道教色彩。其中比较典型的如朱权（1378—1448）。他虽然身为朱元璋之子，却以道士自称，别号有涵虚子、臞仙、丹丘先生、大明奇士、玄洲道人等，明成祖时被封为涵虚真人，赐号臞仙。其撰著除了《太和正音谱》及十多种戏曲作品（不少是神仙道化剧）之外，还有《洞天秘典》《太清玉册》《神隐》《净明奥论》《吉星便览》《乾坤生意》《臞仙活人心法》等道教类著述。这类作家也应是明代道教文学研究关注的对象。

第二节　明代道教文学史研究的文献与文本

明代道教文学史的重构与解释，在某种程度上取决于相关文献资料的范围和特性。目前可供使用的明代道教徒的著述材料，主要见于正统时期编纂的《道藏》，万历时期编纂的《续道藏》，清人彭定求、蒋元廷编纂的《道藏辑要》，今人重新编辑的《藏外道书》《中华道藏》《中华续道藏》等大型道教文献丛书当中。此外，在一些诗歌选本如《盛明百家诗》《列朝诗集》《明诗综》《道家诗纪》等当中，也收录部分明代道士的诗作。根据初步统计，以上丛书当中可确定为明代道教徒撰著、编纂、注解的作品在二百种左右，而见诸各种书目以及明代史、志、文集、笔记等记载的道教徒作品，其数量则远在此之上。如何在文献资料大量散逸的状况下建构明代道教文学史？明代道教文学的历史面貌会不会因为某些资料的“偶然遗失”而变得迥异？对今存明代文献进行广泛耙梳，尽可能地搜罗相关文献，将在一定程度上决定明代道教文学史会以怎样的状貌呈现在读者面前。

作为历史研究之一种，明代道教文学史书写实际上也是一个文本选择的过程。英国历史学者约翰·托什（John Tosh）指出：“将文字资料用作主要的历史资料由于一个事实而变得复杂化，即历史学家也是用文字来表述他们的研究成果的。在他们选择研究论题和他们的最终著述两者中，历史学家都或多或少受到他们前辈所记载的内容的影响，他们会接受前辈提供的大多数证据并更具选择性地对一些证据做出解释。”[①] 根据这一说法，如果只是按时间顺序对明代道教实践中产生的文学予以展示，就会成为作品编年史和作品批评鉴赏的合集，显然也就失去了其作为“文学史”叙述的意义。由此出发，如何选择文本进入明代道教文学史书写视野同样也至为关键。明代道教文学史的面貌，从某种程度上来说取决于我们将以怎样的方式组织在明代道教实践中产生的文学。其中，如何处理“史”的叙述与“文学”标准之间的平衡，是决定明代道教文学史写作水准的重要因素。

从文本选择来说，在现行的“文学”观念之下，道情诗、道歌等是否应当纳入研究范围，虽然尚有争议，但将道教徒创作的诗歌、小说、戏曲等作品纳入明代道教文学研究的范围，仍是可以获得普遍接受的划分，尽管这些作品有时可能因为缺乏“文学性”而受到否定。而将那些与“文学”（即便是扩大到中国古代“文学”概念所指称的内容）关系不大的道教科仪、轨范等纳入研究范围，则要面临更多文学史理论与实践的挑战。按照“中国宗教文学史”的整体设计，明代道教文学研究的文本应当包括明代道教徒的所有创作，在“文”之外，“笔”也被纳入讨论的范围。然而即便如此，明代道教徒撰述的玉诀、科范、仪轨（如忏、斋醮、献等）、法术、符箓、坛幕制度、修行法门、炼丹术、判状、戒牒文、养生术、医药方、房中术等作品，要在明代道教文学史书写中获得合理的位置，仍需更进一步的探索。若是以明代道教

---

① 约翰·托什：《史学导论：现代历史学的目标、方法和新方向》，吴英译，北京大学出版社，2007，第 52 页。

徒的所有撰述作为明代道教文学史书写的文本对象，而将其列名于“文学史”之下，要获得广泛的认同并非易事。

对于那些具有鲜明道教色彩或者为宣扬道教思想而并非出自道教徒之手的作品，是否应当纳入明代道教文学史研究的范围，同样需要做更进一步的探讨。比如像潘镜若撰写、朱之蕃点评的《三教开迷归正演义》，其主题是旨在宣扬晚明林兆恩的三教合一思想。又如《北方真武祖师玄天上帝出身志传》《八仙出处东游记》《韩湘子全传》，邓志谟撰写的《咒枣记》《飞剑记》《铁树记》等，其人物和题旨都与道教直接相关。戏曲中表现神仙道化主题的作品更多，如《韩湘子升仙传》《李云卿得道悟升仙》《吕翁三化邯郸店》《孙真人南极登仙会》《吕纯阳点化度黄龙》《许真人拔宅飞升》《边洞玄慕道升仙》等。此外如《西游记》《封神演义》等主题虽然不一定是宣扬道教思想的作品，都与道教有密切关系，在明代中后期的小说、戏曲创作中也并非个例。

类似上述教外士人创作的道教文学作品或与道教有密切关联的作品，是否应当被纳入明代道教文学史研究的范围？或者说，以上各类与道教有着不同关系的作品，各自应当以一种怎样的方式进入明代道教文学史的写作当中？一方面，若将这类作品纳入研究范围，势必会大大扩充丛书宗旨之下明代道教文学史涵括的内容。虽然可以增加明代道教文学在明代文学史中的分量和地位，但也会给某些作品是否应当被纳入研究视域带来困难，如文人撰写的道书、注释的道家经典以及编纂的山志、神仙传等。另一方面，如果将此类作品排除在明代道教文学史书写之外，或者赋予其较为次要的位置，又应当如何去探索明代道教文学在明代文学史演进历程中展开的空间？虽然“中国宗教文学史”在研究思路上确立了以在宗教实践（包括修持、弘传等）中产生的文学作为论述对象，但在面对具体文本时，尤其是教外士人的著述时，如何对撰述者的宗教身份进行甄别，赋予其在明代道教文学史上怎样的地位，如何辨析不同作品在明代道教文学演变中所起的作用，如此等等问题都会应势而生。为了更好地谨守“中国宗教文学史”的研究范域，本书讨论的对象一般都具有道教徒身份。目的之一，也是为了区别于目前已有的几种明清道教文学研究著作。

明代道教文学史作为12卷“中国宗教文学史”之一，既有与其他各卷宗教文学史撰写的一致性，又有其特殊之处。明代道教文学的演变出现了与前代不同的情形，小说、戏曲等文体中表现道教主题的作品迅速增多，而这些作品却往往并非出自道教徒之手。如何处理好道教徒创作与教外士人的道教文学创作之间的关系，在某种程度上将决定明代道教文学史书写以何种面貌呈现在读者面前，最终能达到怎样的水平。本书以道教徒的创作为主，而以“二拍”中的道教叙事有关内容，作为透视明代道教与小说、历史和现实关系的窗口，希望借其一斑而见整体之面貌。其间存在不足自不可免，却也不致使全书之主旨全然落入“道教与文学”的论域。至于这样的处置是否合理，则只能留给读者去评判了。

第二章　明代的道教、道士及其对社会、文化的影响

明代以儒立国，将其视为“凡有国家不可无”[①] 的基础，而将佛、道二教作为巩固统治的辅助工具，认为“佛仙之幽灵，暗助王纲，益世无穷”[②]。明太祖即位以后，通过采取一系列的措施，加强对释、道两教的管理。但总体来说，其态度尚较为和缓。然而自洪武二十四年（1391）之后，太祖开始采取更为严苛的宗教政策。这一年，明太祖命礼部清理释、道二教。在敕文中，太祖对近年以来僧、道各种变乱世俗的行径予以严厉抨击，并在此基础上将其基本精神和做法行之法律：

> 今之学佛者曰禅，曰讲，曰瑜珈，学道者曰正一，曰全真，皆不循本俗，污教败行，为害甚大。自今……与民相混，违者治以重罪……及民有效瑜珈教称为善友，假张真人名私造符箓者，皆治以重罪。[③]

太祖收紧对释、道二教的控制与管理，某种程度上来说是缘于二者在明初的表现，已背离了各自的价值观念，有悖于建构国

---

① 朱元璋：《释道论》，《高皇帝御制文集》卷十，嘉靖十四年刻本。

② 朱元璋：《三教论》，《高皇帝御制文集》卷十，嘉靖十四年刻本。

③ 《明太祖实录》卷二〇九，洪武二十四年六月丁巳，“中央研究院”历史语言研究所，1962，影印本，第3109—3110页。

家伦理体系的总体设计，并由此产生了不良影响。循此认识推行的一系列政令，又从不同层面促进了政治、宗教二者间的密切关系，使宗教神权成为皇权的附庸，而僧、道群体也不再具有超越国家体制之上的地位。

太祖之后的明朝历代皇帝亦多就道教发表看法，制定并推行了诸多政令、举措，将其纳入国家伦理、价值体系建构当中，改变了道教生存、发展的生态和轨迹，使之始终处于国家体制之下，与政治互为关联。此一情形，终明之世基本未发生根本改变。其间情势，可由《大明会典》对释、道二教的定位见其一斑：

> 释道二教，自汉唐以来，通于民俗，难以尽废。惟严其禁约，毋使滋蔓。①

“通于民俗，难以尽废”乃是其时之现实，而“严其禁约，毋使滋蔓”则是明代宗教政策之总体思路。至于明代中后期诸帝之佞佛崇道，多属皇帝个人好尚，对国家之政制虽有威胁，但并未动摇明代国家体制之根基。而在新朝建立之初，多通过重申“祖制”对前朝的宗教政策予以拨正，使之不致脱离国家政制的轨道。

第一节　明代国家伦理建构中的道教

宋元以后，释、道二教对民间社会影响甚大，成为构成其价值观念和信仰世界的重要思想资源。缘此，明太祖在立国根本上虽说确立以儒家思想为核心，但对释、道二教也颇为重视。对待二教的基本态度是“惟常是吉”，认为“国家常则吉，泥则误国甚

---

① 张居正等：《大明会典》卷一〇四《礼部六十二·僧道》，《万有文库》影万历十五年（1587）刻本。

焉”，将其作为以儒治国的补充，待之以日常之心，而不是置之于国家伦理建构之外。① 对于此一思想，太祖曾多次予以申说：“斯二说，名之则也异，行之则也异，若守之于始，行之以终，则利济万物，理亦然也。所以天下无二道，圣人无两心。”② “若崇尚者从而有之，则世人皆虚无，非时王之治。若绝弃之而杳然，则世无鬼神，人无畏天，王纲力用焉。于斯三教，除仲尼之道祖尧舜，率三王，删诗制典，万世永赖，其佛仙之幽灵，暗助王纲，益世无穷，惟常是吉。尝闻天下无二道，圣人无两心。三教之立，虽持身荣俭之不同，其所济给之理一。然于斯世之愚人，于斯三教，有不可缺者。”③ 太祖之所以对释、道二教反复论说，至少基于以下两方面的原因：其一，宋元以来，释、道二教的某些观念成为通行价值，有着庞大的受众群体，此为立国者所不得不面对的情形；其二，在太祖确立政权的过程中，释、道二教助力颇多，如何处理与二者间的关系，既能为其正统性与合法性提供进一步的解释，又可以在释、道二教与儒家思想之间建立联系，体现其包容三教的伦理建构思想，即所称的“天下无二道，圣人无两心”。

如何将释、道二教纳入以儒家观念为核心的国家伦理体系之中，在朱元璋看来，二者之名、行虽然与儒者不同，然而其本质则均于国于民有利，利世济民，阴翊王度。基于这一看法，太祖对释、道二教的认识也别具一格：“释迦与老子虽玄奇过万世，时人未知其的，每所化处，宫室殿阁，与国相齐，人民焚香叩祷，无时不至。二教初显化时，所求必应，飞悟有之。于是乎感动化外蛮夷，及中国假处山薮之愚民，未知国法，先知虑生死之罪，

---

① 朱元璋：《三教论》《释道论》，《高皇帝御制文集》卷十，嘉靖十四年(1535) 刻本。

② 朱元璋：《宦释论》，《高皇帝御制文集》卷十，嘉靖十四年刻本。

③ 朱元璋：《三教论》，《高皇帝御制文集》卷十，嘉靖十四年刻本。

以至于善者多而恶者少，暗理王纲，于国有补无亏，谁能知识?”①明太祖从建构国家伦理的角度出发解读道教的观念，还可从他对老子不当被列为道教之祖的论述见其一斑：“三教之说，自汉历宋，至今人皆称之。故儒以仲尼，佛祖释迦，道宗老聃。于斯三事，误陷老子已有年矣。孰不知老子之道，非金丹黄冠之术，乃有国有家者日用常行有不可阙者是也。古今以老子为虚无，实为谬哉！其老子之道，密三皇五帝之仁，法天正己，动以时而举合宜，又非升霞、禅定之机，实与仲尼之志齐，言简而意深。时人不识，故弗用，为前好仙、佛者假之。”② 老子被尊为道家之祖，到明初已为时甚久。作为一种源出于本土的宗教，道教将老聃视作本派始祖，自然有利于教派的发展。历来的道家也将老子的《道德经》视作教理、教义的最高范本。然而这一做法在朱元璋看来是歪曲了老子的著述。作为明代的开国君主，朱元璋对古代经典的认识与论说，无不基于其治国理民立场而展开。儒家伦理用于治国自不必说，即便是释家、道家教理、教义，也都被他朝着有助于治理国家、教化民众的角度进行阐发。其阐说虽可由老聃的诸多论述予以印证，但显然与历代道家对《道德经》的解读存在显著差异。在《释道论》中，朱元璋从对“道”之源流的追索着眼，批评历代道家之务虚而弃实：

道者何也？因周柱下史李氏纪国家之兴废，有冲太虚、察九泉之机，遂隐入山，名老聃。凡事有先知之觉，务生而不杀，故称曰道。此有而真传，其说可为信也。时人妄立名色，以空界号上玉二清，与聃共三，曰三清。

① 朱元璋：《释道论》，《高皇帝御制文集》卷十，嘉靖十四年（1535）刻本。
② 朱元璋：《三教论》，《高皇帝御制文集》卷十，嘉靖十四年（1535）刻本。

说大罗兜率天界，使人慕而隐其机，与僧悟禅如是。僧言地狱镬汤，道言洞里乾坤、壶中日月，皆非实象。此二说俱空，岂足信乎？然此佛虽空，道虽玄，于内奇天机，而人未识，何也……近代以来，凡释道者不闻谈精进般若、虚无实相之论，每有欢妻抚子，暗地思欲，散居尘世，污甚于民，反累宗门，不如俗者时刻精至也。①

面对逐渐深入人们日常生活的释、道二教，如何对其进行重新解读，使之适用于自己的立国理念，朱元璋围绕释、道展开的诸多议论，均与其以儒家伦理治国的根本方针互相呼应，相辅相成。

明代以前，道家学说对治国者影响最大的莫过于长生之说。即便其说渺茫难求，历代仍有不少帝王企望能够获得长生之术，其中不乏为之付出沉重代价者。对此道家乐道的长生之术，明太祖一直持警惕态度。洪武元年（1368）闰七月，建国之初，朱元璋在与宋濂的谈话中，就明确表达了要远弃道家虚渺的神仙之术，转而要做世间“神仙”的想法：

自古圣哲之君，知天下之难保也，故远声色，去奢靡，以图天下之安。是以天命眷顾，久而不厌。后世中才之主，当天下无事，侈心纵欲，鲜克有终。至如秦始皇、汉武帝，好尚神仙，以求长生，疲精劳神，卒无所得。使移此心以图治天下，安有不理？以朕观之，人君能清心寡欲，勤于政事，不作无益以害有益，使民安田里，足衣食，熙熙皞皞而不自知，此即神仙也。功业垂

① 朱元璋：《释道论》，《高皇帝御制文集》卷十，嘉靖十四年（1535）刻本。

> 于简册，声名流于后世，此即长生不死也。夫恍惚之事难凭，幽怪之说易惑，在谨其所好尚耳。朕常夙夜兢业，以图天下之安，其敢游心于此？①

上述想法与认识，基本贯穿于朱元璋执政的始终。洪武二十八年（1395）七月，有道士敬献道书，太祖不接收，并谕示那些劝他接纳的臣下说："彼所献书，非存神固气之道，即炼丹烧药之说，朕乌用此？朕所用者圣贤之道，所需者治术，将跻天下生民于寿域，岂独一己之长生久视哉？苟一受其献，迂诞怪妄之士必争来矣。故斥之，毋为所惑。"② 不仅如此，他还对王公大臣喜好神仙之术的行为予以禁止："神仙之术，以长生为说，又谬为不死之药以欺人，故前代帝王及大臣多好之，然卒无验，且有服药以丧其身者。盖由富贵之极，惟恐一旦身殁，不能久享其乐，是以一心好之。假使其术信然可以长生，何故四海之内，千百年间，曾无一人得其术而久住于世者？若谓神仙混物，非凡人所能识，此乃欺世之言，初不可信。人能惩忿窒欲，养以中和，自可延年。有善足称，名垂不朽，虽死犹生，何必枯坐服药，以求不死？况万无此理，当痛绝之。"③

类似做法，明成祖也曾为之："永乐初，有献道经者，成祖曰：'朕所用治天下者《五经》耳，道经何用？'斥去之。既而谕侍臣曰：'上好正道，则下不为邪，人主好尚稍不谨，憸人怀侥倖之心者恣纵妄诞，以投所好，苟堕其计，将来流害无穷矣，故不

---

① 《明太祖实录》卷三十三，洪武元年闰七月丁卯，"中央研究院"历史语言研究所，1962，第596页。

② 《明太祖实录》卷二三九，洪武二十八年秋七月戊午，"中央研究院"历史语言研究所，1962，第3482—3483页。

③ 余继登：《典故纪闻》卷二，中华书局，1981，第38页。

得不斥。'"[①] 遇到有人进献金丹和方书，明成祖斥之为“妖人”，令其人将金丹“自食”，并下令将方书销毁。[②] 他与侍臣讨论养生之道，指出：“人但能清心寡欲，使气和体平，疾疢自少。如神仙家说服药导引，亦只可少病，岂有长生不死之理。近世有一种疲精劳神佞佛求寿，又愚之甚也。”[③] 他批评秦皇汉武执迷于道家长生之说，认为其说荒谬无征：“秦皇、汉武一生为方士所欺，求长生不死之药。”[④]

尽管如此，明成祖对待道教的态度，与太祖时期相比已明显和缓。更何况永乐一朝，也有许多尊教之事。永乐四年（1406），“征天下道士至京师，即朝天宫、神乐观、洞神宫，修举金箓斋法，荐皇考皇妣。车驾幸斋坛，七日而毕”[⑤]。永乐十五（1417）年三月，又在北京修建洪恩灵济宫，供祀徐知证、徐知谔兄弟，封二人为真君，并命礼部常祀。[⑥] 而成祖关于道教最为重要的举动，无疑当属武当山宫观的复修。永乐十年（1412）开始修建，永乐十六年（1418）建成。建成之后，赐名大岳太和山。成祖亲自撰写碑文，并选道士任自垣等九人为正六品提点官，负责祭祀事宜。武当山也由此成为明代道教第一名山。[⑦] 第二年（1419）十一月，升吏部郎中诸葛平为湖广布政司右参议，专门提督大岳太

---

① 余继登：《典故纪闻》卷六，中华书局，1981，第107—108页。

② 余继登：《典故纪闻》卷七，中华书局，1981，第134页。

③ 《明太宗实录》卷七十一，永乐五年九月壬申，“中央研究院”历史语言研究所，1962，第997页。

④ 余继登：《典故纪闻》卷七，中华书局，1981，第134页。

⑤ 释大闻：《释鉴稽古略续集》卷三，《续修四库全书》第1288册，上海古籍出版社，2002，第32页。

⑥ 《明太宗实录》卷一八六，永乐十五年三月辛丑，“中央研究院”历史语言研究所，1962，第1993—1994页。

⑦ 《明太宗实录》卷二七，永乐十六年十二月丙子，“中央研究院”历史语言研究所，1962，第2113页。

和山宫观。[①] 其用意虽然主要是出于“上资太祖高皇帝、孝慈高皇后之福，下为臣庶祈弭灾沴”[②]，但类似举措显然或多或少影响了后来诸朝宗教政策的走向，并最终促成宗教活动的日常化和生活化。此外，成祖曾一再让臣下寻访传言长生不死的道家人物张三丰，大兴土木修建武当山宫观，晚年还曾寄望于道家的长生之术为其延命。然而作为一国之君，其对待道家之说的态度仍是基于太祖时期确立的正统观念。在国家伦理建构下进行引导和控制，仍是其政策的主要导向。

明太祖针对释、道二教所做的阐说，既符合元代以来三教合一的思想潮流，又在一定程度上确立了明代关于释、道二教的政策导向和基本精神。类似看法，不仅在明代诸多道教徒的著述中有所表达，在不同时期文臣的论述中也常有相似论调。如张居正说：“大抵神道设教，用以诱导愚阴，以翊皇度，圣人所不废。智者唯心知其意而无泥其说，则可谓明也已矣。”[③] 于慎行则认为：“二氏之教与圣教殊，然其大归一也。世之学者，能以不二之心精研其旨，内亦可以治身，外亦可以应世，岂遂与圣教远哉?”又说：“二氏之教与吾道源流本不相远，特各立门户，作用不同尔。唐、宋以来，贤士大夫固亦多游心内典，参悟玄宗，而不害其为儒。彼固儒者之所苞也。但不当窜入其说以默扃于吾儒之阃，又不当舍吾儒之教而直往从之耳。”[④] 又曾指出：“本朝以大圣之教主持世法，而兼收二氏以备方家之术，如中原正朔统御万方，而四

---

① 《明太宗实录》卷二一八，永乐十七年十一月丁未，“中央研究院”历史语言研究所，1962，第 2168 页。

② 《明太宗实录》卷二七，永乐十六年十二月丙子，“中央研究院”历史语言研究所，1962，第 2113 页。

③ 张萱：《西园闻见录》卷一〇六《鬼神·前言》，哈佛燕京学社，1940，第 12—13 页。

④ 于慎行：《谷山笔麈》卷十七，中华书局，1984，第 200、201 页。

夷八狄拱伏效顺，上下森列，不相逾越，亦万世无敌之宗哉!”① 朱国祯也认为：“三教互相攻击，此低秀才、泼和尚、痴道士识见。儒者能容之、用之，暗禁末流，方见广大……天下之变幻莫甚于释，次则道教，而儒家独稀。抑儒者之说平实，原不露奇为胜，而业为儒者，耻以奇自见，以此差足胜二氏乎？然二氏不可废，以奇济平，则平乃尽变，益见为奇。故儒犹青天白日也，二氏则日之珥，月之华，以及云雨露雷，总之皆天也。离而废之，不成为天，合而混之，丽天者又几无辨矣。”② 明代民间出现将孔子、释迦牟尼、老子合祭的“三教堂”“三教寺”，正可与知识界颇为流行的“三教合一”观点相呼应。由此也可以看出明代对待释、道的普遍态度，均是现世的、世俗的，少有异界的想象和长生的幻梦。而将释、道二教置于国家伦理建构中予以讨论，则是明代的总体趋势。

明代对于道教的基本态度，在明建国之初就已大体定型，并因其律法、礼制的构建而成为具有至高权威的“祖制”。后世诸帝在对待道教的态度上尽管屡有越界，颇多变通，然而一旦对王朝延续的正统构成威胁，“祖制”又成为对抗来自道教干预的有效武器。总体而言，道教对明代政制、伦理形成的影响，始终都与明代国家之体制密切相关。缘此，有研究者指出，明太祖奠定了明代道教的基调：“明太祖宗教思想全以国家政治为着眼点，即从世俗的立场看待宗教问题，以政治的手段驾驭宗教，其思想基础仍以儒家国家政治理论为主。此种思想与纯粹哲学家或者神学家对待宗教的观念从一开始就有不同。其区别在于明太祖宗教思想的政治实用主义而非学术的性质，故其中有经有权，有诚有诈，所

---

① 张萱：《西园闻见录》卷一〇五《二氏后·前言》，哈佛燕京学社，1940，第5页。

② 朱国祯：《涌幢小品》卷二十八《三教》，中华书局，1959，第656—657页。

以明太祖的宗教思想从属于他的政治思想。"① 明代诸帝中对道教最为崇信的是明世宗，邵元节、陶仲文均在嘉靖时期受到宠幸，位极人臣。然而世宗个人对道教的崇信，在当时士人的舆论中是被作为失德之行而受到批评的。邵、陶二人得宠，获得的也是世俗的荣耀，并未因此而拥有凌驾于国家伦理体系之上的权威。

从已知的情况来看，明代中期以后历朝帝位更迭，往往都伴随着清理释、道二教的政令。其中比较突出的如隆庆初，在徐阶拟撰的登基诏中，就对世宗末年的道流进行了总清算："方士人等，遵奉遗诏，查照情罪，各正刑章。王金、陶仿、申世文、刘文彬、高守中、陶世恩妄进药物，致损圣躬，着锦衣卫拿送法司，从重究问。唐秩、章冕等各以符法滥叨恩赏，着押发原籍为民。书造局、真人府官道，礼部查系在京宫观取用者，发还宫观，系在外龙虎等山取来者，遣回本处焚修。其所授太常寺官职及真人、高士名号，尽行革去。"同时废止世宗时期大兴的斋醮等事，"斋醮工作，遵奉遗诏，悉皆停止。其原建斋醮之所，令应作何处置，礼部逐一查议题请，工部料价并竹木等，两京内府各衙门段匹、器皿、香蜡、柴炭、匠役等，光禄寺品物酒饭等，但有因斋醮工作加派者，该部通行查奏停革"②。即便早已去世的邵元节、陶仲文等人，生前、死后所享受的荣耀也均遭剥夺。

作为国之大事，礼制的确立在明代国家建构中占据重要位置。而祭祀与斋醮作为礼制的仪式化表达，在其不断日常化的过程中，体现出将道教科仪与儒家传统仪礼相互糅合的特征。洪武七年（1374），朱元璋敕命道士宋宗真等编成《大明玄教立成斋醮仪》，

---

① 赵轶峰：《明代国家宗教管理制度与政策研究》，中国社会科学出版社，2008，第48页。

② 《明穆宗实录》卷一，嘉靖四十五年十二月壬子，"中央研究院"历史语言研究所，1962，第12页。此诏又见徐阶《经世堂集》卷五，明万历刻本。

颁行天下道观，统一斋醮仪式，并在斋仪唱颂中突出忠孝思想，以此作为儒家忠孝观念的诠释与补充，将道教仪式纳入国家伦理建构当中。即便是道教科仪，也有较为严格的限制。如洪武二十四年（1391）六月，规定："道士设斋，亦不许拜奏青词。为孝子慈孙演诵经典报祖父母者，各遵颁降科仪，毋妄立条章，多索民财。"① 宣宗时期，在国家统治意识形态中，对道教仍抱有一定的警惕。宣德五年（1430），饶州府余干县民张宇文诈为龙虎山道士，称奉密旨往云南、两广化缘，体访事情，云南按察司执之以闻。宣宗对此事的回复是："自古小人造伪惑众，皆托释道以售奸。"于是下令北京的都察院予以查处。②

明代道教斋醮、祭祀之风日渐肆兴是在英宗正统以后。英宗即位，"谕行在礼部尚书胡濙曰：今当谷麦长茂之时，而畿甸之间，天久不雨。又闻远近间有水潦蝗蝻，深轸朕怀。宜遣大臣于在京庙观祈祷，仍分遣道士诣天下岳镇海渎，用祈丰稔，无稽无忽"③。正统元年（1436），湖广布政司照磨所检校程富奏称："衡州府衡山县古有南岳庙，年久滋敝，有失观瞻。请设道士及佃户修整。"礼部的答复是："五岳五镇四海四渎，事同一体，俱合用道士，或十名，或五名，每庙庙户四名，洒扫供役，仍令该管府州县官时加巡视，以称崇祀之礼。"④ 道士在国家祭祀活动中开始扮演重要角色。自此以后，派遣道士祭祀历代帝王陵寝、海岳等

---

① 《明太祖实录》卷二〇九，洪武二十四年六月丁巳，"中央研究院"历史语言研究所，1962，第3110页。

② 《明宣宗实录》卷七十一，宣德五年冬十月辛未，"中央研究院"历史语言研究所，1962，第1659页。

③ 《明英宗实录》卷四，宣德十年夏四月丁卯，"中央研究院"历史语言研究所，1962，第94—95页。

④ 《明英宗实录》卷十六，正统元年夏四月丁巳，"中央研究院"历史语言研究所，1962，第316页。

活动逐渐常态化。

景泰以后，斋醮成为国家典制的必备之举，一开始主要由僧道在寺观中进行，后来则发展成一种自上而下的常态行为。景泰五年（1454），户部主事余子俊在上疏中指出："各寺观逐日修斋设醮，轻用钱帛，僧道布施，动以万计，一醮之毕，主之者或因致富，枉用民财，全无寸补。"[①] 成化二年（1466）八月丘弘上疏，已有"不必设无益之斋醮，而灾自弭矣"的谏言。[②] 足见宪宗立政初期就已开始迷恋斋醮。成化四年（1468）九月，六科给事中魏元等人上疏，批评宪宗："朝廷于僧徒过于信持，每遇生愍之辰，辄费无限之资财，建无益之斋醮。"[③] 世宗时期，斋醮之事更盛。沈德符称明世宗"遭宫婢之变，益厌大内……既迁西苑，号永寿宫，不复视朝，惟日夕事斋醮"[④]。嘉靖皇帝更以道士自居，号称"灵霄上清统雷元阳妙一飞玄真君"，又改号"九天弘教普济生灵掌阴阳功过大道思仁紫极仙翁一阳真人元虚圆应开化伏魔忠孝帝君"，再加号"太上大罗天仙紫极长生圣者昭灵统元证应玉虚总掌五雷大真人玄都境万寿帝君"。[⑤] 世宗时曾任刑部主事的张翀（1525—1579）曾上疏批评世宗沉迷斋醮之事说："顷者大内之间，祷祠繁兴，上而乾清、坤宁等宫，下而东次经厂等处，或三昼夜，或永日，名为吉祥，好事修建，不时传闻，宫中以此成俗。而又

---

① 《明英宗实录》卷二四八，景泰五年十二月乙巳，"中央研究院"历史语言研究所，1962，第5380—5381页。

② 《明宪宗实录》卷三十三，成化二年八月辛丑，"中央研究院"历史语言研究所，1962，第647页。

③ 《明宪宗实录》卷五十八，成化四年九月己巳，"中央研究院"历史语言研究所，1962，第1178页。

④ 沈德符：《万历野获编》卷二《列朝·西内》，中华书局，1959，第49页。

⑤ 张廷玉等：《明史》卷三〇七《佞幸》，中华书局，1974，第7898页。

特于乾清宫令内臣十数人专一习学经典，讲究科仪，赏赉逾渥，宠幸日密。夫斋醮之设，宜就寺观之中，而顾假之宫闱？修设之徒，例用缁黄之流，而顾属之内竖乎？”① 世宗迷信道士，勤于斋醮，影响士林风气。《明世宗实录》关于嘉靖三十五年（1556）严讷、李春芳升官的一则记述，可见其一斑：“丁巳，诏升翰林院侍读严讷、修撰李春芳俱翰林院学士，右春坊右中允董份供撰玄文。上以讷等供撰效劳，特谕辅臣曰：‘今大小官以私情乘空，铨除无数，侍上者乃千百人中一二耳。讷、春芳各升学士，以重玄场供事者。’份补撰文。然自是官词林者多舍其本职，往往骛为玄撰，以希进用矣。”② 世宗时期位极人臣的严嵩、袁炜、顾鼎臣等人，均曾凭撰写青词而受皇帝宠信。

明代道教图籍的编纂，也从另一个侧面反映了治国者将道教纳入国家思想伦理建构的意图。如明成祖曾辑纂《为善阴骘》十卷，并亲自撰写序言。③ 正统十二年（1447）二月，自永乐时开始编纂的《道藏经》完成刊刻，被颁发给天下道观，即后世所称的《正统道藏》。④ 万历时期，张国祥主持修纂《续道藏》。历代以来的道教经典及各种道教类著述，由此都带上了“国家”的色彩。

第二节 明代国家体制中的道士

洪武元年（1368）八月，朱元璋确立全国政权仅一个月后，

---

① 张萱：《西园闻见录》卷一〇五《二氏后·前言》，哈佛燕京学社，1940，第4页。

② 《明世宗实录》卷四三四，嘉靖三十五年四月丁巳，“中央研究院”历史语言研究所，1962，第7487—7488页。

③ 《明太宗实录》卷〇二一，永乐十七年三月丁巳有序，“中央研究院”历史语言研究所，1962，第2128页。该书有明永乐十七年刻本，国家图书馆藏。

④ 《明英宗实录》卷一〇五，正统十二年二月丁未，“中央研究院”历史语言研究所，1962，第2944页。

就接见了道教正一派的掌教张正常，然而却对正一派掌教所享有的“天师”称号提出质疑：

至尊惟天，岂有师也？以此为号，亵渎甚矣。[1]

宋元以后，“天师”开始被专门用作对正一派领袖的尊称，并得到了各朝官方的认可。[2] 明太祖在元顺帝至正二十年（1360）攻取信州后，曾发布诏求正一派天师的榜文，其中仍称张正常为“天师”。洪武元年（1368）确立政权之后，即去除其“天师”之号。其间用意，显然是不希望道教有超越政权之上的地位（“天师”名号即是这一地位的象征），而是要将其置于皇权政治体制之下。太祖将其名号由“正一教主天师”改为“正一嗣教护国阐祖通诚崇道弘德大真人”，在某种程度上意味着道士超越国家体制身份的改变。

削除“天师”名号只是明太祖改变道教超越世俗政权之上地位的第一步，之后实行的一系列举措，则使道士被彻底纳入国家体制当中。总体来看，道士在明代亦属国家臣民之一，《大明律》规定：“凡僧、尼、道士、女冠，并令拜父母，祭祀祖先，丧服等第皆与常人同。”[3] “道士”的称号不过是为这种身份提供一种标识，以此使其能够在国家的社会、政治、经济体制中享有相应的地位与待遇。

明代道士与前代的不同在于，明代的道士不再被视作“方

---

① 《明太祖实录》卷三十四，洪武元年八月甲戌，“中央研究院”历史语言研究所，1962，第 601 页。

② 庄宏谊：《明代道教正一派》，学生书局，1986，第 7—11 页。

③ 《大明律》卷十二《礼律二·僧道拜父母》，怀效锋点校，法律出版社，1999，第 95 页。

外”，而是被作为与军、民、匠等一样居于政权统治之下的臣民。《明史·食货志》记述明代的户籍制度说：“凡户三等：曰民，曰军，曰匠。民有儒，有医，有阴阳。军有校尉，有力士、弓、铺兵。匠有厨役、裁缝、马船之类。濒海有盐灶。寺有僧，观有道士。毕以其业著籍。”[①] 明太祖时期曾有如下规定：“凡天下府州县寺观僧道名数，从僧录、道录二司核实而书于册，其官一依宋制，不支俸给吏牍，以僧道为之，仍以佃户充从者。凡各寺观住持有缺，从僧道官举有戒行、通经典者，送僧录、道录司考中，具申礼部奏闻方许。州县僧道未有度牒者，亦从本司官申送，如前考试，礼部类奏出给。凡内外僧道二司，专一检束天下僧道恪守戒律清规，违者从本司理之，有司不得与焉。若犯与军民相干者，方许有司惩治。”[②] 明代初期，政府通过设立宗教管理机构，推行度牒制度，控制寺观数量，将僧道纳入国家体制之下。

洪武元年（1368），设立玄教院掌管天下道士。[③] 洪武十二年（1379）六月，礼部提议设立僧道衙门。据明代僧人释大闻辑录《释鉴稽古略续集》记载：“照得释道二教流传已久，历代以来皆设官以领之，天下寺观僧道数多，未有总属。爰稽宗制，设置僧道衙门，以掌其事，务在恪守戒律，以明教法。所有事宜开列于后……”[④] 于是在洪武十五年（1382）正式设立道录司，负责道士的日常管理，隶属于礼部祠祭司：“凡天文、地理、医药、卜筮、

---

① 张廷玉等：《明史》卷七十七《食货一》，中华书局，1974，第 1878 页。

② 《明太祖实录》卷一四四，洪武十五年夏四月辛巳，“中央研究院”历史语言研究所，1962，第 2262—2263 页。

③ 《明太祖实录》卷二十九，洪武元年春正月庚子，“中央研究院”历史语言研究所，1962，第 500 页。

④ 释大闻辑：《释鉴稽古略续集》卷二，《续修四库全书》第 1288 册，上海古籍出版社，2002，第 24 页。

师巫、音乐、僧道人，并籍领之。”[①] 关于人员配置及职掌，《明太祖实录》记载甚详：在京称道录司，掌管天下道士，设官左、右正一二人，正六品；左、右演法二人，从六品；左、右至灵二人，正八品；左、右玄义二人，从八品。各府设立道纪司，掌管本府道教，设都纪一人，从九品；副纪一人，未入流。各州设立道正司，道正一人。各县设道会司，道会一人。州、县道官均不入流。[②]《明史》记述其官员配置说：“道录司。左、右正一二人（正六品），左、右演法二人（从六品），左、右至灵二人（正八品），左、右玄义二人（从八品），神乐观提点一人（正六品），知观一人（从八品，嘉靖中革），龙虎山正一真人一人（正二品）。洪武元年，张正常入朝，去其天师之号，封为真人，世袭。隆庆间革真人，止称提点。万历初复之，法官、赞教、掌书各二人。阁皂山、三茅山各灵官一人（正八品），太和山提点一人。”[③] 在外府州县设立道纪司，分掌各事，要求其人精通经典、戒行端洁。甚至对道士服饰也有规定：“洪武十四年（1381）定……道士，常服青法服，朝衣皆赤，道官亦如之。惟道录司官，法服、朝服，绿文饰金。凡在京道官，红道衣，金襕，木简。在外道官，红道衣，木简，不用金襕。道士，青道服，木简。”[④]

明代从体制上对道士实行统一管理，主要是通过度牒制度。度牒制度的推行，从某种意义上来说即体现出明朝政府将僧、道置于国家体制控制之下的意图。太祖时期，针对僧道度牒的发放，曾颁布过不少诏令。洪武五年（1372）十二月，第一次向僧道颁

---

① 张廷玉等：《明史》卷七十二《职官一》，中华书局，1974，第1749页。

② 《明太祖实录》卷一四四，洪武十五年夏四月辛巳，“中央研究院”历史语言研究所，1962，第2262页。

③ 张廷玉等：《明史》卷七十四《职官三》，中华书局，1974，第1817页。

④ 张廷玉等：《明史》卷六十七《舆服三》，中华书局，1974，第1656页。

发度牒，“时天下僧尼道士女冠凡五万七千二百余人，皆给度牒，以防伪滥”，而废除了前代通过发放度牒“计名鬻钱，以资国用”，即收取“免丁钱”的做法。[①] 洪武六年（1373）十一月，明确规定：“以释老二教近代崇尚太过，徒众日盛，安坐而食，蠹财耗民，莫甚于此。乃令府州县止存大寺观一所，并其徒而处之，择有戒行者领其事。若请给度牒，必考试精通经典者方许。又以民家多女子为尼姑、女冠，自今年四十以上者听，未及者不许。”[②] 从中可以看出，明初主要通过三条途径控制僧道数量：（1）控制寺观数量，这一点后来成为《大明律》的内容。（2）只有通过考试才会被正式列入户口（即给度牒）。洪武十七年（1384）闰十月，定三年一次颁发度牒之制，也明确规定需要通过考试。[③]（3）女子为尼或女冠，必须在年四十以上。此后历朝，由于私自为僧、道的情形极为普遍，但凡意欲控制僧道人口数量，往往采取停止发放度牒的办法。洪武三十年（1397）正式颁行《大明律》，从律法层面确立度牒为僧道合法身份的唯一凭证，其他私自簪剃则属违法，并定立相应的罪行：“僧道不给度牒，私自簪剃者，杖八十。若由家长，家长当罪。寺观主持及受业师私度者，与同罪，并还俗。”[④] 成祖时期对私度僧道的处罚是服苦役，英宗天顺时期则是充军。[⑤]

① 《明太祖实录》卷七十七，洪武五年十二月己亥，“中央研究院”历史语言研究所，1962，第1416页。

② 《明太祖实录》卷八十六，洪武六年十一月戊戌，“中央研究院”历史语言研究所，1962，第1537页。

③ 《明太祖实录》卷一六七，洪武十七年闰十月癸亥，“中央研究院”历史语言研究所，1962，第2563页。

④ 《大明律》卷四《户律一·私创庵院及私度僧道》，怀效锋点校，法律出版社，1999，第47页。

⑤ 余继登：《典故纪闻》卷十三，中华书局，1981，第231—232页。

洪武之后的建文、永乐等朝，对僧道数量的增加仍予严格控制。如建文帝三年（1401）规定："非奉朝命，不许私窃簪剃。年未五十者，不许为尼及女冠。"[①] 洪武时期规定女子可以为尼或女冠的年龄为四十岁以上。永乐时期，度牒的发放颇为有限，对僧道人口的增长时刻保持警惕。因此当永乐五年（1407）直隶、浙江有一千八百余人私自剃度为僧时，成祖将其定性为"不知有朝廷"的重大逆行，下令将其全部编入军籍，发配辽东、甘肃，并自陈："遵承旧制，一不敢忽，下人尚纵肆如此，何况后来？此不可宥。"[②] 永乐十六年（1418）十月，明成祖因天下僧道多私自簪剃，下诏规定："愿为僧道者，府不过四十人，州不过三十人，县不过二十人。限年十四以上，二十以下，父母皆允，方许陈告有司，邻里保勘无碍，然后得投寺观，从师授业。五年后诸经习熟，然后赴僧录、道录司考试，果谙经典，始立法名，给与度牒，不通者罢还为民。若童子与父母不愿，及有祖父母、父母无他子孙侍养者，皆不许出家。有年三十、四十以上，先曾出家而还俗，及亡命黥刺者，亦不许出家。若寺观住持不检察而容留者，罪之。"[③] 直到宣宗朝，度牒制度仍能得到较好地执行。宣德元年（1426），正一嗣教真人张宇清想要给龙虎山的八十一个道士谋求度牒，而难于自己奏请，于是请时任行在礼部侍郎的胡濙代为上奏。宣宗答复说："僧道给度牒，祖宗有定制，无托人请求之理。

---

① 徐学聚：《国朝典汇》卷一三四《礼部三十二·释教》，《四库全书存目丛书》史部第266册，齐鲁书社，1996，第130页。

② 《明太宗实录》卷六十三，永乐五年春正月辛未，"中央研究院"历史语言研究所，1962，第904页。

③ 《明太宗实录》卷二五，永乐十六年冬十月癸卯，"中央研究院"历史语言研究所，1962，第2109—2110页。

朕不惜宇清，惜其教也。尔以朕意谕之。”① 明代前期在度牒控制方面基本通过对“祖制”的一再重申，缺少更加严密、有效的管控措施。而随着律网的逐渐松动，僧道私自剃度的情形日渐增多。正统元年（1436），胡濙在上奏中提出重新编制僧道名录，从其列举的诸种情形，可以看出自明初以来度牒制度实行的一般情形：“迨今年久，前令浸废。有亡殁遗留度牒，未经销缴，为他人有者，有逃匿军民及囚犯伪造者，有盗卖影射及私自簪剃者，奸弊百端，真伪莫辨。”②

正统以后，中央政府对道士的态度发生了很大改变，度牒发放的数量开始急剧增加，私自剃度的情形极为普遍。英宗即位之初，曾接受给事中李性的意见，下诏禁僧、道私自剃度及妄言惑众。③ 这样的诏令，事实上无关皇帝本人的看法和喜恶，仅仅是作为新朝建立初期想要做一代明君的一种姿态，因而才会对洪武的祖制进行重申。至于在以后的执政过程中对僧、道表现出怎样的态度，则完全是另一回事。仅仅一个月后，英宗就同意了行在礼部的奏请，给予僧道童倪、华观等一百一十五人度牒。④ 正统元年（1436）五月，十三道监察御史李辂等人上疏陈事，最后一条即与僧道、寺观有关：“京师寺观，有逃军、囚、匠人等私自簪剃为僧道者，有因不睦六亲，弃背父母夫男，公然削发为尼者。又且不守清规，每遇令节朔望，于寺观传经说法，诱引男妇，动以千计，

① 《明宣宗实录》卷十五，宣德元年三月丁酉，“中央研究院”历史语言研究所，1962，第 394 页。

② 《明英宗实录》卷二十三，正统元年冬十月甲戌，“中央研究院”历史语言研究所，1962，第 462 页。

③ 《明英宗实录》卷十一，宣德十年十一月戊子，“中央研究院”历史语言研究所，1962，第 210 页。

④ 《明英宗实录》卷十二，宣德十年十二月庚申，“中央研究院”历史语言研究所，1962，第 225 页。

夜聚晓散，伤风败俗。”[①] 虽然实录中记载说“上命廷臣会议，颇采用之”，但实际状况却并没有朝着有些士人期待的方向发展。正统时期给道士度牒的情形极为普遍，且数量增加极快：正统元年（1436）七月，度僧道一百七十四人。[②] 正统二年（1437）正月，行在礼部尚书胡濙等奏请，给僧道度牒，凡一百九十五人。[③] 正统二年（1437）五月，度僧道六百五十三人。[④] 正统二年（1437）十月，行在礼部尚书胡濙等奏请，给僧道五千六百六十六人度牒。[⑤] 到了正统五年（1440）六月，行在礼部在奏议中提道：“今岁例度僧道。天下僧童至者三万七千有奇，有旨止度一万，余令俟后再度。”即便如此，英宗自己也承认说：“僧道旧有定额，今所度已滥甚。”[⑥] 与明代前期每次颁发度牒仅仅数百相比，明代中期以后动辄就有上万的规模，且往往并不遵守三年一度的规定，而完全出于当权者的个人意愿。[⑦]

出卖度牒以增加财政收入的做法，在明太祖洪武五年（1372）曾被明令废除。[⑧] 然而到了成化以后，凡是遇到饥馑灾荒，就将度

---

① 《明英宗实录》卷十七，正统元年五月丁亥，“中央研究院”历史语言研究所，1962，第 340 页。

② 《明英宗实录》卷二十，正统元年秋七月壬戌，“中央研究院”历史语言研究所，1962，第 399 页。

③ 《明英宗实录》卷二十六，正统二年春正月己酉，“中央研究院”历史语言研究所，1962，第 523 页。

④ 《明英宗实录》卷三十，正统二年五月庚戌，“中央研究院”历史语言研究所，1962，第 603 页。

⑤ 《明英宗实录》卷三十五，正统二年冬十月甲申，“中央研究院”历史语言研究所，1962，第 694 页。

⑥ 《明英宗实录》卷六十八，正统五年六月乙酉，“中央研究院”历史语言研究所，1962，第 1309 页。

⑦ 赵轶峰：《明代国家宗教管理制度与政策研究》，中国社会科学出版社，2008，第 299—305 页。

⑧ 《明太祖实录》卷七十七，洪武五年十二月己亥，“中央研究院”历史语言研究所，1962，第 1416 页。

牒的发放作为增加国家财政收入的重要途径和来源。成化二年（1466）二月出现灾荒，监察御史焦显提出了四条赈灾的办法，其中之一是："各处僧道，例该成化二年关领度牒，前此亦有奏请，令其纳米者。今乞申敕所司，查其见在曾经保勘起送者，填写度牒，遣官赍赴巡视淮扬都御史林聪处，定与地方，每度一人，令其纳米十石。其未有勘结者，许赴都御史处告投，纳完俱与度牒。"[①] 此一提议，为宪宗所接纳。成化八年（1472）五月，甚至有官员提出，通过发放空头度牒，以补充国库："总督漕运兼巡抚淮扬左佥都御史张鹏奏请，给僧道空名度牒一万道，鬻米济荒。"对此，礼部尚书邹榦指出："成化二年（1466），已度僧、道一十三万有奇。今未及十年，不宜更启其端。"发放度牒虽然不失为增加收入的重要途径，但宪宗显然不想得到一个"违背祖制"的千古骂名："僧道给度不宜太滥，且鬻米之数，所得几何，而所损于国者多矣。其在官吏监生，尚不可以为常，况此辈乎？其勿许。"[②] 然而事实上，发放空名度牒之事并未因而停止。成化九年（1473）八月，巡抚山东左佥都御史牟俸提出赈灾的办法之一，就是"给度僧道"。对此，户部集议的结果："僧道正当十年一度之期，请令礼部出给空名度牒数万，令赴山东告给，每牒纳米二十石，或银二十五两。"[③] 这一提议，虽然得到了宪宗的肯定，但九月礼部复议认为："巡抚山东右佥都御史牟俸以山东旱灾，奏乞给空名牒十万，度僧道取银，以助赈济。户部奏行本部出给。缘僧道例必十年一度，自天顺元年（1457）至成化二年（1466），已度一十三

① 《明宪宗实录》卷二十六，成化二年二月辛丑，"中央研究院"历史语言研究所，1962，第524页。

② 《明宪宗实录》卷一〇四，成化八年五月戊戌，"中央研究院"历史语言研究所，1962，第2031页。

③ 《明宪宗实录》卷一一九，成化九年八月丁丑，"中央研究院"历史语言研究所，1962，第2301页。

万二千二百余人，今若先期特度于山东，则僧行道童必群聚其地，反为骚扰。”因此，宪宗又只得下诏“不必行”。[①] 成化十年（1474）六月，南京监察御史任英言：“近闻欲循故事，给度僧道。窃谓比年旱涝相仍，灾异迭见，内地荐饥，边塞多警，京城内外，米价腾踊，民食孔艰。若复行给度，则天下僧道纷集京师，米价益贵。况此辈为盗犯奸者多，如四川贼首僧徒悟昇之类是已。乞罢其令，以纾民困。或俟丰年，于旧额寺观，量度一二可也。”得到的回复是“不从”。[②] 成化十二年（1476）七月，南京五府、六部等衙门、成国公朱仪等人上疏言事，其中之一即：“僧道府州县已有定额，近年给度太多，宜量加裁抑。”[③] 皇帝对此的答复是“下所司知之”，对奏疏的劝谏充耳不闻。同年十月，礼部上奏，仅成化十二年（1476）就给僧道一万三千三百四十人发放了度牒。[④] 成化二十年（1484）十月，为赈灾又发放空名度牒一万张。[⑤] 成化二十年十二月，为了救灾需要，将成化二十二年（1486）按例要度的七万僧道名额提前使用，在十月发放一万张度牒的基础上又发放六万张度牒。[⑥] 在频发的灾荒面前，政府想到的是如何利用发放度牒筹集钱物，但这不过是饮鸩止渴，而对由此造成劳动

① 《明宪宗实录》卷一二〇，成化九年九月癸巳，“中央研究院”历史语言研究所，1962，第2310页。

② 《明宪宗实录》卷一二〇九，成化十年六月甲戌，“中央研究院”历史语言研究所，1962，第2454页。

③ 《明宪宗实录》卷一五五，成化十二年秋七月戊申，“中央研究院”历史语言研究所，1962，第2822—2823页。

④ 《明宪宗实录》卷一五八，成化十二年十月庚寅，“中央研究院”历史语言研究所，1962，第2896页。

⑤ 《明宪宗实录》卷二五七，成化二十年冬十月丙辰，“中央研究院”历史语言研究所，1962，第4337页。

⑥ 《明宪宗实录》卷二五九，成化二十年十二月乙卯，“中央研究院”历史语言研究所，1962，第4367页。

人口、税收减少等长期弊端却视而不见，对僧道人口急剧膨胀所带来的社会问题置之不顾。

在度牒成为重要利益源泉的情况下，度牒也成了皇帝给予佛、道宠臣的重要赏赐。如成化二十年（1484）十一月，国师僧人继晓奏请归乡养母，向宪宗请求的赏赐是空名度牒五百道。[①] 成化二十二年（1486）十二月，正一嗣教真人张玄庆通过奏请获得了三百张度牒。[②] 即便是按照朝廷规定的一张度牒十二两银子的价格，二人获得的度牒也价值好几千两。而从其在市场上流通的价格来看，“江南富僧，一牒可售数十百两”[③]，其价值更有数万之巨。

明代中期以后，度牒制度虽然仍发挥着户籍管理的职能，然而随着僧道人口数量的急剧增加，实际上已经形同虚设。一方面，度牒发放数量极大；另一方面，对没有度牒的僧道缺乏必要的限制措施。成化十五年（1479）十月，监察御史陈鼎上奏说：“自成化二年（1466）起至十二年（1476），共度僧、道一十四万五千余人，而私造度牒者尚未知其数。此辈游食天下，奸盗诈伪，靡所不为。使不早为处置，大则啸聚山林，谋为不轨，小则兴造妖言，扇惑人心，为患非细。今苏州等处累获强盗，多系僧人。乞敕所司禁约。”[④] 此次上疏之后，虽然宪宗下令通行天下禁约游僧，但在宪宗崇尚佛、道的背景下，其收效必定甚微。成化二十一年（1485）正月，礼部尚书周洪谟等上疏条陈九事，其中四条与佛、

① 《明宪宗实录》卷二五八，成化二十年十一月庚寅，“中央研究院”历史语言研究所，1962，第4357页。

② 《明宪宗实录》卷二八五，成化二十二年十二月戊戌，“中央研究院”历史语言研究所，1962，第4826页。

③ 《明宪宗实录》卷二六，成化二十一年春正月己丑，“中央研究院”历史语言研究所，1962，第4406页。

④ 《明宪宗实录》卷一九五，成化十五年冬十月己亥，“中央研究院”历史语言研究所，1962，第3444页。

道有关，“一、成化十七年以前，京城内外敕赐寺观至六百三十九所，后复增建，以至西山等处，相望不绝。自古佛寺之多，未有过于此时者。宜申严著令，敢有增修请额及妄称复兴古刹者，罪之”，“一、大慈恩、大能仁、大隆善护国三寺，番僧千余，法王七人，国师、禅师多至数十，廪饩膳夫，供应不足。况法王、佛子、大国师例给金印，用度拟于王者，而其间又多中国人冒滥为之。宜令给事中、御史核其本出山番簇者，听其去留，冒滥者悉令还俗”，“一、顷岁术士李文昌以养砂点银之法，诬罔不道，已寘之法，如复有此辈，悉宜斥逐”，“一、今僧官善世以下九十八人，道官真人以下一百三十余人，虽无廪禄，亦滥名器，况其死例有祭祀，真人又例得银印，尤费国用。宜核其额设，推举者方许佥书，死则与祭，否则止令带衔，死亦不祭”。[①] 足见在宪宗朝，佛、道泛滥已经成为困扰朝政的重要问题之一。孝宗即位之初，清理的“真人、高士及正一、演法诸道官”共计一百二十三人。[②] 然而这些只是有职衔的道士。至于天下之僧道，在宪宗时期如此滥发放度牒的情况下，这一制度实际上已失去了对僧道人口进行控制、管理的功能。

度牒作为道士合法身份的唯一凭证，其发放原本需要经过严格的考试，只有“精通经典”者才被允许持有，某种程度上来说也是为了保证道士的素质和质量。宣德以前，这一做法大体能够

---

① 《明宪宗实录》卷二六〇，成化二十一年春正月己丑，“中央研究院”历史语言研究所，1962，第 4392—4393 页。

② 赵翼：《廿二史札记校证》卷三十四，王树民校证，中华书局，1984，第 779 页。

较好地得到执行。[①] 然而到明代中期以后，连程序性的考试也被免除。如成化十一年（1475）七月，镇远等地因为苗民作乱，缺少军饷，守臣提出“湖广、江西举保阴阳、医学、僧道官，纳米一百五十石，径赴吏部查照入选，免各该衙门投文考试”，获得批准。[②] 成化十三年（1477）四月，巡抚河南右副都御史张瑄因为河南水灾，上奏十条救荒之策，第五条为：“各处阴阳、医生、僧、道纳米，免其考试。”得到的批复是“如例”办理。[③] 从明中期以后各朝实录的记载来看，凡是遇到灾荒，就会有官员提出类似的救灾之道，也往往能得到允许。从天顺元年（1457）至成化二十二年（1486），平均每年发放的僧道度牒在一万张以上，如此庞大的数量，要进行考试几乎是不可能的。

明代道士作为国家体制下之一员，同样要受国家礼法的管制，不再是居于国家政治之外、掌握神权的宗教徒。总体而言，明代道士的获宠，道教徒数量的激增，道教典籍的整理与诠释，道教思想的演变，均在国家体制之下展开，而在下述几点上体现得甚为明显。

其一，明代道教正一派掌教的传承，最终均须以皇权的认定

---

① 如明太祖六年十二月戊戌规定：“若请给度牒，必考试精通经典者方许。”（《明太祖实录》卷八十六）洪武十五年也规定：“州县僧道未有度牒者，亦从本官申送，如前考试，礼部类奏出给。”（俞汝楫《礼部志稿》卷八十九）洪武二十八年，礼部因“天下僧道数多，皆不务本教”，建议通过考试将“不通经典”的僧道予以裁革。（《明太祖实录》卷二四二，洪武二十八年冬十月己未）宣德元年，因为“僧道行童请给度牒甚多”，下令“先令僧道官取勘，礼部同翰林院官、礼科给事中及僧道官考试，能通经典，方准给与”（《明会典》卷一〇四《礼部六十二》）。正是因为要通过经典考试才能获得度牒，明代前期发放度牒的数量通常只在数百之内。

② 《明宪宗实录》卷一四三，成化十一年秋七月戊申，“中央研究院”历史语言研究所，1962，第2648页。

③ 《明宪宗实录》卷一六五，成化十三年夏四月乙丑，“中央研究院”历史语言研究所，1962，第2294—2995页。

为依据。从元代的情形来看，天师之位的传承一般都是在道教内部完成，只是在嗣教之后接受皇帝的赐封而已。明代的情形则与此不同。洪武十三年（1380），张宇初是在受诏赴缺之后，经由太祖赐封，承袭真人爵位，才正式成为掌教。此后的历代道教正一派嗣教真人，均是在继承教位之后，旋即到京城接受皇帝册封，最终完成教权传接。皇权的认定已成为道教教权传承的必备程序。据沈德符《万历野获编补遗》记载："每子孙赴吏部承袭时，必青衣小帽，进验封司门，报道士进来，叩四头，司官坐受。至袭号见部，始加礼貌。"① 一旦道教领袖与政府官员遵循相同的规章制度，对其采用相同的方式进行管理，其超越世俗之上的神权也就不复存在。

更加明显的情形是在教权的传承出现非正常情况时。道教正一派的传承不同于其他道教流派之处，在于其掌教的承继基本遵循中国传统宗法的嫡长继承制。这是从其始祖张道陵就开始确立的规制："吾遇太上亲传至道，此文总领三五步罡，正一枢要。世世一子，绍吾之位，非吾家宗亲子孙，不传。"② 然而其间也会出现没有嫡长子继承的情形。如四十五代天师张懋丞因为儿子早卒，希望将天师之位传给其孙张元吉，也只有在正统九年（1444）上奏获得准许之后才得到认定。其间，张元吉的叔祖张懋嘉欺其年幼，夺取信物，道录司将此事上报，最终由皇帝直接予以处理。③ 后来张元吉被夺爵位，也是由明宪宗下令在张氏族人中选取掌教。而后张光范、张玄庆二人争夺真人之位，也是由负责其事的职能

① 沈德符：《万历野获编补遗》卷四《释道·张天师之始》，中华书局，1959，第918页。

② 张正常：《汉天师世家》卷二，《道藏》第34册，文物出版社、上海书店、天津古籍出版社，1988，第821页。

③ 《明英宗实录》卷一二八，正统十年夏四月癸亥，"中央研究院"历史语言研究所，1962，第2559页。

部门进行勘验，定其承继的顺序。[①] 四十九代天师张永绪卒，其子早夭，穆宗下诏以裔孙张国祥嗣教。[②] 凡此种种，均可以看出明代皇权对于教权的统摄。

其二，明初道士任官，一般都限于教派之中。如，洪武、永乐时期，张宇初、张宇清被授为真人；洪熙元年（1424），道士沈道宁被任命为混元纯一冲虚湛寂清静无为承宣布泽助国佑民广大至道高士，阶正三品，仍赐道服。[③] 然而自英宗、宪宗朝以后，道士被任命为朝廷官员的现象开始愈发普遍，如蒋守约、李希安等。宪宗时期颇受重用的李孜省，其身份也并非严格意义上的道士，只是因为跟随术士学习雷法（道家术），进而以符箓获宠。[④] 此后的成化、弘治、嘉靖、万历等朝，道士均受到不同程度的优遇和宠幸，道士入官成为一种普遍现象。曾经作为"方外之人"的道士，已经"泯然众人"，失去了其特殊的身份标识，抛弃了其独立的价值观念和人生追求，消融于明代国家体制当中。弘治二年（1489），巡抚湖广都御史梁璟的上疏，展现了明代前期国家体制中道士群体状况的一个侧面："永乐中，武当山食粮道士不过四百，近至八百余人，道童亦有千余。乞照额放免，以省冗食。又太监陈喜别带道士三十余人，俱领敕护持，往往离本宫百余里外深山之中，或擅创庵观，或寄住民家，甚至招集无赖，强占土田，

---

① 《明宪宗实录》卷六十六，成化五年四月戊午，"中央研究院"历史语言研究所，1962，第1325—1327页；《明宪宗实录》卷一二，成化八年三月丁巳，第1993页。

② 参见《明穆宗实录》卷十六，隆庆二年正月壬戌，"中央研究院"历史语言研究所，1962，第434—435页。

③ 《明仁宗实录》卷六下，洪熙元年春正月乙酉，"中央研究院"历史语言研究所，1962，第209页。

④ 张廷玉等：《明史》卷三十七《佞幸·李孜省传》，中华书局，1974，第7881—7884页。

不遵提督等官约束。恐岁月滋久，酿成他患。乞追回原敕，额外者递还原籍，庵观拆毁，田土归之旧主。”[①]

其三，明代道士出任官职，也要与其他官员一样，遵从致仕、守制等规定。明代正一派天师受册封为真人，掌天下道教事，即为具有官阶的政府官员。洪武元年（1368），张正常受封为正一嗣教护国阐祖通诚崇道弘德大真人，领天下道教事，秩正二品。[②] 张正常于洪武十年（1377）去世，其子张宇初在守制三年之后，于洪武十三年（1380）应诏赴京，受封为正一嗣教道合无为阐祖光范真人。[③] 四十七代天师张玄庆于弘治十四年（1501）致仕。[④] 嘉靖二十八年（1549），张彦頨上请致仕。[⑤] 万历三十九年（1611）五十代天师张国祥卒，其子张显庸嗣教，而于天启六年（1626）方得以袭爵，崇祯九年（1636）致仕。[⑥] 既为明代官员体系中的一员，道教领袖亦须遵循国家礼法有关官吏的各种规定。此外，明代不少位居显位的文臣亦由道士出身，如礼部尚书蒋守约、李希安、崔志端，工部尚书陈道瀛、徐可成，礼部左侍郎丁永中、金赟仁、师宗记等，都曾经是太常寺神乐观道士。[⑦]

---

① 《明孝宗实录》卷二十五，弘治二年四月壬子，“中央研究院”历史语言研究所，1962，第572页。

② 《明太祖实录》卷三十四，洪武元年八月甲戌，“中央研究院”历史语言研究所，1962，第601—602页。

③ 《明太祖实录》卷一三，洪武十三年二月己丑，“中央研究院”历史语言研究所，1962，第2064页。

④ 张正常：《汉天师世家》卷四，《道藏》第34册，文物出版社、上海书店、天津古籍出版社，1988，第839页。

⑤ 《皇明恩命世录》卷八，《道藏》第34册，文物出版社、上海书店、天津古籍出版社，1988，第810页。

⑥ 娄近垣：《重修龙虎山志》卷六，《中华续道藏初辑》第3册，影乾隆五年刊道光十二年修补本，新文丰出版有限公司，1999。

⑦ 王世贞：《弇山堂别集》卷十《皇明异典述五・文臣异途》，中华书局，1985，第177页。

其四，入明以后，由于帝王视道士出任官职与其他官员无异，故而也如其他官员一样给予封赠、赏赐、恤典，受封的对象不只是道教人士自己，祖父母、父母、妻儿等都包括在内。明朝各代天师受封赠的情形，在《皇明恩命世录》中有详细记载。沈德符曾述明代真人封号之不同寻常的情况说："太祖封张正常为真人，以嗣龙虎山之业，其号不过十字。宣宗宠刘渊然，真人封号至十八字而极矣。此后恩渐杀，惟嘉靖间邵元节之封，其真人号亦同渊然。虽一时异数，然两朝滥典，人以为骇，不知宪宗朝亦有之。成化廿三年(1487)，诏赠静一冲元守道清修履和养默崇教抱朴安恬真人王文彬父为太常寺丞，母为安人，盖亦十八字，而世无能记忆者。盖其时左道杂进，如邓常恩、赵玉芝辈方横甚，则真人又为恒事矣。至弘治十七年（1504），上命阁臣撰真人杜永祺等诰命，刘健等力谏，以为宗庙谥号不过十六字，而此辈封号乃多至十八字，宜令停止。则滥典亦如成化间矣。若嘉靖末年，陶仲文封伯，加柱国，荫玺丞，其真人号遂至二十字，此又当别论。"① 明代道士接受封赠、恤典、诰命、亲友夤缘任官等情形，肇始于仁宗、宣宗时期，英宗、宪宗朝以后趋于兴盛，至世宗朝达到顶峰。沈德符指出："道教之崇，仁、宣二庙已然，世宗朝之邵元节、陶仲文，已权舆于此矣。"②

---

① 沈德符：《万历野获编》卷二十七《释道·真人封号之异》，中华书局，1959，第695—696页。

② 沈德符：《万历野获编补遗》卷四《释道·道官封爵》，中华书局，1959，第914页。

《明实录》等文献中对此屡有记述。[①] 王世贞也曾述明代道士封爵异于常俗的情形："洪武中，封张正常为正一教主、嗣汉四十二代天师、护国阐祖通诚崇道弘德大真人，领天下道教事。宣德封高道刘渊然为冲虚至道玄妙无为光范衍教庄靖普济长春大真人。嘉靖封邵元节为清微妙济守静修真凝玄衍范志默秉诚致一真人、礼部尚书，兼管朝天、显灵、灵济三宫，总领道教事。封陶仲文为神霄紫府阐范保国弘烈宣教振法通真忠孝秉一真人、特进、光禄大夫、柱国、恭诚伯，兼管三宫，总领道教事。时徽王厚爝、辽王宪㸅亦自乞封真人，授黄金印，其印特大于国封之宝。"[②]

其五，明代中期以后，道士受封赠的情形逐渐增多，已成为国家的一种常制。王世贞述陶仲文所获的恩典说："真人陶仲文以少师一品考六年满，加特进、光禄大夫、柱国，兼支大学士俸，

---

① 仅宪宗一朝，道士受封的情形就十分普遍。如《宪宗实录》卷十二载，天顺八年十二月壬辰，"太监柴昇传奉圣旨，升左正一孙道玉为真人，给诰命。道士乞恩膺封、夤缘受赏自此始"。成化十年二月己卯，"真人孙道玉故父德祥追赠太常寺寺丞，母沈氏赠安人，赐敕命"。成化十一年八月癸巳，"太监黄赐传奉圣旨，追赠真人喻道纯父宗敬为太常寺寺丞，母杨氏为安人"。成化十三年十一月丁亥，"赐正一嗣教真人张玄庆正一嗣教保和养素继祖守道真人号，并母吴氏封志顺淑静玄君诰命二道，从玄庆请也"。成化十四年十二月辛丑，"赐冲虚渊默凝神守素翊化演教广济普应弘道真人昌道亨、崇真悟法静虚高士戚道珩诰命"。成化十六年二月癸亥，"升河间府富庄驿驿丞喻铭为鸿胪寺序班。铭，真人喻道纯之侄，夤缘内侍，故得更任也"。成化十六年六月，"给真人胡守信父宗海追赠太常寺寺丞敕命"。成化二十三年五月戊申，"追赠静一冲玄守道清修履和养默崇教抱朴安恬真人王文彬父显为太常寺丞，母陈氏安人。时吏部言文彬已受高士诰命，于例不当追赠，诏特给之"。因此沈德符说："成化一朝，僧道俱倖。"（《万历野获编》卷二十七《释道·真人封号之异》，中华书局，1959，第696页）

② 王世贞：《弇山堂别集》卷十五《异典述十·道教封爵之异》，中华书局，1985，第272页。

荫一子尚宝司丞。”[1] 沈德符曾记述成化以后各朝崇信僧道的情形[2]，还比较明代道士与前代受封之不同说：“宋道君崇道教，至有道家两府之目，谓其尊贵，如中书省、枢密院也。然林灵素署衔，不过曰大中大夫、冲和殿侍宸、金门羽客、通真达灵元妙先生，在京神霄玉清万寿宫，简辖提举通真宫。其官称本与朝士敻异，而侍宸视待制，亦正四品而已。至陶仲文于真人之外，加至少师兼少傅、少保，并拜三孤，带礼部尚书，封恭诚伯，则文武极品矣。林灵素尚守本教，不畜妻子。仲文之子既比执政受京堂荫矣，至仇鸾死后败僇，仲文亦以元功，荫次子世昌为国子生。”[3] 针对本朝道士所获得的超乎寻常的“礼遇”，沈德符发出了“其义何居”的诘问。而这种殊恩背后反映的，则是明代道士进入国家政治、伦理体制的历史事实。

第三节　明代道教对思想文化与社会生活的影响

从太祖时期开始，明代道教的发展就走上了一条双线并行的道路。一方面，中央政府通过设立道教管理机构，任命各级道官，统一道教仪式轨范，逐步将道教纳入国家伦理体系，并就道士数量、活动场所等做出相关规定，以规范道士的行为和信仰的价值体系。与此同时，无论是洪武政权的建立，还是永乐“靖难”功成，都与道教、道士有着密不可分的联系，在执政者身边始终活跃着一批有影响的道士。在明朝诸代皇帝中，更有不乏痴迷于道

---

① 王世贞：《弇山堂别集》卷十五《异典述十·真人得内阁恩典》，中华书局，1985，第272页。

② 沈德符：《万历野获编》卷二十七《释道·僧道异恩》，中华书局，1959，第684页。

③ 沈德符：《万历野获编补遗》卷四《释道·道家两府》，中华书局，1959，第913—914页。

教之人，其中尤以明世宗最为突出。总体而言，终明之世，道教始终与国家政权发生紧密联系。另一方面，到了明代以后，“三教合一”思想得到进一步发展，各家思想之间的互涉、融汇表现得更加突出。有学者在谈到这种情形时，将其称为“三教混融”。[①]从教派体系来看，明代的道教主要有正一道和全真道，正一道的主要派别有天师派、净明派、清微派、神霄派、茅山派、灵宝派等，全真道的主要派别有武当派、龙门派、南无派等。明代后期，又有以陆西星为代表的内丹东派，以及在道教基础上发展兴盛的各种民间教派。明代的道教思想和教义、教理虽没有很大进展，道教观念和道教信仰却产生了更广泛的影响，上至帝王、藩王、大臣，下至一般士人、普通百姓，都表现出很浓的崇道倾向，甚至有许多著名的士人如王世贞等，也曾入道修行。综观明代社会，道教对思想文化、社会生活的影响之广泛，已达到空前的程度。有学者研究指出：“这三百年中道教虽不曾有过一个汇融贯通像南宋的朱熹，像明代正德、嘉靖间的王阳明那样伟大的思想界的人物来总领全局，做这一个时代的冠冕人物，然而在整个中国思想史中，道教的势力之大，道教空气弥漫于上下各阶层、各方面，却没有比这三百年更浓厚更盛的了。”[②]道教思想的内涵包括多个层次，既有玄理教义、科仪轨范等，也有医药、养生等有关人身的内容。明代道教对思想文化、社会生活的影响是多方位的，在许多方面都能清楚地看到道教的影子，尽管其中不无负面的成分，甚至在一定程度上对扰乱社会风气起到了推波助澜的作用。

就思想领域来说，道教对儒学和儒士的影响极为广泛与深入。以王阳明为例，其心学思想的表达与建构就受到道教思想的启发，

---

① 卿希泰：《中国道教史（修订本）》第三卷，巴蜀书社，1996，第495页。

② 柳存仁：《明儒与道教》，载《和风堂文集》，上海古籍出版社，1991，第814页。

其核心观念与道教也有密切的关系。仅从《传习录》来看，当中就有不少与道教思想观念有关的论述。他在与学生陆澄往来的书信中，有关于道教常见的“元神”“元气”“元精”问题的讨论：

> 来书云：元神、元气、元精，必各有寄藏发生之处。又有“真阴之精、真阳之气”云云。夫良知，一也，以其妙用而言谓之神，以其流行而言谓之气，以其凝聚而言谓之精，安可以形象方所求哉？真阴之精，即真阳之气之母；真阳之气，即真阳之精之父。阴根阳，阳根阴，亦非有二也。苟吾良知之说明，则凡若此类，皆可以不言而喻；不然，则如来书所云“三关”“七返”“九还”之属，尚有无穷可疑者也。①

王阳明在与陆澄的问答和通信中，多次涉及道教有关“精”“气”“神”的论述。如在回答陆澄关于“仙家元气、元神、元精”的问题时，王阳明回答说：“只是一件，流行为气，凝聚为精，妙用为神。”② 在写给陆澄的信中，王阳明对道教所谓的“真我”观念与“长生”之说进行解析：“元静所云真我者，果能戒谨不睹，恐惧不闻，而专志于是，则神住、气住、精住，而仙家所谓长生久视之说亦在其中矣。神仙之学与圣人异，然其造端托始，亦惟欲引人于道。《悟真篇·后序》中所谓‘黄老悲其贪着，乃以神仙之术渐次导之’者，元静试取而观之，其微旨亦自可识。”并且指出：“后世如白玉蟾、丘长春之属，皆是彼学中所称述以为祖师者，其得寿皆不过五、六十，则所谓长生之说，当必有所指

① 王阳明：《传习录注疏》中《答陆原静书》，邓艾民注，上海古籍出版社，2012，第129—130页。

② 王阳明：《传习录注疏》上，邓艾民注，上海古籍出版社，2012，第47页。

矣。”[1]如此等等，尽管都是王阳明从自身学术体系出发对道教观念和人、事的理解，却也可以看出其论说也是兼及各家之说的。在黄绾所撰的阳明《学术状》中，曾述及其人生和学术的经历说：“初溺于任侠之习，再溺于骑射之习，三溺于辞章之习，四溺于神仙之习，五溺于佛氏之习。正德丙寅，始归正于圣贤之学。”[2] 虽未明言其学术思想之本质，却可从中看出其思想来源之不专主一端的情形。阳明之学的思想来源，也常被认为是综合了儒、释、道三家的学说。

像阳明一样在思想中融汇道教观念的儒家在明代不是个例。元末明初社会动荡，栖身于道教的宋濂、于立、王偁等人自不必言，撰述道教方面的著作，与道士进行广泛交游。更有许多儒学士人，在学术交往中好纵论道教之说，并以之作为自己学术观念建构的重要思想资源。罗洪先曾述及自己与王畿之间的一次学术讨论：“次早，纵论二氏之学及《参同契》。龙溪曰：‘世间那有现成先天一气，先天一气非下万死工夫，断不能生，不是现成可得。生机出于杀机，不杀不生，天地真机。故水能制火，不激不灭；木能出火，不钻不然。此一部《参同》大旨也。’余应声赞曰：‘兄此言极是。世间那有现成良知，良知非万死工夫，断不能生也，不是现成可得。今人误将良知作现成看，不知下致良知工夫，奔放驰逐，无有止息，茫荡一生，有何成就……’于是龙溪为余发挥此段意义，极其痛快。”[3] 由对《周易参同契》意旨的讨论引申到对阳明“良知”之学的认识和理解，可见其思想并不局限于

---

① 王阳明：《与陆元静》，《王文成公全书》卷五，四部丛刊初编本。

② 湛若水：《阳明先生墓志铭》，《王文成公全书》卷三十七，四部丛刊初编本。

③ 罗洪先：《松原志晤》，载《念庵文集》卷八，《景印文渊阁四库全书》第1275册，商务印书馆（台北），1986，第182页。

在儒家学说内部展开。正因如此，《明儒学案》在评述罗洪先的思想时才会说“或疑其不绝二氏”[①]。此外，诸如赵贞吉、王思任、归有光、文徵明、谢榛、宋懋澄等，都与道家、道教有着深厚的渊源与联系，其中尤以明代中后期最为突出。四库馆臣撰王世懋《望崖录》提要指出：“是书内篇一卷，皆谈佛理，自称以三教归一，与林兆恩、屠隆所见相同。盖明中叶以后，士大夫之所见大抵如斯。”[②] 又在《澹思子》一书的提要中说：“是编乃其讲学之书，多浸淫于二氏。盖万历以后，士大夫操此论者十之九也。”[③]道教思想文化以各种不同的形式影响着明代士大夫的精神生活和日常生活观念。[④]

道教对明代思想文化领域的影响不仅表现于对儒家思想的渗透与混融，甚而有学者将三家思想综为一说，创立所谓“三一教”，其人即明代后期影响甚大却也招致诸多批评的林兆恩。林兆恩的别号称子谷子，证道以后又自称混虚氏或无始氏，颇具道教色彩。因其倡为“道一教三论”和“三教归儒说”，又被信徒尊为“三教先生”“三一教主”。对其学术思想的基本理路，黄宗羲在《南雷文案》中专列《林三教传》论述说：“年十八，为诸生，从二氏游，得其大旨，遂倡为合一之说。挽二氏以归儒而婚娶之，率吾儒以宗孔而性命之。以坐禅之病，释也；运气之病，道也；支离之病，儒也。为说非之。”[⑤] 虽然支撑其学术思想的核心是儒

① 黄宗羲：《明儒学案》卷十八《江右相传学案三·文恭罗念庵先生洪先》，《四部备要》第62册，中华书局，1989。

② 永瑢等：《四库全书总目》卷一二五，中华书局，1965，第1074页。

③ 永瑢等：《四库全书总目》卷一二五，中华书局，1965，第1074页。

④ 寇凤凯：《明代道教文化与社会生活》，巴蜀书社，2016。

⑤ 黄宗羲：《南雷文案》卷九，载《清代诗文集汇编》第32册，上海古籍出版社，2010。

家观念，然而其中羼入了大量释、道两教的思想，以致引来诸多批评。①

前文所述，明代道教和道士群体与国家政治之间的关联已略有所及。而从文化层面来看，明代道教对世俗社会生活、文学创作的影响也斑斑可见。在各种劝诫性的单篇册文、善书、功过格、宝卷以及各种演剧、短篇白话小说、长篇章回小说中，都可见道教思想观念的影迹。② 发生于晚明万历年间的“昙阳子事件”，颇能反映道教影响士人观念及其文学创作的一个侧面。

昙阳子王焘贞，为名臣王锡爵次女，万历八年（1580），在十万余人的见证下坐化升仙。昙阳子的神异不仅引来诸多士人的崇信，如王世贞、王世懋、屠隆、王稚登、赵用贤、瞿汝稷、冯梦祯、沈懋学、汪道昆、陈继儒、徐渭甚至其父王锡爵都曾拜其为师，在江浙、东南一带影响极大，弟子前后多达百余人。在王世贞曾为作墓志铭的士人、官员中，就有不少人曾师事昙阳子学道。更有不少文人为其写诗作传，如王世贞作有《昙阳子性命三十六体仙篆歌》《谒昙阳仙师纯节祠》《重九日为庚辰岁昙阳仙师化辰敬成长歌一章志感》《纯节祠记》《性命仙篆七十二字记》《昙阳先师授道印上人手迹记》《金母纪》《昙鸾大师纪》《昙阳大师传》《题手录昙鸾法师传后》等诗文，王锡爵有《化女昙阳子事略》，徐渭有《昙阳大师传略》，王世懋有《辛巳元日入谒昙阳观恭述一首》、《书昙阳大师传后》、《望崖录》（外篇记昙阳子事），屠隆有

---

① 郑志明：《明代三一教主研究》，学生书局，1988。赵伟：《林兆恩与〈三教开迷归正演义〉研究》，中国社会科学出版社，2011。

② 道教对文学的影响，可参见苟波《道教与明清文学》（巴蜀书社，2010）、张松辉《元明清道教与文学》（海南出版社，2001）、李生龙《道教及其对文学的影响（修订本）》（岳麓书社，2005）、杨建波《道教文学史论稿》（武汉出版社，2001）等。对道教题材的神仙道化剧、神魔小说的研究，也有丰富的成果。

《昙阳遗言》《恭送昙阳大师十九首》，范守己有《昙阳仙师传》，胡应麟有《乡人有自吴中来者谈昙阳仙师坐化事奇甚信笔奉寄王长公元美》《昙阳恬澹》，王叔承也有诗咏昙阳子（《元明事类钞》卷十九）。王锡爵曾将相关诗文汇编成《昙阳子传略》一书，今存于上海图书馆。甚至当时有人以为汤显祖的《牡丹亭》是受昙阳子的启发而创作的。[①] 同时又因为王世贞等人的加入，昙阳子所居的昙阳观，也成为文人交游、燕聚、唱和的重要场所。[②] 影响所及，甚至在墓志铭写作中也不自觉地附以道教的色彩。顾宪成为高攀龙母作墓志铭，即指出："攀龙又言：'吾母病且二岁，未尝废衣冠，日惟焚香诵诸佛经。始，予外王母梦异人霞衣灿烂，手一果啖之，味甚殊，觉而遂娠吾母。吾母之生，口若时时持佛号者。及卒，体莹莹有光，拟得道云。'顾宪成曰：'是非予所知也，予所知者孺人耳。孺人女而女，妇而妇，母而母。其于生死之际，何所不廓如也。自顷来海上昙阳之事起，说者多好言怪。予是以略而弗论，而特论其可知者如此。'"[③] 如此等等，都可以看出道教的人物、故事与文学创作之间的紧密关系。[④]

青词的写作是道教影响明代文学创作的一个显见的例子。作为一种道教斋醮科仪专用的文本，青词的撰写滥觞于唐代，初名清词[⑤]，后定名青词，又名绿章。唐人李肇《翰林志》云："凡太

---

① 徐树丕：《识小录》卷四，载《丛书集成续编》第 89 册，上海书店，1994，第 1069 页。

② 如胡应麟作有《初至昙阳观访长公作二首》《次公于昙阳观傍新构澹圃落成适余过访留宿其中敬赋》《小饮昙阳观中呈两王先生作》等。

③ 顾宪成：《高室朱孺人墓志铭》，《泾皋藏稿》卷十六，《景印文渊阁四库全书》第 1292 册，商务印书馆（台北），1986，第 188—189 页。

④ 魏宏远：《附魅、祛魅和返魅：昙阳子传记形象的历史演变——从王世贞〈昙阳大师传〉说去》，载《社会科学》2014 年第 10 期。徐美洁：《昙阳子"升化"与晚明士大夫的宗教想像》，载《青岛大学师范学院学报》2010 年第 4 期。

⑤ 杜佑：《通典》卷五十三《老君祠》，中华书局，1984，第 305 页。

清宫道观荐告词文，用青藤纸朱字，谓之青词。”① 明人周思得解释说：“青者，东方之色，始生之炁，纸所以用青也，以言者尚其词，词所以捈中心之所欲也。朱者，至阳之精，书以朱，以类而感格。”② 到了宋代以后，其体制逐渐走向成熟。南宋淳熙年间西蜀道士吕元素编《道门定制》，论及青词的格制与体类规范、书写要求时说：“青词止上三清玉帝，或专上玉帝为善，或有自九皇而下至于十极诸天三界真灵，皆列于词中，岂有请命于上帝，就以递告众真欤？又朝廷所修词文，不过六七十字，不用中谢、伏念字，诚为谨严。且词先入愿意，欲直具事，因不可以对偶联属，虽云宣读之便，不知词文又有对偶，事意重复，不严简尔。愿意既已详备，于词文则直下精核数语，以伸激切之诚。又旧有逐时行道，状景作词，从虚文也。今于黄箓则以九时诵经所为事各奏一词，庶几行道诵经意旨相合，亦以见斋主愿力之普也，亦雅合为国为家、为存为亡、为龙神土地、为沙界含精之本意焉。若醮事止用启散心词为善。又有以黄纸书词者，尤为未安，岂有臣子之词而以黄纸书？盖青纸朱书，以代披肝沥血之谓也。”③ 在南宋人蒋叔舆编次的《无上黄箓大斋立成仪》、金允中所撰的《上清灵宝大法》中，有关于青词书写格式、文体规范等的详细记载。④

青词的写作自唐以后代不乏人，道教中人撰写青词自是题中

① 李肇：《翰林志》，《景印文渊阁四库全书》第595册，商务印书馆（台北），第298页。

② 周思得：《上清灵宝济度大成金书》卷三十五《青词式》，《藏外道书》第17册，巴蜀书社，1994，第459页。

③ 吕元素：《道门定制》卷一《议词意》，《道藏》第31册，文物出版社、上海书店、天津古籍出版社，1988，第655页。

④ 蒋叔舆：《无上黄箓大斋立成仪》卷十一《青词》《青词格式》，《道藏》第9册，文物出版社、上海书店、天津古籍出版社，1988，第436—438页。金允中：《上清灵宝大法》卷二十四《黄箓青词式》《黄箓散坛设醮青词》，《道藏》第31册，文物出版社、上海书店、天津古籍出版社，1988，第495—499页。

应有之义，如唐代道士杜光庭《广中集》中就有200余首用于斋醮的青词。[①] 宋代以后，青词的撰写逐渐出现文学化的倾向。一方面，如苏轼、欧阳修、黄庭坚、周必达、叶适、真德秀、胡宿、王珪等文人儒士，都有青词作品流传后世。所用场合也有不少开始脱离道教语境，如秦观有《登第后青词》，叶适有《谢恩青词》。另一方面，青词辞章化的趋势表现得十分突出。南宋时期的金允中曾批评说："近世能文之士，则专肆浮华；强记之人，则多引故事。儒家程文，尚不得引史以证经，况于混元未判，大道先天，而史传记载，乃世间尘迹，岂应取以质证于先天上帝之前？近代词赋多爱断章用事，而于青词置谜语，有同儿戏，亦敢为誊奏，良可哀也。"[②] 据今人统计，宋代所存青词作品有1400余首。[③]

青词广受人关注则是在明代中期。之所以出现这一情形，则与当时狂热崇奉道教的嘉靖皇帝直接相关。据《明史·顾鼎臣传》记载："帝（即嘉靖皇帝）好长生术，内殿设斋醮，鼎臣进步虚词七章，且列上坛中应行事。帝优诏褒答，悉从之。词臣以青词结主知，由鼎臣倡也。"[④] 《明史·李春芳传》记其生平履历也说："嘉靖二十六年举进士第一，除修撰。简入西苑，撰青词，大被帝眷，与侍读严讷超擢翰林学士。"[⑤] 严讷同样也是因为撰写青词而被越级提拔为翰林学士。[⑥]《明史·严嵩传》亦云："帝以奉道尝御

---

① 张海鸥、张振谦：《唐宋青词的文体形态和文学性》，载《文学遗产》2009年第2期；阙岱馨：《杜光庭〈广成集〉青词研究》，华侨大学硕士学位论文，2014年。

② 金允中：《上清灵宝大法》卷二十四《黄箓散坛设醮青词》，《道藏》第31册，文物出版社、上海书店、天津古籍出版社，1988，第496页。

③ 参见张海鸥、张振谦：《唐宋青词的文体形态和文学性》，载《文学遗产》2009年第2期；韩丹：《宋代青词研究》，华东师范大学硕士学位论文，2012年。

④ 张廷玉等：《明史》卷一九三，中华书局，1974，第5115页。

⑤ 张廷玉等：《明史》卷一九三，中华书局，1974，第5118页。

⑥ 张廷玉等：《明史》卷一九三《严讷传》，中华书局，1974，第5116页。

香叶冠，因刻沈水香冠五，赐言等。言不奉诏，帝怒甚。嵩因召对冠之，笼以轻纱。帝见，益内亲嵩。嵩遂倾言，斥之。言去，醮祀青祠，非嵩无当帝意者。”① 嘉靖年间，有如此多的最高级别官员以撰写青词而获得宠遇，因而便出现了所谓“青词宰相”的称呼。《明史》卷一九三《严讷传》附袁炜传云：“自嘉靖中年，帝专事焚修，词臣率供奉青词，工者立超擢，卒至入阁。时谓李春芳、严讷、郭朴及炜为青词宰相。”② 其中袁炜在被简入西苑后，因为撰写青词最得赏识，短短六年间，就被授为太子少保、吏部尚书，一时风光无限。③ 沈德符《万历野获编》曾记其事云：

> 世庙居西内，事斋醮，一时词臣以青词得宠眷者甚众。而最工巧、最称上意者，无如袁文荣炜、董尚书份，然皆谀妄不典之言。如世所传对联云：“洛水玄龟初献瑞，阴数九，阳数九，九九八十一数，数通乎道，道合元始天尊，一诚有感；岐山丹凤两呈祥，雄鸣六，雌鸣六，六六三十六声，声闻于天，天生嘉靖皇帝，万寿无疆。”此袁所撰，最为时所脍炙。他文可知矣。④

清人梁章钜《楹联续话》引钮琇《觚剩》，则将其事记载在李春芳门客昆仑山人名下：

> 昆仑山人初入都，客淮南李公春芳所。时世宗斋居

① 张廷玉等：《明史》卷三〇八《奸臣传》，中华书局，1974，第7915页。

② 张廷玉等：《明史》卷一九三，中华书局，1974，第5118页。

③ 张廷玉等：《明史》卷一九三《严讷传》附，中华书局，1974，第5117页。

④ 沈德符：《万历野获编》卷二《嘉靖青词》，中华书局，1959，第59页。

> 西宫，建设醮坛，敕大臣制青词一联，悬于坛门。春芳使山人为之，山人走笔题曰：“洛水灵龟初献瑞，阳数九，阴数九，九九八十一数，数通乎道，道合元始天尊，一诚有感；岐山威凤两呈祥，雄声六，雌声六，六六三十六声，声闻乎天，天生嘉靖皇帝，万寿无疆。”李以进呈，深加奖赏。由是公卿互相延誉。其本传谓大臣应制青词，多假手山人者，以此。乃他人移之别氏，则以雕虫为山人讳也。①

无论其文出自何人之手，当时居于内阁的词臣竞相以撰写青词博得嘉靖皇帝的赏识，却是无可回避的事实。这样的情形，也在某种程度上影响了其时的士人风气、文学风尚甚至文人的流动和聚集。沈德符在《万历野获编》中曾记述当时士林热衷撰写四六文的风气说：

> 四六虽骈偶余习，然自是宇宙间一种文字……本朝既废词赋，此道亦置不讲。惟世宗奉玄，一时撰文，诸大臣竭精力为之，如严分宜、徐华亭、李余姚，召募海内名士几遍，争新斗巧，几三十年。其中岂少抽秘骋妍可垂后世者？惜乎鼎成以后，概讳不言，然戊辰庶常诸君尚沿余习。以故陈玉垒、王对南、于穀峰辈，犹以四六擅名，此后遂绝响矣。又嘉靖间倭事旁午，而主上酷喜祥瑞。胡梅林总制南方，每报捷献瑞，辄为四六表，以博天颜一启。上又留心文字，凡俪语奇丽处，皆以御

① 梁章钜：《楹联续话》卷一，载《续修四库全书》第1254册，上海古籍出版社，2002，第116页。

笔点出，别令小内臣录为一册。以故东南才士，缙绅则田汝成、茅坤辈，诸生则徐渭等，咸集幕下，不减罗隐之于钱镠。此后大帅军中，亦绝无此风矣。[①]

作为一种宗教文类，青词的宗教性自然是毋庸置疑的，但其中文学性的情感表达也不容忽视。宋人金允中在《上清灵宝大法》中曾指出：“斋醮自始及终，皆备词关申，是高功措辞者。独青词乃斋主之情旨，高功之所据凭科，所谓誊词者也。青词代剖肝，丹书象沥血，所以形容斋主之诚切。其辞贵简而不尚繁，贵质而不尚丽，倾心露胆，求哀于上帝也。”[②] 宋代杨亿在谈到翰林学士所草文辞的名目时，曾指出其中之一即为道教斋醮时所用的青词。[③] 欧阳修也曾说青词斋文是翰林学士所作的各种文章之一。[④] 明人周思得也曾就其文之形式、格调特予说明：“文用四六，音律相协，或十二句，或十六句。修撰者务在实朴，言减意深，不可繁华多语。”[⑤] 明人徐师曾在《文体明辨》中专列“青词”一体，并引述元人陈绎曾的话说：“青词者，方士忏过之词，或以祈福，或以荐亡，唯道家用之。”[⑥] 明代文人除应制撰写青词之外，较少像宋代文人那样写作并非出自道教斋醮需要的青词作品，因而在文学水平上也不如宋代。

---

① 沈德符：《万历野获编》卷十《四六》，中华书局，1959，第 270 页。

② 金允中：《上清灵宝大法》卷二十四《黄箓散坛设醮青词》，《道藏》第 31 册，文物出版社、上海书店、天津古籍出版社，1988，第 496 页。

③ 杨亿口述，黄鉴笔录，宋庠整理：《杨文公谈苑·学士草文》，上海古籍出版社，1993，第 7 页。

④ 欧阳修：《内制集序》，载《欧阳文忠公全集》卷四十三，乾隆二十四年刊本。

⑤ 周思得：《上清灵宝济度大成金书》卷三十五《青词式》，《藏外道书》第 17 册，巴蜀书社，1994，第 459 页。

⑥ 徐师曾：《文体明辨序说》，人民文学出版社，1962，第 172 页。

第三章　张三丰的道学、文学思想与创作

在中国道教史上，恐怕没有哪一个道士像张三丰那样充满神秘和奇幻的色彩，甚至于他是否为真实存在的人物亦存有争议。然而若是撇开关于其生活年代、撰著的种种不同记述，单以列于其名之下撰述的各类作品来看，其中包含了较为丰富的道学和文学思想。本章关于张三丰著述的讨论，即是基于此立场。

第一节　如谜的身世、行踪及其著述

张三丰的籍贯、字号及其生活的年代和行迹，历来有诸多不同的记述，一般认为其名全一，字玄玄，号三丰，辽阳人，因为《明史》有其传而将他视为元明间人。[①] 今存的元代文献中没有关于张三丰的记载，较早提到其人是在宣德六年（1431）任自垣等所编《大岳太和山志》："（洪武）二十四年，太祖皇帝遣三山高道使于四方，清理道教，有张玄玄可请来。"[②] 张玄玄，即张三丰。似乎从一个侧面证实了张三丰其人的存在。从此以后，关于明太祖曾经命人寻访张三丰之事就屡见于记载，其中包括《明史稿》

---

① 关于张三丰的生平、行迹等问题，可参见黄兆汉《明代道士张三丰考》的论述。见该书第一章张三丰时代行迹考，学生书局，1988。本书关于张三丰的生平事迹，参考黄兆汉的著作及其他相关研究成果进行梳理。

② 任自垣等：《大岳太和山志》卷六《集仙记·张全一》，陶真典、范学锋点注《武当山明代志书集注》，中国地图出版社，2006，第 90 页。

《明书》《明史》等史书。同样是在《大岳太和山志》中，也有关于明成祖寻访张三丰的记载："永乐初，太宗文皇帝慕其至道，致香书，累遣使臣请之，不获。"[①]《大岳太和山志》卷二载有永乐十年（1412）以成祖之名撰写的御制书信。甚至在李西月编《张三丰先生全集》中的《八遁序》一篇中，亦有类似"大明以来，太祖诏之而不得，成祖求之而不能，是异人欤？是高人欤？是有得而成飞仙者欤"[②] 的记述，虽然不太可能是出于张三丰的自述，但也可以看出其说影响之广，并成为建构张三丰形象的重要因素。此一说法，亦屡见于明代的笔记、史书当中。[③] 虽然大多没有关于张三丰事迹的任何记载，却似乎提示说至永乐时期人们仍相信他还存活于世。[④] 然而即便是明清两代有不少人为其撰写传记，对张三丰的身世、行踪与交游等情况仍然不甚了了[⑤]，以致《明史・方伎传》也说他"终莫测其存否"。综合来看，各类与张三丰相关的文献记载大多真伪错杂，往往超出于常理可解的范围之外。

署名张三丰撰述的作品，在明代已有流传，而其中的单篇如《跋蓬莱仙奕图》，明人郎瑛就曾对其作者提出质疑，认为其并非

---

① 任自垣等：《大岳太和山志》卷六《集仙记・张全一》，陶真典、范学锋点注《武当山明代志书集注》，中国地图出版社，2006，第90页。

② 李西月：《张三丰先生全集・古文》，《重刊道藏辑要》续毕集七，光绪三十二年成都二仙庵刻本，第11页。

③ 也有记载认为，寻访张三丰只是名义上的说辞，实际上是为了找寻建文帝，持其说者如王鏊《震泽纪闻》、郑晓《今言》等。也有记载虽说不是寻访张三丰，但认为成祖命人遍行天下寻找异人，目的是为探察人心向背，持其说者如李贤所撰《礼部尚书致仕赠太保谥忠安胡公濙神道碑铭》（《国朝献征录》卷三十三）。《明史・胡濙传》则认为，成祖遣胡濙遍行天下，一方面是"访仙人张邋遢"，另一方面也是"隐察建文帝安在"。

④ 亦有一些记载认为明成祖曾见过张三丰，持此说者如徐祯卿《异林》、张鹤腾《张三丰传》（万历《颍州志》卷下）等。

⑤ 各种史书之外，如蓝田有《张三丰真人传》（《国朝献征录》卷一一八）、张鹤腾有《张三丰传》、陆西星有《张三丰传》、汪锡龄有《三丰先生本传》等。

张三丰所作。[①] 清人李西月重编《张三丰先生全集》收入此文，对郎瑛所说予以辩驳，认为其说皆非，所论都是推测之语，并无切实的依据。[②] 台湾学者黄兆汉考辨《张三丰先生全集》非张三丰所作所举的例证，也对此篇做了详细考证，力辨其伪。[③]

目前可见张三丰作品的结集，最常见的是李西月道光二十四年（1844）重编的《张三丰先生全集》，其来源为清初汪锡龄（1664—1724）所编的《张三丰先生全集》，这一点可以从保存在《张三丰先生全集》中的《三丰祖师全集序》《三丰先生本传》《云水前集序》《云水后集序》《隐镜编年》等篇见其一斑。从《张三丰先生全集》中保存的汪锡龄各序及张三丰本传可知，汪锡龄编的《三丰祖师全集》，至少应当包括丹经二卷及《丹经秘诀》《捷要篇》《金丹要旨》《云水前集》《云水后集》《大道论》《玄机直讲》等。李西月所谓的“重编”，指的就是在汪锡龄编基础上的重新编订，所谓“此书得于他处所刻黄冠所抄者，类多讹误，惟汪本特为近善。兹刻凡系汪仙所藏，必题圆通道人藏本，志自来也”[④]。即可以看出李西月重编本的渊源所自。而其中如《云水三集》，根据李西月所作序及凡例，称是张三丰“住空青时所作”，可知是由李西月将其编入《张三丰先生全集》。

《张三丰先生全集》收录的作品在著作权上不能尽归张三丰，在时间上有许多不合常理的地方。今人编订张三丰著作，将其全数录入，似乎有失精审。如果说《玄要篇自序》中涉及的两个时

---

① 见郎瑛：《七修类稿·续稿》卷四《辩证类》，耕烟草堂刻本，第 17—19 页。

② 李西月：《张三丰先生全集·古文》，《重刊道藏辑要》续毕集七，光绪三十二年四川成都二仙庵刻本，第 15—16 页。

③ 黄兆汉：《明代道士张三丰考》，学生书局，1988，第 186—187 页。

④ 见《张三丰先生全集·凡例》第五则，《重刊道藏辑要》续毕集七，第 1 页。

间标识元仁宗延祐年间（1314—1320）、永乐十一年（1413）尚勉强在可认同的范围之内，那么《张三丰全集》中出现的诸如《自题敕封通微显化真人诰命后跋》一篇，已远远超越常理，体现出明显的谬误。其所叙之事，一则于理不合，自题皇帝赐封的诰命，无疑有炫耀之嫌；二则在时间上更加令人难以接受，张三丰被封为通微显化真人，是在明英宗天顺三年（1459），如果此时张三丰仍然在世，至少已有一百六十七岁，恐怕不可能会有自题朝廷赐封之事。况且其中涉及的人物如李孜省、邵元节、陶仲文等人，是活动于成化、嘉靖时期的道士，并有“厥后或诛或罢，追夺前封，殆无遗匿，快哉乐哉”等语，更是隆庆（1567—1572）以后之事。又如集中《湖南山中与胡给事夜话》，为汪锡龄所记张三丰与明人胡濙晤谈之语。正如文前识语所云，“明一代无有知者”，即便是胡濙也从未提及曾见过张三丰。类似的情形，很难令人信服，标明为张三丰撰述的说服力也就自然很低。至于明代皇帝颁发的诰命出现在《张三丰先生全集》当中，也只能作为与张三丰相关的附录材料，而与其撰述无关。李西月重编《张三丰先生全集》将其放在卷一，之下又有张三丰的列传、道派、显迹等，而将《古文》《隐鉴》两类放在此之前，也可见其编辑次序的混乱。

此外，被认为不是张三丰作品的还有《云水后集》《云水三集》等。据《张三丰先生全集》卷首《凡例》所说，“一系度汪仙（即汪锡龄）所作，一系住空青时所作，故仍以编年序之，纪神游也”。《云水后集》卷首汪锡龄所作序云：“《云水后集》者，锡龄与先生相遇后所作者也。”汪为清初人，则据其说，《云水后集》应当是张三丰清初以后的作品。按照现今科学的理解，人是绝无可能活上四五百岁的。此种情形，显然是出于编者的伪托。而由李西月编入《张三丰先生全集》的《云水三集》，据其序所说，是张三丰嘉庆、道光年间“再游剑南之作”，更是出于伪托无疑。这类作品，虽被系于张三丰名下，却不宜被视作是张三丰所作。此外在《张三丰先生全集》中作者可疑的作品，还有如《隐鉴》一篇，其中至少明清两代众多士人的事迹，不可能是出自张三丰之笔。正是缘于《张三丰先生全集》收录作品中以上种种不合常理的情形，以致有学者怀疑其全集属伪造，并非出于张三丰所作。

排除部分极大可能不是出于张三丰之手的作品，《张三丰先生全集》中有可能包含了张三丰撰述的篇章，在没有直接证据说明并非其所作之前，应当从权认定张三丰著作权的真实性。其中如《云水前集》，据汪锡龄所作序，称是“我三丰先生在元明间所作者”，自己于康熙五十九年（1720）得自扬州书肆。不过由于他又说该集曾收入《永乐大典》，在嘉靖中曾经梓行，并且与《云水后集》在创作时间上存在许多错乱的地方，还有许多与廉希宪、刘秉忠、丘处机等人相互赠答的诗篇，遂又不免令人生疑。① 又如《丹经秘诀》一章、《捷要篇》二卷，汪锡龄在《三丰先生本传》中说是自己与张三丰巧遇，张三丰“鉴龄微忱，招龄入道”时一并传授给自己的，其说自是难以征信。但这并不代表这些作品就没有可能是张三丰所作，而汪锡龄之所以将它们说成是张三丰亲自传授予己，有可能是为了增加自己曾经与张三丰有近距离接触的可信度而故为此说。此种情形，与汪氏明确说《云水后集》是张三丰与自己相遇之后所作应有所区别。

总括来说，论述张三丰的道学、文学思想和创作，不能不以《张三丰先生全集》作为依据，然而其中的诸多篇章，在著作权上又存在种种疑问。因此下文的引述，尽可能地采用没有明显论据

---

① 黄兆汉《明代道士张三丰考》三《〈张三丰先生全集〉作者考》认为《云水前集》也有可能是出自汪锡龄的伪造，又认为整部《张三丰先生全集》都极有可能并非张三丰所作。

证明不是张三丰本人所著的作品。

第二节　张三丰道学思想系谱

作为武当道派的开创者，张三丰在道教发展史上具有特殊地位，他在继承前代儒、道、释三教合一思想传统的基础上，进一步从修炼宗旨、修炼方法及价值观念等层面对其予以发展。

金元时期，道教步入其发展的第二次高潮，各种道派均得到了较大发展，流派纷呈，诸说并起。[①] 与此同时，历代以来针对释、道二教的批评意见，也见诸各时期士大夫的笔端。针对传统知识世界中的反佛、道言论，张三丰一方面辩驳说："小儒辈不过徒吹滥竽，未必有韩、朱之识见也。何言之？韩、朱之辟二氏者，辟其非佛非老之流，非辟真学佛、老者也。"[②] 在张三丰看来，儒、佛、道三者的区别，在于各自以不同的方式认识和理解世界："儒也者，行道济时者也；佛也者，悟道觉世者也；仙也者，藏道度人者也。合讲合的妙处，各讲各的好处，何必口舌是非哉！"[③] 其核心要义，乃在于强调不同教派在社会、人生的体察与指引方面的殊途同归，共济互补，一如《大道论》上篇末尾评语中所说的："长篇巨观，首探大道之源，而讲生人之理，与人生老病之故，引彼回头向道，修正治平，如古来英雄神仙，身名两树，忠孝两全，非同杨、墨、隐、怪。使人知此道亦儒道也，养汞培铅，无异乎居

---

① 卿希泰：《中国道教史（修订本）》第三卷，四川人民出版社，1996。

② 张三丰：《大道论》上篇，李西月：《张三丰先生全集》，《重刊道藏辑要》续毕集八，第3页。

③ 张三丰：《大道论》上篇，李西月：《张三丰先生全集》，《重刊道藏辑要》续毕集八，第4页。

仁由义。”[①] 正是在此意义上，汪锡龄将张三丰视为“儒道”与“仙道”二合一的人物。[②] 李西月重编《张三丰先生全集》卷首第三幅图像的赞语中，也有“三教合讲”之说。其道学思想的大义，于此可见一斑。

基于此，张三丰对道家修行提出了较高的要求。他引述《悟真篇》中的说法认为：“不拘贵贱贤愚、老衰少壮，只要素行阴德，仁慈悲悯，忠孝信诚，全于人道，仙道自然不远也。又须洞晓阴阳，深参造化，察其真伪，得阴阳之正气，觅铅汞之真宗，方能换骨长生，居不夜之天，玩长春之景，与天地同久，日月同明。此正大丈夫分内事也。”[③] 在他看来，只有在不废“人道”（即儒道）的同时修行“仙道”，才有可能修成正果。由此在儒、道二者间建立了相互沟通的桥梁。另一方面，张三丰也认识到，现实背景下道家之所以遭遇批评和反对，与自身存在的问题有一定关系：“旁门邪径，御女采阴，服炼三黄，烧饵八石，是旁门无功也。又有以按摩导引，吐纳呵嘘，修服药草，为养生之方者，虽能暂去其疾，难逃老衰命尽，而被达人耻笑也。”[④] 只从事所谓的“践修”而缺乏教理与精神，只会流于“旁门邪径”，致而影响道教在世人心目中的观感与评价。

基于上述认识，张三丰提出了自己道教思想的核心，即所谓“理综三教”的“大道论”。其要义之一，即在于以“天性”“天

---

① 张三丰：《大道论》上篇，李西月：《张三丰先生全集》，《重刊道藏辑要》续毕集八，第5—6页。

② 汪锡龄：《三丰祖师全集序》，李西月：《张三丰先生全集》卷首，《重刊道藏辑要》续毕集七，第1页。

③ 张三丰：《大道论》上篇，李西月：《张三丰先生全集》，《重刊道藏辑要》续毕集八，第4页。

④ 张三丰：《大道论》上篇，李西月：《张三丰先生全集》，《重刊道藏辑要》续毕集八，第4页。

命”为主体的“童心”：

> 予也不才，窃尝学览百家，理综三教，并知三教之同此一道也。儒离此道不成儒，佛离此道不成佛，仙离此道不成仙，而仙家特称为道门，是更以道自任也，复何言哉……夫道者，无非穷理尽性以至于命而已矣。孔子隐诸罕言，仙家畅言之，喻言之，字样多而道义微，故人不知耳。[①]

张三丰将天地万物之衍生归之于“道”，其对“真性”“真命”可贵性的强调，虽是出于对修炼成仙的指导，却在实际上启发了一种“童心”之论：“浑浑沦沦，孩子之体，正所谓天性天命也。”[②] 而具此“童心”，是“成道”的必然之径：“人能率此天性，以复其天命，此即可谓之道，又何修道之不可成道哉！”

由对“大道”的认识出发，张三丰认为，儒、释、道三者虽然在修道的方式上有所不同，但在所成之“道”的本质上却是一致的：

> 夫黄老所传，亦正心、修身、治国、平天下之理也，而何诧为异端哉！人能修正身心，则真精真神聚其中，大才大德出其中。[③]

---

① 张三丰：《大道论》上篇，李西月：《张三丰先生全集》，《重刊道藏辑要》续毕集八，第 4 页。

② 张三丰：《大道论》上篇，李西月：《张三丰先生全集》，《重刊道藏辑要》续毕集八，第 2 页。

③ 张三丰：《大道论》上篇，李西月：《张三丰先生全集》，《重刊道藏辑要》续毕集八，第 2 页。

通过将仙家以葆寿年、求长生之“道”等同于儒家的“君父仁义之心”，张三丰成功达成了儒、道的“一统”。

张三丰“大道论”的另一要义，是“时”的观念：

> 天地之间，至灵至贵者，人也；最忙最速者，时也；可大可久者，金丹也。[①]

在历史长河中，时间既是永恒的，又是时刻变动不居的。作为身处其中的人类，如何在瞬息万变的时间之流中体现价值，获得永恒，不仅是儒家士人关心的问题，佛、道中人同样无法回避。儒家讲求在世功名，佛家寄望来世因果，道家追寻长命永生。各家在实现方式上虽有不同，但追求永恒的目的却相同，对生命的体悟也一致。

道家追寻长命永生的法门，在于炼造金丹。而正是在炼丹之径的理解上，体现了张三丰“大道论”的真义：真正的金丹，并非靠“御女采阴”“服炼三黄”“烧饵八石”等“旁门邪径”获得，而是“生身固有之物”，通过修炼者对心智的锻炼，“行反本归根之道”修得。而此一“反本归根之道”，与儒家的修身、佛家的积德是一致的：

> 夫此反本归根之道，又非邪径旁门之说也。世人以德行为先，阴功为本，察阴阳造化之机，求玄牝乾坤之妙，辨二八坎离之物，定金花水月之时，施降龙伏虎之威，明立命生身之处，其间致虚守静，他主我宾，日月

① 张三丰：《大道论》中篇，李西月：《张三丰先生全集》，《重刊道藏辑要》续毕集八，第6页。

交光，戊己为用，则丹成反掌矣。[①]

基于此，张三丰的“大道论”在实质上可以说与儒家的“性命”论有共通之处：“一阴一阳之谓道，修道者修此阴阳之道也。一阴一阳，一性一命而已矣。《中庸》云：‘修道之谓教。’三教圣人，皆本此道以立其教也。此道原于性、本于命。”[②]“性”“命”顺天尽理，方可得获“真道”。而究其根本之径，仍在于葆有“童心”：“明朗朗天，活泼泼地，尽其性而内丹成矣。”[③]“明朗朗”，“活泼泼”，与前面所说的“浑浑沦沦”，乃是天地万物未开化以前的状态，是得乎天、尽乎性的“赤子之心”。晚明李贽由崇信佛禅而倡论“童心说”，实与张三丰此论殊途同归。

能够直接反映张三丰“性情”的创作，是道情、道歌类作品。道情是一种源于唐代道观内所唱的经韵，为诗赞体，后又演变形成道歌，主要是以韵文形式表现道家思想和道教情事。今存《张三丰先生全集》中的《玄要篇》上、下两卷，即属道情、道歌，较为集中地体现了张三丰的道家情怀。虽然其中如《答永乐皇帝》等篇，极可能并非张三丰所作，其他的诸多篇什，著作权也受到学者怀疑，但正如上文所说，正反两方面的看法，大多也都只是揣度之词。[④]在没有确切证据之前，姑且以其作为分析张三丰思想的文本依据。

从上述张三丰对“大道”“真性”“真心”的论述来看，他所

---

① 张三丰：《大道论》中篇，李西月：《张三丰先生全集》，《重刊道藏辑要》续毕集八，第7页。

② 张三丰：《大道论》下篇，李西月：《张三丰先生全集》，《重刊道藏辑要》续毕集八，第8页。

③ 张三丰：《大道论》下篇，李西月：《张三丰先生全集》，《重刊道藏辑要》续毕集八，第8页。

④ 认为其并非张三丰所作的观点，以黄兆汉的考辨为代表。

注重的不仅仅是道家通常执迷的烧炼之事，同时也十分重视内在心性的修炼。这一点，在《玄要篇》的道情作品中也有突出反映。如收录于卷上的《道情歌》中，有“未炼还丹先炼性，未修大药且修心”之语，又多处出现“天真”“全真”“真灵”等词语；又如《了道歌》中也说：“二品阴阳物类同，两般内外火符别。灵药得来片晌时，温养还须十个月。”收录于卷下的《无根树道情》《四时道情》等作品，表达上虽更加隐晦，亦可以看出注重内在修炼的基本精神，正如他在诗中所说的，“撒手不迷真捷径，回头返照即吾家”，“身即乾坤勿外求，虚灵一窍最深幽”。①

第三节　张三丰的文艺思想及其创作

张三丰的道学思想以理综三教的“大道论”为核心，在文艺创作方面主张抒发灵性，肯定不同主体的个性特征。见于创作，体现出较为明显的隐逸格调。其人、其文颇有一致之处：“三丰先生在元明鼎革间，独全性命于乱世，不求闻达于诸侯，深造以道，欲其自得。默念州县劳人币书招我，皆所以蔽虚灵而损谷神也。屏之弃之，避之藏之，真所谓世有神仙，彼必深潜崖壑，惟畏人知者。”② 诗文创作，于张三丰来说即是其道学思想真义的体现。

张三丰在思想上以“真性”“真命”为核心的“大道论”，发而为文艺上的“灵性”说，自在情理之中：

> 张子曰：“《书》曰：‘诗言志。’注曰：‘在心为志，发言为诗。’”是知志也者，乃人心中之灵性；诗也者，

① 张三丰：《玄要篇》上卷《扫境修心》《总论玄关》，李西月：《张三丰先生全集》，《重刊道藏辑要》续毕集八，第 16 页。

② 见《张三丰先生全集》卷首“长乙山人涵虚生”（李西月）序。载《重到道藏辑要》续毕集七，第 5 页。

> 特灵性之流露也。神仙七返九还，炼此虚灵妙性，以成万古不死之谷神，见于日月光气之外则有象，隐于日月光气之中则无形。神之所至，发为诗歌，诗不同，灵性有各异也。①

儒者有儒者之心，僧佛有僧佛之心，仙人有仙人之心。“灵性”虽有不同，但只要是流露于心，也就自然能“妙句偶得”。

张三丰的“灵性”说，与中国传统诗论中诗歌“吟咏情性”命题的理解一脉相承。汉代自《诗大序》提出“吟咏情性”之后，针对“性情”的不同解释，生发出各种不同的诗歌理论。从汉代的伦理教化之“情”，到六朝的“放荡”之“情”。宋代以后，经过邵雍、二程、朱熹等人的发挥，理学之“情”亦得到彰显。邵雍《伊川击壤集自序》将这种“性情”之说发挥得淋漓尽致：

> 予自壮岁业于儒术，谓人世之乐，何尝有万之一二？而谓名教之乐，固有万万焉。况观物之乐，复有万万者焉。虽死生荣辱转战于前，曾未入于胸中，则何异四时风花雪月一过乎眼也？诚为能以物观物，而两不相伤者焉。盖其间情累，都忘去尔。所未忘者，独有诗在焉。然而虽曰未忘，其实亦若忘之矣。何者？谓其所作，异乎人之所作也。所作不限声律，不沿爱恶，不立固必，不希名誉，如鉴之应形，如钟之应声。其或经道之余，因闲观时，因静照物，因时起志，因物寓言，因志发咏，因言成诗，因咏成声，因诗成音。是故哀而未尝伤，乐

---

① 李西月：《张三丰先生全集·水石闲谈·诗谈（一）》，《重刊道藏辑要》续毕集十，第54页。《诗谈》是否张三丰所作，虽有疑问，但就其主体而言，与张三丰的道家思想一致。因此本书在引述时，对其作品的可靠性不另做辨析。

而未尝淫，虽曰吟咏情性，曾何累于性情哉！[1]

将诗作为“经道之余”，在邵雍自然也是“情性”的自然流露。文中所说虽是儒家之“性情”，却典型反映了中国传统诗论中“性情”说的多面性：不同的主体，各有不同的思想，其“性情”自然也各不相同，其诗歌理论和创作也就面貌各异。张三丰所谓的“灵性有各异”，与此看法恰好一致。后来晚明公安派、性灵派诸人提倡“独抒性灵”，之所以能领一时之风尚，就在于其所倡导的“性灵”，符合晚明的时代风尚。

张三丰论诗倡导“灵性”说，体现在诗学评论和诗歌创作中，对反映仙家“灵性”的作品颇具好感。其中在隐逸与远游两方面表现得尤为突出。

仙家主隐。《隐鉴》一篇，虽然未必是或者未必全是张三丰所作，但其中的某些论述，却能反映其思想的宗旨。就所收人物而言，《隐鉴》都集中表现其人“恬退”“恬静”“寡欲”的一面，“隐趣”“幽人趣”是其共同特点。又张三丰曾作《八遁篇》，对那些隐处恬退的人物“志景仰”[2]。其中之义，正如篇中引述的仇远（号山村）的一首诗所说，“不是诗人即道人”[3]。缘于此，张三丰在摘录群仙妙句时，才会对那些体现隐逸风格的诗句特别偏爱，如“雨后新篁绿浸人，径趋深处避红尘”，“陶然何处不陶然，在地逍遥似在天”，“坛前有客难留我，心似闲云入翠微”[4]，“虎

---

① 邵雍：《伊川击壤集》卷首序，四部丛刊初编本。

② 张三丰：《尝作〈八遁篇〉并为八赞志景仰也今录其赞于此》，见《张三丰先生全集·云水后集》。

③ 《隐鉴·仇山村》。就内容来看，《隐鉴》一篇，应是张三丰文集的后代编者借用张三丰的名义，搜集历代资料编写而成。

④ 李西月：《张三丰先生全集·水石闲谈·诗谈（二）》，《重刊道藏辑要》续毕集十，第54—55页。

在门前鹤在庐，瑶笙宛转笛相如”[1]，“莫道幽居研炼苦，游心冥漠自空清”[2]，等等。

在今存“云水”前、后、三诸集中，体现隐逸思想的诗作俯拾皆是，而这也本是道流作诗的题中应有之义。其中《云水后集》、《云水三集》虽为后人伪托，但体现的总体风格有类似之处，也反映出后代托名者对张三丰作为仙家道流所应具备格调的认识。如《甲子秋游燕京作》云：“我不愿登黄金台，我只愿饮黄花杯。醉里昏昏忘天地，古今名利总尘埃。休驰骤，且徘徊，早将壮岁尘缘了，五岳三山归去来。”[3]

宋元以降，中央朝廷以道士为官，分掌天下山观，使得道士群体急剧增加。比如元代著名的道士张留孙（1248—1321），弟子遍布天下，其时著名的道流如吴全节、陈义高、夏文泳、毛颖达、王寿衍、余以诚、孙益谦、陈日新、何恩荣、李奕芳、张嗣房、薛廷凤、舒致祥、张德隆、薛玄羲、徐天麟、丁应松等人，均从其学道，又有弟子三十八人，一时掌天下各地道教者，均出自其门下。[4]在此背景下，张三丰乐隐恶仕，其中自是别有一番深意。其生平行迹之飘忽不定，也正可与此种“乐隐”思想互为映照。

仙家好远游。张三丰称赏的诗句如“唤起眠龙出海门，须臾

① 李西月：《张三丰先生全集·水石闲谈·诗谈（三）》，《重刊道藏辑要》续毕集十，第55页。

② 李西月：《张三丰先生全集·水石闲谈·诗谈（十）》，《重刊道藏辑要》续毕集十，第58页。

③ 李西月：《张三丰先生全集·云水后集》，《重刊道藏辑要》续毕集九，第13页。

④ 参见吴澄《上卿大宗师辅成赞化保运神德真君张公道行碑》（《吴文正集》卷六十四）、虞集《张宗师墓志铭》（《道园学古录》卷五十）、袁桷《有元开府仪同三司上卿辅成赞化保运玄教大宗师张公家传》（《清容居士集》卷三十四）等文。

天际雨翻盆。长空一剑又飞去，请看东南树影昏”①，“昆仑万里天风送”，“神通八极闲游戏”②，均与传统道家不受时空限制的思维方式契合。李白被称作“诗仙”，也正是缘于其诗在言说内容上的仙道色彩。在张三丰所作诗中，类似不受时空限制的作品也颇为常见：

> 天鸡一唱海门开，日涌波涛出海来。万里眼光红不断，三山头脑绿成堆。遥闻笙鹤从空降，只见云龙带雨回。别有飞仙挥鹿麈，令人企首望蓬莱。③

手持笙笛，胯骑仙鹤，已成为世俗想象中仙人的普遍形态。骑鹤飞仙，可以说是每一个道士的理想。陶渊明《搜神后记》中记载的驾鹤升仙的晋代辽阳人丁令威，是道家崇奉的对象。张三丰有诗咏其人：

> 华表山高爽气凌，令威骑鹤此飞升。乍看雨脚从空至，未必云头阻我登。独立峰峦心旷远，遥观渤海兴奔腾。他年愿步丁公后，长啸蓬丘第一层。④

缘于此，在张三丰的作品中，“云”“鹤”成了最常用的意象：

---

① 李西月：《张三丰先生全集·水石闲谈·诗谈（二）》，《重刊道藏辑要》续毕集十，第55页。

② 李西月：《张三丰先生全集·水石闲谈·诗谈（六）》，《重刊道藏辑要》续毕集十，第55页。

③ 张三丰：《日观早起观日》，李西月：《张三丰先生全集·云水后集》，《重刊道藏辑要》续毕集九，第17页。

④ 张三丰：《登华表山》，李西月：《张三丰先生全集·云水后集》，《重刊道藏辑要》续毕集九，第13页。

"拍手长歌云鹤起，仙人冉冉来前矣"[①]，"水复山重路渺茫，此中应是白云乡"[②]，"两片飞凫轻似鹤，王官谷里过溪桥"[③]，"来日又从河内去，神中携取太行云"[④]，"终古飞白云，至今护元室"[⑤]，"石上弹琴思缥缈，云中飞鹤舞翩翩"[⑥]，"白云青霭望中无，已到仙人碧玉壶"[⑦]，"鹤驾高飞南嶂月，鸦声乱噪北邙秋。离离草色俱凋谢，早向云山问路头"[⑧]，等等。明人关于张三丰各种行迹的记述，与其诗中体现出的仙家气度一致。

张三丰作为武当道派的代表人物，由主张"理综三教"的"大道论"，以"天性""天命"为核心的"童心"说，发展为以抒发"灵性"为基本特征的诗学观念，并由此创作出以体现道家道教思想精义为主要内容的诗歌作品，具有逻辑的统一性，是其思想发展的自然之势。

---

① 张三丰：《丹岩山》，李西月：《张三丰先生全集·云水后集》，《重刊道藏辑要》续毕集九，第17页。

② 张三丰：《雷泽晚行》，李西月：《张三丰先生全集·云水后集》，《重刊道藏辑要》续毕集九，第18页。

③ 张三丰：《游中条山》，李西月：《张三丰先生全集·云水后集》，《重刊道藏辑要》续毕集九，第19页。

④ 张三丰：《中州纪行》，李西月：《张三丰先生全集·云水后集》，《重刊道藏辑要》续毕集九，第19页。

⑤ 张三丰：《王屋山》，李西月：《张三丰先生全集·云水后集》，《重刊道藏辑要》续毕集九，第19页。

⑥ 张三丰：《嵩岳》，李西月：《张三丰先生全集·云水后集》，《重刊道藏辑要》续毕集九，第19页。

⑦ 张三丰：《终南呈火龙先生》，李西月：《张三丰先生全集·云水后集》，《重刊道藏辑要》续毕集九，第22页。

⑧ 张三丰：《道走河南公卿颇有闻余名者书此笑之》，李西月：《张三丰先生全集·云水后集》，《重刊道藏辑要》续毕集九，第23页。

第四节　张三丰与明代武当道脉的兴盛

张三丰在道教史上地位的确立，从某种程度上来说是后世建构的结果，经历了一个“知识累积”的过程。并且由于在此过程中有诸多文人、道士的记载，甚至还有皇帝的参与，逐渐演变为一个附着了丰富历史内涵的叙述文本，进而影响到后人对此问题的认识，成为具有普泛性的一般知识。

较早将张三丰与武当山联系起来的是明成祖。他在永乐十年（1412）颁给孙碧云的御制敕书中，提到张三丰曾经在武当山游处的传闻，并产生为其在武当山创建道场的想法：“朕闻武当遇真，实……真仙老师鹤驭所游之处，不可以不加敬。今欲创建道场，以伸景仰钦慕之诚。尔往审度其地，相其广狭，定其规制，悉以来闻。朕将卜日营建。”① 明成祖下令大修武当山宫观虽说主要是为了崇祀真武玄天上帝，但他在武当山为张三丰创建道场却是事实。而随着张三丰之名在明代的骤升，逐渐演化出明成祖是因为景仰张三丰而大兴土木之说。如方升在《大岳志略》中明确指出：“文皇遍物色不可得，遂大其宫，以为祝釐之所。”②

真正使张三丰与武当山产生密切联系的是任自垣等编的《大岳太和山志》。《大岳太和山志》记载张三丰洪武初至武当，命弟子住持各宫：“洪武初来入武当……命丘玄清住五龙，卢秋云住南岩，刘古泉、杨善澄住紫霄……黄土城立草庵，曰‘会仙馆’。语及弟子周真德：‘尔可善守香火，成立自有时来，非在子也。至嘱

---

① 任自垣等：《大岳太和山志》卷二《敕右正一虚玄子孙碧云》，陶真典、范学锋点注《武当山明代志书集注》，中国地图出版社，2006，第15—16页。

② 方升：《大岳志略》卷三《宫观图述略·玉虚宫等六图》，陶真典、范学锋点注《武当山明代志书集注》，中国地图出版社，2006，第224页。

至嘱。’”[①] 似乎预见了成祖修整武当山宫观之事。又同书卷七载丘玄清“洪武初来游武当，见张三丰真仙，举为五龙宫住持”[②]。杨仪《高坡异纂》卷上也记载张三丰曾居游于武当：“元末，居宝鸡金台观，忽留颂而逝。土民杨轨山买棺敛之，临窆，觉棺中展动有声，发视之，乃复生。以小鼓一腔留其家，去入秦游蜀，登武当山，时至襄、邓间。”[③] 后来在张三丰与武当道脉的传承之间建立联系，显然与类似的记述有直接关系。

入清以后，汪锡龄、李西月相继编辑“张三丰全集”，逐渐从道脉源流上确立张三丰在道教史的地位。汪锡龄在序中注重从“隐”的特征上对其予以定位：“复蒙祖师面示，谓其道始于太上而祖于希夷，隐则隐，见则见，有隐中之见，有见中之隐。”[④] 汪氏强调张三丰“面示”，不过是为了增加其说的权威。李西月对张三丰的评价则体现出明确的道派意识，他在《张三丰先生全集》中专列“道派”一节，建构从老子至张三丰的道派宗谱：“大道渊源，始于老子，一传尹文始（即尹喜），五传而至三丰先生。虽然，老子之所传亦甚多矣，其间杰出者尹文始、王少阳，支分派别，各有传人。今特就文始言之。文始传麻衣，麻衣传希夷，希夷传火龙，火龙传三丰。或以为隐仙派者，文始隐关令，隐太白；麻衣隐石堂，隐黄山；希夷隐太华；火龙隐终南；先生隐武当。

---

① 任自垣等：《大岳太和山志》卷六《张全一》，陶真典、范学锋点注《武当山明代志书集注》，中国地图出版社，2006，第 90 页。

② 任自垣等：《大岳太和山志》卷七《丘玄清》，陶真典、范学锋点注《武当山明代志书集注》，中国地图出版社，2006，第 93 页。

③ 杨仪：《高坡异纂》，载《丛书集成三编》第 73 册，新文丰出版有限公司，1996，第 4 页。

④ 汪锡龄：《三丰祖师全集序》，李西月：《张三丰先生全集》卷首，《重刊道藏辑要》续毕集七，第 1 页。

此隐派之说也。"[1] 同时又因为孔子曾以"犹龙"形容老子，故而又将此派称为犹龙派。张三丰与武当道脉之间的关联，也由此得以建立，并成为后世道教史建构的主流叙说。

① 李西月：《张三丰先生全集·道派》，《重刊道藏辑要》续毕集七，第13页。

第四章　张宇初的著述、思想与文学创作

张宇初（1359—1410），字信甫，又字子璿，号耆山、正一，又号无为子，人称耆山无为天师，道教正一派第四十二代天师张正常长子。洪武十年（1377），张正常去世，张宇初嗣教成为第四十三代天师。洪武十三年（1380），接受明太祖敕封为正一嗣教道合无为阐祖光范大真人，领天下道教事。建文时期，因触犯律法而被剥夺印诰，明成祖即位以后予以恢复。永乐四年（1406），奉命编纂《道藏》。《明史》将其列入《方伎传》。

在道教各派中，正一派素来不以著述见称，张宇初是少数几个例外之一。他一生撰著颇丰，称得上是一个文人道士，在这一点上他与正一派道士历来不重著述的传统明显不同，当与他自幼勤于阅读各家经典有关。张宇初留存的作品除《道门十规》一卷、《元始无量度人上品妙经通义》四卷等教内著述外，还有专门的文集传世，是明代为数不多的几位有别集存世的道士。张宇初被称为"道门硕儒"，在道教教义、仪范及诗文创作等方面均有所建树。宋濂称他"颖悟有文学，人称为列仙之儒"，四库提要认为"其文章乃斐然可观"①，均与正一派只重符箓的传统有别。从撰著来看，张宇初不仅在明代道士中首屈一指，在中国道教文学史上也有一定地位。

---

① 永瑢等：《四库全书总目》卷一七〇《岘泉集》提要，中华书局，1965，第1479页。

第一节 《岘泉集》考原

张宇初文集以“岘泉”命名，“岘泉”为他建文年间被贬以后在黄箬峰下（今龙虎山东南十里处）所筑的精舍。今存版本有《道藏》本、明崇祯四年（1631）张显庸重校本、《景印文渊阁四库全书》本等，相互间差异颇大。本节通过对各本《岘泉集》进行比照，并参稽各类文献，尽可能探察张宇初文集的本来面貌。为后人探讨其诗提供可靠的文献基础。

一、今存各本《岘泉集》之异同

《岘泉集》最初由辽王朱植于永乐五年（1407）刊刻。朱植为明太祖十五子，洪武十一年（1378）受封为卫王，洪武二十五年（1392）改封为辽王，封地位于广宁（今辽宁北镇）。建文元年（1399），被诏至南京，改封于荆州。永乐二十二年（1424）卒。《岘泉集》即其在荆州时所刊，书前有辽王所作序，署永乐五年（1407）七月。该书另有王绅（1360—1400）、程通（1364—?）二人所作序，王绅与张宇初交好，程通则为辽王属僚，王序未署时间，程序作于永乐五年（1407）七月。三序见于各本《岘泉集》卷首，均未言辽王刊本的卷数。根据万历年间张国祥定本的《汉天师世家》卷三记载：

> （张宇初）著成《岘泉文集》二十卷，辽王嘉而梓之，因彻上览，以是被前席，宠尤渥，而王公缙绅之士，亦莫不敬重焉。①

---

① 张正常：《汉天师世家》卷三，载《道藏》第34册，文物出版社、上海书店、天津古籍出版社，1988，第835页。

然而据今所见，编入《道藏》的《岘泉集》为12卷。则是否"二十卷"乃是"十二卷"之误呢？似也未必。《千顷堂书目》卷二十八、《明史·艺文志》著录张宇初文集均作二十卷。又据四库提要所说："朱彝尊《明诗综》称其集二十卷，诗居其半。"然考今存康熙四十四年刊本、《景印文渊阁四库全书》本《明诗综》均未见此说，而是出现在钱谦益所编《列朝诗集》的小传当中："今所传《岘泉文集》二十卷，诗居其半。"[①] 四库馆臣是因为钱谦益的作品在清代遭受禁毁，还是因为一时误记，而将此段话的出处记于朱彝尊名下，唯有提要撰写者自知。不过可以肯定的是，明代确实曾有20卷本《岘泉集》流传于世，然而由于文献缺乏，明代以后对其所知甚少。今存《岘泉集》版本有四[②]，笔者据目见及书目所载录之如下：

1.《道藏》本。12卷，题作《岘泉集》，每卷之下署"耆山无为天师张宇初撰"，上海涵芬楼1923—1926年间影印北京白云观藏明正统《道藏》本，台湾新文丰出版有限公司于1977年，文物出版社、上海书店、天津古籍出版社于1988年分别据以影印出版。上海图书馆藏明黑格抄本亦为十二卷，与此应属同一版本。

2. 明崇祯四年（1631）张显庸重校本。6卷，题作《耆山无为天师岘泉集》。据《中国古籍总目》记载，崇祯刻本分别藏于南京图书馆（6册）和北京大学图书馆（题作3卷，2函12册），笔者所见为全国图书馆文献缩微复制中心2004年据南京图书馆藏本

---

① 钱谦益：《列朝诗集·闰集第一》，第11册，中华书局，2007，第6158页。

② 杨家骆《四库大辞典》称："《天一阁目》有钞本十二卷，《道藏》本十五卷，《四库》依钞本。"（词典馆，1931，第2—124页）今存《道藏》本为十二卷，《四库全书》本为四卷，其言不知何据。

制作的缩微胶卷。该书原为丁氏八千卷楼藏书，6卷6册。书前有清人丁丙（1832—1899）所撰提要，亦见于《善本书室藏书志》卷三十五。卷首有崇祯元年（1628）邹凤梧序，崇祯四年（1631）文震孟序，及永乐五年程通、辽王朱植、王绅等原序。序后有目录一卷，每卷之下署“五十一代嗣孙显庸重较”，有“八千卷楼丁氏藏书记”等印。张显庸为正一派五十一代天师，于天启六年（1626）袭掌教。此本每半页9行，行20字，白口，四周单边。

3. 乾隆十九年（1754）张昭麟重刊本。6卷，据崇祯本重刻。张昭麟为张显庸四世孙，五十五代天师张锡麟之弟，于雍正十三年（1735）受命署理真人印务。据《中国古籍总目》记载，重刊本藏于上海图书馆和日本静嘉堂文库。其中上海图书馆藏本于网上古籍书目检索未见。而在中国嘉德国际拍卖有限公司2011年秋季古籍善本专场拍卖会上，有乾隆十九年（1754）刻本《岘泉集》6卷（编号LOT248）1种，似已流入私人藏家之手。根据拍卖说明，该本共2函16册（疑为6册），为王氏九峰旧庐旧藏，有“九峰旧庐藏书画之记”“上海图书馆藏”“上海图书馆藏书”等印，为乾隆间据明版重刻而成。日本静嘉堂文库所藏乾隆十九年（1754）刻《岘泉集》6卷、首1卷，为清末陆心源守先阁旧藏本。据崔建英《明别集版本志》记载，乾隆刻本每半页10行，行20字，白口，左右双边，版心上镌书名，卷端题“明四十三代孙天师张宇初著”。卷首有程通、邹凤梧、文震孟序。[①] 据书前张昭麟所作例言可知，康熙初书版被毁，存书甚少，其从伯元逵处所藏一部曾“失去一帙”，经他“遍觅数年乃得”，于是“从借抄补”，重刻行世。武汉大学图书馆亦藏有该刻本，卷首序有残缺，《明集

---

① 崔建英辑订，贾卫民、李晓亚参订：《明别集版本志》，中华书局，2006，第169页。

版本志》《中国古籍总目》未载。此外中国社会科学院文学所图书馆亦有藏本。

4.《景印文渊阁四库全书》本。4 卷。《善本书室藏书志》卷三十五《耆山无为天师岘泉集》提要曾将其与 6 卷本做过比对："《四库》著录者，仅四卷，提要称所作皆杂文，末附歌行数十首。此本有崇祯间文震孟、邹凤梧重刊两序，凡六卷。核之文渊阁本，始知五、六两卷皆阙也。"① 《四库全书》纂修始于乾隆三十八年（1773），距离张昭麟乾隆十九年（1754）刻《岘泉集》时间尚近，不详何以编修《四库全书》时只收入了 4 卷残本？抑或如张昭麟在乾隆十九年重刊本例言中所说，纂修《四库全书》征书时见到的只是"失去一帙"的旧本，而张昭麟的重刻本出于某种原因并未被采进。据吴慰祖校订《四库采进书目》记载，江西巡抚采进的《岘泉集》为 4 卷 6 本②，今存崇祯本、乾隆本为 6 卷 6 册，与此均不同。从下文对 4 卷本、6 卷本的比对来看，可知丁氏所言为实，4 卷本源出于 6 卷本而遗失了 5、6 两卷，属于 6 卷本的残本。

以上各本与 20 卷本存在何种关系，因为缺少直接相关的文献，已难以确考，而现存各本《岘泉集》所收诗文篇目差异较大。以下对各本篇目试做比较，或可以对张宇初文集的一般概貌有所了解，对后文探讨张宇初文集的版本及其诗歌创作也不无助益。

《道藏》本卷一杂著、卷二序，与崇祯本和四库本卷一杂著、卷二序部分的内容、次第均同。崇祯本、四库本卷二后半部分另编有记文，《道藏》本编为卷三，二者篇目、次第有较大出入，以崇祯本、四库本所收为多。其中《道藏》本收记文 17 篇：《蚊睫

---

① 丁丙纂编《善本书室藏书志》卷三十五《集部十四·耆山无为天师岘泉集》，清光绪二十七年钱塘丁氏刻本。

② 《江西巡抚海第二次呈送书目》，载《四库采进书目》，商务印书馆，1960，第 160 页。

窝记》《静复山房记》《妙灵观记》《正一玄坛题名记》《福庆观记《翠微观记》《义渡记》《诒善亭记》《企云楼记》《灵谷山隐真观记》《凝正斋记》《桃溪丹室记》《归明轩记》《新城县金船峰甘露雷坛记》《崇仁县玉清景云观记》《稽古斋记》《建昌府武当行宫记》，均见于崇祯本、四库本。崇祯本、四库本另收录15篇记文，为《道藏》本所无：《静复山房记》《妙灵观记》间多《资深堂记》《倪氏东园记》《安素斋记》3篇，《正一玄坛题名记》后有《颐萱堂记》1篇，《归明轩记》《新城县金船峰甘露雷坛记》间多《岁寒亭记》《孝节堂记》《澄清堂记》《尚义堂记》《三峰堂记》《端本堂记》等6篇，《崇仁县玉清景云观记》之前另有《易书斋记》《杏竹轩记》2篇，《稽古斋记》《建昌府武当行宫记》间多《存有斋记》《思植轩记》2篇。

崇祯本卷三收录墓志、说、传、书、颂、箴、铭、赞、赋、骚、操、词等体作品，四库本则将赋、骚、操、词等属于韵体的作品移入卷四，其编类较崇祯本更为合理。崇祯、四库二本所收墓志、说、传、书、颂、箴、铭、赞篇目及次序均同，其中墓志文《故上清宫提点乐丘王公墓志》《故上清宫提点朋山张公墓志》《故后军府经历周公墓志》《故上清宫提举矩庵胡公墓志》《故原宗傅先生墓志》《故上清宫提点了庵李公墓志》《故绍庵龚先生墓志》《故道录司演法朝天宫提点曹公墓志》《故岳州学正倪公墓志》《故神乐观仙官傅公墓志》10篇为《道藏》本所无。

说、传、书三类，《道藏》本编为卷四，其中说、传两类篇目与崇祯本、四库本同，书类仅收《与倪孟冲论火候书》1篇，而崇祯本、四库本所载《通彭先生书》《通苏编修书》《通徐教授书》《通吴待制书》《答程训导书》《通倪教谕书》《通王博士书》《答张司业书》《回吴文正公宅求亲书》《回吴宅定聘书》等10篇，均不见于《道藏》本。此外，崇祯本、四库本卷三书类文后收录的

《华阳吴先生寿颂（有序）》《黍珠龛颂（有序）》2篇，亦为《道藏》本所无。

箴、铭、赞三类，《道藏》本编为卷五，其中箴仅收《藏修箴》1篇，杂入诸篇铭文当中，崇祯本、四库本则别为一类，而《九光丹室铭（有序）》1篇，《道藏》本又置于卷五之末。四库本编类较《道藏》本更为合理。四库、《道藏》二本赞文篇目名称亦略有不同，四库本《月鼎莫真人像赞》，《道藏》本作《莫月鼎真人像赞》；四库本《伯夷叔齐像赞》，《道藏》本少一“像”字；四库本《重阳王真君像赞》，《道藏》本作《王重阳真君像赞》；四库本《希夷陈真人像赞》，《道藏》本少一“陈”字。

崇祯本卷四所录为题跋、祭文、青词、斋意、上梁文、普说、疏、歌行等体，其中题跋、祭文两类为《道藏》本所无。题跋各篇为《潘默成先生书跋》《应化录跋》《李霁峰墓铭跋》《书刘真空传后》《桧堂奏稿跋》《王达善先生梅花诗跋》《何沧州竹谱跋》《李氏族谱跋》《定武兰亭跋》《赵文敏真书千文跋》《书俞烈妇传后》《草堂八咏卷跋》《张长史帖跋》《姚少师书苏文忠公书跋》《俞紫芝草书千文跋》《杨氏族谱跋》《邵典籍诗文跋》。卷首目录有《薛处士墓铭跋》《九龙卷跋》2篇，正文无。《李霁峰墓铭跋》一篇“昭百世”之后错入《故上清宫提点乐丘王公墓志》后一段文字，故四库本在编修时删去了此篇，《书刘真空传后》目录作《跋刘真空传后》，为四库本所缺，正文中两篇间重出《故上清宫提点朋山张公墓志》，四库本删。祭文各篇为《先祖妣胡氏元君迁葬祭文》《祭周经历文》《祭绍庵龚先生文》《祭曹道录文》《祭胡赞教文》《祭傅仙官文》，崇祯本、四库本同。

青词、斋意、上梁文三类，《道藏》本编为卷六。其中青词、斋意两类，崇祯、四库、《道藏》各本所录均同，唯次序稍异。上梁文，崇祯、四库本较《道藏》本多《正堂上梁文》《后堂楼上梁文》2 篇。

普说、疏两类，《道藏》本编为卷七。其中普说篇目各本同。疏文，《道藏》本仅存《演法观修造疏》《靖通庵题缘疏》2 篇，崇祯本、四库本较之多《本山上清市修路疏》《上清市五通庙题缘疏》《临川宝应寺题缘修造疏》《南唐虎溪东林寺题缘疏》《神霄雷阁长明灯疏》《南城县南山圆明寺佛殿像堂疏》《资国寺题缘修造疏》7 篇。

赋、操等体韵文，《道藏》本编为卷八。其中赋仅录《澹漠赋》1 篇，崇祯本、四库本所载《求志赋》不见于《道藏》本。崇祯本、四库本赋类后又有骚体 2 篇：《停云辞（有引）》《拟鞠歌》，亦为《道藏》本所无。《道藏》、崇祯、四库各本于操类均收录《耆山操》《归樵操》《佩兰操》3 篇，《道藏》本于其后另有《拟神释》《述怀（八首）》《拟古（七首）》《拟游仙（三首）》《拟招隐（三首）》《拟形赠影》《拟影答形》《拟古意》《杂诗（七首）》《秋兴（五首）》《次韵苏素庵寓兴（二首）》《次韵苏素庵杂诗（五首）》《次韵苏素庵咏怀（二首）》《题崆峒石房图》等作，实为五言古诗，崇祯本即将诸作编于卷五“五言古诗”之下。

四库本于诗仅录“歌行”一体，共 37 篇，从诗题来看，几乎全是题画、赠答之作，其中为《道藏》本卷十二“七言长歌”所载者仅《橐籥子歌》《题方壶真人奇峰雪霁图》《题松阴授道图》《题华山仙掌图》4 首，诗题、词句与四库本亦略有不同。崇祯本“歌行”体篇目同四库本，收录于卷四之末。由此可见，四库提要所言“此本皆所作杂文，惟末附歌行数十首”，所见乃是遗失了后 2 卷的 6 卷本残卷。

《道藏》本卷九至卷十二收录各体诗，共计 241 首：其中卷九收录五言古诗 66 首，卷十收录五言律诗 28 首、五言排律 5 首，卷十一收录七言律诗 121 首，卷十二收录七言长歌 4 首、七言绝句

17 首。崇祯本卷五、卷六收录张宇初所撰各体诗，数量是《道藏》本所收的 3 倍有余，共计 817 首。其中卷五收录五言古诗 198 首、五言律诗 129 首、五言排律 7 首，卷六收录七言律诗 335 首、七言绝句 148 首。《道藏》本所录诗作均见于崇祯本，然字句多有不同，下文的对照可略见一斑。

各体诗之外，张宇初有词 12 篇，《道藏》本编入卷十二末，崇祯、四库本亦编在全书末尾，各本所录均同：《沁园春·登真》《水龙吟·法海》《风入松·问学》《无俗念·参究》《水调歌头·内工》《满庭芳·山居》《苏武慢·消闲》《满江红·阅世》《酹江月·江湖》《望梅花·绝交》《解红·了悟》《风入松·和虞学士韵》，其中《道藏》本最后一首失题。

由以上比较可以看出，《道藏》本应为张宇初诗文较早刊行的本子，崇祯本为后出版本，收录的张宇初诗文作品较《道藏》本丰富，且字句有不少改动，四库本则是以崇祯本的残本为基础刊刻而成。据其收录作品来看，6 卷本很有可能是由已经不存的 20 卷本重编而成，下文的讨论可以为这一判断提供部分证明。

二、各家著录之岘泉诗及其版本来源

明清以来各家诗选多选录张宇初诗，不乏对其予以较高评价者，以钱谦益《列朝诗集》和朱彝尊《明诗综》为代表。钱谦益（1582—1664）评论说：“唐宋以来，释、道二家并重，有元末高道如吴全节、薛（玄）羲之流，皆显于朝廷。国初名僧辈出，而道家之有文者，独宇初一人，厥后益寥寥矣。”[①] 朱彝尊（1629—1709）的看法与此略同：“古今诗僧传者不少，黄冠率寥寂无

① 钱谦益：《列朝诗集小传》闰集《道士六人·张真人宇初》，上海古籍出版社，1983，第 675 页。

闻……明初仅张宇初、余善二人，无戾风雅已尔。余皆卑卑，鲜足当诗人之目。”[①] 在明代并不耀眼的道流诗人中，张宇初首屈一指。正因如此，张宇初的有些诗作才得以保存在明清时期的诗选当中，为后人探察《岘泉集》的版本情况提供了文献基础。以下就各家所选张氏诗作与各本文集所录作品进行对照，以窥探其文集版本及其本来面目。

明末曹学佺（1574—1646）编《石仓历代诗选》，辑选秦汉以至明代各朝诗歌，其中选录张宇初诗作6首：《次韵苏素庵先生杂诗》《次韵苏素庵先生咏古》《过钱塘》《山庄留别滕用衡王汝玉》《题徂徕秀色松》《春晓》。[②] 各首均见于崇祯本，而仅第1首见于《道藏》本。其中《次韵苏素庵先生咏古》1首，崇祯本题作《次韵素庵咏古四首》，曹学佺所选为第4首，除“先主”崇祯本作“蜀先”，其余文字均同。《题徂徕秀色松》《春晓》2首，文字完全相同。《次韵苏素庵先生杂诗》，崇祯刊本注明为6首，实际只有5首，此为第2首，文字完全相同；《道藏》本题作《次韵苏素庵杂诗》，为五首之二，其中“微月出东屿”《石仓历代诗选》作“微月生东海”，“万事等埃腐”作“万有等埃腐”。《山庄留别滕用衡王汝玉》1首，崇祯本题作《访王汝玉隐山庄舍》，文字与《石仓历代诗选》所收出入较大。《石仓历代诗选》本作：

忆昨京华叹转蓬，山庄相访水云通。杯前秋叶凫鹥渚，桥外霜梧鹳鹤风。城郭凋零无谢朓，诗书博雅有王充。萍踪况复分南北，湖上离情满目中。

---

① 朱彝尊：《静志居诗话》卷二十三《张宇初》，人民文学出版社，1990，第754页。

② 曹学佺：《石仓历代诗选》卷三六五《明诗初集八十五·张无为》，《景印文渊阁四库全书》第1391册，商务印书馆（台北），1986，第915页。

崇祯本作：

> 昨我京华遂偶逢，山庄归访水云通。杯前秋叶凫鹥渚，桥外霜梧鹳鹤风。城郭凋残无谢朓，诗书博雅有王充。滕侯况在耆英列，湖上离情满目中。①

其间出现的文字出入，不详是出自选家的臆改，抑或是缘于版本间的差异？若为后者，则曹氏所据可能即是今已不存的20卷本。

朱彝尊《明诗综》选录张宇初诗歌8首，均见于崇祯本，然而二者词句却有颇多不同。见于《道藏》本的有4首：《拟古（朝阳生东树）》《冬日还岘泉》《题夏山过雨图》《乙亥季夏还山居偶兴》，相互间字词也有较大出入。另外4首《养疾（濯足山涧中）》《过钱塘》《望吴山》《山行晚眺》则不见于《道藏》本，可知不是其选所据底本。其中《冬日还岘泉》一首与《道藏》本、崇祯本题目虽相同，内容却差异很大。该诗《明诗综》本云：

> 郊墟物候和，野径抱溪曲。言旋白云岑，烟树澹余绿。浅濑引寒流，崇峦披秀木。荒畴已农获，隐构藏林屋。深窟想兔脱，危机绝羝触。毋为弓旌招，静言抱松菊。②

《道藏》本云：

---

① 张宇初：《耆山无为天师岘泉集》卷六，明崇祯刻本。

② 朱彝尊辑录：《明诗综》卷八十九，第8册，中华书局，2007，第4234—4235页。

朝涉愧艰迟，归休美林谷。郊墟物候和，野径抱溪曲。言旋白云岑，烟树澹余绿。浅濑引寒流，崇峦披秀木。荒畴已农获，隐构藏林屋。夙托怀静恬，睿辞谐素欲。轻风涤垢襟，微雨滋膏沐。息倦释尘痾，危机绝觝触。由来期羡招，雅操契贞独。浮染固萦縻，潜真恒自足。振衣浩所思，勉默依松菊。①

此诗崇祯本与《道藏》本诗句相同，文字仅有一处不同，“休”作“沐”，应属抄写之误。诗写作者归休山林之思，后一首较前一首写得更为含蓄、隐晦。前一首言兴起归隐之思是缘于“深窟想兔脱”“毋为弓旌招”，批评时政之意甚为明显；后一首则多由诗人自身起兴，“夙托”“息倦”“贞独”“自足”，意在表明栖息山林是回归自我的选择。看诗意仿佛是张宇初两个不同时期的作品。

又如《明诗综》所选的《拟古》一首，与《道藏》本、崇祯本在字句上也有很大出入。《明诗综》本诗云：

朝阳生东树，微月流西岑。清泉活活流，好鸟交交吟。春夏气候殊，凉燠自骎寻。美人崇兰佩，芳香袭衣襟。邈然与世隔，空睇瑶华音。謇修曷为言，感慨投吾簪。②

《道藏》本、崇祯本该诗为《拟古七首》的第一首，二本仅在

---

① 张宇初：《岘泉集》卷九，《道藏》第33册，文物出版社、上海书店、天津古籍出版社，1986，第261页。

② 朱彝尊辑录：《明诗综》卷八十九，第8册，中华书局，2007，第4234页。

个别字句上略有出入。崇祯本诗云：

> 朝阳生东树，微月流西岑。鸣河溯急澜，众鸟亦交吟。春夏气候殊，凉燠自骎寻。遐慕期永托，斯人蔼兰襟。邈然与世隔，空睇瑶华音。骞修曷为言，感慨投吾簪。①

由上引两组诗的对比来看，《明诗综》所选与《道藏》本、崇祯本文字上存在巨大差别。而究其原因，是缘于所据版本的不同，还是选家收录时所做的改动，由于缺乏直接的文献支撑，难有断然的结论。然而若是比较崇祯本与《明诗综》二者对张宇初原作的忠实性，显然《明诗综》改动的可能性更大。当然，理论上也不能排除另一种可能性，即《明诗综》所据为今不可见的20卷本，而崇祯本是后人辑录的版本，并非20卷本的重刻本。然而从下文对《列朝诗集》收诗版本来源的考察看，又似很难存在这种可能。至于其所据版本为20卷本还是崇祯本，则不甚明了。

在各种选本中，收录张宇初作品最多的是钱谦益的《列朝诗集》。《列朝诗集》所收张宇初诗达62首②，均见于崇祯本，仅有少数诗作的个别文字略有出入。其中见于《道藏》本的有11首：《山舍夜坐纪兴》《乙亥季夏还山居偶兴》《负暄（二首）》《野眺（北风吹狂澜）》《甲戌三月二日出行》《登陆文安公象山祠堂故

---

① 张宇初：《耆山无为天师岘泉集》卷五，明崇祯刻本。

② 《列朝诗集》标明选张宇初诗62首，但实际收录在其名下的有64首，其中末尾两首见于傅习所编《元风雅前集》卷二，作者署“张天师”，为其所作《四景》四首中的两首，实非张宇初所作。因而《列朝诗集》收张宇初诗仍为62首，末两首应别立“张天师”一目系之。康熙年间的《御选元诗》将二诗系于“张天师”名下，应是依据了《元风雅》；而《御选明诗》则作为“张宇初”的作品收录，显然是参照了钱谦益的《列朝诗集》。

址》《癸亥元日》《元夕后喜晴登靖通庵》《喜晴》《访朋山如愚尊师榆原真馆》。值得注意的是，《列朝诗集》所选各体诗作，凡是见于《道藏》本者，不但二者次序均同，文字也相同。上述情形从一个侧面说明，《列朝诗集》所据的张宇初文集版本，在诗歌数量上较《道藏》本更丰富，其来源应是小传所说的20卷本。至于20卷本是在《道藏》本基础上的增补本，或者《道藏》本是在20卷本基础上的删减本，虽然因为文献缺失，不好遽下断言，但从文集编纂的一般情形来看，当以前者的可能性更大。而从其所选诗均见于6卷本的情形来看，崇祯本极有可能是在20卷本的基础上重新编辑而成。至于其重编是只重新编排了卷次，还是在内容上有所增补，则因为20卷本今已不存而无法确考。《列朝诗集》虽然只是提供了张宇初文集中60余首诗的样本，却为我们打开了一扇由此窥探20卷本面貌的窗户。基于下述两个事实：（1）《列朝诗集》所选60余首诗均见于崇祯本；（2）据小传所云，“今所传《岘泉文集》20卷，诗居其半”，可以大体认为，崇祯本或许就是20卷本的重刊本，至少是将其作为重编时依据的底本。

需要指出的是，《列朝诗集》与《明诗综》所选张作在字句上存在较大差别。以《石仓历代诗选》之外各家都收录的《乙亥季夏还山居偶兴》为例，其中《列朝诗集》《御选明诗》与《道藏》本、崇祯本字句相同，《道家诗纪》与《明诗综》本字句相同，二者小有差异。《道藏》《列朝诗集》《御选明诗》本该诗如下：

末夏炽余暑，幽期谐素衿。川源蔽繁绿，溪渚澄苍浔。田舍静鸡犬，荒蹊抱深林。圆渊敞灵构，叠嶂罗高岑。荷气薄朝露，鱼波衣重阴。披荆遂恬息，濯涧清闲心。遗世匪尘傲，养真宜自任。秋风动早思，写我丘中琴。①

《明诗综》《道家诗纪》本则为：

末夏炽余暑，幽期谐素衿。川源蔽繁绿，溪渚澄深浔。田舍静鸡犬，荒蹊抱深林。圆渊敞灵构，叠嶂罗高岑。荷气薄朝露，鱼波依重阴。披襟遂恬息，濯涧清闲心。遗世非尘傲，养真宜自任。秋风动早思，写我丘中琴。②

更明显的例子是《列朝诗集》《明诗综》二书同选的《养疾》四首之四。《列朝诗集》本该诗如下：

濯足山涧中，杖策暝乃还。寒蜩鸣疏树，落日下西山。灌园露已湿，倦息衡门间。墟里或过问，跬步愧益艰。窭空非苦疾，鹑衣畏祁寒。宁贻启期诮，齿落无衰颜。③

《明诗综》本则为：

濯足山涧中，杖策暝乃还。寒蜩鸣疏树，落日下西山。灌园露已湿，倦息衡门间。窭空非苦疾，鹑衣畏早

① 钱谦益：《列朝诗集》闰集第一，第11册，中华书局，2007，第6160页。
② 朱彝尊辑录：《明诗综》卷八十九，第8册，中华书局，2007，第4235页。
③ 钱谦益：《列朝诗集》闰集第一，第11册，中华书局，2007，第6159页。

寒。宁贻荣叟诮，齿落无衰颜。[①]

是缘于所据版本的差异，还是出于选诗者的臆改，抑或是抄录时的疏漏？从今存文献记载的情况来看，似乎是朱彝尊选诗时改动、抄写疏误的“嫌疑”较大。此外，《列朝诗集》《明诗综》二本同时收入的《望吴山》，短短8句40字，也有“曲溆船孤棹”与“曲溆船孤放”之别，也可能是出于改动的原因。

此外选录了张宇初诗作的还有康熙时期的《御选明诗》和嘉庆、道光时期张谦编辑的《道家诗纪》。《御选明诗》选张宇初诗31首，其中卷三十五选五古9首：《独酌》《夕怀》《山舍夜坐纪兴》《乙亥季夏还山居偶兴》《甲戌三月二日出行》《晚霁》《仲春喜晴》《旅怀》《拟古（朝阳生东树）》；卷六十六选五律9首：《喜晴》《山居晓起》《晚游新兴寺》《望吴山》《晚行》《辉山登舟》《桐江即事》《过钱塘》《春暮自遣》；卷九十选七律1首：《闻霜钟》；卷一一四选七绝12首：《晚立》《感旧偶成》《忽雨》《三月一日寒食》《晚兴》《故园自适》《春寒》《闻莺》《病怀》《南丰舟中》《夏景》《冬景》。[②] 除《拟古》《过钱塘》2首，其余所选各诗均见于《列朝诗集》，次序也基本相同。《夏景》《冬景》2首更是沿袭了《列朝诗集》之误。由此可以看出，《御选明诗》主要是在参考《列朝诗集》《明诗综》的基础上编选而成，很可能并没有依据张宇初的本集。其中缘由，大概也是因为至其时单行的《岘泉集》已少有流传，《道藏》本亦因整体规模太大而鲜有刊刻，因而编选者才依据前代选本选录其诗。

---

① 朱彝尊辑录：《明诗综》卷八十九，第8册，中华书局，2007，第4234页。

② 康熙：《御选明诗》，《景印文渊阁四库全书》本，商务印书馆（台北），1986。

清嘉庆、道光间张谦编辑的《道家诗纪》卷三十收录其诗23首：《次韵苏素庵寓兴二首》《雪晴夜月》《拟古（朝阳生东树）》、《养疾（濯足山涧中）》《冬日还岘泉》《题夏山过雨图》《乙亥季夏还山居偶兴》《过钱塘》《望吴山》《山行晚眺》《游麻姑山》《宿马祖岩》《屏迹》《己巳元旦早朝》《题凝清轩》《山人献紫芝二本》《访朋山如愚炼师榆原真馆》《冬晴寻浑仑庵故址》《夜宿元（玄）都馆》《游丹霞洞天》《西宇真人枯木》《寒食》。[①] 其选诗来源之一为《明诗综》。凡文字有所出入之处，《道家诗纪》本均与《明诗综》本相同。此外，《道家诗纪》所选《冬日还岘泉》《题夏山过雨图》《乙亥季夏还山居偶兴》《望吴山》均与《明诗综》本同，《养疾》《过钱塘》《山行晚眺》个别字略有出入，或为选家所改。《明诗综》所选8首尽皆入选，且次序也完全一致。又《道家诗纪》中不见于各家选本的《次韵苏素庵寓兴二首》（《石仓历代诗选》只选1首，且题目略有不同）及《雪晴夜月》《游麻姑山》《屏迹》《题凝清轩》《山人献紫芝二本》《己巳元旦早朝》《冬晴寻浑仑庵故址》《夜宿元（玄）都馆》《游丹霞洞天》《西宇真人枯木》《宿马祖岩》等，均见于崇祯本《岘泉集》，依据的也有可能是乾隆十九年（1754）的重刊本。可见《道家诗纪》中收录的张宇初诗，应是在参考《明诗综》与《岘泉集》本集的基础上选编而成。

然而在《道家诗纪》所选张宇初诗中，有一首存在特殊情况，即《寒食》，诗云：

残花细草半钩帘，雨过西山总翠蓝。禁火人家总寂

① 张谦辑：《道家诗纪》，《上海图书馆未刊古籍稿本》第59册，复旦大学出版社，2008，第167—177页。

寂，莺啼应未到江南。①

崇祯本卷六亦题作《寒食》，《列朝诗集》《御选明诗》则均作《三月一日寒食》。然而无论是崇祯本，还是《列朝诗集》《御选明诗》二本，其诗字句均与《道家诗纪》本略有不同：

残花细雨半钩帘，过雨溪山总翠蓝。禁火人家春寂寞，莺啼应未到村南。②

因为今存各本中，仅崇祯本（包括乾隆十九年重刊本）录有此诗，因此《道家诗纪》所录该诗在字句上的不同，很大可能是由选家改动所致。

天启年间续修的《龙虎山志》，卷端署“元翰林院侍讲学士元明善辑修，明工部左侍郎两山张钺校阅，正一嗣教五十代天师心湛张国祥续修，正一嗣教五十一代天师九功张显庸仝修，建武后学屋山居士王三极续较”③。今存该书卷下收录张宇初诗9首：《宿马祖岩》《游水帘洞》《题龙虎山图》《次杨孟顼游仙岩韵》《癸未秋同参议胡公游仙岩》《游壁鲁洞天五言排律》《五月望日陪仲缙先生游仙岩分题云锦石赋三十五韵》《橐籥子歌》《元夕后喜晴登靖通庵》。清人娄近垣（1689—1776）重辑、乾隆五年（1740）刊行的《重修龙虎山志》卷十三收录张宇初诗11首，较今存天启志所收多出《冬日还岘泉》《乙亥季夏还山居偶兴》2首，从字句对

① 张谦辑：《道家诗纪》，《上海图书馆未刊古籍稿本》第59册，复旦大学出版社，2008，第177页。

② 张宇初：《耆山无为天师岘泉集》卷六，明崇祯刻本。

③ 《续修龙虎山志》卷上，《四库全书存目丛书》影北京图书馆藏明刻本，史部第228册，齐鲁书社，1996，第120页。

比来看，两诗与《明诗综》本同，而与《道藏》本、崇祯本和《列朝诗集》选诗不同。《题龙虎山图》2首，天启修《龙虎山志》混作1首，乾隆《重修龙虎山志》分作2首。其中《游壁鲁洞天》1首，2种《龙虎山志》所载题下均有小序，而今存《道藏》本缺，词句亦小异；《五月望日陪仲缙先生游仙岩分题云锦石赋三十五韵》1首，《道藏》本题作《五月望日游仙岩》。《橐籥子歌》1首，“圣嗣勋卿尽倾结”1句，《道藏》本作“巨老勋卿尽倾结”，“扫花酌水弄清啸”1句则与《道藏》本同，而《景印文渊阁四库全书》本作“扫花钓水弄清啸”。《宿马祖岩》《次杨孟顼游仙岩韵》《癸未秋同参议胡公游仙岩》3首，仅见于崇祯本。由此可以看出，《龙虎山志》收张宇初诗并未依据某一版本，略显随意。

从所录诗作来看，《龙虎山志》所选张宇初诗与今存《道藏》、崇祯等本存在少数文字的不同，应是出于抄录时的笔误或者臆改。兹以《元夕后喜晴登靖通庵》《游水帘洞》2首为例。《道藏》本（《列朝诗集》本同）《元夕后喜晴登靖通庵》云：

> 春阳蔼微和，扶疾释余怠。真馆肃虚寥，幽寻倏逾载。小径迷积叶，云萝递空籁。飘梅散轻飔，竹柏纷映带。澹寂每清神，晴岑列窗黛。灯宵杂市喧，鹄伫凌空界。抚心倍仰止，素托抱深赖。丛阴支倦还，由兹悟悬解。①

《龙虎山志》收录《元夕后喜晴登靖通庵》诗云：

---

① 张宇初：《岘泉集》，载《道藏》第33册，文物出版社、上海书店、天津古籍出版社，1988，第258页。

春阳蔼微和，扶疾释余怠。真馆肃虚寥，幽寻倏逾载。小径迷积叶，云萝递空籁。飘梅散轻飔，竹柏纷映带。澹寂每清神，晴光列窗黛。灯宵杂市喧，鹄伫凌空界。抚心倍仰止，素托抱深赖。丛阴支倦还，由兹悟玄解。①

《道藏》本《游水帘洞》云：

幽洞双关入杳冥，瑶林阴壑后先行。层崖珠落帘收瀑，叠嶂屏开锦列楹。击石尚须期啸父，扪萝端欲候仇生。碉阿藉地林霏暝，写尽丝桐世外情。②

《龙虎山志》收录《游水帘洞》诗云：

幽洞双关入杳冥，瑶林阴壑后先行。层崖珠落帘收瀑，叠嶂屏开锦列楹。击石尚须期啸父，扪萝端欲候仇生。涧阿藉地林霏暝，写尽丝桐世外清。③

从目前所知的张宇初文集版本来看，上述文字的出入，应当不是出于不同的版本来源，而是摘录时的改动或者笔误。类似情形，在古代的选本中并不鲜见。

由上文的考析可以看出，今存四种《岘泉集》有可能源于两个

① 《续修龙虎山志》卷上，《四库全书存目丛书》影北京图书馆藏明刻本，史部第228册，齐鲁书社，1996，第120页。

② 张宇初：《岘泉集》，载《道藏》第33册，文物出版社、上海书店、天津古籍出版社，1988，第269页。

③ 《续修龙虎山志》卷上，《四库全书存目丛书》影北京图书馆藏明刻本，史部第228册，齐鲁书社，1996，第230页。

版本系统：《道藏》12 卷本和已佚的 20 卷本。《明诗综》所选张宇初诗或另有所本，或是据崇祯本（或其所据 20 卷底本）而有所删改。然而今存文献均未提到张宇初文集在 12 卷、20 卷、6 卷之外另有他本，似乎以改易的可能性更大。而《汉天师世家》中认为永乐五年（1407）辽王所刊张宇初文集为 20 卷本，其说颇值得怀疑。依常理而论，张宇初于永乐四年（1406）以后主持纂修《道藏》，其弟张宇清及邵以正等续成其事，永乐五年（1407）其集刊行，收入其中的应该即其刊本，但今存《道藏》本却只有 12 卷。然而钱谦益明确说有 20 卷本《岘泉集》行世，其所选诗歌往往不见于今存《道藏》本也证明了这一点。

除了极少数篇目顺序略有不同，《道藏》本与崇祯本篇目的次序几乎完全一致，然而文字上却颇多出入。造成这一情形的缘由为何？《道藏》本与崇祯本所祖的 20 卷本，二者之间存在何种关系？据目前文献所知，或以下述情形最为可能：永乐五年（1407）刊刻的并非 20 卷本，而是 12 卷本，因为该书曾“彻上览”，因而在编纂《道藏》时被收入其中。此后永乐五年至十年（1407－1412）间，又续有所作，见于崇祯本收录的部分作品，即为永乐五年（1407）以后所作。张宇初去世后，文集被重编为 20 卷，收入《道藏》本及永乐五年以后的续作，同时收录的应当还有作于永乐五年之前而未编入《道藏》本的作品（这一点可从《道藏》本、崇祯本二者诗歌数量的巨大差异推断），《道藏》本所存诗均见于崇祯刊 6 卷本，也可说明二者之间的渊源。20 卷本在明代曾流传，至崇祯年间由张显庸重编为 6 卷，此后所传即只有《道藏》12 卷本和 6 卷本，而 20 卷之面貌遂不得见。

除各本《岘泉集》和各家诗选收录张宇初作品，明人亦偶有提及张宇初相关撰述的情形。徐有贞曾写过 1 首《题张无为墨竹歌》，诗云：“龙虎山中老仙客，爱写琅玕时戏墨。昔曾骑鹤过三湘，览尽三湘秋月色。三湘月色澄清景，水阔云空镜光冷。箫声惊起玉渊龙，万丈银河挂修影。灵娥拥瑟不胜寒，二十五弦弹复弹。泪珠洒入绿云里，千古秋风吹不干。仙游已绝平生梦，仙笔空留世间重。为君漫赋修竹篇，我欲朝阳听鸣凤。”① 徐有贞为宣德八年（1433）进士，被选为庶吉士，散馆授翰林院编修，正统初任翰林侍讲，累官至兵部尚书、华盖殿大学士，封武功伯。此诗收入其所作《史馆稿》，为其在翰林院时所作。诗题所说“张无为墨竹歌”，不知何指？今存崇祯本中有多首张氏所作的《墨竹歌》，可见竹为其酷爱题咏的对象。根据文献记载，张宇初诗、书、画皆精，颇爱为人题诗，诗中所说“爱写琅玕时戏墨”即指此。《书画眼》称其“篇章翰墨，各极精妙”②，《皇明书画史》也说他“能诗，工书翰，写墨竹自成一家，亦精兰蕙”③，因而徐氏所见也有可能是张氏所书条幅，并非出自本集。张宇初所写的书法作品，至今仍有部分留存于世，而其文字并不见于《岘泉集》当中。④ 类似情形，则为后人辑录张宇初诗文提供了空间。

第二节　张宇初道学思想的渊源与系谱

一个人思想观念的形成，与其家学渊源及所受的知识训练有密切关系。张宇初之父张正常，虽然在元末时名不甚著，但其时

---

① 徐有贞：《武功集》卷五，载《景印文渊阁四库全书》第 1245 册，商务印书馆（台北），1986，第 208 页。

② 倪涛：《六艺之一录》卷三七三《道家·张宇初》引，载《景阳文渊阁四库全书》第 837 册，商务印书馆（台北），1986，第 891 页。

③ 王原祁等：《康熙御定佩文斋书画谱》卷五十八引，清康熙四十七年内府刻本，中国书店，1984。

④ 如台湾“故宫博物院”藏其所书《道家识语》，刊于台湾《故宫历代法书全集》（十六），载入台湾《故宫书画录》卷三。此外又有所书《跋〈宋拓本黄庭经〉》条幅。

的许多知名道士，如吴全节、张雨、薛玄曦等，均长于著述，为典型的“文人道士”，与当时的知名文人都有密切交往。身处如此时代，张正常虽不以著述见称，但也并非纯然为方伎之流，宋濂就称他是“古之博大真人，而今之列仙之儒者”①。为人作赞，虽不免有过誉之嫌，但据此认为其对儒学颇感兴趣则大致不误。

按照正一派的传承原则，张宇初作为四十二代天师张正常的长子，是天师之位的法定继承人。而正一派的历代天师，虽然也有如三十七代天师张与棣“渊默寡言，洞明三教，为诗文立成书千言”，三十八代天师张与材“天资仁厚，为诗文可立就，书翰精奇”，四十代天师张嗣德“善文好诗”② 等情形，但大多未有著述传世。张正常为三十九代天师张嗣成之子，二人均未见有文集传世。这一情形，与正一派注重“演法”（仪式、方技层面）的传统一致。

元代江西理学气息颇浓，吴澄、虞集、刘诜、揭傒斯、李存、周伯琦等均为当时名儒，张正常是否曾受到影响虽未可知，但在对二子张宇初、张宇清的教育方面，则颇注意培养他们的文人气质和情趣。据《汉天师世家》记载，张宇清“七岁能诗，及长，凡秘要、儒经、子、史，究索无遗”，并有《西壁文集》传世。③张宇初的阅读范围也与之类似，下文将做详细论述。甚至张宇初、张宇清二人在书画方面也都有一定造诣。《书史会要》说张宇初“能诗，工书翰，写墨竹自成一家，亦精兰蕙”，曾棨称张宇清“善写山水”。二人有如此修养，当与早年的培养和教育有关。

---

① 宋濂：《宋濂全集》卷八十八《四十二代天师张公像赞》，人民文学出版社，2014，第 2087 页。

② 张正常：《汉天师世家》卷三，载《道藏》第 34 册，文物出版社、上海书店、天津古籍出版社，1988，第 830—833 页。

③ 张正常：《汉天师世家》卷三，载《道藏》第 34 册，文物出版社、上海书店、天津古籍出版社，1988，第 836 页。

对自己的为学路径，张宇初在文章中曾多次提及。从所述内容来看，均属传统儒家士子常见的一般情形："予年未冠，知嗜学，有志儒先君子之言，凡《诗》、《书》、六艺之文，悉尝记诵之。"[①]所读的都是一般士人必读的基础性著作，即他所说的"儒先君子之言"，未及于教内经典及仪式轨范。随着年龄的增长，"自揆于文章家未之尽究，凡通都大邑以学行著于时谓之先生长者，又从之游"[②]，又说自己"少有文好，尝慕登先生长者之门，讨索古文，探研经史，发其所蕴蓄以卒业焉"[③]，也是普通士人常经历的游学方式。由此形成他在为学方面的基本认识是："经、史、子氏之书，逮老、释之文，庋置日众，然后会其指归，反身而诚，乃知皆备于我也。"读书的兴趣与学习的方法，与传统儒家的教导并无区别。

从他撰写的为数不少的古体诗中，也能看出他对儒家经典、历代史书都有广泛涉猎。如他在《拟感遇十五首》其一中写道："周衰暴烈国，王章日陵迟。嗟哉九鼎震，赵魏纷沦夷。交政盟翟泉，空慨苌弘悲。缪公知悔誓，勾践惟薪稽。楚汉剧秦弊，兼并卒骎危。由兹王迹熄，权术徒驱驰。扶义受怀约，董公信良知。范增晚谢羽，尚惜鸿门机。扁舟五湖浪，千载愧鸱夷。"[④] 所吟之事，从周末直至秦末，可见对期间的史事颇为熟悉。又如同题之一的诗中曾咏屈原、贾谊之遭遇说："屈平志自洁，忍为浊世污。忧愤结骚经，子兰甘国欺。悲哉贾生赋，反辨诚罪辜。"其对经典的文学作品也不陌生。

张宇初曾以过来人的口吻表白自己二十多年"志于文"的经

① 张宇初：《耆山无为天师岘泉集》卷三《书室铭·序》，明崇祯刻本。
② 张宇初：《耆山无为天师岘泉集》卷三《书室铭·序》，明崇祯刻本。
③ 张宇初：《耆山无为天师岘泉集》卷三《通吴待制书》，明崇祯刻本。
④ 张宇初：《耆山无为天师岘泉集》卷五，明崇祯刻本。

历和体会，从中可以窥见其思想的一般状况：

> 余志于文凡二十余年间，探其要，六经而下，若汉唐诸家尽味之，将上溯三代之言，以究与经为之表里者焉。所愧学力驽怠，未之博洽贯通，深所自惧。及究是编，而后明彻廓达，而信之益笃，得之益大矣。或所适未正，所养未至，而不足预是者，亦了然可辨矣！①

根据自身经验，张宇初认为，学习作“文”的首要原则是确立取法的对象和路径，目的是要做到“所适”之正，也就是中国传统复古理论常说的取法“第一义”的作品。具体的做法是：以“六经”作为根本，然后再仔细琢磨“汉唐诸家”的文章，并结合“三代之言”，以达到“与经为之表里”的境界。

张宇初对于学“文”的看法，与元中期以来提倡文理合一的主流文章观颇为相近，承袭的是“载道”一脉。由此，其所见历代以来“学”与“文”之系谱即呈现为如下脉络：

> 于道德性命之说，自孔、孟而下，周、程、张、邵、朱、吕焉。文辞篇章之习，左氏而下，班、马、韩、柳、欧、苏焉。越周、程诸子而言学，则不足谓之学；违班、马诸儒而言文，则不足谓之文。是以非载道之文，虽工不取焉。古之谓学也为己，岂岐而二哉！②

在张宇初的知识结构中，古代之“学”与“文”是二而一的

① 张宇初：《耆山无为天师岘泉集》卷一《书〈文章正宗〉后》，明崇祯刻本。

② 张宇初：《耆山无为天师岘泉集》卷三《书室铭·序》，明崇祯刻本。

概念：所谓的“学”，即“道德性命之说”，代表人物是孔子、孟子、周敦颐、程颐、程颢、张载、邵雍、朱熹、吕祖谦，超出此外就不能被称为“学”；所谓的“文”，即“文辞篇章之习”，代表人物为左丘明、班固、司马迁、韩愈、柳宗元、欧阳修、苏轼，违背其精神就不足以被称作“文”。而他对“文”的评判标准则是“非载道之文，虽工不取”，其旨归乃是“载道”，也就是所谓的“道德性命之说”。而从《潘默成先生书跋》一篇，可见其对黄溍、柳贯等婺州理学一派亦有所知。

张宇初在写给一位程姓训导官的信中有过一番陈述，或能为我们窥探其思想脉络提供线索：“仆自未冠有志于学，若乡先辈，靡不师以求之，未之有得，而思之反复，求亦愈切。及长，亲殁袭教，虽肆力吾道家言，而诚身修己之道自见，必求诸濂、洛、关、闽为备，遂易所习而力求之，卒无所逮。”① 由前文的论述可知，其未冠时所志之“学”，当即一般士人通常所受的儒家经典、子史著作。缘此，“克己诚身”“希圣希贤”等论说也常见于其言辞当中。而他对“道家言”的关注，则与自己接受了天师之位有很大关系，同时仍然从儒家汲取思想资源。

在四十三岁时写给国子博士王绅的信中，张宇初对自己思想变化之轨迹有更详细的描述：“少从乡先生游，所习者辞章翰墨而已。其于濂、洛、关、闽诸儒先道德性命之说，壮而后有闻，于是致力乎性理动静交养之功。其于天人一致之理，或若微有入焉。而后一弃旧习之所为辞章，凡六经二史而下，若夫孟、荀、扬、韩之宏深，左、马、班、贾之精雅，柳、欧、苏、曾之雄博，皆常研精覃思于占毕之末，而未之有得焉。然后于守中抱一之道，益

① 张宇初：《耆山无为天师岘泉集》卷三《答程训导书》，明崇祯刻本。

有以见夫内圣外王之实也。”① 于其思想之脉络可见一斑，而对其身上儒、道两种思想交处的情形也能有大概的了解：作为道教正一派的掌教天师，他对道家学说、烧炼、符箓、道教仪式等的关注是职位赋予的天然使命；至于儒学、理学诸说，则是自幼浸淫濡染的知识领域。道士身份加上学习儒学的知识背景，对张宇初发展出儒、道合一的思想自然会产生潜在影响。

张宇初曾写过一首署题《题修省斋》的五言古诗，诗云：

> 虚灵宰五官，四体囿衡气。至理具寸心，天人斯一致。脂韦情虑纷，物欲肆交蔽。放僻生隐微，颠危焉内制。凝渊昧沦溺，焦火汩炎炽。典谟具圣哲，濂洛启幽阏。敦复匪途遥，返躬若紬弃。操存在持敬，逸骥安六辔。动静时厥中，戒慎奚必意。襄江有俊彦，久造岐黄秘。问学鄙庸流，儒先笃高志。潜修致震亨，内省惟恐惧。夕惕若履冰，休光乃蕃贲。克研遵养工，日益将罔既。体仁宜博施，食报岂遐替。寂感妙莫窥，膻茴竞狂戾。愿言肃薄夫，明训发矜励。②

无论是题目中的“修省”，还是诗中所用的“濂洛”“儒先”“返躬”“持敬”“戒慎”“内省”“夕惕”“体仁”“明训”等词语，无不显示出此诗的“理气”。而“虚灵”“衡气”“岐黄”“食报”“寂感”等词语，又昭示着诗中并不缺少道家的意旨。而其中“至理具寸心，天人斯一致”一句，又可以说是融会了张宇初道教思想两个重要方面，即“儒道合一”“天人一致”的观念。

① 张宇初：《耆山无为天师岘泉集》卷三《通王博士书》，明崇祯刻本。
② 张宇初：《耆山无为天师岘泉集》卷五，明崇祯刻本。

“天人一致”是原始道家学说的核心内容之一。后世道教徒视老子为始祖，《道德经》也被奉为道教经典，其思想自然也就被尊为教内上旨。张宇初的“天人一致”观念，即是对历代以来道家天人关系认识的继承与延续。其中对“虚实”关系、“太极”等问题的关注，反映出张宇初对传统道家思想的兴趣与认识。

张宇初的“虚”“实”之辨，颇有辩证法的意味，其思想渊源于老子。他在《冲道》开篇阐述“虚”“实”之间的关系说：

至虚之中，坱圠无垠，而万有实之。实居于虚之中，寥漠无际，一气虚之。非虚，则物不能变化周流，若无所容，以神其机，而实者有诎信，聚散存焉；非实，则气之絪缊阖辟，若无所冯，以藏其用，而虚者有升降消息系焉。①

“冲道”的标题，即如文中所说，乃是取自老子的“道冲而用之或不盈”之说，意为所论的是“冲”（虚、太虚）之道。其中又有取于庄子、列子之论。由此也才有后文所说的，“天地之大，以太虚为体，而万物生生化化于两间而不息者，一阴一阳动静往来而已”；也才会因此引出司马光“万物皆祖于虚”的看法。在张氏看来，正因为“实”是由“虚”中而来，才能够有生生不息之化；而“虚”又必须由“实”来充实，否则就会无所凭依，难以为用。略为不同的是，老子视“冲”为“道”的属性，其主体在“道”，认为“道”的本质是虚空的，作用却不穷竭，又将其视为“万物之宗”，似无而实有。张宇初则将“冲”视为“道”之本身，“太虚”之外并无另一个道存在，其主体为“冲”，而将“太虚”看作

① 张宇初：《耆山无为天师岘泉集》卷一，明崇祯刻本。

是万物的根源，认为万物都由“太虚”而生。

如何让“太虚”“太极”等玄言妙论更易被理解和感知？张宇初提出了“知道者不观于物而观乎心”的观点，将“虚灵”“太极”“中”“一”等道家的核心观念都归结为“心之本然”，并由此引申出“心为太极也，物物皆具是性”的认识。他在《太极释》开篇指出：

> 太极者，道之全体也，浑然无所偏倚，廓然无得形似也。其性命之本欤！性禀于命，理具于性，心统之之谓道。道之体曰极，五居九畴之中曰皇极。①

“太极”是中国古代儒、道两家都颇为关注的命题。“太极”一词较早见于《周易·系辞上》：“易有太极，是生两仪，两仪生四象，四象生八卦。”《庄子·大宗师》中亦有关于“道”与“太极”相关的表述：“夫道……在太极之先而不为高，在六极之下而不为深。”汉代以降，儒、道两家均不乏对“太极”的阐说。及至宋代，“太极”成为理学家讨论的中心论题之一。其中尤以朱熹论述最多，提出过“极是道理之极至，总天地万物之理便是太极”（《朱子太极图说解》），“人人有一太极，物物有一太极”（《朱子语类》），“太极非是别为一物，即阴阳而在阴阳，即五行而在五行，即万物而在万物，只是一个理而已”，“太极只是一个理字”等见解。在此，张宇初将“太极”视为天地万物的共有属性，将“虚”视为“道”或者“太极”的特征。由此出发，张宇初很自然地就在太极、道与心之间建立了相互联系。从中可以清晰看到来自宋代理学心性思想的影响。他在文中引以为证的诸说，既包

① 张宇初：《耆山无为天师岘泉集》卷一，明崇祯刻本。

括《尚书》《诗经》等先秦儒家元典，也有出自周敦颐、程氏兄弟、邵雍、朱熹、陆九渊等人的看法。既以老庄的虚无思想为基础，又包含对宋代以来讨论益多的心道观念的继承和发展。由此而形成的“天人一致”观念，在思想来源上便具有多重性，主要是在融合儒、道二家之说基础上形成的。缘于此，四库馆臣认为，张宇初的《太极释》《先天图论》《河图原》《辨荀子》《辨阴符经》等篇，“皆有合于儒者之言”。而对于《问神》一篇，四库馆臣认为其“悉本程朱之理”。

此外，张宇初对“太极”和“道”的强调，同样也指向现实之用，注重在临民治世方面的世俗关怀：“以之治国，以之爱民，托于天下，而天下清静而正也。是皆以清静无为为宗，以谦约不争为本，其所谓内圣外王之道也欤!”[①] 道家之说，原也追求临民治世之用，《道德经》五千余言，“圣人”之说凡十多见即为其证。张宇初提出“以清静无为为宗，以谦约不争为本”也是“内圣外王之道”，强调道教思想在个人践行、国家治理方面的价值，体现出儒、道相通的多个面向。其思想层面“儒道合一”的特点也由此得到部分反映。

张宇初融合儒、道的思想取向并不只是他的自我陈述，同时也建构了时人和后世对他的认识与评价。苏伯衡说他“儒经释典，靡不该贯，诸子百家，多所涉猎，其绪余见于文辞翰墨，一时亦复鲜俪，岂惟玄学之士之宗之也”[②]。程通永乐五年（1407）为张宇初所撰文集作序，认为他对儒家经典的理解和解释具有很高水平：“观集中所著《冲道》《慎本》《太极》《河图》《原性》诸篇，义理之玄微，研究之精极，议论之闳肆，其于天地造化，山

---

① 张宇初：《耆山无为天师岘泉集》卷一《冲道》，明崇祯刻本。

② 苏伯衡：《苏平仲文集》卷九《耆山庵记》，载《景印文渊阁四库全书》第1228册，商务印书馆（台北），1986，第703页。

川人物，礼乐制度，靡不该贯，虽专门擅业、皓首穷经之士，有不能及者。”称赞他“非惟有功于玄教，其于世教亦有裨焉”。[①] 四库提要也说他“未尝以云师风伯荒怪之说张大其教，以视诵周孔之书而混淆儒墨之界者，实转为胜之”[②]，认为他不失儒者本色。诸说虽然都是站在儒家立场对其思想中包含的儒家观念予以标举，但从中也可以看出张氏思想确实非纯粹道家思想所能包纳。

类似看法还见于王绅（1360—1400）为张宇初文集所作序中。宋代以降，随着理学的兴盛，“文道合一”之说成为儒学的核心观念之一。王绅在为张宇初集作序时对此一思想进行了重申：“天地间至精至微者道也，至明至著者文也，道非文不明，文非道不立。析而言之虽为二，要而归其实一也。乾坤之所以覆载，阴阳之所以变化，寒暑之所以代谢，日月之所以往来，山川之所以流峙，草木之所以荣悴，无非道也，无非文也。”然而同时又对“道”做了更宽泛的理解：“圣人者作，因其自然之道，著为自然之文，未尝以一毫己意加之也。是故因其变化之理而成《易》，因其训诂之体而成《书》，因其治化之迹而成《诗》，因其褒贬之法而成《春秋》，因其节文之实而成《礼》，因其和畅之用而成《乐》。此六经之文所以终天地亘古今而不易者，以其出于自然也。”[③] 王绅为元末明初名儒王袆次子，曾从宋濂受学，传金华理学之脉，又曾任国子博士，不失为纯正儒者。张宇初道学思想中的儒家色彩如此鲜明，使明初的儒者也将其视为同道。王绅通过对先秦经典进行重新解读，目的之一是建立道家思想在正统意识领域的合法性，申明其同样具有不外于主流的特征。即他在序中所说的：“于时有

---

① 《耆山无为天师岘泉集》卷首程通序，明崇祯刻本。

② 永瑢等：《四库全书总目》卷一七〇《岘泉集》提要，中华书局，1965，第1479页。

③ 《耆山无为天师岘泉集》卷首王绅序，明崇祯刻本。

若老子者，其言以清静无为为道，著书五千余言，后世尝有以之为治而治者矣，其庶几于道者乎？”循此见解，以老子思想作为立教之基础的明代道教正一派，所建构的自然也就是合乎于正统之道的思想系谱。

一种思想的形成，不外受内部和外部因素的影响。张宇初思想层面“贯综三氏，融为一涂”① 特征的形成，同样是多重因素作用的结果。其一，隋唐以降，三教合一思想成为重要趋势。经过宋元时期的发展，儒家与佛、道思想相互援发，三教之间互为交涉，出现合一的趋势，对佛、道二教的影响尤为明显，出现了类似《绘图三教源流搜神大全》这样的著述。其二，张宇初为学，“于琅函蘂笈、金科玉诀之文，既无不博览而该贯，益于六经子史百氏之书”②，“旁及诸子百家之言”③，“学通百氏，道贯三才”④，可以看出其不专主一家的特点。这样的知识背景，为他融汇儒、道思想提供了思想基础。

同时，作为明初道教领袖，张宇初在《道门十规》中提出“凡行持之士，必有戒行为先，次以参究为务”，从某种程度上来说即是代表道教界对明太祖整肃宗教言行所做的回应。所列十规分别为道教源流、道门经录、坐圜守静、斋法行持、道法传绪、住持领袖、云水参访、立观度人、金谷田粮、宫观修葺，基本是依据明初的宗教政策对道教发展进行规范，由此确立道统，规范日常行为准则，明晰生存发展空间。其意义至少包含两个方面：一方面是将明太祖的道教言论具体落实到日常行为规范当中，使道教获得合法的身份；另一方面因为适应了明初以来道德伦理建

---

① 《耆山无为天师岘泉集》卷首永乐五年辽王序，明崇祯刻本。
② 《耆山无为天师岘泉集》卷首王绅序，明崇祯刻本。
③ 《耆山无为天师岘泉集》卷首永乐五年辽王序，明崇祯刻本。
④ 《耆山无为天师岘泉集》卷首程通序，明崇祯刻本。

构的要求，使道教更易得到当政者的支持，从而获得更大的发展空间。

《道门十规》被作为明初道教仪轨的权威性文本编入《道藏》，其意正如张宇初在开篇中所说的："吾道自近代以来，玄纲日坠，道化莫敷，实丧名存，领衰裘委，常怀振迪之思，莫遂激扬之志。"① 以道自任的责任与使命促使他对修道之士的思想、行为进行规范，以净化道教群体良莠不齐的状况。因而才会通过力图"搜采前代定规，群师遗则"，以达到"激励流风，昭宣圣治，永为奕世绳规，玄门祖述"的目的，至于说"上不负朝廷崇奖之恩"，则很大程度上仅为冠冕之词，"下有资道流趋学之径"才是其真实的期望。

而从另一方面来看，张宇初撰成的《道门十规》，所涉却不仅仅是戒律仪轨，即他自己所说的"定规"和"遗则"，实际上包含了从教义学习到宫观规制等各方面的内容。而其编写目的，则如他自己所说，是要"激励流风，昭宣圣治，永为奕世绳规，玄门祖述"。虽是以道教领袖的身份为道教徒的行为确立规范，却处处可见时政对道教发展的影响。张宇初对道教轨范的建构，是在明初政制之下展开的，明确反映出明初在国家伦理体系中规约宗教的意图。类似的思路，虽不是促成其道教思想的直接因素，却必然会有潜在而深刻的影响。

第三节　张宇初诗歌所见情感与忧愁

身为一个道士，应当具有怎样的性情？而如果他还能作诗，又会在自己的诗中表达什么情感？历史或许曾给过张宇初不同的参照，那些生活在稍早时代的道士们，就曾在诗的国度里做过不

---

① 张宇初：《道门十规》，载《道藏》第32册，第146页。

同的表演：百余年前的丘处机、王重阳、马钰、姬志真等人，留下了为数可观的诗作。然而他们的大多数作品，归根到底不外是修道之余见诸文字的“道言”，而不只是“诗”的存在。那一首首字句齐整、格律符节的作品，虽然不无诗味，却道意更浓。又或是更接近于张宇初生活时代的教中前辈，如张雨、马臻，虽然他们都身着道袍，但在诗的世界中，却表现得更像是纯粹的诗人，让人很难分辨作诗与学道何者才是他们生活的重心。

虽然很难知悉张宇初是带着怎样的情感写下自己的第一首诗，但是从他的自叙可以得知，学为作诗是他自幼就开始的志业，而专注于道教经典的研习，则是年长被选定为道教事业的继承人以后的志业。也许从学为读书识字之始，诗人的精神和情怀就已不知不觉在他心中深种。在他留给今人的800余首诗中，虽不乏关乎“道心”的作品，但更多时候出现在世人眼前的，是一个情感丰富、细腻、敏感的诗人。而这样的形象，在他继承道统之后仍未曾或改。千载之下读他的作品，仍能体会其间有种种情愫萦绕于心，仿佛时时有一位道士由诗中跃然而出，诉说自己人生的悲喜，睹物思人，凭古吊今，悠游山水之间，往来江湖之上。由他那数百首诗所传递的作者形象，是一个有丰富情感世界的诗人，而非典型的道士、术士。

一、幽居：置身世外的孤高与寂寞

道士幽居，原属人生常态。然而对身任掌教的张宇初来说，其人生履迹则不得不时常在出、处之间进行切换，尤其是他曾因为获罪而回归山林。《明史·方伎传》称他在建文时“坐不法”，至于所犯何事，则史无详载，也无从考证。虽然在永乐初就恢复了教职，然而由此在心态上受到怎样的影响，在他的文集中似乎难以一探究竟。在他这般并不平静的人生中，其心绪是否也如常人一样难以不被外事所役？从他现有留存的作品很难看出具体事件对心绪的影响，然而却又可见总有愁云笼罩其间。山居生活既能使他有一种超脱世俗的仙人之姿，以清幽自赏，却又不免给他带来寂寞之感。虽然张宇初也未必耽恋世俗的享乐，然而与身处繁华都市、友朋应酬（由其诗文中有不少应酬之作可见）的欢愉生活相比，山居独处也许过于平淡，略显无聊。

张宇初曾作五律《独酌二首》，虽然不知其写作的具体时间，但那种百无聊赖的寂寞之感，却渗透于诗里行间。诗是这样写的：

> 曙雨改余春，新流注深谷。幽居绝世氛，微月澹丛竹。曲蘖非素耽，聊从写情曲。吹万等劳生，胡能竞奔触。
>
> 薄露集虚庭，凭池暂怡偃。蛙喧倏四盈，墟里闻春远。暝色度林钟，残霏净孤巘。孰探肥遁情，幽趣聊独遣。①

诗题“独酌”，孤寂之意不言自明。在此意下，两诗表现的方式却有所不同。第一首着力写所处环境的静与幽：“余春”“深谷”“幽居”“微月”“澹”“丛竹”，周遭世界的空寂、幽旷，不免会让人的心境也随之变得虚静。然而在这虚静之中，又似有一种不可捉摸的意绪在搅动诗人的琴弦。情之所至，尽管杯中之物并非是他素来耽溺的嗜好，却也不禁在这雨后独自小酌，借酒一抒心中情曲。世俗的奔忙劳碌虽非他所愿，但这山居的寂寞、枯淡生活呢？诗人似乎也不能完全淡然处之。在第二首中，展现在我们眼前的是一幅“动”的画面：夜幕将临，薄露轻笼殿庭，池塘中

① 张宇初：《耆山无为天师岘泉集》卷五，明崇祯刻本。

蛙声四起，村落中舂捣之声时有时无，暮色中传来缓缓钟声，远方孤山掩尽最后一缕残红。虽此则诗均为“动”景，实则更显幽寂。由此思到自己独居深山，远离尘世，这份隐逸的幽情孤趣，又有谁能与我同享？那就姑且酌酒一杯，聊以自赏吧！

在所作诗中，张宇初曾多次表达退居山林是自己素来之愿，尘世的种种污浊让他选择洁身自处。他的这首《九日登樵坡自遣》，很容易让我们想到因为不愿为官而逃离尘网的陶渊明：

> 朝旭解微阴，侵晨步幽谷。丘园遂远托，世网何局促。千嶂耸瑶昆，孤泉漱鸣玉。衡门藉崇丘，虚牖面漪竹。物候感湍驶，劳生信羁梏。君子慎行藏，得丧奚荣辱。谮巧竞危机，孚诚愧勾曲。抱中守义命，肥遁素安足。怅怀箕颍徒，瓢弃曷所欲。脱屣抚乔松，倾醪对丛菊。秋花艳夕姿，聊复适心目。长啸邈空冥，达观耻流俗。傲睨云汉期，岂暇忘鹿逐。居虚了无贵，委顺焉蹢躅。[①]

这首诗展现在我们面前的是一个曾愿有所为的士人君子，面对尘世的各种流弊，不以得失荣辱为出处依据，恬然退居山林，托迹丘园，抱中守义，安于隐居。然而心中似乎仍有挥之不去的世情，至于那份“傲睨云汉期，岂暇忘鹿逐”的壮心，在流俗纷扰的乱世，也只能以“居虚了无贵，委顺焉蹢躅”的心态去安顿了。

张宇初的山居诗中，常会流露出一种不愿与世俗同流权且退隐山林的幽思。如“利害相纠合，殉溺非智夫”（《次韵苏素庵先

① 张宇初：《耆山无为天师岘泉集》卷五，明崇祯刻本。

生杂诗六首》其三），“濯足聊委缨，狂歌涤幽愤”（《课樵》），“然薪尽永夕，聊与谢尘鞅”（《山舍夜坐纪兴》），“至和妙一初，涤此幽愤结；聊欣梅竹芳，岁晏卧冰雪”（《冬日山居三首》其二），“孤怀寂与论，阅岁惟培固”（《雨中玩菊》）等句，都是这种情绪的表达。在张宇初诸多山居诗中，我们读到的是一颗并不平静的道者之心。或许在内心深处，他原本就是一个多思善感的诗人，而非纯粹专志修炼的道徒。他曾作《秋兴五首》，写自己山居时的物感与心境：

烈风鸣高树，怅然知有秋。晨光变川谷，日夕天云浮。积雨解炎候，繁阴急鸣蜩。延伫感代谢，披襟独绸缪。浮生并蚊蚋，吹息同啁啾。含慨伊生怍，缅怀闵夭侔。委蛇中林托，憭慄曷少瘳。贪餧竞钩饵，侹攘焉自由。玄圣欲无言，谁当解吾忧。

苦雨涨寒潦，愁飙终夜鸣。悲蛩响庭户，野渚荒烟横。草木益黄落，抚膺群虑增。明灯起床琴，理韵难成声。邈矣黄唐化，愠怆徒内盈。凝阴肆淫溢，坎壈随晦明。达旦耿无寐，徒兹悔吝生。湮沦慨自昔，竭蹶焉遐征。泛观等一瞬，聊复释余情。

耀灵旋蓐收，秋气日萧瑟。霜露渐惨凄，蟋蟀鸣四壁。晨霏翳穹林，翔雁息幽泽。橚椮被余姿，抚感动凄恻。流俗竞虞罗，先猷鲜绳墨。阴氛蔽交衢，蹬蹀逐榛塞。宋玉慨遗悲，灵修仰贞则。浊醪餐落英，轶驾企休德。九畹蕙华滋，凋林菊初白。聊从澹容与，畴能冒时责。

朱曦净炎威，商候变金素。晨林扬迅飕，庭草盈白露。落木被微阳，莎鸡鸣近户。通波泛平川，凫鹜鸣遵渚。潜居靓杪秋，代序曷停伫。烦憯千古思，高骞邈遐愫。徒增惠连感，岂眷安仁慕。结轸睇鸿轩，濯缨欲河赴。栖迟丘园乐，俛仰藉幽顾。怡怅樵采踪，浩歌漠中路。

谢拙契林卧，养疴群虑消。重阴翳肃烈，汉潦沵崇朝。嘉木净飘脱，幽兰长芳苗。索居信虚澹，中谷何凄寥。郭泰已巾垫，费贻宜辙遥。埃风炽僄狡，感惕烦中焦。匪藉丘壑憩，胡能绝喧嚣。偃息任寒燠，操觚赋嶕峣。寒泉足自莹，一涤心神超。放情歌谷风，辍荣羲农招。①

单看诗题，很容易让人想到杜甫著名的《秋兴八首》。秋之时节，最容易令人心生感慨。无论他退居山林是因为“谢拙”还是“养疴”，感受到的是“烈风”还是“苦雨”，其中都似乎郁结了一种难以排解的忧愁。

对山居生活的描述，在张宇初的诗中随处可见，而他用以表达栖处山林的态度，常可见的是一“聊”字，如“聊舒栖遁情，生意足农圃”（《甲戌三月三日山行》），“忧愤终莫排，聊兹藉流憩”（《山雨》），“秋花艳夕姿，聊复适心目”（《九日登樵坡自遣》），“栖迟念索居，徒倚聊驰首”（《寄郑教授叔度并柬顾大训谨中》），“劳生聊此寄，高兴欲如何”（《莫春还岘泉》），等等。道士作诗，写山居生活原是很自然的事，毕竟那是他日常最常见的外物世界。然而由外物世界而兴起怎样的情感，却是人各不同：元初的全真道士如王重阳、丘处机等人，以道眼观世界，春风秋月，流水落花，无非是道；而张宇初此类诗中所流露的，则是他

① 张宇初：《耆山无为天师岘泉集》卷五，明崇祯刻本。

个人的情绪与意态。张宇初写山居生活的诗，“兴”“怀”等字频繁见诸诗题，不少都是写幽居生活的空寂、虚静。如《山居晚兴》：

孤筇入瞑壑，秋思满丘山。适此松桂托，倦翮宜知还。商飙动凄冽，池溜锵鸣环。落木秀阳冈，荆扉披皋兰。起囱理散帙，远籁微钟残。夕露浥丛菊，倾罇少怡颜。困亨累咎往，夷晦无尤艰。懿德美孪孚，反躬惟内闲。知天久达命，乐止聊吾安。大化本沤泡，蜓凡邈浮干。清霜藉丛薄，流景倏已阑。蜩翼匪云垂，何嗟迟暮间。余龄付寂寞，卧疾穷幽潺。①

又如《冬日山居三首》其一：

嘉遁抱素期，樊笼澹高躅。残流响远蹊，杖策还幽谷。野雀鸣昼扉，方塘湛寒绿。迅飙荡清氛，桑叶滑林曲。抚感心志违，含情尘网束。衡门足栖息，岂愧鹪鹩木。久藉孙登悟，曷烦季主卜。养真付余龄，明命孰吾欲。宗嗣属天伦，哀茕怆颠蹶。诚身愧靡逮，崇德念虚笃。洞视委顺流，浮羁妄烦促。所悲负夙怀，遗响邈辕毂。②

又如他曾写过一首《满庭芳·山居》词：

---

① 张宇初：《耆山无为天师岘泉集》卷五，明崇祯刻本。
② 张宇初：《耆山无为天师岘泉集》卷五，明崇祯刻本。

折却乌藤，便寻茅屋，谁知剩水残山。凿池种树，梅竹任萦环。芳草闲花覆地，烟霞里、藓径柴关。毋人到，春风秋月，松菊伴幽潺。

箪瓢。随分过，无荣无辱，樵路渔湾。与林猿、谷鸟暮乐朝欢。扫净情尘业垢，披衣坐、真息养还丹。优游处，孤琴只鹤，霜露不凋颜。①

“兴”“怀”之感，自然可以无所不包，兴之所起，情之所至，有感而发，乃诗人常态。在张宇初，道家情怀，世俗人情，无不可寓于兴咏感怀之中。他笔下的山居情怀，虽有远离尘世的遐情，却也透露出深深的愁意，“余龄付寂寞，卧疾穷幽潺”，“所悲负夙怀，遗响邈辕毂”，“毋人到，春风秋月，松菊伴幽潺”，读者看到的是一个遗世独立、萧索悲戚的身影。

由张宇初的诗中，我们似乎还能隐约感受到，他之所以返归山林，一方面乃是缘于道者身份使然，因此才会吟道“投身寂寞滨，自谓此生足”（《负暄二首》其一），满足于“蔬食不求余，高跌惟弊服”的生活。但更多时候，他在诗中所流露的，是一种不与世俗同流的孤傲。在他而言，返归山林乃是有深彻感悟之后的抉择，而不只是一种生于心、适于心的人生境界。缘此，他于诗中所表露的种种感悟，常与他对世间百态的认识互相关联。或许对他来说，因为种种原因而不得不辗转于世俗与山林之间，只有栖居山林才能逃离世间纷扰，“言旋情既舒，息倦惟蒿蓬”（《野眺二首》其二），也深知人生一切都终将化归尘土，“寄形区宇内，浮生随化终”，不论是进退出处，抑或得意失势，不过只是徒增烦恼，“穷达奚足念，百感徒烦忡”，面对人生起伏，唯有悠游山林

① 张宇初：《耆山无为天师岘泉集》卷三，明崇祯刻本。

才能不为外事所役，“存诚返自然，修己惟时中”，“何当谢蹇拙，永托巢由风”。这种种情思的表达，既来自山居诗书写的传统，又与张宇初个人的心绪有关。

二、远游：人生行旅中的哀愁幽怨

远游是中国古代文人笔下不变的话题，也是中国古代文人诗歌中乐写的主题之一。古人有“读万卷书，行万里路”之说，张宇初也说自己是“弱龄志海岳，未冠研诗书”[①]。张宇初所作与远游有关的诗，主题较为丰富，总体来说则不外“行远”与“客居”两个方面。对诗人而言，在旅途中最易产生感慨。空间的不断移动，常会带给人以变动不居的漂泊感，也就很容易与寂寞、无聊等感情发生联系，大自然的一草一木、种种声音，也都成为诗人情感倾注的对象。类似的情感表达，一方面与诗人一己的心理状态直接相关，同时也与中国诗歌情感抒写的传统有密切关系。

在张宇初的诗中，可以看到不少他纵览河山、远游访友的适情之行。同时作为朝廷授封的掌教真人，在他的人生旅程中，自然免不了会有受命而为的行役之旅。凡经行过处，兴之所至，有感而发，便不免行诸吟咏，留下篇什。从诗中读来，尽管促成张宇初远游的因素各有不同，然而所见的诗人心境，又似乎隐然有一种挥之不去的愁绪萦绕其间。是诗人遭遇挫折后心生感伤？又或是源于一种诗人所常有的莫名愁绪？虽然我们不知这种愁绪起于何时，缘出何因，但从中却也能感到张宇初诗中所表达的这种情感，已不仅是一种短暂的情绪宣泄，更似是凝结于心的情感积淀。

由诗歌所显示的时间来看，张宇初在诗中尤其喜爱写清晨和

---

① 张宇初：《夜宿杭之佑圣观东圃》，载《耆山无为天师岘泉集》卷五，明崇祯刻本。

傍晚两个时间的旅行。尽管我们可以肯定张宇初并不只在这两个时间点上才行在路上，然而正如日常所感受的那样，清晨与傍晚是一天中人感受阳光热度较低的时候，人的情绪也会相对低落，尤其是处在旅行中的时候，由于周围环境比较清索、幽静，难免会给人以一种萧瑟之感。由此诗人似乎在传递着这样一种情绪：虽然仿佛时刻都处在行旅当中，而事实上他并不喜欢各种各样无休止的旅行，却又无法逃脱。因而他写了如此多的在清晨或是傍晚旅行的诗，使自己在行旅中的那种寂寞感、漂泊感进一步凸显，以此强化情感表达的浓烈程度。

张宇初写清晨行旅的诗如《信河晓发》：

灵溪及晓发，远趣延江树。野屋带村居，朝烟散寒渚。轮舂杂远濑，浴鸟泛深浦。霜露丛薄幽，层岑秀骞翥。乡还觉自慰，别绪论亲故。久旷奚世怀，相知耿星曙。驱驰固未久，物候倏迟暮。瓢饮少自如，披襟藉零露。①

又如《晓行遣怀》：

泛雪滞川渚，归帆扬晓云。遥岑喜晚霁，江月生芦滨。远浦响栖鸿，违怀念离分。劳生信倏忽，及里犹阑春。夙慕泛遐契，高情靡幽伦。尘羁妄缠集，世浊惟炎氛。艰厉涉冰履，抚中俟兰熏。低回藉休泽，悚恻嗟时论。仰睇慨骞翥，浩叹适虚旻。焉俦管乐达，且遂巢由真。矧此松桂托，颇眈鱼鸟亲。霜雾感长役，止园知曷

① 张宇初：《耆山无为天师岘泉集》卷五，明崇祯刻本。

驯。晨风赖远送，永抱徒云云。[1]

再如《姑苏遣怀》一首中，尽管只是一次旅行中的一次经验，却引发了诗人对自己数十年人生历程的感触：

> 晓发涉川途，归程几迁变。经行廿载余，荣谢更流转……归欤实素志，山木犹葱蒨……怊怅川岳情，式微歌且劝。[2]

而同样是清晨行路，《山县晓行》的境界要更为幽深：

> 舆盖趋山邑，寒空露湿低。晓云行处犬，霜月梦中鸡。败叶荒村僻，残星野道迷。驱驰怀偃息，直恐愧幽栖。[3]

清晨行路，原本就已略显凄清，更何况是在秋意深浓的季节。寒冷的空气中，晨露潮湿，夜色仍未褪尽，薄云低沉，月笼寒霜，偶尔听到远处传来的几声犬吠，又时不时能听到几声鸡鸣，旅人的睡意仍在，仿佛还没从梦乡中醒来。荒村偏僻，枯叶败落布满行路，天尽头残留的淡淡星光，照不亮前行的路。诗人如此不辞辛苦地一早赶路，或许是希望能够早日返家，清享恬淡适意的山居生活。

在张宇初所作诸多与行旅有关的诗中，他还喜欢写夜行江上的所思所感。如《夜行》：

---

① 张宇初：《耆山无为天师岘泉集》卷五，明崇祯刻本。
② 张宇初：《耆山无为天师岘泉集》卷五，明崇祯刻本。
③ 张宇初：《耆山无为天师岘泉集》卷五，明崇祯刻本。

霜雾侵衣别思长，独怜余菊尚秋香。炊烟墟崦残钟尽，渔火兰苕宿鸟忙。夜雨沽醪乡梦阔，冬风堕叶鬓毛苍。文章事业非吾用，瓢笠从嗤觅退藏。①

“余菊”“残钟”衬托下的秋夜，夹杂着飘来的丝丝细雨，寒意如冬。别乡既久，此夜又要远行，一如忙碌的宿鸟。诗中将“鬓毛苍”与“乡梦阔”进行对照，更增离家远游的哀怨之情，“夜雨”“冬风”又为这种哀怨增添了凄凉、萧索的意境。末尾在“文章事业”和“瓢笠”“退藏”之间所做的取舍，也就成了彻悟人生真谛之后的自然选择。然而要真正做到退藏山林，又远非想象中那般简单。如此种种情绪的缠扰，不可避免地会给诗境染上幽怨的色调。

与《夜行》类似写行船江上的诗还有《江行》：

长河彻夜多蚊虻，梦起倒衣山四更。蟋蟀微鸣钓丝净，虾蟆竞喧官鼓停。晓星在天月已落，野犬吠门潮始生。南船北棹去复止，坐使离怀空待明。②

是什么原因使诗人清晨梦醒？船行江上，周围一片寂静，耳边传来蟋蟀微鸣，河中有虾蟆竞喧，晨星犹挂在天边，野犬吠门，江潮渐涨。在这破晓时分，诗人想到自己远离家乡，再也难以入睡，坐看江上船来船往，等待新的一天的来临。诗人在夏夜的种种情绪与感触，无不尽寓于“离怀”二字当中。而一“空”字，又无疑增加了等待时间的心理长度。

① 张宇初：《耆山无为天师岘泉集》卷六，明崇祯刻本。
② 张宇初：《耆山无为天师岘泉集》卷六，明崇祯刻本。

在所写的《夜过姑苏》诗中，张宇初再次表达了对归家的渴望：

苏水危台夜月孤，几经西越忆乡途。泛槎已历三江雪，听雁犹过十里湖。昼馆香帷遥薄袂，寒城夕漏转交疏。顿嗟鬓里梅梢露，倏遍江边野渚芦。①

对于一个久别家乡的人来说，他乡明月只会勾起浓浓乡愁，唤起故乡的点滴记忆。危台夜月，船行虽然走的是与返乡同一条道路，然而诗人此去却非归故乡。船行江上，历涉三江，耳听雁声，不觉中已行十里之远。茫茫夜色之中，诗人想到自己斑鬓渐白，感慨良多，忘记自己是身在舟中，仿佛一眨眼间就驶过了江边的一大片芦苇地。心有所思，不觉已入忘我的境界，而对外物的变化了无所感。

又或者写晚泊湖中时的见闻、感受。如《嘉兴湖中夜月》：

夕阳回棹秀城东，秋水危桥侧岸通。湖月波澜双羽佩，江苹风露一渔蓬。孟嘉轻帽添余梦，郭泰扁舟任去踪。酬节岂无鳞酒味，乡怀多在白云中。②

又如《元夕夜泊有怀》：

湖溆逢元夜，怀乡泊驿矶。雾帘春草碧，风馆夕灯辉。野水连云涨，江禽拂浪飞。庐峰寒削玉，愁绝卧烟霏。③

① 张宇初：《耆山无为天师岘泉集》卷六，明崇祯刻本。
② 张宇初：《耆山无为天师岘泉集》卷六，明崇祯刻本。
③ 张宇初：《耆山无为天师岘泉集》卷五，明崇祯刻本。

又如《桐江晚眺》：

累爱桐江秀，群峰晚更妍。隔溪红叶寺，就浦白鱼船。远籁收残霭，寒风送暝烟。归程聊野眺，忧绪渺如川。[①]

又如《泊湖夜坐》：

月出悲风鸣，天寒尚宵永。湖光翳云蒙，星露横河炯。川济已忘艰，危微独怀省。林疏栖鸟阑，水泛潜鱼泳。春草媚芳姿，清霜滋薄冷。逝湍非故流，忧抱宁自整。无寐感年违，残灯倏驹景。[②]

又如《晚泊》：

渔坡移小艇，盱浦近归程。城树连云暗，溪桥隔市清。春流两岸急，暮雨一帆轻。客思翻多感，群山更恼情。[③]

又如《京口月夜》：

京口山初远，秦淮水渐宽。树云遥敛夕，江月静生寒。乡思疑添梦，川情惧涉湍。村醪稀雅趣，谁与报

---

① 张宇初：《耆山无为天师岘泉集》卷五，明崇祯刻本。
② 张宇初：《耆山无为天师岘泉集》卷五，明崇祯刻本。
③ 张宇初：《耆山无为天师岘泉集》卷五，明崇祯刻本。

平安。[1]

乡思、客思、乡怀、怀乡、忧抱、忧绪等带有幽思意味的情绪，反复出现在张宇初的诗中。他在此类诗歌中所营造的意境和表现的情感，很容易令人想到唐人的名句“江枫渔火对愁眠”。

也有与江上和湖中有关的诗，虽然不知道具体的时间，然而其情与夜色凄幽境界的作品基本一致。如《过钱塘》：

越上曾游地，年深感寂寥。山光随浦尽，海色共天遥。古寺藏秋树，寒江送暮潮。故人浑不见，愁绪酒难消。[2]

诗人多年后故地重游，山水依旧，景色依然，然而曾经共游的故人却难觅踪迹，欲要借酒消愁，却使愁绪更添几分。张宇初在《三月七日游马祖寺初发舟二首（其二）》诗中，也写到要以酒来忘却尘世的烦扰“即此谢尘务，忘情樽俎中”[3]。《别会江》中也以酒来消解离愁：“别江逢日暮，尊酒念离居。”[4] 这样的情绪，乃是诗人常态，一如李白诗中所说的，“举杯消愁愁更愁”。

吴越之地是张宇初远游时常经之地，在每一次的来与往中，他似乎都有着浓浓的愁绪。如《望吴山》：

吴越游程熟，溪平驿路分。夕阳回浦树，秋色满湖

① 张宇初：《耆山无为天师岘泉集》卷五，明崇祯刻本。
② 张宇初：《耆山无为天师岘泉集》卷五，明崇祯刻本。
③ 张宇初：《耆山无为天师岘泉集》卷五，明崇祯刻本。
④ 张宇初：《耆山无为天师岘泉集》卷五，明崇祯刻本。

云。曲溆船孤棹，凄风雁独闻。浣花茅屋小，别思梦纷纷。①

这种若隐若现的别思，在《过吴江》中化作了难以排解的愁绪：

几经吴越地，愁绪遣尤难。湖水千家静，江风六月寒。迹疏尘愈阔，交尽道愈艰。极目苍茫际，长流到海宽。②

很难确切知道诗人的愁绪因何而起？这种情绪是他每一次出游都会产生，还是只有旅经吴越时才特别浓烈？又或者是因为“几经”吴越，才令那种离别的愁绪“尤难”排遣？不仅读者有这样的疑惑，甚至是诗人自己，也可能不知心中丝丝愁绪缘何而来，或许也只是兴起于莫名。

张宇初在诗中还颇喜欢写雨中的旅行。有写岁暮雨中行路的，如《雨行二首》：

岁晏且行役，愁霖值岁途。雨桥双涧曲，烟塔半峰孤。侧帽寒侵袂，搴舆冷逼襦。春阳逢改运，帝渥仰神都。

风雨俄成雪，川途暮愈艰。涨流冲岸急，远树带城寒。岁月催时运，冰霜见肺肝。远怀山谷夜，坐拥衲衣宽。③

① 张宇初：《耆山无为天师岘泉集》卷五，明崇祯刻本。
② 张宇初：《耆山无为天师岘泉集》卷五，明崇祯刻本。
③ 张宇初：《耆山无为天师岘泉集》卷五，明崇祯刻本。

雨对于诗人来说，似乎别有一种特殊的意味，或许他是在怀念山居时雨后的清新感受，以及那种脱离尘俗、独立于天地之间的自由状态。处于不同的生活状态，诗人与山水自然的关系也随之变化：山居时，自然山水任我遨游，“行到水穷处，坐看云起时”，悠闲适意，流连忘返，时来新雨，不过是为游玩增添更多的乐趣；行役途中，诗人于自然山水常无暇欣赏。原本那属于诗人笔下富含诗意的旅程，在张宇初这里却只是一段不得不去跨越的征程，而雨只会为旅途增加艰辛，平添凄苦。个中差别，不过只是诗人心态的不同。

张宇初曾写过一首《雨中过太湖》①，诗的中间两联描写自然景象，给人以清新的感受，“野渚红添蓼，寒波白度鸥。城低秋树薄，雨足暝川流”，有类似王维诗“空山新雨后，天气晚来秋”的意境；然而首尾两联却是另一境，“乾坤空阔外，吾抱曷消忧”，“今古嗟萍梗，徒将赋远游”，雨幕下明丽的湖光山色，也无法洗去诗人内心的忧虑，旅行不是与自然融为一体，而是一种不得不受之于身的漂泊状态，一如浮萍随波逐流，居无定址。

旅行遇雨，原是一种常见之事。然而在张宇初笔下，无论是春雨、冬雨，还是昼雨、夜雨，都似乎成了触发幽思的催化剂。如《辉山道中》：

> 溪涨值舟行，离山雨未晴。断桥冲别谷，野渡隐荒城。屋静逢人少，林深说虎惊。相看非故旧，徒愧客愁生。②

---

① 张宇初：《耆山无为天师岘泉集》卷五，明崇祯刻本。

② 张宇初：《耆山无为天师岘泉集》卷五，明崇祯刻本。

又如《钱塘对雨》：

> 吴下多尘迹，年逾已觉劳。客愁添夜雨，乡梦绕春涛。山霭淹晨冷，江风怯昼号。离情何地遣，谁与涤香醪。①

客愁、乡梦，在张宇初的旅居诗中反复提及。而这样的情绪，在雨中经过进一步发酵，成了笼罩在诗人心头挥之不去的情思。

张宇初的诗，对“行”有一种特殊的好，十分热衷写自己在不断移动过程中的所见所感，因而无论是“川行”还是“雪行”，他都别有怀抱，常存感慨，字里行间，总透露出一种倦行思归的情思。如《川行雨怀》云：

> 夙志壶峤游，焉能束尘绊。旋罹世网婴，朝夕制荆蔓。委运任所遭，行藏日忧患。迂疏鲜偶世，潜谢孰矜惮。湛恩知素怀，趋谒敢延缓。蹇疾愧益深，星霜惧羸瘖。疲劳慨倦坐，罕或川途玩。亲爱念睽离，萍逢轻聚散。烟帆送朝雨，舟楫虑程限。莫辨渔钓踪，时同野耕伴。崇岑积蔼深，寒绿肆纷乱。澄波浩幽浔，枉渚鸿鸣断。驰骛风露披，感卧林泉晏。寓形若泛流，洞悟烛浮幻。仰止群圣言，畴兹坐缠绾。荣谢固天为，陛辞期内简。冥修况祖训，外役恐虚诞。高骞美穹峻，倦翼慕幽坦。迟年暮慨侵，滋涤在昏旦。胥潮涨秋日，陶菊盈露粲。节候感遐思，徒增逝川叹。②

---

① 张宇初：《耆山无为天师岘泉集》卷五，明崇祯刻本。

② 张宇初：《耆山无为天师岘泉集》卷五，明崇祯刻本。

又如《雪行纪怀》云：

苦雨日载途，岁阑倦行役。祖觞别亲故，分袂各有适……怅怀离绪盈，愤惋抱中惕。祖德惧承乏，君恩戴蕃锡。蔽空鹰隼张，豺䝙构充斥。畴能困维絷，阴雾四冥积。迁默足时容，黎元感忧惜。至仁俟敷洽，建始贵熙绩。岁荐久浸淫，疲氓曷苏泽。悒怏契阔情，竟夕何由释。微躯眇若寄，所托慨畴昔。趋涉益匪前，谋谟念藩隙。抚怆鲜晤言，年光促欣戚。孰暖貂狐裘，披豁信胸臆。俛仰邈素期，川流睇奔溢。咨嗟吕葛怀，骚屑泛寒碧。①

由各诗所描写的场景来看，张宇初颇好写自己在行旅中的种种感受。其中所表达的情感，或许就如他在另一首诗中所说，“倦行遍旅思”②，在疲惫、哀怨背后，似乎有着深深的无奈。言外之意，或许也是一种“痛苦的表白”：尽管诗人心中向往静逸、恬淡的山居生活，然而又不得不受制于行役之命，由此也就有了一次次不得已而为之的远行之旅。

与“行远”相对应，张宇初还有不少写“客居”生活的诗。居住在同一个地方，尽管没有那种处于行旅当中因变动不居带来的流离之感，然而由于是寓居他乡，与所居之间无法消除的疏离感，使得诗人总有一种难以排解的忧愁。《岁暮丘凤冈持茶同解性初过寓馆清话》一诗颇能代表张宇初寓居异地时带有的一般情绪：

① 张宇初：《耆山无为天师岘泉集》卷五，明崇祯刻本。

② 张宇初：《晓行二首》其一，载《耆山无为天师岘泉集》卷五，明崇祯刻本。

浮生逼岁偏无绪，况我羁栖百虑增。窗雨送寒留宿火，茶瓯倾碧响春冰。香浮鹤队梅初白，濑洗鹅群雪未胜。料得空山犹寂寞，喜从陆羽视飘腾。[1]

将寓居称作“羁栖”，其情可见一斑。兼且时间是在岁暮，诗人仍然留寓他乡，不免就有了“浮生”之叹，各种思绪也悄然而生。由此诗人想到了自己的修道之所，因为寓居在外，此时的山也就只是一座空山了，“我”之已去，想来“山”也就会有寂寞之感。如此设想，也很容易让人感到，“我”之远离修道所居的“山”，也自然会生出一种落寞情绪。

而在客居期间，尤其是在身体抱恙的情况下，很容易就会产生忧伤的情绪，怀乡之情也会更甚。如《客中病怀》：

弥旬卧疾越江干，毋限乡愁遣更难。梅雨涨溪啼鸟滑，蒲烟湿岸落花残。玉阶累擷芙蓉佩，瓦缶犹斟苜蓿盘。身世浮云知底似，客怀直欲向谁宽。[2]

又曾作《客居自遣》表达对年老易病的担忧：

赤岸通玄浦，秋风改物华。芳草暄雨湿，疏菊夕阳斜。乡思王猷竹，江情博望槎。衰迟惭易疾，愿许卧烟霞。[3]

于是便会对重返山林充满期待。如《遣兴》：

---

① 张宇初：《耆山无为天师岘泉集》卷六，明崇祯刻本。
② 张宇初：《耆山无为天师岘泉集》卷六，明崇祯刻本。
③ 张宇初：《耆山无为天师岘泉集》卷五，明崇祯刻本。

客居卧病转无绪，风雨满窗秋更侵。卫卿云辙隔尘远，高风花源藏径深。故山丘壑岂无梦，空馆药葵徒累心。栖迟眠食几时返，倦翮只思投旧林。[1]

上述诸种情形之外，在特殊时节也容易勾起思乡的情绪。如《客居除夕二首》其二：

浪涌江声急，疯狂雨阵斜。春来犹是客，岁尽总怀家。百虑嘶无绪，三生慨有涯。明当何所慰，极目望京华。[2]

又如《九日纪怀》：

鳌势连空秋色晚，鹤情入梦月华凉。闲心久并云俱白，客思何堪菊又黄。风格自宜推阮瑀，谋维岂独老冯唐。故应抚景添乡思，且护山花匆傲霜。[3]

其间情思，正如王维诗中所说，“每逢佳节倍思亲”。在原本应当与亲人团聚的日子，诗人却由于种种原因只能客居异乡，对自身处境感喟也随之变得更加强烈，思乡之情也由此变得浓烈。

在张宇初的诗中，还可以常见诗人表达客思绵长、情志萧索之情的诉说。如《居京候家音不至聊书以自遣》：

丘壑茆堂念扫除，闰消三日倏年逾。寒梅灯馆王猷

---

① 张宇初：《耆山无为天师岘泉集》卷六，明崇祯刻本。
② 张宇初：《耆山无为天师岘泉集》卷五，明崇祯刻本。
③ 张宇初：《耆山无为天师岘泉集》卷六，明崇祯刻本。

雪，春水林塘贺监鱼。已觉半生浑是梦，岂堪残岁杳无书。寥寥万事俱萍梗，此道何当论智愚。①

又曾作《立春日书遇》诗：

京华两度喜春生，疏鬓年余倍客情。紫阁趋朝燃腊炬，黄门戒晓列霓旌。风凄立马晨珂动，月转残鸡漏鼓鸣。愧我山林多倦迹，阳和布暖亦何成。②

直书对故人、家乡的怀念，也是张宇初诗中常见的情感表现。如《梦故友》：

道存师友重研求，存殁堪伤几梦周。箕尾光芒嗟董贾，奎躔文彩忆韩欧。寒潮洲渚三更月，白露江城两岸秋。浪迹孤蓬时感慨，西风落叶不胜愁。③

又如《怀岘泉》：

孤峰盘石记闲栖，蹭蹬风尘梦不违。辟野茅檐当夕沼，锄烟石磴媚寒晖。半林花雨春阴薄，一坞芝云碉道微。几日秋空更黄落，尚疑清夜坐苔矶。④

再如《书帷自遣四首》：

① 张宇初：《耆山无为天师岘泉集》卷六，明崇祯刻本。
② 张宇初：《耆山无为天师岘泉集》卷六，明崇祯刻本。
③ 张宇初：《耆山无为天师岘泉集》卷六，明崇祯刻本。
④ 张宇初：《耆山无为天师岘泉集》卷六，明崇祯刻本。

故园得梦久零落，黄帽青鞋归与休。遮莫西风转狂劣，谁能暖我黑貂裘。

秋雨连连坐难晓，莫憎喧夜紫琅玕。此身愧杀横江鹤，云汉归飞两羽翰。

寂寞乌藤弊葛巾，山林有分梦应频。终宵风雨秋寒到，莫遣黄花解笑人。

自夏经秋久去家，玉堂金署系灵槎。君恩已念山林癖，待我寒梅半树花。①

再如《沐陈彦谦远送赋此寄谢》：

残岁栖迟同是客，姻盟累月喜相亲。赤城霞炁江湖远，紫殿恩光雨露新。张翰归帆烟渚雪，陈琳寄榻雾帘春。旅怀尚惜吾宗慰，莫道簪缨解绊身。②

再如《岁莫怀乡》：

坐阅年光旅思凄，客怀偏重故园思。腊残北斗横江渚，春近南风入酒卮。曲度梅花烟鸟静，歌闻桑叶晓鸡迟。缊袍袛熟山林梦，敢待纶音使世疑。③

唯其乡思浓烈如斯，诗人才会因为渐近故乡而心情转佳，诗境也随之变得轻松畅快。如《常山道中》：

---

① 张宇初：《耆山无为天师岘泉集》卷六，明崇祯刻本。
② 张宇初：《耆山无为天师岘泉集》卷六，明崇祯刻本。
③ 张宇初：《耆山无为天师岘泉集》卷六，明崇祯刻本。

性耽山水秀，乡近笑颜生。浅濑分春轴，清流照客缨。断烟渔舍僻，落日野航轻。长至看尤到，从谁问耦耕。①

又如《桐江晚思》：

归程几度快浮槎，碧嶂清溪日又斜。潮浪有痕回野鹭，江流无尽隐汀葭。半生托迹身徒患，百虑关心鬓欲华。江汉渔樵谁独念，短笻且复对山花。②

再如《桐江偶兴》：

桐江秀色盈襟裾，几载归舟轻若虚。新雨犹尝陆机鲊，寒潮不送琴高鱼。苍峦百叠翠屏幄，碧水万顷青扶舆。我欲临高发长啸，一涤尘垢依巢居。③

笔调轻快活泼，洋溢着对山居生活的向往。对照之下，客旅生活的困苦、思乡的忧郁情绪被进一步凸显出来。

正是缘于客居时对故乡的牵挂，对昔日山居生活的追慕，因此一旦得以返归故园，便有一种久别如新的感觉。如《九日》诗写道：

累载江程忆故园，山居九日遂开尊。尧天野趣怀先泽，汉室纶音感帝恩。翠毂千峰环叠嶂，银河双涧泻通

① 张宇初：《耆山无为天师岘泉集》卷五，明崇祯刻本。
② 张宇初：《耆山无为天师岘泉集》卷六，明崇祯刻本。
③ 张宇初：《耆山无为天师岘泉集》卷六，明崇祯刻本。

源。流光莫怪黄花晚，秋色嵯峨夕照温。①

此时的诗人，仿佛一个告老还乡的官宦，悠闲地坐在自家院落，遥想着当年在朝为官所受的种种恩宠。有数年旅居在外的经历作为对照，一旦得以返乡山居，心中的愉悦之情溢于言表，眼前的自然山色也随之变得明丽。唯其经历了思乡之苦，家乡的种种才会让人愈感亲切。

张宇初身为一个道士，虽志于修道，却也时时纠葛于情感的萦绕之中。又因为出任具有世俗性质的职务，有着颇为广泛的社会联系。其诗读来内中感慨颇多。他曾作《漫兴》一诗，抒写自己在世俗与修道之间游走的状态和心境：

浮生焉可计，欣戚动相兼。老愧青眸减，愁知白发添。萍蓬心事异，泥潦世途淹。谁解穷天问，聊惟守退潜。②

世俗（与政治相联系）之事，在他来说是无可回避的职责，由此他必须在出山与返山、居修与远游之间不停转换，也因此才会为外物所役，或欣或悲，兴起“浮生”之叹。如此心境之中，诗人也开始注意身体所发生的变化，以及随之而生情绪的变动：因为“青眸减”而益觉其老，因为“白发添”而徒增其愁。由此也更加在意自身的境遇：身如“萍蓬”不定，遂生异样之“心事”；行为“泥潦”所困，故遭淹留于“世途”。凡此种种，在诗的结尾，都化作一句“谁解穷天问，聊惟守退潜”，透露出意欲退

---

① 张宇初：《耆山无为天师岘泉集》卷六，明崇祯刻本。

② 张宇初：《耆山无为天师岘泉集》卷五，明崇祯刻本。

返山林、潜心问道的志愿。

如果我们承认诗歌是能反映作者心声的话，那么由诗歌所形塑的张宇初，常表现为游移于诗人和道士的二重身份之间。一方面，他有着诗人惯有的感性一面，外在世界的种种变化，都会引起他内在情感的波动，悲喜欣戚，常萦怀于心；夜坐之时，会有“岁华看尽感余存”（《夜坐》）之叹；会如世俗凡夫一样，随着年龄的增长、遭际的挫折而感慨丛生，“壮龄增岁惭虚度，凋落尘缘百感频”（《初度遣怀》）。同时，作为天下道士的领袖，他又必须持守身份的超然性，与世俗世界保持适当距离，因而又不时在诗中提醒自己，切莫为外物所役，应当超越世俗凡夫的情感羁绊，时时存一份道心，一如他在诗中所吟咏的，“山家本是忘寒暑，莫遣尘情感素期”（《冬夜》），“尘情今古应多感，草屩荷衣百虑宽”（《山居九日》）。于是转而以超越世俗的追求来宽慰自己，“独嗟百虑徒凄恻，底事浮名类转蓬”（《岁晏》），“寸阴徒惜惭衰倦，默守丹扃悟化源”（《夜坐》），期望能够达到一种“逍遥游”的状态：“囊书随分穷糟粕，尘事关心付秕糠。安得委身蝉蜕等，白云黄鹄与翱翔。”（《秋夜》）

通观张宇初所作之诗，既有他探寻大道的“道言”，也有他借以抒发情感的“诗言”。诗不仅被作为表现“道”的语言形式，同时也是他抒发“情”的艺术存在。从他的诗中，我们既可以读出他对“道”的理解与感悟，还能从中体味到他在人生历程中的情感状态。而潜藏于诗里行间的情感变化，正是张宇初身为道人而作诗人的动人之处。

第五章　明代前中期其他道士的创作

关于明代前中期道教诗歌创作的情况，《静志居诗话》概述说："古今诗僧传者不少，黄冠率寥寂无闻。唐惟上官仪、吴筠、曹唐稍能诗，然仪、唐皆不终于黄冠，则不得以黄冠目之矣。惟元时道教特盛，所称丘、刘、谭、马、郝、王、孙七真者，大半有集。迄于至正，如张雨伯雨、马臻志道，是皆轶伦之才。明初仅张宇初、余善二人无戾风雅已尔，余皆卑卑，鲜足当诗人之目。此外龙虎山人张留绅有诗，见临川胡琰《大明鼓吹》，又黄徵君、俞部编《明史·艺文志》有佘和叔《同亭诗帨》一卷、武夷道士张蚩蚩《适适吟》一卷，安仁冲虚山道士颜服膺《潜庵咏物诗》六卷，访之未得，附载之。"[1] 文中提及的"足当诗人之目"的二人张宇初、余善都是元末明初人。张宇初有《岘泉集》。余善，《明诗综》载其诗四首，《元诗纪事》云："善字复初，玉峰清真观道士……杨廉夫跋云：'此予方外友余善追和张外史《游仙诗》……，读至'长桑树烂金鸡死'，客绕床三叫，以为老铁喉中语也。又如'壶中天地小如瓜'，虽老铁无以著笔矣。"[2] 《四朝诗》载余氏《游仙诗》八首，其作品流传后世的不多。明人胡维霖《墨池浪语诗评》卷二《明诗评三》云："羽士张无为淡甚，周思得悟甚，邓羽趣甚，张三丰之《扬州琼花》，殆有仙风。"[3] 胡维

---

① 朱彝尊：《静志居诗话》卷二十三《张宇初》，人民文学出版社，1990，第754页。

② 陈衍：《元诗纪事》，上海古籍出版社，1987，第768页。

③ 胡维霖：《墨池浪语诗评》卷二，明崇祯刻本。

霖所列道士诗人有张宇初、周思得、张三丰、邓羽四人，前三人有文集流传，邓羽仅有《观物吟》一卷，道光《广东通志·艺文志》称“未见”。《石仓历代诗选》所选明初道家诗人，也仅有张宇初、周思得、张三丰、邓羽、章志宗、卢大雅等寥寥几人，录作品三十余首。大致而言，与元代道流诗歌繁荣的情形相比，明代前中期道家诗歌创作相对寂寥。明代前中期道家之著述，由诗歌一体可见一斑。

第一节　赵宜真的思想谱系与诗歌创作

赵宜真，江西安福人，号原阳子，是元末明初著名道士。其生平事迹，方志、宫观碑志等史料多有记载。江西地方志如明嘉靖《赣州府志》、清光绪《江西通志》、清同治《贵溪县志》及《吉安府志》等均有记述。此外，对其道学师承渊源记载较为翔实的还有张宇初《赵原阳传》、邵以正刊本《净明忠孝全书》所增《原阳赵真人传》、王直《紫霄观碑》及清代刊本《逍遥山万寿宫志》。已有学者注意到，由于文本的“层累”建构过程带来的效应，在讨论赵宜真生平事迹时，应对其传记资料进行甄别，尤其是涉及道派谱系构建的部分，需要细心分辨。

一、赵宜真的道教思想谱系

关于其生平经历，我们可以通过方志大致了解，明嘉靖《赣州府志》卷十二载：

> 赵原阳，名宜真，安福人，其先家浚仪，宋武功郡王……自幼颖敏，好读书，业进士，例试入京，以病不能赴。久之不愈。梦神人曰：“汝吾家人，何望世贵?”遂从学道。初授尘外妙方，次授金蓬头《金液内外丹

诀》。尝于吉之白鹤山永兴观结第以居。洪武初，遍历江南。寓雩之紫阳观，炼金液还丹之道。壬戌，沐浴更衣，书榻上云：“遁世何光了幻缘，缘消幻灭独超然。清风遍界无遮障，赫日当空照大千。”书毕，掷笔于地，雷电交作，风雨晦冥，倏然而逝。后三日棺殓，肢体屈伸，颜色如生，流汗遍体，葬于观之后山。①

赵宜真出生于诗书之家，早年也曾有志于读书仕进，后转而学道，曾居吉安白鹤山永兴观，后寓赣州雩都之紫阳观，洪武十五年（1382）逝世。万历《吉安府志》亦云：“遂从曾尘外游，复师李玄一、张天全，结茅匡山居之，绝意人间事，所至学其术者，从之如云。”②

对赵宜真生平事迹记载较为详细的是第四十三代天师张宇初文集《岘泉集》卷三《赵原阳传》，清同治《贵溪县志》卷十一的赵宜真传，文字多袭用此传。传云：

赵原阳，名宜真，吉之安福人也。其先家浚仪，宋燕王德昭十三世孙某仕元为安福令，因家焉。原阳幼颖敏，知读书，即善习诵，博通经史百家言，长习进士业。未几试于京，以病不果赴。久不愈，夜梦神人曰：“汝吾家人，何望世贵。”父遂命从道，已而笃嗜恬淡。学益进……尝游白鹤山永兴观，乃西晋匡仙故迹，遂居焉。间以所授致雷雨、度精爽，皆有异感，闻者越千里走从之。会壬辰兵兴，挟弟子西游吴蜀，暨还游武当，谒龙

① 董天锡：《赣州府志》卷十二《仙释·赵原阳》，明嘉靖刻本。

② 余之祯：《吉安府志》卷三十一《仙释·赵原阳》，明万历十三年刻本。

虎，访汉天师遗迹。时天师冲虚公深嘉礼之，欲留不可，宫之学者多师焉。还至赣之雩都紫阳观，因居焉。凡道门旨奥，皆缀辑成书。或为诗歌以自警，尤以医济人，且绝交游，寡言笑，闻者愿礼不获。其高行伟操，为时所推慕，从游者益众。岁壬戌正月朔，谢众曰：吾将逝矣。①

赵宜真在元末明初道名显扬，本身游历多方、转益多师，又道法宏深，其思想体现了明初以来的趋势，融会儒、释、道三家，通南、北内丹之学，故而在明清时期的道教文献叙述中被认为得全真、清微、净明诸派之传，尤其被清微、净明两派尊为嗣师。

然而，对于赵宜真的道脉所属，近年来讨论较多，学界近来更多地注意到明初道派谱系建构的过程，力图通过分析阐述道脉传承的道书文献产生的叙事语境，更深入准确地理解在道派史叙述中所呈现的特定人物的宗教谱系形象。可以比较几种不同文献中关于赵宜真师承的叙事：

初师郡之有道者曰曾尘外，嗣诸法要，间有缺文，必考述尽详。复师吉之泰宇观张天全，别号铁玄张，师龙虎山金野庵，得《金液内外丹诀》。后复师南昌李玄一，玄一荐之师蒲衣冯先生，冯亦师野庵云。②

从郡之尘外曾真人受清微诸阶雷奥、净明忠孝道法，间有阙文，悉加订正，参考尽详。复师广济张真人，得

① 张宇初：《岘泉集》卷三《赵原阳传》，《景印文渊阁四库全书》第1236册，商务印书馆（台北），1986，第447页。

② 张宇初：《岘泉集》卷三《赵原阳传》，《景印文渊阁四库全书》第1236册，商务印书馆（台北），1986，第447页。

> 长春丘真人北派之传；师玄一李真人，得玉蟾白真人南派之学，深契玄妙，遂会南北而一之……时清微、净明之法久湮不行，今复大显于世者，实真人振起之力也。由是净明学者宗之，尊为嗣师云。①

> 请于父，愿入道，往从郡之有道者曾尘外学，得清微、灵宝诸阶雷奥，补其遗阙，发其旨趣。清微久不行，至是大显。复深慕神仙出世之说，遍礼诸师，从张广济得长春丘真人北派之传，又师南昌李玄一，得玉蟾白真人南派之学，博极其妙，而会于一，骎骎乎大成之器。②

> 从真君受净明忠孝道法、清微诸阶雷教，间有阙文，悉加参考订正。复师张广济得长春邱真人北派之传，师李玄一，得紫清白真人南派之学。至于医术尤所研究……历武当，谒龙虎，冲虚天师深加礼敬。上清学者多师焉……有《原阳法语》行于世。由是净明学者尊为嗣师云。③

从以上对赵宜真道脉的相关论述可以看出，在早期张宇初的叙述中并未特别强调赵宜真与净明派的关系，邵以正序刊本《净明忠孝全书》传记则明确表示其所受道法为清微雷法、净明忠孝道法。明清传记延续其说，进一步将其与净明派的统绪构建联系起来，如清代《逍遥山万寿宫志》所云，赵宜真净明派嗣师的身份成为常谈。许蔚研究指出，赵宜真及其弟子刘渊然嗣派净明道

---

① 邵以正序《净明忠孝全书》刊本系日本《内阁文库》本，转引自许蔚：《赵宜真、刘渊然嗣派净明问题再探讨》，载《宗教学研究》2016 年第 1 期，第 37 页。

② 王直：《抑庵文后集》卷二十四《紫霄观碑》，《景印文渊阁四库全书》第 1242 册，商务印书馆（台北），1986，第 31 页。

③ 金桂馨、漆逢源：《逍遥山万寿宫志》卷五，载《中华续道藏初辑》第 4 册，清光绪四年南昌铁柱宫刊本，新文丰出版有限公司，1999，第 31—32 页。

之说，与刘渊然弟子邵以正关系密切，源于景泰三年（1452）邵以正刊本《净明忠孝全书》。虽然由于政局或其他原因，在景泰、天顺间邵以正主导的道书、传记叙事中，出现了对赵宜真净明派统绪的分歧，但景泰三年（1452）刊本所体现出的宗派建构立场，却深刻影响了明清以来净明道教派史以及赵宜真在明代道教史中的叙事，确立、强化了赵宜真作为净明道派谱系中人物的说法。[①]

关于赵宜真的法脉，虽然在谱系构建方面确实存在尚待深入厘清的空间，不过从赵宜真的经历及思想来看，也的确体现了明代以降道派之间思想交融、整合的历史趋势。

在丹道思想上，赵宜真的观念具有包容性。他认为："修炼有内丹、外丹之分者，缘遇不同，功用少异，而造道则一也。所谓内者，自性法身本来具足，不假于外，自然之真。"[②]他以"自性法身"为内丹的根本，"一灵真性号金丹，四假为炉炼作丸。是为真一、为玄一，又名内丹也"，修行以自身为根本，认为"其为自足于己，非求之于他人者"。同时，他也强调内在修炼过程中的炼性，"摄性还元，本之于内。性寂情空，则非动非静，更无内外矣"[③]，这在某种程度上与全真北宗的内丹思想相近。此外，在性命问题上，他同样重视命功修炼的问题，也汲取了内丹南宗思想。他在丹歌中说："无中生有为丹祖，便是真铅天地母。制汞成丹还弃铅，绝似儿成母归土。丹成化金金液之，到口白日登天墀。"[④]在

① 许蔚：《赵宜真、刘渊然嗣派净明问题再探讨》，载《宗教学研究》2016年第1期。

② 赵宜真：《原阳子法语》卷上《还丹金液歌并叙》，载《道藏》第24册，文物出版社、上海书店、天津古籍出版社，1988，第80页。

③ 赵宜真：《原阳子法语》卷上《还丹金液歌并叙》，载《道藏》第24册，文物出版社、上海书店、天津古籍出版社，1988，第80页。

④ 赵宜真：《原阳子法语》卷上《还丹金液歌并叙》，载《道藏》第24册，文物出版社、上海书店、天津古籍出版社，1988，第83页。

内丹修炼上，也遵从炼精化气，炼气化神，炼神还虚，以无为为要诀，“其进修之功，则摄情归性，摄性还元。有为之为，出于无为，无证之证，所以实证，胎圆神化，脱体登真”①。

“内存木液以为祖，外假真铅以制之”②，与全真派不同，赵宜真同样也认可外丹作用。他举了一个例子，生活中如果人中风邪，或者被狂犬咬伤，伤在形气，但症状能使人心痛神迷乃至癫狂，如果人为惊忧思虑所恼，所伤和症状都在心神，服外药理其形气，就能使其心神安静，所以他认为心神和形气是相互交涉的，“理气相须，一本乎道，有无相制，所以然也”。因此，“治炼外丹，虽属有作，得而服之，全无所为，不须修习，即形返太无，神归大定，复还太极混然之初，而与道合真矣”。“此道如一大城，四方来者如就傍蹊曲径，则多涉程期，甚至迷而他适。若由正路坦途，有从东门入者，有从南西北门入者，及到城中则一也。四方门路，复何有哉。”“道有修内丹而进者，有炼外丹而进者，演三千六百法门，及其证道，修炼俱无。”③从这些论述可以看到，赵宜真在丹道思想上具有相当的包容性，较为通达。

潘雨廷论赵宜真《原阳子法语》所体现的丹道思想说，“惟南北宗之论金丹，于内丹已是，于外丹乃略。丹复化金，金而液之，此与一灵真性，不可无辨。其间之妙合而一，即道教之精华处。元明后之道教不振，实失于不知内外丹之如何合一，对内外丹之具体形象亦茫然不知。若此书所言，已及内丹之真一玄一，奈还丹金液何可空论。以《易》理为喻，虽知太极即乾元，然于两仪

① 赵宜真：《原阳子法语》卷上《还丹金液歌并叙》，载《道藏》第24册，文物出版社、上海书店、天津古籍出版社，1988，第80页。

② 赵宜真：《原阳子法语》卷上《还丹金液歌并叙》，载《道藏》第24册，文物出版社、上海书店、天津古籍出版社，1988，第80—81页。

③ 赵宜真：《原阳子法语》卷上《还丹金液歌并叙》，载《道藏》第24册，文物出版社、上海书店、天津古籍出版社，1988，第81页。

下何可忽而不言，此又为南北宗之失。然须发展至三教合一而更言内外丹者，始见其端倪”①。从中可见赵宜真丹道思想的时代意义。

此外，赵宜真在符箓、雷法上有较高成就，其雷法理论在宋元清微派的基础上有了进一步的发展。两宋以降，道教传统符箓派为适应时代发展，将旧的符箓法术与内丹修炼相结合，形成新符箓道法体系。宋元时期清微派就将个人内丹修为与救济危困的符咒之术相结合，以雷法而闻名。赵宜真在《道法会元》中关于清微雷法篇目的编辑就体现出其雷法思想特色，更深入、明确地阐述了清微雷法的原理和要义。

赵宜真雷法思想的基本观念是“天心本与我心同”。《道法会元》卷七收录其《祈祷说》，他认为：“清微祈祷本无祭坛……所谓天地大天地，人身小天地，我之心正则天地之心亦正，我之气顺则天地之气亦顺矣。故清微祈祷之妙，造化在吾身中，而不在乎登坛作用之繁琐也。”②在这点上，赵宜真的阐述比宋元清微派更明确、透彻。他将佛教法身思想与雷法变神理论融合，强调“自性法身”为雷法修炼的终极目标。《道法会元》卷四《清微宗旨》认为：“法灵须要我神灵，我神灵后法惊人。祛禳祈祷凭神将，神将何曾有定形。此说尽矣。夫神者，我之神也，即我心也。我之心神灵明不亏，真一不二，举目动念，即是天真神妆，何往不可。盖我之神灵则可以感召天真雷将矣，何必吁呵呼吸，取外将来合气？我只自然而然，中理五炁，混合百神矣。《枢纽》云‘法法皆

① 潘雨廷：《道藏书目提要》，上海古籍出版社，2003，第304页。

② 赵宜真：《道法会元》卷七《祈祷说》，载《道藏》第28册，文物出版社、上海书店、天津古籍出版社，1988，第715页。

心法，心通法亦通’是也。”① 在他看来，法术为用，而其本其体仍在自身之造化。《道法会元》卷五《清微符章道经》指出：“夫道乃法体，法乃道用，体用一致，不外此心。所谓道‘外无心，心外无道，法皆心法，心通法通’者，此也。”②在他的观念里，我自身之神炁才是感召天真雷将的根本，而非外在。符箓科咒只是符号，不会有灵，其所以灵者，正是我之真炁，符箓科咒是真炁的载体，这就是雷法之术与内丹之学沟通的基础。

诸如他在论禳告之法时，强调“但要诚心”，“其告之灵验，我之诚也。能明此理，虽无将无法，无灯无香，亦可以奏告矣”，“学法之士，每于奏告时，当澄心定虑，然后发灯，举目一见斗灯，即如北斗星光在前矣。次上香述意，讫，静坐凝神，倏忽间动念告斗。此乃以天感天。然后占灯，乃不言善应也”。论祈雨之法，“当心启大道师真，入靖打坐，物我俱忘……凡祈雨告讫符章经道之类，心不顾矣，即入静室静坐，或澄默，或守道，或持经，皆可”。论告符驱病，则认为“平居暇日，持念守真，一点灵光，通天彻地”，“无事之时，如如不动。偶然拈出，妙用非轻。祸福吉凶，了然指掌，不须探问，自然应矣”。③

在赵宜真的思想中，也有净明道的影子。净明道强调“欲修仙道，先修人道”，并认为入道修行的阶次为一孝、二炼形、三救度。赵宜真在《福慧因果说示上清诸道契》中强调修道要讲求功行，“福慧相济”。“进道之要，须福慧相须，不可偏废，独饶一己

① 《道法会元》卷四《清微宗旨》，载《道藏》第28册，文物出版社、上海书店、天津古籍出版社，1988，第689页。

② 《道法会元》卷五《清微符章道经》，载《道藏》第28册，文物出版社、上海书店、天津古籍出版社，1988，第707页。

③ 《道法会元》卷四《清微宗旨》，《道藏》第28册，文物出版社、上海书店、天津古籍出版社，1988，第670—671页。

未足为奇，自利利他则彼此皆济”。[①]显然，要达到福慧双修，即是修行不止于自身，还要利人。他列举道、释、儒三教，认为：“元始天尊说经，一国男女皆受护度。老君则修之于身，其德乃真，至修之于天下，其德乃普。孔子之克己复礼，天下归仁，自意诚心正而至国治天下平，皆所以成己成物也。佛之称两足尊正，以其福慧俱备也。”[②]在他看来，道教徒除了内丹修炼，习符箓雷法之术，更应为国为民、兴利除害，“庶几他日臣事三境无愧焉”[③]。他也列举了道教宗师葛玄、许逊、桓凯、白玉蟾等人符水救病、祭炼鬼魂、云游行法、济世度人的事迹，认为这都是修福以证道，故而他在与道友论福慧因果时，“首举福慧双修之说”。赵宜真精通医术，曾集《仙传外科集验方》，近则侍奉父母、尽孝行善，远而可以救度济世，符咒、医术“救治百病”，这也是净明派践行“忠孝”伦理修养的重要方式。

二、赵宜真的偈颂诗歌创作

赵宜真的重要著作有《原阳子法语》等。这些著作不仅蕴含着丰富的道教思想内容，同时在形式上也有特色，除了散文体的论说之外，还多以偈颂诗歌等韵语形式来表达，“凡道门旨奥，皆缀辑成书，或为诗歌以自警”[④]，其中也不乏道意与诗情兼具的作品。

《原阳子法语》是由赵宜真创作、弟子刘渊然编辑而成。全书

---

① 赵宜真：《原阳子法语》卷下，《道藏》第24册，文物出版社、上海书店、天津古籍出版社，1988，第88页。

② 赵宜真：《原阳子法语》卷下，《道藏》第24册，文物出版社、上海书店、天津古籍出版社，1988，第88页。

③ 赵宜真：《原阳子法语》卷下，载《道藏》第24册，文物出版社、上海书店、天津古籍出版社，1988，第88页。

④ 张宇初：《赵原阳传》，《耆山无为天师岘泉集》卷三，明崇祯刻本。

共分上下两卷，收入明代《正统道藏》太玄部。日本学者秋月观暎考证认为，其流传背景是元末赵宜真自武当山移居许真君旧迹紫阳观，弟子聚集益众，《原阳子法语》亦赖之而得以行世。[①]《道藏提要》介绍该书说："《原阳子法语》二卷，明初道士赵宜真（号原阳子）撰，门人刘渊然编集。收诗歌偈颂四十八首，题词二篇，论说一篇。诗歌偈颂多言仙道性命，与全真道之说相近。"[②]

偈颂本是佛教宣传教义的文体，以韵语形式宣扬教义，在道教产生之初并不见这种形式，不过其后道教经典中也出现了以偈颂言道的情形，或在道经中假托神灵之口传达经旨，或是学道者以韵语阐发经义，或用于道教科仪。[③]赵宜真受佛教思想的影响，对这种以韵语形式表达思想的方式十分熟悉。他曾编撰《灵宝归空诀》一卷，收入《正统道藏》洞玄部方法类，言修道者临死时超脱生死的诀要，其内容受佛教思想影响较大。《道藏提要》云："本篇有十四首七绝诗，每诗附以短注，言'归空之法'。赵氏后序云：'归空之法，有自来矣。恪传以为达摩禅师之作，予观其文义讹舛不伦，不类大乘菩萨语句。况达摩西来，不立文字，得非后人所撰，假大名以取信乎？今因旧本，参以异闻，正误删繁，序为七言歌括一篇，凡十四章，章四句，以便记忆。仍就每章附注，务得其详。'由是知本篇乃赵氏据旧本删改而成。"[④] 赵宜真以偈言道，或与其熟悉佛教经典的言说方式有关。

从内容上来看，赵宜真所作偈颂诗歌主要涉及丹歌道诀、自纪答赠、题画杂咏等。现分述如下：其一是阐述丹道思想，以偈

---

① 秋月观暎：《中国近世道教的形成：净明道的基础研究》，丁培仁译，中国社会科学出版社，2005，第 156 页。

② 任继愈：《道藏提要》，中国社会科学出版社，1991，第 819 页。

③ 成娟阳：《道教文献中的颂及其文体学意义》，载吴承学、何诗海主编《中国文体学与文体史研究》，凤凰出版社，2011，第 289—291 页。

④ 任继愈：《道藏提要》，中国社会科学出版社，1991，第 411 页。

颂道歌形式论述基本修炼思想与法门，代表作有《还丹金液歌》、《真道归一偈》、《勉进道偈》、《警学偈》十六首等。如《还丹金液歌》云：

> 方壶宫中老仙伯，燕坐蒲团室生白。大千沙界纳毫端，妙契一元守渊默。我昔南昌遇至人，曾闻丹诀能通真。卷舒造化还溟涬，匹配阴阳在时顷。鼎非鼎，炉非炉，乾坤阖辟同规模。火即药，药即火，日月升沈无彼我。青衣蕊女素练儿，洞房媒合成姻期。无中生有为丹祖，便是真铅天地母。制汞成丹还弃铅，绝似儿成母归土。丹成化金金液之，到口白日登天墀。胡为皓首犹尘世，大药无资难择地。会当入室调火符，功成驾鹤从方壶。①

《还丹金液歌》前有一篇长序，在其中赵宜真已充分阐述了其丹道思想，此处复以歌诀的形式予以表达，更为简洁，意蕴丰富。首四句描述内丹修炼之初，“我昔南昌遇至人，曾闻丹诀能通真”，结合赵宜真的行迹，应是指其师“南昌李玄一”，李玄一推荐其师冯蒲衣，而冯蒲衣是金野庵弟子，赵宜真早年也曾师龙虎山金野庵，得其《金液内外丹诀》，故而在内丹修炼方面，金野庵对其影响最大。金野庵即金志扬（1276—1336），号野庵，又号“金蓬头”，浙江永嘉人，师道士李月溪。张宇初《岘泉集·金野庵传》云：“月溪，白紫清（白玉蟾）徒也。”② 而李月溪又师全真道丘处机弟子李志常。据此推测，金野庵的丹道思想接近南宗思想，

① 赵宜真：《原阳子法语》卷上，载《道藏》第24册，文物出版社、上海书店、天津古籍出版社，1988，第83页。

② 张宇初：《耆山无为天师岘泉集》卷三，明崇祯刻本。

亦受北派影响。赵宜真受丹诀于金野庵，丹功思想传统有迹可循。“卷舒造化还溟涬”以下数句，均是描述内丹修炼过程，“无中生有为丹祖，便是真铅天地母。制汞成丹还弃铅，绝似儿成母归土”，正如他在序中所说，“其进修之功，则摄情归性，摄性还元。有为之为，出于无为，无证之证，所以实证”，以“无为”为采炼要诀，以形化气，气化神，神还虚为“最上一乘之基”。①

《真道归一偈》也是以简明、确切的方式表明自己修道的基本观点。偈中首先追溯了“道”之起源和性质，“至道之真肇形气，建立三才资万类。细归无朕大无垠，前瞻无首后无际”，这实际上就是“太极混然之初”的情形，至“道”赋予万物形气，生成天地人，这是生成宇宙万物的本体，偈中生动形容了其空间上无垠、时间上无涯际的超越性特征。他指出，修道之人在态度上要唯精唯诚，“勿忘勿助慎其独，惟精惟一执厥中。至诚不息安所止，天载合德成极功”，而其关键原则是什么呢？“真人知命贵食母，致虚观复为丹祖”，也就是他所说的，“形返太无，神归大定，复还太极混然之初，而与道合真矣”②。这也是内丹思想的普遍观念，即通过修炼回归生命本初的状态。

诗中又云：“摄情还性归一元，元一并忘忘亦去。囊括三界入虚空，粉碎虚空绝伦伍。从教劫尽等河沙，耿耿灵明照今古。”③赵宜真广涉三教，熟悉佛学思想，因而借用佛教思想来描述内丹修炼“摄情还性”所达到的“忘忘”“虚空”境界。不过，既然是论“真道归一”，就不免涉及对其他修道之途的评论：“沙门未究

---

① 赵宜真：《原阳子法语》卷上，《道藏》第24册，文物出版社、上海书店、天津古籍出版社，1988，第80—82页。

② 赵宜真：《原阳子法语》卷上，《道藏》第24册，文物出版社、上海书店、天津古籍出版社，1988，第83页。

③ 赵宜真：《原阳子法语》卷上，《道藏》第24册，文物出版社、上海书店、天津古籍出版社，1988，第83页。

德充符，单提狗子佛性无。疑团结就无缝隙，犹如大死方还苏。蓦然悟得西来意，自信渠今即是吾。泥牛变作狮子吼，不与万法为侣徒。”[①]赵宜真毕竟是道教徒，他认为佛教未究道之真意。元代石屋清珙禅师曾用赵州禅师著名的狗子无佛性公案作佛偈，有“急急做工夫，单提狗子无”句，佛教只看到“无”，而道教则在“无”中还看到“有”，看到对永恒生命的追求。“泥牛”用潭州龙山和尚公案，“狮子吼”亦是佛教常用语，道教追求长生久视、生生不息，悟此方能打破“泥牛入海、一去不返”的生命窘境，而领悟生命的至妙，即为至道，也就是他所宣扬的“真道”。

除了议论，偈歌还具有叙事性，其结尾云：“吾祖蓬头野庵老，武夷峰头事幽讨。时于圣井引新潮，丽泽涵濡弘至道。金门羽客方壶公，曾从吾祖坐春风。祖云见性语自别，不待师传妙悟通。壶公造道仍探赜，朝来问我见性策。一声长啸天地春，金乌飞出东方白。”[②]叙述了自己师从隐居武夷山的金野庵探讨道法，而同志道友亦曾与之颇有渊源，故而孜孜不倦来与其同参至道，最后也是他对同道的祝愿和期待，希望有一天能够修得大丹，获得永恒生机。

其《勉进道偈》明确指出“我今晓示诸同学”，借作道偈，阐扬修道思想。他首先告诫人们“出家所以超尘俗，割断恩情免牵逐。箪瓢涉远投明师，服劳尽力期忠告”，认为远离尘俗，聆听大道真言，是修道的初始。在修炼功行上，赵宜真既重视内功修炼，又注重外在功行，提出一方面要“积精养气保元和，炼性降心明智烛”，另一方面则应当“内功微妙贵潜修，外行辛勤须备足。离

① 赵宜真：《原阳子法语》卷上，《道藏》第24册，文物出版社、上海书店、天津古籍出版社，1988，第83页。

② 赵宜真：《原阳子法语》卷上，载《道藏》第24册，文物出版社、上海书店、天津古籍出版社，1988，第83页。

形绝巧黜聪明，晦迹和光守穷独。摄邪归正赞神明，济物利生广缘福”。他倡导的是“先人后己摧贵高，忍忿含羞忘宠辱。粗衣淡饭舍荣华，折难消愆除鬼录。福缘慧力既两全，名署丹台位列仙”①，从中可以见到全真北宗以及净明道思想的投影。

其二，是自纪、赠答题材的创作。自纪是追溯自己修道经历，阐述学道体悟，常将叙事与议论结合，如《纪学》：

> 混成有物超太初，万品由布群情敷。独来独往成变化，不增不减随形模。历经浩劫靡终极，总摄元化潜虚无。我昔少年衣缝掖，继晷焚膏勤读易。三尺星芒已烛天，二竖流殃旋晦迹。厌看浊世六尘昏，梦熟黄粱诸幻息。寿昌仙伯铁玄翁，曾于圣井师金公。归向青华开泰宇，食我法乳苏疲癃。继后从游李夫子，闻有蒲衣冯外史。亦师金祖绍仙宗，驻鹤龙沙明至理。翩然蹑屩往问之，万法归一一何归。外史于时方燕坐，雷霆迅厉虚空破。诘我问从甚处来，清风拶透迷云开。廓然溥见家家月，了照本来无所说。②

在这首作品中，作者概述了自己学仙道的缘起和经历，“我昔少年衣缝掖，继晷焚膏勤读易。三尺星芒已烛天，二竖流殃旋晦迹。厌看浊世六尘昏，梦熟黄粱诸幻息”，正是对其早年弃儒学道经历的概括，他“幼颖敏，知读书，即善习诵，博通经史百家言，长习进士业。未几试于京，以病不果赴，久不愈”，诗句正是对此

① 赵宜真：《原阳子法语》卷上，载《道藏》第24册，文物出版社、上海书店、天津古籍出版社，1988，第84页。

② 赵宜真：《原阳子法语》卷上，载《道藏》第24册，文物出版社、上海书店、天津古籍出版社，1988，第84页。

的生动写照。其弃儒从道原因还在于其青睐道教延年益寿之功效，而他虽从小研读经史，长习进士业，但仍谨记“为人子者不可不知医”之古训。他在所刊《仙传外科集验方》自序中说：“余少读书，尝闻先哲云：为人子者不可不知医。”[①]于是在久病不愈的情况下，遂决定弃儒入道。“二竖”，代指病魔，典出《左传》，《抱朴子内篇·至理》有“追二竖于膏肓”[②]之说。由身体的病痛，感知到生命的有限，厌看浊世，领悟功名事业是黄粱一梦，转而追寻长生久视之道，这种思想在士人入道的案例中并不鲜见。通过光明与晦暗短暂的强烈对比，以及黄粱一梦的典故所烘托的气氛，生动传达出主体内在深刻的心理体验。“寿昌仙伯铁玄翁”以下追溯了自己转益多师的学道经历以及心得，其中金野庵授内丹之法给其疲敝之身以莫大的滋养，冯蒲衣则如雷霆“迅厉”助其勘破虚空、妙悟见性。

除此之外，还有与朋友赠答唱和之作，不过不同于世俗文人，道人的赠答唱和也主要是与友人探讨修道心得，体现出浓厚的宗教色彩。如《鉴首座与福书记心友久阔之余有感而作》：

> 三教同开道义门，心心相契共谁论。如何则被游尘隔，未信涵天宝鉴昏。[③]

他在此阐发了修道的态度，那就是无所偏私、兼容并蓄。在论及内丹、外丹之分歧时，他认为修道途径多样，而俱是证道之

---

① 赵宜真：《仙传外科秘方》卷首序，载《道藏》第26册，文物出版社、上海书店、天津古籍出版社，1988，第659页。

② 王明：《抱朴子内篇校释·至理》卷五，中华书局，1985，第112页。

③ 赵宜真：《原阳子法语》卷下，载《道藏》第24册，文物出版社、上海书店、天津古籍出版社，1988，第86页。

方，“如得鱼忘筌，得兔忘蹄，乌可以彼此而是非之”[1]，这里也表达了同样的思想，认为三教合一，不应以偏私之见而遮蔽证道之至理。又如《简故人》云：

要路烹茶结众缘，人天福果几时圆。何如早趁春风里，自把金锄种寸田。[2]

又如《答知白炼师议论道法偈三首》云：

谁识清微大法王，三才万物此开张。从来法法皆由我，倒用横拈总不妨。

人知此道只虚空，岂悟真空却不空。一月遍涵千涧水，清光元自不留踪。

方寸心田了了时，随方应化总无为。迷人但见行千里，两脚何曾半步移。[3]

第一首论清微道法。“从来法法皆由我”，正是其雷法思想的一贯主张，以“自性法身”为要领，符咒、祈禳一切雷法之术都是由自身修行之造化所出。第二首论“虚”。赵宜真强调“自性法身，本无生灭。迎之不见其首，随之不见其后。辉今耀古，卓然

① 赵宜真：《原阳子法语》卷上《还丹金液歌并叙》，载《道藏》第24册，文物出版社、上海书店、天津古籍出版社，1988，第81页。

② 赵宜真：《原阳子法语》卷下，载《道藏》第24册，文物出版社、上海书店、天津古籍出版社，1988，第87页。

③ 赵宜真：《原阳子法语》卷上，载《道藏》第24册，文物出版社、上海书店、天津古籍出版社，1988，第85页。

独存”①。第三首论“无为”，作者认为，修炼关键在于其心，并感叹说：“奈何智者滞于顽空，或流豁达；昧者执于偏见，误入傍蹊。或有乍入玄门，罔知参学，便尔枯坐。或事久立，或学搬运，或为观想，未能制心而强抑之，久则发为颠狂。”② 这都是道之不明的表现。

此外还有一些颇具道情、意味隽永的作品，如《雩阳王广文问性命之旨答颂二首》：

有有有非有，无无无不无。碧潭秋夜月，星散一轮孤。

水里月可捉，天边云可缚。收拾入葫芦，便是长生药。③

以水中之月、天边之云喻“有无”之境和修道心得，这也正是他所主张的，修道之途不拘于唯一，而在妙悟至道，即“凡为道者之学仙佛……然此妙道一历耳根，永为圣种……盖谓学者虽未能造夫体道之极功，而校之俗学与未学者，亦大有径庭矣”④。

其三，题画、杂咏之作。《原阳子法语》中还有一部分题画之作。道教图像传统源远流长，除了大量召役神鬼的符箓，还有以神仙、鬼神、修炼、丹鼎等为题材的图画。如《题林下高风

① 赵宜真：《灵宝归空诀》，载《道藏》第10册，文物出版社、上海书店、天津古籍出版社，1988，第659页。

② 赵宜真：《原阳子法语》卷上《还丹金液歌并叙》，载《道藏》第24册，文物出版社、上海书店、天津古籍出版社，1988，第82页。

③ 赵宜真：《原阳子法语》卷下，载《道藏》第24册，文物出版社、上海书店、天津古籍出版社，1988，第87页。

④ 赵宜真：《原阳子法语》卷下《还丹金液歌并叙》，载《道藏》第24册，文物出版社、上海书店、天津古籍出版社，1988，第83页。

图》云：

真常妙体本无象，象外承当须力量。撣持日月由主张，阖辟阴阳任收放。崆峒老仙冰雪姿，一唯心传能记往。清秋皓月挂琼台，藜杖云裾披鹤氅。我家浚仪原之阳，一嘘万物回春光。曾鼓风霆捍魑魅，长教匣剑藏星芒。昨来访旧崆峒上，相期驻景望八荒。金精揽结制木液，招摇坐运凝玄霜。个中妙契混鱼水，余外纷纷何足齿。玄都道士东郭子，徒貌丹青劳画史。对此孰云以色见，定求象外本来面。问我本来在何处，挥尘一笑乘风去。①

这首诗所咏是道教人物风姿，或许就是授赵宜真以金液还丹之道的金野庵。诗中不仅从外貌风神上描写了其拄藜杖、曳云裾、披鹤氅的“冰雪”之姿，更花费了大量笔墨描绘二人共同研讨丹道、修炼丹功的体验，“金精揽结制木液，招摇坐运凝玄霜”。最后以玄理收结，虽然以丹青图画记录这派“林下高风”，但道家认为，道体不局限于物象本身，而在象外之象，因而即使求其本源，也无定迹可寻。“挥尘一笑乘风去”一句，将诗境推至邈远广阔的天地，余韵无穷。

又如《题授受图》云：

至道匪言传，因言资妙悟。所以函谷篇，直指真元路。钟吕相承启后贤，派分南北垂千年。宇宙在手步玄

---

① 赵宜真：《原阳子法语》卷上，载《道藏》第24册，文物出版社、上海书店、天津古籍出版社，1988，第84页。

纪，日月停景开金莲。我曾剑佩追芳躅，腊虎脍龙宴瑶屋。三华隐隐泛流霞，四海茫茫信行独。昨来孤鹤乘天风，游观嵩华超崆峒。洞箫吹断山水绿，世外襟期谁与同。种桃道士渊然者，行洁神清志闲雅。供薪煮石服勤劳，立雪忘躯轻幻假。受我登真赞化书，有时入海探骊珠。鞭霆驭气凌紫极，按节回杓归太无。崆峒十载重逢日，已见图形记畴昔。何如体取身外身，微妙冲虚本无迹。①

授受图是道教图像中比较常见的一类，如现存陕西佳县白云观《真武修行图》就包含题记为“上清授受”“玉帝授受”的两幅图画，主要描绘上清、玉帝为真武授道的场景。②授受主题的重点自然是道派脉络以及传授事实。首句点题，对于道家而言，大道无言，而师徒授受也只是以言相助悟道。接下来，追溯丹道之学的发展，承前启后的关键人物是钟、吕二祖。唐时传丹诀者多，纷杂无统，钟吕金丹派成为唐宋新旧道教的分水岭，开创了新局面，自宋以来，派分南北已千年。下数句至“世外襟期谁与同”，追忆自己的修行历程和境界。三华即三花，是玉华、金华、九华的合称，代指精、气、神，内丹修炼中“三华聚顶”即精气神合聚于上丹田，是为内丹炼成，这是其师修炼的历程与感受。接下来，便涉笔其徒，也就是受道之人，这里应是指其弟子刘渊然，赞其不仅“行洁神清”、志趣闲雅，且笃于师徒之礼。并且在受

① 赵宜真：《原阳子法语》卷上，《道藏》第24册，文物出版社、上海书店、天津古籍出版社，1988，第84页。

② 肖海明：《陕西佳县白云观〈真武修行图〉研究》，《中国社会科学院世界宗教研究所建所50周年纪念文集（1964—2014）》下卷，社会科学文献出版社，2014，第1259页。

道、学道之后，时有“探骊”之得，颇为精进。最后，对于修道做出总结和指引，体道在于“身外身”，道本冲虚，玄妙无迹，其实也是勉励弟子精进修为之语。

题画之作中也有短章之制，颇具道意诗思，如《题仙弈图》：

> 黑白纵横坐运筹，不知人世几春秋。就中一着无人会，只在仙翁手指头。①

自任昉《述异记》“王质烂柯”典故流传，蓬莱“仙弈”便成为神仙画的一个重要主题，对弈仙人一局千年，而人间已是沧海桑田世事变迁，体现出修道之人对于超越时间的永恒生命的追寻。

此外，还有部分咏怀、咏物之作，如《观架上荼蘼盛开而海棠独不花酒边有感》：

> 满架妖红锦作堆，名花幽独自羞开。晚来对酒相看处，为尔伤春不尽杯。②

显示出道人面对美好事物时也怀有细腻的感知。另一首《道剑》则表达出与之相反的刚健之气：

> 亲授纯阳道剑方，不须欧冶铸坚钢。同身禀命生机巧，随意成形杀气张。涧底磨锋飞电影，月中斫桂染天

---

① 赵宜真：《原阳子法语》卷下，载《道藏》第24册，文物出版社、上海书店、天津古籍出版社，1988，第87页。

② 赵宜真：《原阳子法语》卷下，载《道藏》第24册，文物出版社、上海书店、天津古籍出版社，1988，第87页。

香。有时挂在南山下，吓得阴魔远遁藏。①

诗中吟咏“道剑”，此剑为祖师吕纯阳所授，不须冶炼，自身禀赋灵气，随意挥洒就有杀气威震。它锋芒毕露，曾于山涧磨砺，剑峰如同电光飞闪。它洁净芬芳，曾在月中斫桂沾染天宫清香，挂于南山之下，一切邪魔都远远逃遁。道教传说中有吕洞宾飞剑斩黄龙故事，而其所谓飞剑斩戮之剑，实际上是内丹修炼的要义诀窍，如其自叙“一断贪嗔，二断爱欲，三断烦恼，此其三剑也”。作为道教内丹祖师，吕纯阳为后世修道者开辟了坦途，也被尊为金丹修炼的祖师。因此，赵宜真咏“道剑”，事实上也是咏其自身内丹修炼的体验。

从赵宜真的偈颂诗歌创作来看，他确实将诗歌作为表达修炼感受、探索宇宙生命真谛的重要方式，虽然在表达上仍然较多沿用其他丹歌或道教文献的术语符号，显得晦涩幽曲；不过除了丹道歌诀，还是有部分表现道情诗意的诗歌；或富于清空理趣，或豪迈超群，充分体现出道家诗人本色。

第二节　刘渊然的思想及其著述

刘渊然，赣县人，年十六入道，受符法于赵原阳，又兼清微、净明之学。刘渊然是永乐至宣德间的著名高道，《江西通志》称赵宜真“其徒甚众，缵承道脉者刘渊然一人而已”②。刘渊然的生平，《明史》《江西通志》《龙泉观长春真人祠记》《长春刘真人祠堂记》等都有记载。2010 年 12 月，刘渊然墓葬在南京市南郊西善桥

---

① 赵宜真：《原阳子法语》卷上，载《道藏》第 24 册，文物出版社、上海书店、天津古籍出版社，1988，第 85 页。

② 谢旻等修，陶成等纂：《江西通志》卷一〇四，《景印文渊阁四库全书》第 516 册，商务印书馆（台北），1986，第 442 页。

梅山村被发现，其墓志也已出土，内容多已漫漶。[①]

与其师赵宜真相似，刘渊然也被净明道《逍遥山万寿宫志》、正一道《龙虎山志》、全真道《长春道教源流》以及清微派文献纳入其谱系之中。不过有研究者认为，从道法传授、科仪实践、师徒传承和道教派诗诸方面，刘渊然可以被确认为清微道士，而不是全真道士，关于刘渊然及其法派是全真道的看法是十九世纪逆向建构出来的。[②] 尽管如此，这也提示了我们一个历史事实，即赵宜真、刘渊然在明代道教各派的整合、发展中的角色和作用。

刘渊然获得国家层面影响的事件是洪武中奉命入朝天宫，成为洪武朝京畿最有影响的“朝天宫高道集团”后期的代表道士。洪武二十六年（1393），刘渊然应明太祖之诏至阙下，试以法术，有验，赐号“高道”，太祖命建西山道院于朝天宫以居之，后擢任道录司右正一。永乐初年，随明成祖驾至北京，迁左正一，赐“真人”号，后以事被谪云南。仁宗即位，给以二品诰印，与“正一真人”等。宣德初，进“大真人”号。宣德七年（1432）二月，以老乞归朝天宫西山道院，半年后去世。宣宗所作《御制〈山水图〉歌赐长春真人》赞其“凡历四朝，阐玄元之妙，著感通之功，摅恭秉诚，老而逾笃”[③]。在明代永乐至宣德年间，除了龙虎山天师系之外，刘渊然是与明皇室关系密切并且在国家层面具有领袖影响力的道教人物。据沈德符《万历野获编》“道官封爵”条云：

> 太祖既封张正常为大真人，掌天下道教矣，其子宇初又袭职，封为正一嗣教道合无为阐祖光范真人，仁宗

---

① 岳涌：《明长春真人刘渊然墓志考》，载《中国道教》2012年第2期。

② 王岗：《刘渊然与明代道教法派》，载《道教研究学报》2015年第7期，香港中文大学出版社，第265—266页。

③ 葛寅亮：《金陵玄观志》，南京出版社，2011，第9—10页。

> 封刘渊然为冲虚至道玄妙无为光范演教庄靖普济长春大真人，而《弇州异典》误以为宣德间事……宣德元年，从礼部尚书胡濙请，进封正一嗣教清虚冲素光祖演道崇虚守净洞玄真人张宇清为大真人，领天下道教。盖宇清以刘渊然已为大真人，意欲与之并，上不得已，勉从之，且示训于其号中。[①]

从中可以看出正一道天师教团在国家宗教层面维护其正统地位的危机感，以及与其他宫廷道士在争夺国家宗教权力层面进行的角力。有学者研究指出，虽然赵宜真、刘渊然都是江西人，但他们在江西地方的影响有限，并不活跃。江西地方道派有其自身传统，而刘渊然的影响主要体现在以南京为核心的江南地区。[②]

刘渊然在明代道教史上的另一大影响，是促进明代云南地方道教的发展。据史料记载，刘渊然永乐前期被贬云南，仁宗即位后方被诏还朝廷，在云南生活了至少十余年。居滇期间，他不仅以高明道法济度民众，而且大力兴建地方道观、收徒传道，致力于地方道教发展。

首先，他创立了道教“长春派”。“长春派”全称“南滇金丹符箓长春正派”，是明清时期以昆明为中心在云南影响较大的道派，刘渊然被认为是该派的创立者，长春派后辈尊其为“刘祖师”。一般认为，长春派的创立时间在永乐年间，始于刘渊然在云南创教授徒、“以道法显”。长春派的特点是重视科仪，擅长符箓，尤其擅长社令雷法，驱邪镇祟，精于医术。长春派弟子的事迹中

---

① 沈德符：《万历野获编补遗》卷四《释道·道官封爵》，中华书局，1959，第772—773页。

② 王岗：《刘渊然与明代道教法派》，载《道教研究学报》2015年第7期，香港中文大学出版社，第266页。

多有关于除祟、雷法和符箓的记载。如弟子中芮道材曾斩蛟除祟，徐道广“幼从蒋日和（渊然徒）学五雷法，遂精其术，每戏，书一符于小儿掌中，令其坚握，至僻地则开，雷随掌出，群儿日求之，亦不以为异。真庆观有祟，广除之”①，“潘烂头，永昌人，幼随长春真人学法。其头常烂，人以烂头呼之，有疾痛往求者，即以头上血书符，无不立愈。水旱，祈祷辄应”②。

更重要的是，刘渊然在云南广招门徒，弘扬道法。其中著名的如道录司左正一邵以正、昆明真庆观住持蒋日和、大理府道纪司都纪芮道材、吴中福济观住持郭宗衡、兴同治平观高道王贞白等。邵以正，号止止道人，又号承康子。世家姑苏，永乐末刘渊然倡道于滇，遂往师之。渊然嘉其勤恳，悉以道秘相授。洪熙元年，渊然奉诏还京，不久，荐其为道录司左玄义。正统中，迁左正一，总领道教事，景泰间赐号“悟玄养素凝神冲默阐微振法通妙真人”。邵以正在明代道教史中的重要影响在于主持编纂了《道藏》，并且在净明道早期谱系构建中起到了关键作用。蒋日和是刘渊然在云南时教导的又一优异弟子，曾住持云南昆明真庆观。在蒋日和的积极努力之下，真庆观不仅“门庑殿藏之制，一时俱举”，成为与昆明长春观、龙泉观相媲美的宏丽宫观，而且蒋日和住持的真庆观也培养了一批弟子，如李道如、张道宏、徐道广等，为地方道教的发展做出了重要贡献。其弟子徐道广，昆明人，《云南府志》载其“幼从蒋日和学五雷法，遂精其术”③，后修真于云南楚雄的玄真观，嘉靖时被封为雷霆都司。真庆观作为云南道教

---

① 谢俨：《云南府志》卷十七《方外志·仙释》，清康熙刊本。

② 鄂尔泰、尹继善修，靖道谟纂：《云南通志》卷二十五，《景印文渊阁四库全书》第 570 册，商务印书馆（台北），1986，第 261 页。

③ 陈梦雷：《博物汇编·神异典》，载《古今图书集成》第 51 册，巴蜀书社，1985，第 62901 页。

的传播中心之一，在地方道教发展过程中起到了重要作用，有着突出的地位。刘渊然创立的长春派，弟子遍及云南全境，昆明、晋宁、楚雄、昭通，至今在西南地区法脉绵延。在刘渊然及其弟子的积极推动之下，明代云南的道教逐渐走向兴盛，并在全国道教界中赢得一席之地。

刘渊然的著述活动，主要有三类：第一是整理其师赵宜真的著作。第二是关于修道思想的语录。第三是济世救急的道教医学方面的著作。较为重要的作品有：《长春刘真人语录》《济急仙方》。

《长春刘真人语录》一卷，收入明代胡文焕所编《格致丛书》《元宗博览三十一种》，国家图书馆藏。其序云："先师之言，简要明白，沿流溯源，达夫至道之极。若宿有仙骨，性耽玄虚……寻文解悟，乃天之所授也。可以祷雨祈晴，除邪辅正；可以济显渡幽，奏章设醮；可以禳灾治病；可以炼丹修仙。如入宝藏之中，惟人所求，随力祈及，各有所获，言言句句，无非道也。以正佩服师训，亦已有年。窃以之为己，不若公之于人，由是以广其传。盖欲人人体道，咸离迷途，造精微于性理之中，忘筌蹄于言象之外。此则先师平昔开度人天之愿力，而亦区区之本心也。谨识此以谂诸同志者云耳。正德癸亥秋，道录司右演法朝天宫住持兼掌灵济上宫事门弟子邵以正序。"① 可以看到，本书是由刘渊然的弟子邵以正记录、整理的关于刘渊然教导弟子的言行。全书篇幅并不长，约四千字，从内容上来看，主要是关于内丹修炼方面的论

① 刘渊然：《长春真人语录》，载《元宗博览》第二十八卷，明刻本。熊海明根据邵以正担任道录司职务时间考证，认为"正德"当为"正统"之误，成书时间在正统八年（1443）之前。见熊海明：《造精微于性理之中 忘荃蹄于言象之外——浅论〈长春刘真人语录〉的成书及其思想》，载《中国道教》2010 年第 6 期，第 48—50 页。

述。对于内丹学关注的基本、核心的问题，如作为本体的“道”的概念、修道的根本目标、“性”“命”关系、筑基采药等，都有论述，内容上体现了净明道、内丹南宗的修炼思想。

从形式上来看，表现为对话性的语录体，一是具有口语化的特征，通俗易懂，语言质朴。由于是记录传授丹道修炼的言谈，故而并不像专门著述那样典奥，而是以教诲、劝诫的口吻呈现，如“子欲学道，清斋奉戒，念念正真，远离尘垢，此要言也。法子须当猛省，割其欲根，除烦恼障，清静身心，以立根本”①。讲“清净”，说“人人本来清静，只因主人无觉照，被物欲所牵，声色汩于外，情欲荡于内，颠倒梦想，无由渐息，所以不能清静”②。二是比较生活化，运用譬喻，引用经典，形象生动。将枯燥乏味的道理讲述得比较生动，易于为人所接受。如，针对将南宗修炼方法曲解发展为邪术的现象痛加贬斥，认为“妄以邪术诳惑愚迷，以女人为鼎器，乖误天理，败道误人，本期延寿，反戕其生”③，引南宗祖师薛道光之语说：“若说采阴之法，即是徘徊大道，九祖永沉下鬼，自身恶鬼根，戒之慎之。”④ 并以飞蛾投火为喻说，“习邪门，专务采阴种种邪术，似蛾投火，自取灭亡”⑤，以此警示世人。

“长春志行高洁，不独精其教事，由儒而入于道，旁通医药诸家，有方论行于世，盖惓惓以祝国、济民、利物为心。”⑥由于受净明道忠孝利民思想的影响，刘渊然一派的特色也在于以道术扶危

① 刘渊然：《长春真人语录》，载《元宗博览》第二十八卷，明刻本。

② 刘渊然：《长春真人语录》，载《元宗博览》第二十八卷，明刻本。

③ 刘渊然：《长春真人语录》，载《元宗博览》第二十八卷，明刻本。

④ 刘渊然：《长春真人语录》，载《元宗博览》第二十八卷，明刻本。

⑤ 刘渊然：《长春真人语录》，载《元宗博览》第二十八卷，明刻本。

⑥ 方国瑜：《云南史料丛刊》（第六卷），徐文德等纂录校订，云南大学出版社，2000，第501页。

济困，故而也有道教医学方面的著述传世。邵以正曾编辑道教医学丛书《青囊杂纂》，将赵宜真、刘渊然救治民众的诊疗、济急的著述、方剂等资料汇集收录，由于多为验方，或有其他医书未见记载者，故而颇具价值。丛书中包括刘渊然《济急仙方》，1819 年日本丹波元胤编撰八十卷本《中国医籍考》，著录医籍目录三千余种，其中包括据明末清初殷仲春《医藏目录》著录的“刘氏渊然《济急仙方》”[①]，《济急仙方》中收录的重要方剂、疗法，影响持续至今，在中医发展史上有重要价值。

第三节　周思得的《上清灵宝济度大成金书》与诗歌创作

周思得（1359—1451），浙江钱塘人，字养真，别号素庵，又曾署名思德，早年师从杭州宗阳宫提点丘月庵学道，后来拜访四十三代天师张宇初学道，得龙虎山正一派道法的传授。周思得精习灵宝度人之旨，行持五雷火府之法，以显扬宋元道教新出的灵官法，由此奠定了他在明代道教史上的地位。

一、周思得与《上清灵宝济度大成金书》

明成祖时，周思得以灵官法名显京师，后住持京师大德观、朝天宫，主持编撰《上清灵宝济度大成金书》。明《两浙名贤录》、清乾隆《杭州府志》有传，而以明人习经《寻乐习先生文集》卷十九载《故履和养素崇教弘道高士管道录司事兼朝天宫大德观住持周思得墓志铭》记载其生平较为详尽。《两浙名贤录》记载其生平大略说：

① 萧霁虹、晏祥磊：《刘渊然的养生著述——兼论藏外道教养生文献的抢救与整理》，载《中国道教》2015 年第 5 期，第 47 页。

周思得，钱塘人，受天心五雷正法。太宗皇帝闻其名，召试，奇验，特建天将庙，敕思得与将共居。尝扈从北征，役王灵官，鞭虎前驱，虏见之，大惊遁去，杀获过当，尸横遍野。时当炎月，秽气触人，思得祷雪覆之，六军皆悦。尝历事四朝，宠眷优渥，英宗尤为倾注。还山尸解，年九十有三，谕祭赐号，敕葬于八盘岭下。[①]

周思得精习灵宝度人之旨，行持五雷火府之法，以道法济幽度显，门下弟子百余人，宣德、正统年间，累封崇教弘道高士，是明代颇受优宠的道教名流，明人笔记中有许多关于其道术的记载。如《帝京景物略》卷四载周思得事云："永乐中，道士周思得行灵官法，知祸福先，文皇帝数试之，无爽也。至招弭祓除，神鬼示魅，逆时雨，禬灾兵，远罪疾，维影响，乃命祀王灵官神于宫城西。世传灵官藤像，文皇获之东海，崇礼朝夕，对如宾客，所征必载。及金河川，舁不可动，就礼而秘问之，曰：'上帝有界，止此也。'成化初，灵应愈著，敕所司拓其宇，曰大德显灵宫，大建弥罗阁，以祀上帝。嘉靖初，复于阁左，建昊极通明殿，以祀净德王、宝月光后。东辅萨君，殿曰昭德；西弼王帅，殿曰保真。"[②] 张岱《夜航船》卷四"弘道真人"条也记载了金川河之事。

值得注意的是，周思得道派与明代前中期道录司关系密切。周思得住持皇家宫观天将庙，逐渐在皇室祈禳事务上发挥影响，将其扩展为大德观、大德显灵宫，成为明代前中期最重要的皇室内道场之一，其影响持续到嘉靖时期。周思得在京畿皇家道观影

① 徐象梅：《两浙名贤录》外录卷二，明天启刻本。

② 刘侗、于奕正：《帝京景物略》卷四，孙小力校注，上海古籍出版社，2001，第260—261页。

响大，其门人弟子任职道录司者众多，“门徒百余，颜敬任太常寺丞，其官于道录司者道宁、道玉俱至灵，梅道真、王道弘俱玄义”①。通过梳理周思得道派系谱，对其道派分支进行考察，可以发现，“从永乐年间周思得住持天将庙开始，到正德五年（1510）大德显灵宫道录司左正一朱正增被封为真人为止，明代前九朝，周思得、孙道玉、昌道亨、吴道然、阮永清、王应祷、陈应褔、刘绍先（仙）、朱正增、李云峪等 11 人先后被封为真人，而任职道录司各级道官的人数更多。这显示着周思得道派对道录司的巨大影响。明代初、中道录司官员的派字分布情况显示，这些道官主要来源于几个宫观：大德显灵宫、灵济宫、朝天宫以及南方的龙虎山，太和山（武当山）也有一定比例。这些道官中，周思得灵宝派、龙虎山正一派和灵济宫占较大优势”②。由此可见周思得在明代前中期道教发展具体历史语境中的地位和影响。

周思得在宋明以来道教发展史中的一个重要贡献是在宣德年间编辑了明代道教科仪经典《上清灵宝济度大成金书》（以下简称《金书》）。《金书》的编纂，有其特定的历史和现实环境。

《金书》是在前代东华灵宝斋法文献基础上整理而成。灵宝斋法素以规范系统著称，对后世道教影响最大。灵宝斋法经过南朝陆修静，唐代张万福、杜光庭和宋代留用光等人不断整理与规范，逐渐成为道教斋法的主流。宋以降新兴道派迭出，神霄、东华、清微等新符箓道派蔚然兴起，他们将内丹与符箓结合，使符咒法术与科仪规范相融合，道教斋醮科仪形式日趋繁复，对科仪的整

---

① 习经：《寻乐习先生文集》卷十九《故履和养素崇教弘道高士管道录司事兼朝天宫大德观住持周思得墓志铭》，《四库全书存目丛书补编》第 97 册，齐鲁书社，1998，第 176 页。

② 陈文龙、郑衡泌：《周思得道派与明代道录司》，载《世界宗教研究》2015 年第 4 期，第 75 页。

理修订活动也一直在进行。周思得自叙编辑缘起说："吾少从学于月庵丘先生，一日窥其披阅水南林真人所集田、宁二真人灵宝法书，喟然叹曰：是书有益于吾教岂浅浅哉！奈何不得有为者而责付之……余沉潜反复于其间迨今二十余年，朝夕拳拳，不敢自逸……复得真集，间尝窃附己意，补其散失，订其讹谬，参以简篆，佐以符章，通为四十卷。"[①] 杨震宗序称其"暇日，乃以所传灵虚田宗师符章奥旨，集为全书三卷，散施四方……"[②]。周思得曾拜丘月庵为师，丘推崇宋、元时宁全真、林灵真诸人所集灵宝科仪。"水南林真人"即林灵真（1239—1302），为元代东华派主要传人，俗名伟夫，字君昭，法名灵真，自号水南，人称水南先生。林灵真弘扬东华派田灵虚、宁全真等人的斋法，曾编撰《灵宝领教济度金书》，达三百二十卷之多，系后人逐渐修订而成，是东华灵宝派科仪的集成，也是周思得《金书》的取材对象。

明朝建立后，明太祖对于民间宗教祭祀繁复、糜费资财的现象十分不满，曾在《御制玄教斋醮仪文序》中批评道："今之教僧、教道非理妄为，广设科仪，于理且不通，人情不近。其愚民无知者妄从科仪，是有三五七日夜讽诵经文。经乃释道化人为善、戒人为恶之言，犹国家之有律令……盖糜费家资，僧道蠢蠢之徒，将以为仪范之美，致使精神疲倦。观其仪范之设，于中文讹字否，达者遂讥毁之。所以讥毁者，佛未请，三清未至，辄便望壁启闻斋主之事。僧甚至日三遍对佛宣扬，道乃日三朝而敷奏。以此观之，释迦与老子非重听而瞽目，故烦之于再三。若不如此，果何理耶？敕礼部会僧道，定拟释道科仪格式，遍行诸处，使释道遵

① 周思得：《上清灵宝济度大成金书序》，载《藏外道书》第16册，巴蜀书社，1992，第4页。

② 杨震宗：《上清灵宝济度大成金书后序》，载《藏外道书》第17册，巴蜀书社，1992，第625页。

守，庶不靡费贫民，亦全僧道之精灵，岂不美哉？”①这代表了明初官方对于宗教科仪的态度，主要目的就是规范整顿，删繁就简。洪武七年（1374），官方主持编撰的《大明玄教立成斋醮仪范》完成，成为全国宫观通行的道教科仪范本。除此之外，在官方的推动之下，施用于宫廷祈祷、祭祀、典礼的斋醮金箓科仪也纷纷得到修订编辑，在永乐年间陆续完成。可见，道教斋醮科仪的规范、整理工作在洪、永间成为一时风气。

《金书》在前代灵宝科仪文献的基础上整理编辑而成，共四十卷，清晰简要。体例上，按照科仪类别，分门别品，共分为二十门、八十七品，二十门为：玄教祝颂门、赞唱应用门、誊词启建门、朝真谒帝门、升坛转经门、赞祝灯仪门、召魂浴食门、受炼更生门、流传利济门、礼成醮谢门、登坛宗旨门、仙仪法制门、合契符章门、颁告符简门、灵旛宝盖门、文检立成门、章法格式门、表笺规制门、真班位门、斋醮须知门。门下又分品，各门品目多少不一，除“斋醮须知门”阐述灵宝斋的原理、注意事项，其余均是斋醮的制度规范、行持方法、符简使用、文书格式等内容。从体例上来看，它借鉴了前代经典如《上清灵宝大法》《灵宝领教济度金书》，但分类更合理，简明扼要。如《上清灵宝大法》六十六卷，分二十七门，有开宗明义门、经纬修用门、十玄修用门、修炼吐纳门、修炼佩服门、斋戒禁忌门、朝修忏谢门、三界所治门、降真召灵门、济世立功门，制魔伏神门、镇禳摄制门、经句符书门、修斋转诵门、经句分类门、经旨训解门、洞玄仙路门、传度仪范门、传度科格门、斋法坛图门、神虎玄范门、斋法符箓门、大炼符箓门等。②《灵宝领教济度金书》三百二十卷，分

① 朱元璋：《御制玄教斋醮仪文序》，载《道藏》第9册，文物出版社、上海书店、天津古籍出版社，1988，第1页。

② 《道藏》第30—31册，文物出版社、上海书店、天津古籍出版社，1988。

二十品，有坛幕制度品、坛信经例品、修奉节日品、圣真班位品、朝奏次序品、赞颂应用品、科仪立成品、紫英录书品、开度追摄品、炼尸生仙品、炼度品、符简轨范品、书篆诀日品、书篆旨诀品、存思玄妙品、诰命等级品、幡盖陈设品、表榜规制品、文檄发放品、斋醮须知品等，品下又以科仪用途、类别细分节目，如科仪立成品首先注明“祈禳开度通用”“祈禳通用”“开度通用”“开度黄箓斋”“九天生神斋合用”“生神开度斋用”“生神斋用”等，“开度黄箓斋”下再具陈朝仪、忏悔仪、坛幕仪等内容。相较而言，《金书》的分类得当、涵盖全面，四十五代天师张懋丞在序中称赞说：“尝披阅诸品经科，未有若是其明且尽者也”，认为其书“乃乾坤之橐钥，造化之枢机”，“后人有志于道者，宜宝而敬之，奉而行之”。[①]

此书对有关仪范的理则也做了较多讨论。《金书》推崇灵宝之法，在它看来，灵宝是“生育天地，阖闾阴阳，造化得以运行，元功恃而溥博，昭悬日月，旋斡星辰，普殖神灵，化生品汇者也”[②]。实际上是一种性命合一的状态：“灵者，性也，宝者，命也。灵而不宝则不足以寿无穷之命，宝而不灵则不足以悟本来之性，离而曰性命，合而曰灵宝。一切众生不离性命，以此非灵宝不可以度人，非灵宝不可以生神，故灵宝法为诸法之祖。”[③]灵宝法的特色在科仪，所重在“诚”：“今所称灵宝法者，神光大定之旨，

① 张懋丞：《灵宝济度大成金书序》，《上清灵宝济度大成金书目录》，载《藏外道书》第16册，巴蜀书社，1994，第1页。

② 《上清灵宝济度大成金书》卷二十三《灵宝宗旨琼篇》，载《藏外道书》第17册，巴蜀书社，1994，第1页。

③ 《上清灵宝济度大成金书》卷二十三《灵宝宗旨琼篇》，载《藏外道书》第17册，巴蜀书社，1994，第1页。

若能养命悟性，坚至诚，宝为奇特，且天地间一至诚之道而已。”[①]在周思得看来，“今之职是者但著威仪于科范，而不本乎诚；纵矩步于罡斗，而不求乎理；习音声于潮梵，而不探其奥。辟造化于荒唐，视鬼神于无有，其性命之微，开度之仁，邈然无芥于中。是则与古人立教垂训之意果有所取欤?”[②] 因而有必要重予编辑，以显其重要性。

明代道教斋醮炼度盛行，祭炼法门众多，周思得《金书》于此也有所发明：“凡斋醮以炼度为重，主行之士积功累行，普度人天，孤露蒙恩，其功甚大。”[③] 周思得认为，如果仅以仪式装点、宣念科咒，而不知水火玄妙、五行之法与化生之功，是徒劳无功的，“近代师真往往皆以外仪华饰，宣念科咒而已，岂不有误于幽冥也?”炼度的精要不仅在外在科仪，更在内在的修炼，“大抵炼度乃炼自己之造化以度幽魂”[④]。周思得特别强调，炼度魂灵首先需要施行者自身具备较高道家修养，不能通过内炼使一己之神安，是不可能度炼鬼魂的。换句话说，度炼的效果取决于“真心”，符咒科仪只是外在辅助。关键是通过修炼，使一己之肾中“真水”升涌，“祭炼不得火降水升造化，余皆末事，火降水升真祭炼之要论”。其原理就是以自身修炼造化之力度脱幽魂，“凡坎离交遘水火既济之后，造化皆上朝于泥丸，幽魂得此造化，亦不容于不生天矣，颁行诰箓之后，运我一点灵光，化为火铃，上透泥丸，现

① 《道藏》第10册，文物出版社、上海书店、天津古籍出版社，1988，第460页。

② 周思得：《上清灵宝济度大成金书序》，载《藏外道书》第16册，巴蜀书社，1994，第4页。

③ 《上清灵宝济度大成金书》卷二十三《水火璚篇》，载《藏外道书》第17册，巴蜀书社，1994，第36页。

④ 《上清灵宝济度大成金书》卷二十三《水火璚篇》，载《藏外道书》第17册，巴蜀书社，1994，第36页。

前幽魂皆随我一念而生天，正是祭炼幽魂要紧处。或我一点灵光不透泥丸，众魂决无生天之理”①。其炼度思想于此可见一斑。

二、周思得的诗歌创作

周思得擅诗，明曹学佺《石仓历代诗选》“明诗初集”选周思得诗五首。《千顷堂书目》《百川书志》著录周思得所撰《弘道集》一卷，并附录一卷。明嘉靖时俞宪所编《盛明百家诗》，收入《弘道集》中所选之诗数十首，题为《周真人集》。清光绪二十三年（1897），丁丙编《武林往哲遗著》，收入此诗集及周思得所著《上清灵宝济度大成金书序》《重刊清净经注解序》。

作为一个历事数朝、颇具权势的高道，周思得有着怎样的思想世界？其诗歌创作又体现出怎样的面貌呢？纵观周思得的一生，享受尊荣，宠眷不衰，作为一个道士得到明初数代帝王的肯定、褒奖。故而在周思得的笔下，不乏有关帝京人事、景观的书写。如《访灌顶大国师智光》：

> 上方幽境远尘寰，楼殿玲珑碧汉间。习静已能抛世虑，承恩常得近天颜。经翻贝叶焚香坐，袖拂春云杖锡还。愧我平生耽白业，频来松下叩禅关。②

智光（1348—1435），字无隐，山东庆云人，明初高僧。少时于北京吉祥法云寺“礼西天迦湿弥罗国板的达萨诃咱释哩国师，传天竺声明记论之旨”，通梵语。洪武、永乐时，出使西番乌斯藏

---

① 《上清灵宝济度大成金书》卷二十三《水火璚篇》，载《藏外道书》第17册，巴蜀书社，1994，第36页。

② 周思得：《周真人集》，《丛书集成续编》第111册，上海书店，1994，第811页。

等地，数次西使“宣化”，对明初发展与西藏地方及邻近尼泊尔等地的政治宗教关系做出了杰出贡献。杨荣称其精于佛学，“经藏之蕴，旁达深探”，所译显密经义及所传《心经》《八支了义真实名经》《仁王护国经》《大白伞盖经》并行于世，人言“其功不在鸠摩罗什之下”，深得明初诸帝眷宠，“历事六朝，宠锡冠群僧”，仁宗亲赐诰封为“圆融妙慧净觉弘济辅国光范衍教灌顶广善大国师”①。显然，诗中的禅师不是普通僧人，而这首诗也不同于一般访僧不遇所呈现的意境，不是惯常见到的萧疏、朴素的幽境，而是楼阁恢宏，殿宇玲珑，多了一分“袖拂春云”“杖锡而还”的庄重和雅气象。这正是由于主人翁身份并非普通地方道教人物，而是国家宗教体制中的领袖。

又如《京华八景》诗云：

帝里山河壮，金台王气浓。天关高踞虎，地轴厚蟠龙。玉帛梯航集，车书海宇同。麒麟四郊内，凤鸟五云中。太液波光漾，居庸翠色重。林坰横抹练，石宾下垂虹。晓骑卢沟月，秋鸿紫塞风。春云覆华岛，霁雪满瑶峰。图绘丹青好，分题制作工。微臣叨盛会，歌颂祝无穷。②

“燕京八景”在金元以来成为文人诗、词、曲中广泛吟咏的题材，到了明代，这八处景物大多被明人附会于明代北京的相应景物上，称为“北京八景”。明成祖迁都北京后，咏“八景”诗蔚然

---

① 杨荣：《灌顶广善西天佛子智光大国师事实》，载《国朝献征录》卷一一八，明万历四十四年徐象枟曼山馆刻本，齐鲁书社，1996。

② 周思得：《周真人集》，载《丛书集成续编》第111册，上海书店，1994，第810页。

一时。如明人所说："昔之八景偏于一隅，犹且见于歌咏……纵观神京郁葱佳丽，山川草木，衣被云汉昭回之光，而昔与今又岂可同观哉……遂命曰'北京八景'。"①"北京八景"所描绘的是帝国新都气象，自永乐朝以降"咏八景"也不仅仅是单纯的文学行为，而沾染着与歌颂盛世紧密相连的政治想象与书写的意味，是永宣时代台阁文学主导的时代风气之下的一种文学景观，其主题、格调都透露出对时代的呼应。同样是咏胜迹，我们可以将其与元末明初道士卢大雅的《姑苏怀古》相比较："胥目悬门乌啄过，至今哀怨入吴歌。山河不为兴亡改，城社其如感慨何。废苑春深芳草满，荒台秋尽夕阳多。醉来一觉扁舟梦，也胜豪华逐逝波。"②两者一歌咏新兴帝京气象，一慨叹胜国江山，诗的意境截然不同。又如《寿度师月庵丘宗师》："皇明开泰运，维岳降仁贤。道合无名始，神超太古先。一元资化育，二气入陶甄。德盛心尤下，功高礼益虔……聊为陈歌颂，倾忱向绮筵。"③丘月庵是周思得之师，曾任宗阳宫提点。即使在寿诗中，周思得仍不忘颂时，由此也可以看到他作为国家宗教体制内领袖的身份、角色。作为能诗的方外之人，他虽然只是中央文坛的边缘人，但他的创作仍有"预流"的部分。

然而，周思得毕竟是一位道士，他也有作为修行者的一面。明胡维霖《墨池浪语诗评》称"周思得悟甚"④。作为修道者，他

---

① 孙承泽：《春明梦余录》卷六十五《名迹二》引胡广《北京八景图诗序》，《景印文渊阁四库全书》第869册，商务印书馆（台北），1986，第215—216页。

② 曹学佺：《石仓历代诗选》卷三六五《明诗初集八十五·卢大雅》，《景印文渊阁四库全书》第1391册，商务印书馆（台北），1986，第919页。

③ 周思得：《周真人集》，载《丛书集成续编》第111册，上海书店，1994，第810页。

④ 胡维霖：《墨池浪语诗评》卷二，明崇祯刻本。

对于大千世界、自然万物有着独特的体察以及异于凡俗的思考。如《默斋诗》：

> 化机无停运，四序迭推迁。万汇遂生育，彼苍乃默然。嗟君禀至性，颖悟探幽玄。遗荣犹脱屣，九还得真传。一室人罕至，阶有绿苔缘。虚庭松子落，帘隙蛛丝悬。幽兰媚深谷，明珠潜九渊。更当究玄微，拂袖凌紫烟。[1]

《石仓历代诗选》将其选为周思得诗之首。这首诗融说理、抒情于一炉，表达了对道家所主张的自然无为、渊静适然境界的体味和向往。首句“化机无停运，四序迭推迁”，是对道家宇宙观念的阐述。《庄子·天地》篇说：“天地虽大，其化均也；万物虽多，其治一也。”因而推崇“无为”与“渊静”，“无欲而天下足，无为而万物化，渊静而百姓定”[2]。也就是要明白万物的生育是自然而然的，不需要刻意为之，这样人也当与天地万物运行之道保持一致，不需有为。所谓“化机”，即“是知物我兼忘者，故冥会自然之道也”，“有首有趾，人物之所同也，无心而不能虑事，若鸟兽是也，无耳而不能闻声，若虫鱼是也。其动止，其死生，其废起，一皆天地之化机也。化机之在天地，不穷于物，无形无状，推移动荡天地之中者，皆化机也。而有治在人，人其多事矣乎！强物以从治，不如忘己而听诸物之适然也”[3]。接下来则转向对修道环境、体验的描述。由于人迹罕至，门前的台阶都长满绿苔。

---

① 周思得：《周真人集》，载《丛书集成续编》第111册，上海书店，1994，第810页。

② 郭庆藩撰：《庄子集释》，王孝鱼点校，中华书局，1961，第410—411页。

③ 郭庆藩撰：《庄子集释》，中华书局，1961，第434—435页。

以松果落下之动反衬出空庭的寂静，帘生蛛丝，寂然独坐幽室，默然神会以游，感受四时节序变迁、大化运转不滞。“幽兰媚深谷，明珠潜九渊”，是内丹修炼时的感受。全诗描绘独坐修炼的境界，富于理趣。

这样的诗毕竟太过注重“理”的阐释，语言直白，少了一些文学趣味。周思得还有一些创作，是其闲居时所作，描述其远离尘俗、悠然体道的意境。正统十年（1445），周思得以年迈恳乞还山，英宗特敕建太清观，使其得以退居修道，颐养天年。在这段时期，他不再如过去一样因承担国家宗教管理的重担而不得不应付俗务，而是过起了深居简出的避世修道生活。在他笔下流露出山居的幽静之趣，也自然而然地渗透着他幽然默会的体道心得。这些诗作书写闲居生活，以澄澈清明的审美眼光去观察自然万物，体验清净之境，往往在山林泉石、草色烟岚中蕴含着虚静之趣。如《漫兴二首》：

> 春草当阶绿，茶烟竹外青。洞门深闭后，注就《蕊珠经》。
>
> 白云松顶落，寒泉石上流。残棋未终局，月挂西岩秋。①

在此，作者描述了清幽脱俗的山居意境。首句点明了时间，阶上春草正绿，竹林之外飘起一缕缕青烟，原来是有人在竹林中烹茶，春草、绿竹、青烟，这些意象构成了一个清幽闲静的修道之境。接下来转到人的活动，作为一个修道之士，日常活动自然

① 周思得：《周真人集》，载《丛书集成续编》第111册，上海书店，1994，第810页。

离不开参研道教经籍。洞门深闭，似是一个幽深纯粹、与世隔绝的世界。这个世界中的人原来在专心注释道经，诵读道经是诗歌中与修道生活相关的常见意象。唐鲍溶《寄杨炼师》诗云："道士夜诵《蕊珠经》，白鹤下绕香烟听。"[①] 元萨都剌《酌桂芳庭》诗云："接竹池通丹井水，隔松人诵《蕊珠经》。"[②] 这个意象使诗中之人因此与一般山居隐者有所区别，而这种幽静境界也因宗教修行的意味而别有深意。

又如《偶兴》：

石床睡起诵《南华》，古鼎烟霏竹外斜。自识坎离交姤后，始知人世即仙家。

《初晴》：

天街十二正春阳，小草离离雨后香。吹彻瑶笙人更寂，桃源洞里日初长。

《山中二首》其二：

静怜卷石古，清爱片云闲。松间经一卷，峰头庵半间。从师住上界，采药入深山。即此丹丘是，无劳问大还。[③]

---

① 王士祯：《唐人万首绝句选》，华夏出版社，1999，第317页。

② 萨都剌：《雁门集》，上海古籍出版社，1982，第193页。

③ 周思得：《周真人集》，载《丛书集成续编》第111册，上海书店，1994，第810页。

诵经参道，古鼎烟斜，松石细雨，夜华如水，周思得笔下总是流露出一种如其所说的怜“静”爱“闲”，其诗歌中总是体现出幽远玄意，往往萦绕着“清幽”乃至“虚静”的氛围，这与其道教修行思想有关。周思得致力于上清灵宝斋法的整理和总结，对道教斋法进行哲学和文化层面的提升，他对科仪的论述不止于对步骤、规范的解释，更重要的是对其哲学原理内涵进行阐释。他所追求的是，使流于俗滥的祈禳、祀神行为具有宗教修养内涵，从而使道教斋醮科仪得到精神和文化上的提升，将精神修持融贯于特定的宗教形式之中，使精神专一的修持成为斋法的基础，因此他很重视“静修”。正统十一年（1446）五月，他在《重刊清静经注解序》中说：“夫清静经者，实金丹之要领也。昔我太上哀悯众生流浪生死，沉滞爱河，不能洞达玄机，以证真帝之道，大开方便，广演真诠，强名而名，巍乎浩乎，功德不可思议……予唯道无古今而时有先后，心有彼此而性无差等，灵台清净而欲牵之。学者苟能扫除旧染之污，顿悟真常之道，则宇宙在乎手，造化生乎身，常应常静常清净矣，又何古何今、何先后彼此差等之有哉！夫升高者必自卑，陟遐者必自迩，道本无言，欲造夫道者，舍此复何求哉！”①在他看来，唯有静才能使神气清明，“一之为妙，非静莫悟。老子曰‘归根曰静’，是谓复命，寂静则神炁泠泠然而清，神光炯炯然而明”，“喧动则神炁懵懵然而昏，神光黯黯然而晦”。② 这种“虚静”不只是一种哲学、宗教上的认知方式，空虚其心，静养精神，涤除胸中的尘俗之气、物欲之态，从而达到自然而然，神清气畅。这种宗教修持的心理状态在长期实践中，自

① 周思得：《周真人集》，载《丛书集成续编》第111册，上海书店，1994，第815页。

② 《太极祭炼内法》卷下，载《道藏》第10册，文物出版社、上海书店、天津古籍出版社，1988，第462页。

然而然就转化为一种审美态度，以之观照外在世界，“始知人世即仙家”，身边的一山一水、一松一石也成为体道适性的对象，这样，丹道修炼以明性命之旨的清净、妙悟也自然转化为一种观物的审美方式。

此外，周思得有组诗《梦游仙词》九首。游仙诗自先秦以来，多有创作。相较于前代，明初文人创作的游仙诗数量并不多。明初文坛如宋濂、胡翰、贝琼等虽有游仙诗，但数量不多。宋濂有《游仙篇赠邓尊师》《东雒山房诗》，胡翰有《游仙诗》一首，贝琼有《游仙诗》三首。这其中，除了宋濂确是醉心道教，诗中的重心是关于神仙世界的书写与向往，不乏“将期学真侣，度之升紫虚”，“定当分刀圭，成此列仙儒”[①] 的表达，其他的游仙诗作，仙道意味并不浓，如胡翰《游仙诗》重在以游仙寓托“寄书久不到，白首悲秦人”[②] 的世事感慨。

这与明初诗人对游仙诗的看法有关。贝琼在为钱塘陶菊庄氏所作《游仙诗序》中说：“游仙诗何所始乎？始于《离骚·远游》之作也。天下固无神仙之说，而屈子不答于君，放乎湘潭，盖将隘六合，鄙薄俗，排风御气，超然物表，与日月齐寿，以尽无穷之变……此真神仙之要，不待餐六气、饮沆瀣、漱正阳、食朝霞而后谓之神仙也。后有何敬宗、郭景纯者互为游仙诗，不过诧安期羡门之高，假蓬莱方丈之胜，而欲去此适彼，其于屈子之言有得否乎？惟其诗自成一家，飘飘然有凌高厉空之想，词人固多拟之……及为松江文学掾，出所著游仙诗十篇示余，且以近体七言为之，此尤古人之所未有也，虽大篇长什不能尽观，是亦足以窥

① 宋濂：《游仙篇赠邓尊师》，载《宋学士文集》卷七十，《四部丛刊初编》影印明正德本，第 4 页。

② 胡翰：《胡仲子集》卷十，载《景印文渊阁四库全书》第 1229 册，商务印书馆（台北），1986，第 131 页。

其高怀远识，要皆祖于《离骚》之言，非特拟何、郭而作者也。”[①]游仙诗的书写传统分为二途，一是以屈原《离骚·远游》篇为代表，主要以上下求索、遨游仙境来排遣在人世间所受的冤屈、痛苦，重在内心情感的寄托；一是以何劭、郭璞为代表，其艺术特点在于书写仙人长生不死的理想以及轻举高飞、遨游仙境的美好愿景。显然，在贝琼看来，前一种才是游仙诗中值得效仿的典范，而后一种则无所取。景泰年间的张宁在《跋〈梦游仙诗〉画》中也指出：“古清修之士，与世不偶，将隐约自处，或因以寓激劝于人，则必托意高远，寄迹荒闲，其有无去来，若将不可测，虽旷古隔世，因其茫然而求其确然者，则其人之怀抱可得也。”[②]由此可以反映出明前期一般儒家士人对于仙道及游仙诗的态度。相较于前代作者，在理学思想氛围浓厚的明前期，虽然他们也作游仙诗，但所取的不过是一种“凌高厉空之想”的诗境，而与信仰无关。

作为内心具有真正宗教信仰的修道者，周思得创作的游仙诗在某种程度上就显得弥足珍贵。至少，它可以为明初诗坛提供一种别样的精神范本和文本样态。周思得《梦游仙词》九首云：

路入丹丘访赤松，紫云堆里曳孤筇。一声白鹤三珠树，身在蓬莱第几峰。

石磴盘云曲曲回，洞门高下碧桃开。琪花瑶草连溪涧，不见仙人跨鹤来。

云树苍茫月正明，座中还遇董双成。玉箫吹罢桃花落，犹记霓裳谱上声。

① 贝琼：《清江文集》卷七，载《景印文渊阁四库全书》第1228册，商务印书馆（台北），1986，第333—334页。

② 张宁：《方洲集》卷二十一《跋梦游仙诗画》，载《景印文渊阁四库全书》第1247册，商务印书馆（台北），1986，第483页。

白云长日掩松关，麋鹿成群自往还。独有白鸦栖玉树，碧桃洞口缘阴闲。

玉扉双启烂金铺，楼阁玲珑湛玉壶。一曲霓裳看未了，又随白鹤下玄都。

山中瑶草应无种，洞口桃花别有春。一局残棋天地老，武林溪上不逢人。

翩翩鹤翼拂重云，仙乐嘈嘈世未闻。一虎跨来何处去，欲从月下访茅君。

仙人醉卧碧岩秋，白月倒挂岩西头。猛虎一声惊不醒，西风吹梦落瀛洲。

洞中仙子下琼楼，紫雾衣裳白羽裘。问罢青囊录中秘，相看一笑海天秋。①

首先，他描绘了一个生动鲜活的仙境。这个仙境不同于一般诗文中的泛泛之想，而是透露出浓厚的道教仙境色彩。道教在广泛吸收古代神话传说、早期方士文化信仰的基础上加以创造，构筑出特有的仙境体系。神仙有不同等级，分治不同境界，大致而言，道教仙境有三大系统，即天界仙境、海上仙山、地界洞天福地。在道家看来，天地间的名山胜境都是元气汇聚凝驻的所在，道经《天地宫府图序》说："道本虚无，因恍惚而有物；气元冲始，乘运化而分形。精象玄著，列宫阙于清景；幽质潜凝，开洞府于名山。"②《洞天福地岳渎名山记序》对道教洞天福地的产生做出了更详细的解释："乾坤既辟，清浊肇分，融为江河，结为山

① 周思得：《周真人集》，载《丛书集成续编》第111册，上海书店，1994，第812—813页。

② 司马承祯：《天地宫府图序》，载《全唐文》卷九二四，广雅书局刻本，第10页。

岳，或上配辰宿，或下藏洞天，皆大圣上真主宰其事，则有灵宫闷府、玉宇金台。或结气所成，凝云虚构；或瑶池翠沼，流注于四隅；或珠树琼林，扶疏于其上。神凤飞虬之所产，天骥泽马之所栖。或日驭所经，或星缠所属，含藏风雨，蕴蓄云雷，为天地之关枢，为阴阳之机轴。”①这些地方有着人间所没有的珍奇瑞物。周思得的《梦游仙词》组诗描绘了一个海上仙山与地上洞天福地交织的仙境世界，海上仙山、洞中天地、山涧深处等。在这个世界中，随处可见构成神仙信仰的要素，如仙人、仙境、仙药等，这里有琼楼玉宇、仙鹤环绕的仙境，有高蹈霞外、冰雪之姿的仙人赤松子、董双成等，也有灵芝瑶草、金丹玉液的仙药。与其他游仙诗或寓世俗怀抱，或泛泛而想不同，周思得组诗构筑了一个以宗教文化为基础的道教理想中的仙境。

其次，周思得创作游仙题材，与特定的宗教修行体验相结合，而不仅仅是一种审美遐想。明人董说认为：“闻道家之言，内观乎阳升之想为龙、为火、为天、为云、为鹤、为日、为马、为烟、为霞，阴降之想为雨、为叶、为地、为泉、为月、为兔、为泥、为船，及丹药有功，水火合配，凤鸾五采，恍惚坠地，黄金为盘，中有玉浆，朱衣使者乘车循行，东西南北，周遍九州，或楼台宫阙，景物奇丽，皆以握固存神，在心成象，非有形质……黄冠缁衣，儒者勿道。余独以为两家内观之说有大勋劳于文章，司马迁为二十观而本纪成，又三十观而世家成，又七十观而列传成。六合之内，黄帝以来，古今盛衰治乱，《史记》悉备。山川风土朗于图画，衣冠谈笑披文若新，岂惟博物，盖亦存想之周也。文章之道，精气为帅，造千门万户于虚无之境，敛山河星斗于方寸之内，神

① 杜光庭：《洞天福地岳渎名山记序》，载《道藏》第11册，文物出版社、上海书店、天津古籍出版社，1988，第55页。

明不存，章句无主。今之文人好为浮夸，走笔如马，而神气万里，衣冠甚都，其骨已朽，无本无末，不宫不商，皆知外慕，不知内观。”[①]这里，董说肯定了道家的“存想”“内观”作为一种创作方式对于文学的审美价值。不过，对于修道者而言，这种内观与存想，不只具有审美意义，更有实实在在的宗教修行意义。如《夜坐》：

碧天如水露华多，白月纷纷映薜萝。一曲游仙两童子，步虚坛上舞婆娑。[②]

可见，周思得作游仙诗的环境与体验和世俗诗人不同，是与其平日修道的实践分不开的。步虚是道教特殊仪式，道士在醮坛上讽诵辞章采用的曲调行腔，其旋律宛如众仙缥缈步行虚空，故得名“步虚声”。正是在斋醮科仪长期实践的特殊环境中，道人对于游仙一事才具有与世俗之人不同的体验。步虚是道教音乐与文学的结合，步虚词与音乐、科仪行为紧密结合，其目的是以道徒旋绕斋坛、香案的唱念等行为实现与神灵的沟通。周思得的《上清灵宝济度大成金书》“赞唱应用门·法事品”就详细记载了斋醮赞唱的曲目，其内容不仅包括步虚、金阙步虚，还有大学仙、小学仙、焚词颂、山简、水简、土简、白鹤等，还有请天官、水官颂等，总唱十方、五星、五岳等。这种仪式中的音乐唱念是道教思想信仰和仪式行为的支撑，我们可以从他的自我描述中感知这种氛围和体验。如《奉旨建斋有感》：

① 董说：《丰草庵前集》卷三《茗文大舒序》，清顺治刻本。

② 周思得：《周真人集》，载《丛书集成续编》第111册，上海书店，1994，第812页。

瑶坛虚敞净无埃，对越丹诚凛不回。内籍姓名登紫府，上班冠冕列丹台。灯明午夜神光合，斗转中天御座开。咒取法筵甘露水，遍分香润及枯骸。①

又如《丹房和道录正一吴大节韵》：

一间新筑小蓬莱，清绝难容半点埃。松绕四檐容鹤到，苔封三径少人来。丹砂久向炉中伏，青鸟多从海上回。几度月明琼岛夜，步虚仿佛在天台。②

这种长期的斋醮实践，本身充满神秘的仪式与人神交感的神圣体验，彰显出人与仙界的奥秘联结与感通，通过步罡踏斗、焚香念咒等法术，使人一身之神气与终极实体交融。道教各种祈禳祭祀、役使鬼神的法术，原本就是要达到与天地鬼神合一的境界，因此他们对于"仙境"的体会不同于世俗之人，具有强烈的宗教情感认同。

第四节　孙碧云的生平与著述

孙碧云是活跃于明初的著名道士，其生平见于明清时期的方志。如雍正时期的《陕西通志》云：

孙碧云，冯翊人，入华州半截山，受张三丰之教。碧云结茆书堂山，成祖召见，赐袍笏敕，听归山，临别

① 周思得：《周真人集》，载《丛书集成续编》第111册，上海书店，1994，第811页。

② 周思得：《周真人集》，载《丛书集成续编》第111册，上海书店，1994，第811页。

赐赞及诗。又命访张三丰，赐敕四道，其徒为建万寿宫贮诸法物。①

孙碧云曾在陕西、甘肃一带宫观修行传道。嘉靖元年（1522），王九思在《延龄会记》中介绍户县“志道观”云：“观在镇西，盖自胜国时王重阳羽化创建祖庭，乃筑别宫于此，后其徒四人者马、谭、刘、丘有志于道，插柳为期而兴于兹地，故称为‘四师堂’。至我明兴，有道士孙碧云者尝居于此，奉诏入对，天子嘉之，乃赐名‘志道观’云。”② 又据乾隆《甘肃通志》记载：

孙碧云，冯翊人，幼即慕道，年十三入华山。明太祖召赴京，与语甚悦，所赐之物辞不受，肃庄王迎居金天观环室，接引徒众，语多奥旨，后还少华山。永乐中，赐号虚玄子。年七十三，羽化于武当山。③

记载最为详尽的当属《大岳太和山志》：

孙碧云，关西人，幼年颖悟，愿欲学仙，遂入西岳华山。寻钱刀之踪，追希夷之迹，岩栖屋树，服气养神。探黄、老经旨，《周易》、《参同》，与夫儒、释、子、史书，罔不熟诵……洪武年间，太祖皇帝征至京师，赐衲

---

① 刘于义修，沈青崖、史贻直纂：《陕西通志》卷六十五，载《景印文渊阁四库全书》第554册，商务印书馆（台北），1986，第987页。

② 赵葆真修、段光世等纂：《鄠县志》卷七《金石》，民国二十二年（1933）铅印本。

③ 李迪、张能第、甄汝翼等纂：《甘肃通志》卷四十一，《景印文渊阁四库全书》第558册，许容监修，商务印书馆（台北），1986，第486—487页。

衣斋供，馆于朝天宫圜堵，明年赐还华山。永乐十年（1412），成祖复召至阙下，赐御诗一章。号虚玄子，端坐而逝。敕赐道录司右正一职事，永乐十五年（1417）卒。作《碧云集》，行之于世。①

孙碧云洪武、永乐中在京师，与当时文坛名流多有交往，如瞿佑、王英、王绂等。他与瞿佑有唱和，《归田诗话》“和狱中诗”条云：“永乐间，予闭锦衣卫狱，胡子昂亦以诗祸继至，同处囹圄中，子昂每诵东坡系御史台狱二诗，索予和焉。予在困吝中辞之不获，勉为用韵，作二首，时孙碧云、兰古春二高士亦同在圜室，见之过相赏叹。”② 永乐六年（1408），瞿佑与胡子昂受周府事牵连入锦衣卫狱，时孙碧云亦在狱，原因不详。据文献记载，永乐中成祖多次欲诏见张三丰，曾多次遣胡濙、孙碧云等人往返武当山寻访，再三致意。《双槐岁抄》卷三云：

永乐初，文皇帝累遣使求之，以给事中胡公濙往遍物色之，不能得。十年（1412）二月十日致书曰：“皇帝敬奉书真仙张三丰先生足下：朕久仰真仙，渴思亲承仪范……”三月六日，诏道士虚玄子孙碧云者往武当，于玄玄旧游处建道场，冀有闻焉。御制诗赐之曰：“太华山高九千仞，幽人学道巢其巅。云边一卧知几年，悬崖铁锁常攀缘……若遇真仙张有道，为言伫俟长相思。”诗意盖拳拳于三丰也。碧云亦受命于武当之南岩修炼，以冀

① 任自垣：《大岳太和山志》卷七，《中华续道藏初辑》第四册，台湾新文丰出版公司，1999，第457－460页。

② 瞿佑：《归田诗话》下卷，中华书局，1985，第45页。

见之。①

孙碧云受帝命往返于京师、武当之间，永乐十年（1412）又任职道录司，为正六品官员，故而与中央文坛的王绂、王英等人有交游。王绂曾作《赠孙碧云还武当》：“才朝金阙便言还，自是高风动圣颜。身作地仙逢盛世，面承天语住名山。重重台殿空青上，六六峰峦紫翠间。料得尘缘无一点，此心应只伴云闲。”②王英有《赠孙碧云炼师还山》：“炼就神丹熟九还，一簪华发尚童颜。到来明月金台路，归去浮云玉洞山。多附鹤书三岛外，长留棋局百花间。何时得访陶弘景，坐我烟霞半日闲。”③

孙碧云在道教方面的重要著作有《修身正印》，现行的是清嘉庆八年（1803）金天观藏刻本，收入王卡、汪桂平主编的丛书《三洞拾遗》第九册，以及香港心一堂有限公司出版的丛书《稀见丹经初编》。全书共三十二章，主要内容是关于内丹修炼基本方法的介绍，是内丹修炼方法的指导书籍。胡孚琛在《道学通论》中将其列为“习同类阴阳丹法者”的必读书。我们从嘉庆六年（1801）宁夏将军兼甘肃提督苏宁阿的《碧云孙真人〈修身正印〉序》中可以了解刊刻的经过：

金城西郊有雷坛古刹，为碧云孙真人传道开教之场，乾隆四十六年（1781）遭盗劫焚坏，续经道人白玉峰募化修整，虽重成焚修之地，而孙真人渡世之书未传。余于嘉庆五年（1800）小住金城，于道友陈松风处得见碧

① 黄瑜：《双槐岁抄》卷三《三丰遁老》，清岭南遗书本，第1—2页。

② 王绂：《王舍人诗集》卷四，《景印文渊阁四库全书》第1237册，商务印书馆（台北），第137页。

③ 王英：《王文安公诗文集》卷四，清朴学斋钞本。

> 云孙真人之书，复政诸道友悟元子，始明其书乃孙真人留渡人修炼之真传，接五祖七真之的派，随抄录留存雷坛，普益学人，免走岐径，迂远无成。读是书者，莫负真人传道渡人之苦心，自证修炼成道之志愿，余深望至劝也。[①]

孙碧云曾受肃王之邀住持兰州金天观。清乾隆、嘉庆时金天观重修，道友陈松风等人借此契机将所藏抄本刊刻成书。嘉庆八年（1803）陈松风《太华碧云孙真人〈修身正印〉序》云：

> 嘉庆丙辰（1796）岁，楚南张友出手录碧云孙真人《修身正印》一卷相赠。余不敏，潜心披玩，真人诚不惜金玉而大畅元旨焉。语本源则归虚无，语炉鼎则归元关，语药物则归龙虎，语黄婆则归诚意，语还丹则归结胎，语升仙则归脱壳。凡采取药物之多寡，抽添火候之次第，诚有历历不弃者。是书一出，得有所据，以斥旁门之谬；得有所考，以证歧途之非。其根柢大抵不离乎《易》者近是。吾道心灯，赖以不灭，端在斯矣。因付诸梓，以公于世。[②]

关于本书的主要内容，悟元子刘一明在序中概括说："内言还丹、大丹、有为、无为、火候工程、药物分数，无一不备。自炼己而至脱化，条条泄尽，句句传神。始知真人茹黄芽而尝白雪，吞

---

① 王卡、汪桂平主编《三洞拾遗》第9册《修身正印》卷首《碧云孙真人〈修身正印〉序》，黄山书社，2005，第141页。

② 王卡、汪桂平主编《三洞拾遗》第9册《修身正印》卷首《太华碧云孙真人〈修身正印〉序》，黄山书社，2005，第143页。

乌肝而服兔髓。深有得于大象大音之妙，非等夫顽空寂灭之学，摇骨导气之类也。”[①] 又说：“道之为道，大包乾坤……微旨奥妙，令人何处下手？理必须圣人引诱。是以三教圣人，立言指示精妙，直指入首成道之经，阐发自始至终学道之法。后世学人，敬谨遵守，功不退转，方成正果。”[②]足见此书的性质是指示学道之人修炼的基本途径和方法。

《修身正印》对内丹修炼的基本命题如性命问题有较简要的论述，其中提到“先天性命”与“后天性命”，认为先天性命是“身外之造化”，生于天地之先，存于太古之上。先天性命是生育天地万物的“真精”，即元始天尊所含之珠。后天性命是“身中之造化”，人初生时一点“真息”尚存，而离开母体，性命始分散。性飞于外，分为阴阳，心静则合而为一，心动则散而为万。心是神明出入的路径，故而要保存神气，必要先将心中茅塞去除，然后才能穷理尽性，以至于命。所谓“命”，则是父母交合时一点性情结于窍内，与此前所赋之性混为一体者。这里的“窍”，是在人还未出生前就存在，“未有此身，先有此窍”[③]，“此窍非凡窍”，它由乾坤相合而成，“名为神气穴，内有坎离精”[④]。在胎中尚未降生的婴儿是合乎天地之性的，因为婴儿在胎中外七窍俱闭塞而无见闻，两手掩其面，更无气之出入，“独一点真息存在鸿蒙窍内”。修性炼命，即是要体会初生之时未离母体的生命状态，达到返归

---

① 王卡、汪桂平主编《三洞拾遗》第9册《修身正印》卷首《修身正印叙》，黄山书社，2005，第142页。

② 王卡、汪桂平主编：《三洞拾遗》第9册《修身正印》卷首《碧云孙真人〈修身正印〉序》，黄山书社，2005，第141页。

③ 王卡、汪桂平主编《三洞拾遗》第9册《修身正印·原始反终章第二》，黄山书社，2005，第145页。

④ 王卡、汪桂平主编《三洞拾遗》第9册《修身正印·未生身处章第四》，黄山书社，2005，第146页。

原初，“修身立命者，先要明此后天性命。何谓后天，是生身之后有之也。下工之时，但依初生未剪脐带之时，是真太极，务要返到太极时，才是返终原始之理”①。故而在修炼上孙碧云主张“反终原始”“炼神还虚”。

在修炼方法上，孙碧云强调日用之间的修炼。他在《日用采取》篇中论述道：“夫采取之法不一，今先言其日用者，是学道出入门之关键也。日用之间，此一着必不可离，可离非道也。百姓日用而不知耳，我今知之，行住坐卧，无不是道矣。”② 他注重日常修炼，提出了在“行、住、坐、卧”过程中的具体修行法门：“行则蹅足于坦途，神气拖中和之正，毋使一毫私欲攻我心。攻我心，则神耗而气离。住则神凝于太虚，黑白相符洽，不可有一点俗念触吾意。触吾意，则黑混而白障。坐则养浩气于中黄，倏忽游混沌，毋使一毫人事扰吾志。扰吾志，魂飞而魄散。卧则抱珠海底，呼吸归根荣卫，如有一毫物欲攻我气。攻我气，则猿颠而马劣。皆促命之由也。”③ 之所以注重日常行为，是由于人在日用之间即举心动念，消耗天真，故而操持存有先天神气就格外重要。与一般修炼寻求清幽、清净之不同，《修身正印》认为操持之法，“又不在乎无迹人处枯坐也，其妙在乎生身处求之”，强调“修仙者，必混俗市廛，忘机花柳，方得造化于闹中之一定，招彼神而炼我神，故云闹中炼神，乃日用之要也”④，主张“闹中炼神”的

---

① 王卡、汪桂平主编《三洞拾遗》第9册《修身正印·后天性命章第六》，黄山书社，2005，第147页。

② 王卡、汪桂平主编《三洞拾遗》第9册《修身正印·日用采取章第十》，黄山书社，2005，第149页。

③ 王卡、汪桂平主编《三洞拾遗》第9册《修身正印·日用采取章第十》，黄山书社，2005，第149页。

④ 王卡、汪桂平主编《三洞拾遗》第9册《修身正印·日用采取章第十》，黄山书社，2005，第149—150页。

方法，从而达到“忘无可忘，念起即觉，觉之即无，神出即照”的“至公”境界。

此外，《修身正印》在表达方式上也有其特点，善于运用各种比喻、象征手法来描绘内丹修炼过程中的感受。如其中形容说：“造化之妙，包罗天地万象，净裸裸光冲北斗，倏而赤县门开，玉兔奔走；辉灼灼气凌南极，蓦地神州电闪，金乌疾飞。云从龙，风从虎。瑞云腾空龙惊蛰，迅风飏海虎翻身。曲江雷后山头雨，明月天耀水中灯。”[①]“玉兔”“金乌”“龙”“虎”都是内丹修炼中常用的术语：“金乌”为日中之象，指真阳；“玉兔”为月中之象，谓真阴；“龙”与“虎”意涵丰富，常用于指代心与身、元神与元气等。这里不仅具有宗教意涵，即体内真阳、真阴的奔涌交汇，元神元气之间的激荡飙扬，同时也形成一个和谐的审美意象系统：天上玉兔与月华辉耀，电闪雷鸣与金乌奔走，风云变幻与龙腾虎跃。由此不仅描绘了练功情形，也使人从中得到审美心理上的满足。

孙碧云还生动描绘了采药、炼药阶段的状态。初时，“雷雨交作，灯月并明，丹田火起，鼎沸汤蒸，微阳初复，新经既生，节节疏通，关窍即透，息息逆旋，踵息根深，不觉呼吸之气绝，寸尺之脉停。心凉似水，神清如镜，眼欲视不见其明，耳欲听不闻其声。恍然心如入醉生梦死之乡，冥然性凝乎痴呆憨蠢之门，不知有天地物我，不晓有老生病死，纯纯兮一色威光，灿烂兮微映低高，或一二时，两三时，方觉有天地，犹以为小也。吾身尚未之见，亦不知在何处着落，少顷，云飞日朗，风和雨歇，始觉吾身如在太虚中。若斯其大乎！”“吾身之既见也，腹内雷鸣，若翻江

---

① 王卡、汪桂平主编《三洞拾遗》第9册《修身正印·采先天药章十五》，黄山书社，2005，第152页。

倒海之状。月中掣电，若飞雪游丝之境。满口真津，沥沥若雀卵。鼻窍清香，馥馥似兰馨”。[①] 经过这一番炼化之后，“四肢筋骨如棉软，似梦非梦，若醉未醉，未醉似醉，未梦似梦。天之气混混，地之气沌沌，吾身中之气，浑浑沦沦。身外之气，溟溟涬涬。或三五日，一二日，寂然不动”，此时便进入“大定”的状态。至此，自身之精气与天地之精气便合而为一。定然后动，乾坤反复交合，“万孔如蚁行，两耳如风生，顖门中鸦鸣雀噪，夹脊上车行马踏，还而返，返而还，不记其几交而合，合而交，何可胜言”[②]，乾坤交罢，即得先天之药。由此他进一步归结说：“采之各得其时，炼之各得其法，则天仙之药，尽在此矣。倘己私一毫不尽，此乃后天之药，非先天也。”[③]

总体来看，孙碧云在描述中特别注重生动阐述内丹修炼的生理感受、心理体验，这种体验不同于一般日常生活中的状态，而是宗教修行语境中的状态。诸如“心凉似水，神清如镜”，“恍然心如入醉生梦死之乡，冥然性凝乎痴呆憨蠢之门，不知有天地物我，不晓有老生病死”，所描绘的正是在筑基阶段达到心定、神清的状态，而筑基完成后，便会精足神满而气壮，“云飞日朗，风和雨歇”，这种体验之中蕴含着对宗教情感的认同。在内丹修炼过程中，生理感受与心理体验息息相关，当“大定”之时，会“寂然不动”，而当采药之时，则会感到“万孔如蚁行，两耳如风生，囟门中鸦鸣雀噪，夹脊上车行马踏”，此即丹功修炼中生理与心理相互影响的状态。不同于一般道书对内丹修炼的阐释重点在丹功丹

① 王卡、汪桂平主编《三洞拾遗》第9册《修身正印·采先天药章十五》，黄山书社，2005，第152页。

② 王卡、汪桂平主编《三洞拾遗》第9册《修身正印·采先天药章十五》，黄山书社，2005，第152—153页。

③ 王卡、汪桂平主编《三洞拾遗》第9册《修身正印·采先天药章十五》，黄山书社，2005，第153页。

法，对修炼过程的生理感应、自我体验有如此生动细腻的描绘，这也是《修身正印》的特色之处。

第五节 邓青阳的生平、交游及其作品

邓羽，广东南海人，自号松石道人，明初任青阳令，后为道士，曾居住于武林，后隐于武当山南岩。永乐中，不知所在，人以为仙去。万历《湖广总志》《列朝诗集》《明诗综》《武当山志》均对其生平有记载。其中《武当山志》云："邓青阳，南岩道士，生于元季。资颖过人，不屑与侪俗伍，早来武当，从高士学黄、老、庄、列、龙虎大丹诸书，深得其奥，凡所寓兴，吐词发语皆有激发。游武林，有'忘情消白日，高卧看青山'之句。所著《观物吟》，又曰《警世文》。洪武初，吴中多有识之者。按即此邓羽，亦全真派道士也。"[①] 其生平履迹由此可见一斑。

邓羽有《观物吟》一卷，《千顷堂书目》《明史·艺文志》著录，道光《广东通志》已曰"未见"。其所作诗歌流传不多，主要散见于明诗选集中，流传较广的主要有《畅情》《写怀》《绝句》等作品。《畅情》云：

> 花无长在树，人无长在世。有花须当赏，有酒须当醉。秋霜上鬓来，春风吹不去。[②]

《写怀》云：

---

① 陈铭珪：《长春道教源流》卷七，民国间东莞陈氏刻聚德堂丛书本。

② 曹学佺：《石仓历代诗选》卷三六五《明诗初集八十五·邓羽》，《景印文渊阁四库全本》第1391册，商务印书馆（台北），1986，第916页。

道人不作槐根梦，一片虚顽太古心。无雪可催苍桧老，有家原住白云深。山头月落虎长啸，海面风生龙自吟。世上何人窥此意，野花啼鸟是知音。[①]

《绝句》云：

人生天地长如客，何独乡关定是家。争似区区随所寓，年年处处看梅花。[②]

在题材上，由于邓羽纵情山水，诗中所涉多为描写隐逸生活的乐趣。《皇明世说新语》卷五云："道士邓羽，为诗甚工，自言居武林时，'忘情消白日，高卧看青山'，动落花流水之机，适闲云野鹤之趣，遂成意外不期然而然之句，初无意于诗也。"[③] 明代评诗者认为邓羽之诗在一"趣"字。这种"趣"的表现是"野趣"。首先是题材上的野逸之趣。在邓羽诗中，草木山石多有"野趣"，悠闲"野花"、自在"啼鸟"是其知音。所谓"野"，首先是远离尘俗世界。他诗笔所咏都是远离市廛的幽谷深山。邓羽自诩为野人、山翁，即是欲追求与尘俗相对的山林隐逸之趣。他辞官隐居，即是不欲拘束于世俗之累，远遁于俗虑。其次，"野"也代表了不受束缚、天然天真，崇尚天然的审美旨趣。诗人笔下深山幽谷、白云春风所流露的野趣、诗意，正是基于主体对大自然以心契心、以趣契物的物我观照和升华。如明人洪应明所说："野

---

① 曹学佺：《石仓历代诗选》卷三六五《明诗初集八十五·邓羽》，《景印文渊阁四库全本》第1391册，商务印书馆（台北），1986，第916页。

② 张豫章：《御选宋金元明四朝诗·御选明诗》卷一一四，《景印文渊阁四库全书》第1444册，商务印书馆（台北），1986，第767页。

③ 李绍文：《皇明世说新语》卷五，明万历刻本。

趣丰处，诗兴自涌。诗思在灞陵桥上，微吟就，林岫便已浩然；野兴在镜湖曲边，独往时，山川自相映发。”①诗人观物，乃是以道家“自然”的眼光，消除成心、机巧。“自然”就是一种打破物我之分、“不见人为”的浑沦之境，这也是中国传统审美的理想境界。

邓羽与明初吴中文人虞堪曾有交往。虞堪字克用，一字胜伯，别字叔胜，号青城山樵，长洲（今苏州）人，是南宋名臣虞允文之后。元末隐居不仕，洪武十年（1377）入滇为云南府学教授，卒于官。其诗风清润典丽，山水题材较多，有《希澹园诗集》，《四库提要》称其诗“大致婉约秀逸，颇饶情韵，无当时秾艳之习，亦可谓娟娟独立矣”。从描述上看，与邓羽之诗风颇为相近。

虞堪与邓羽的交往，当是在邓羽“游武林”时。《希澹园诗集》中有虞堪题赠邓羽的诗歌，可见二人交往情形。其中卷二《寄邓高士》云：

> 海上玄真子，能诗似谪仙。从来披鹤氅，长上钓渔船。袖有雌雄剑，囊无子母钱。一壶春自足，应不问先天。②

首句点明了邓羽的身份，称其修道而能诗，“谪仙”不仅是其为人风神，也是其诗才风格。次句补写其外在的形象，披鹤氅，坐钓船，乃是隐者高士的风范。道人仗剑游历，不问尘世俗事，一派仙风道骨。

又如卷三《寄淀湖邓高士》云：

---

① 洪应明：《菜根谭》，学林出版社，2002，第264—265页。

② 虞堪：《寄邓高士》，载《希澹园诗集》卷二，《景印文渊阁四库全书》第1233册，商务印书馆（台北），1986，第3页。

故人消息近何如，一别经年未得书。世事似棋犹自弈，湖光如淀不妨渔。风尘定阻王乔舄，山野或容陶令居。我亦从来绝泥滓，何缘方外学清虚。①

这首寄怀诗，同样表达了对邓羽远离尘俗、悠闲隐居的赞赏。“山野陶令”或是咏邓羽辞青阳令而隐居杭州事。此诗下一首即《寄王明仲寓杭》，自注云：“明仲宅西柳阴，与仆寓所门巷相接，每岁五月，有两莺来鸣，尝相谓曰信禽也。自明仲出，莺果至，日鸣不辍，故及以报之。”其诗中有句“已闻相府朝朝入，却喜仙都夜夜回。山色湖光固无恙，浙船应是未归来”，可见王氏是从吴中侨居杭州，虞堪诗集中还有不少寄赠寓杭文士的诗歌，他与杭州文人圈多有交游。

虞堪性好隐逸，喜出尘之境，倪瓒《题虞胜伯画仙台高士图》云：“仙台有高士，闻在最高峰。濯足五湖水，结巢千岁松。霞扉云扃闷丹壑，落花如雪吹微蒙。醉颜高卧日曈曈，飞舄蹴踏金芙蓉。紫芝眉宇玉炼容，往来倏忽其犹龙。谁能貌此世外踪，青城山人仙台翁。运笔直与天同功，倪生作诗以咏叹。凌跨倒景他日期相从。”②这种人生志趣使他也乐与高人逸士往还，这正是他与邓羽相交的重要基础。

虞堪是吴中派的重要人物，祝允明追溯元末吴中文学说：“由元末入国初，一时文学无盛于浙西，此皆遗陈秩维寅，如倪瓒元镇、王蒙叔明、谢应芳子兰、杨基孟载、张羽来仪、虞堪胜伯、陈植叔方、郯韶九成、王行止仲，其著者他不啻十倍。群材茂发，

① 虞堪：《寄淀湖邓高士》，载《希澹园诗集》卷三，《景印文渊阁四库全书》第1233册，商务印书馆（台北），1986，第611页。

② 倪瓒：《题虞胜伯画仙台高士图》，载《清閟阁遗稿》卷六，明万历二十八年倪理刻本。

蒙古既不能有，零落蔓草，或幸显于天朝，未之尽也。卷藏尚古，览之既多，室兰之羡，亦饶黄杨之叹耳。”[①] 虞堪与倪瓒关系尤为密切，虞堪从叔祖是元奎章阁学士虞集，家藏丰富，其本人亦能诗善画，有《江山风雨图》《雨竹》《山居图》等。其所作《题赵松雪画》诗被王夫之选入《明诗评选》，评为“本色好诗，含讽尤曲”[②]。倪瓒与虞堪是有着共同书画爱好的契友，他曾评虞堪之诗画渊源，称其“诗学道园能入室，术传洪谷早升堂”[③]，彼此间留下的书画题跋十分丰富。

虞堪在元末江浙地方文坛最有影响的一件事，就是去云间搜访先人遗迹。据《静志居诗话》卷五记载：“胜伯避兵笠泽，吴兴施缙为创义塾，延以为师，赵郡苏大年、会稽姜澌为纪其事。又力购雍公遗文刊行，一时名士若遂昌郑元祐，吴郡沈右、吕桢、王谦、周砥、邹奕，丰城余诠、魏文彝，会稽韩友直、陶泽，高平范成、张纬、王廓，临邛魏奎，河东王晭，蓟邱聂镛，大梁申屠衡，蜀王立中、黄夔，咸赋诗美之。”[④]后倪瓒助其向当时苏松文人圈颇有影响的华亭县尹俞俊取得了所藏虞氏先世遗书。[⑤]

虞堪搜求先人遗迹，成为元末江浙文坛的一段佳话，因而也

---

① 祝允明：《跋元末诸人帖》，《怀星堂集》卷二十六，《景印文渊阁四库全书》第1260册，第725页。

② 王夫之：《明诗评选》，周柳燕校点，上海古籍出版社，2011，第321页。

③ 倪瓒：《留别胜伯征君》，载《清闷阁遗稿》卷七，明万历二十八年倪理刻本。

④ 朱彝尊：《静志居诗话》卷五《虞堪》，人民文学出版社，1990，第116页。

⑤ 倪瓒：《送虞胜伯之云间求先世遗书》，《清闷阁遗稿》卷七，明万历二十八年倪理刻本。

《送虞胜伯之云间求先世遗书》详细记载了其事：“虞胜伯征君隐居行义家甫里垂二十年，不以姓名求知于时之闻人。道园先生其从叔祖也，先世雍公遗文，道园先生欲求而不可得，胜伯必欲以意购取之，可谓有志而不忘其所自矣。闻此书藏松江俞子中推官宅，推官没已久，而子俊州尹其弟，能假以归胜伯，非仁人义士之存心乎！州尹吾故人也，因书以为之请。”

有不少歌咏之作。《赵氏铁网珊瑚》卷五记载了以“虞相古剑”为题的诗作，其中包括署名“野人邓羽”的《古剑歌》：

至正庚寅十月，予游钱塘，过四壁山中，与青城山樵遇，出示予古剑，乃其先公雍国所遗也，予为樵作《古剑歌》以歌之。

古剑古剑元非铁，亦非干将与镆铘。自从混沌铸成来，出鞘入鞘何生灭。辉天爍地不须磨，肃气棱棱凛霜雪。是以曾将破敌酋，采石江头建勋业。海晏尘清歌太平，瑶匣藏之在岩穴。或时拈出与人看，千古万古钦猛烈。野人邓羽。①

“青城山樵”即虞堪之号。除了邓羽之作，杨维桢、倪瓒、陈惟寅、秦约都有同题诗赋，其中杨维桢的《虞相古剑歌》最为著名。这一事件及同题之作，《赵氏铁网珊瑚》《珊瑚木难》《式古堂书画汇考》等均予著录。邓羽在至正十年（1350）作《古剑歌》，应是虞堪早期寻访时与其相遇，便邀其题诗，而后在至正二十五年（1365），虞堪再次带着古剑拜访杨维桢、陈惟寅求诗，陈惟寅又邀秦约同题。倪瓒之作最晚，在洪武二年（1369）冬。又《珊瑚木难》卷二载“虞相古剑歌”后有一段文字：“余弱冠即识虞翁者，曾见此古剑并剑歌一册，以其家故物不敢得，后竟流落他所。时复得之，剑亦尚存其处，庚子岁也。明年为辛丑，夏书。”②此处庚子应是至正二十年（1360），说明至少在至正二十年（1360），已有咏古剑诗歌一册。而邓羽在至正十年（1350）已有诗名，并

---

① 赵琦美：《赵氏铁网珊瑚》卷五，载《景印文渊阁四库全书》第815册，商务印书馆（台北），1986，第401页。

② 朱存理：《珊瑚木难》卷二，适园丛书本。

且与虞堪交游，则其“生于元季”的说法并不确切，至少在至正中期他已是苏杭文坛较有声名的道家诗人。

正如倪瓒、陈惟寅所言，“吾友虞胜伯隐居南山，读书耕钓，不求人识，所与游者皆岩穴之士也”[①]，虞堪所交游的大多是布衣山林之士，故而早期的题诗可能没有达到预期效果，他才在至正二十五年（1365）又拜访东南甚至当世文坛有名的杨维桢、陈惟寅等人，以求题咏，光耀先祖故物。这次他成功实现了这一目的，名震一时的吴中派文人集体题咏，使得咏“虞相古剑”成为元末明初东南地方文化界的一件盛事，也因此留下了相关的珍贵诗歌、书法作品。

元末苏松地区雅集赏鉴之风兴盛，来自苏、杭的文士交往频繁，至正十六年（1356）张士诚居吴后，吴中成为文学与文化中心，杨维桢的草玄阁一时“海内荐绅大夫与东南才俊之士，造门纳履无虚日”[②]。以顾瑛玉山草堂为中心的文人雅集，在当时影响甚广，文人汇集其中，展开艺术鉴赏品题，吟咏题赞，甚至多人同题集咏。而类似的活动，无疑又是扩大文化影响的一种重要方式。清人赵翼《廿二史札记》“元季风雅相尚”条云：“元季士大夫好以文墨相尚，每岁必联诗社，四方名士毕集，宴赏穷日夜……又顾仲瑛玉山草堂，杨廉夫、柯九思、倪元镇、张伯雨、于彦成诸人尝寓其家，流连觞咏，声光映蔽江表。此皆林下之人，扬风扢雅，而声气所届，希风附响者，如恐不及。”[③]赵翼注意到，元末诗文唱和、雅集的特殊之处在于，出现了“林下之人”引领

① 朱存理：《珊瑚木难》卷二，适园丛书本。

② 张廷玉等：《明史》卷二八五《文苑一》，中华书局，1974，第7308—7309页。

③ 赵翼：《廿二史札记校证》卷三十，王树民校证，中华书局，1984，第705页。

风雅的局面。除了“缙绅大夫”，东南道释隐逸之流也是雅集的重要参与者，他们联袂唱和，相互鼓吹，以壮声势。除了顾瑛的“玉山草堂”、杨维桢的“草玄阁”、倪瓒的“清閟阁”等声名显赫，如虞堪、邓羽这样的山林方外之士，也以其实际参与为地方文学景观、文学生态的建构做出了贡献。

第六节 嘉靖两道士——邵元节与陶仲文

邵元节与陶仲文是嘉靖朝道流中政治影响最大的两位。邵元节（1459—1539），字仲康，号雪崖，嘉靖赐号“太和子”，江西贵溪人，《明史》有传。邵元节初学道于龙虎山，嘉靖三年（1524），世宗征邵元节入京，“见于便殿，大加宠信，俾居显灵宫，专司祷祀。明年，雨雪愆期，祷有验，封为清微妙济守静修真凝元衍范志默秉诚致一真人，统辖朝天、显灵、灵济三宫，总领道教，锡金、玉、银、象牙印各一”[①]。朝天宫是洪武时国家祭祀及道教管理的宫观；灵济宫是永乐十五年（1417）成祖敕建，祀徐真君，“岁元旦、日短至及真人诞辰，遣太常寺堂上官行礼，朔望，宫道士行礼”；显灵宫为永乐中成祖感周思得行灵官法所敕建，成化中扩建为“大德显灵宫”，“以祀上帝”，三宫俱是皇家信仰、国家祭祀的重要宫观，是京畿道教的权力核心。由此可见，邵元节是当时名副其实的道教领袖人物。

世宗对邵元节的宠信还表现在封赠、恩赐、荫庇上。嘉靖九年（1530）正月，“有事南郊，命分献风云雷雨坛，预宴奉天殿，班二品。赠其父太常丞，母安人，并赠文泰真人，赐元节紫衣玉

① 张廷玉等：《明史》卷三〇七《佞倖》，中华书局，1974，第7894—7895页。

带”[1]。除了给邵元节父母封赠，其师也被追赠为真人，其后李伯芳、黄太初也被追尊为真人。在恩赐上，赐予衣带、田产府第、恩荣等以示宠任，诸如赏赐紫衣玉带。嘉靖十一年（1532）敕建真人府于城西，后又遣中使建道院于贵溪，赐名“仙源宫”。对于邵元节本人，则岁给禄百石，以校尉四十人供洒扫，赐庄田三十顷，蠲其租。授其孙邵启南为太常寺丞，曾孙邵时雍为太常博士。

随后，由于邵元节在皇嗣祈祷上得到世宗认可，其政治影响也日渐增强，拜一品尚书。据史书记载：“先是，以皇嗣未建，数命元节建醮，以夏言为监礼使，文武大臣日再上香。越三年，皇子叠生，帝大喜，数加恩元节，拜礼部尚书，赐一品服，孙启南、徒陈善道等咸进秩，赠伯芳、太初为真人。”[2] 嘉靖十八年（1539），邵元节卒，年八十一。死后所受待遇也非同一般：“帝为出涕，赠少师，赐祭十坛，遣中官锦衣护丧还，有司营葬，用伯爵礼，礼官拟谥‘荣靖’，不称旨，再拟‘文康’，帝兼用之，曰‘文康荣靖’。”[3]四字并谥，这在明代是绝无先例的。可以说，邵元节开启了嘉靖朝道流荣显的先河。

邵元节之后的又一道教权力人物是陶仲文。陶仲文（1475—1560），原名典真，湖广黄州人，曾学道于罗田万玉山，与龙虎山道士邵元节交往甚密，曾任黄梅县吏。当时世宗好鬼神事，邵元节推荐他入宫“驱除妖邪”，遂得世宗宠信。嘉靖十八年（1539），陶仲文随世宗南巡，被授神霄保国宣教高士，不久又被封为神霄保国弘烈宣教振法通真忠孝秉一真人。世宗患病痊愈，以其宣道有功，特授少保、礼部尚书。自嘉靖二十年（1541）后，世宗日求长生之术，不理朝政，不见朝臣，唯独陶仲文常被召见，待以

① 张廷玉等：《明史》卷三〇七《佞倖》，中华书局，1974，第7895页。
② 张廷玉等：《明史》卷三〇七《佞倖》，中华书局，1974，第7895页。
③ 张廷玉等：《明史》卷三〇七《佞倖》，中华书局，1974，第7895页。

师礼，遂特进、光禄大夫、柱国，兼支大学士俸，嘉靖二十三年（1554）加少师，仍兼少傅、少保，“一人兼领三孤，终明之世，惟仲文而已”①。嘉靖二十九年（1550）进封其为“恭诚伯”，岁禄千二百石，其徒弘经、永宁封真人。随后又诏增其禄百石，荫其子世昌国子生。嘉靖三十六年（1557）托疾还山，嘉靖三十九年（1560）逝世。史称“仲文得宠二十年，位极人臣”，其子孙及门徒皆受恩宠。

邵元节荣显于嘉靖前期，陶仲文骤贵于嘉靖后期，二人还是有所不同。从行事风格和政治影响来看，邵元节在嘉靖前期参与政治的程度较浅，而嘉靖末陶仲文卷入政局更深。邵元节为人清净，行事谨慎，除了道教事务，较少参与政治。时人眼中的邵元节是“为人忠勤敬慎，上时有御札咨问，公必手书奏记，即灯下能作绳头字，文词典赡，笔法遒楷，每称上意旨。公与人和气浃洽，善推引，能感人，居京国十余年，蒙被宠渥非常，卒未尝干预公事，安怡静适，人无间言。”②其为人“业尚冲密，恬澹幽深，抱真葆光，冥契玄化，足任祝祠之事……鼓摄元命，驱役龙雷，捷于影响，累证禳禬之功”③。嘉靖前期，士大夫对于世宗宠任道流的批评声音还较为强烈，主要是针对邵元节以羽流身份受到格外恩荣，尚未言及其干预政事。嘉靖九年（1530），借革除姚广孝配享之机，兵科给事中高金上奏说：

陛下龙御之初，凡法祖法师国王佛子有害正道者，

① 张廷玉等：《明史》卷三〇七《佞倖》，中华书局，1974，第7897页。

② 夏言：《国朝献征录》卷一一八《清微妙济守静修真凝玄衍范志默秉诚致一真人礼部尚书赠少师谥文康荣靖邵公元节神道碑》，载《四库全书存目丛书》，齐鲁书社，1997。

③ 夏言：《奉敕撰修建真人府记》，载《夏桂洲先生文集》卷十六，明崇祯十一年吴一璘刻本。

尽从屏斥。近又谕礼官革姚广孝之配享，以其为释氏之徒，不可并诸功臣也。臣每心说叹服，以为大圣人之崇正黜邪，有如此者！岂意有所谓真人邵元节者，误蒙殊恩，以为圣治累耶！夫官禄者劝贤之资，爵赏者砺世之具，元节一道家流耳，因真人李得晟之请而波及之。纵使二人有恪修宗典、阴翊皇度之功，偿以金帛足矣，岂可既显其师而赐之赠祭，复荣其身而使之衣紫腰玉乎？广孝既不可配享于太庙，则二人亦不可爵禄于圣朝。伏望削去真人之号，褫其紫玉之贵，夺其亲师赠祭之典，庶乎异端辟而正道崇也。①

奏疏引起世宗震怒，下高金诏狱，但礼部尚书李时等从中调解。最终撤姚广孝之配享以正祀典，而留邵元节以供祈禳，高金之狱也稍解。邵元节闻奏后亦请辞恩荣，世宗温言慰谕。嘉靖十一年（1532），翰林院编修杨名以星变上疏言事云：

又如真人邵元节，猥以末术，过蒙采听，常于内府修建醮事，此虽皇上祈天永命之心不能自已，但祷祠之说，自古无验，今乃不惜糜费，使之频举，且命左右大臣奔走供事，遂致不肖之臣妄为依托。且闻有昏夜乞哀出其门下者，恐为市恩播威、夤缘偾事之渐也。夫以皇上敬一之心，臣民祝愿之念，感格天地，万寿之福，百男之祥可以坐致，乃使异端小术攘以为功，书之史册，

① 《明世宗实录》卷一一七，嘉靖九年九月壬辰，“中央研究院”历史语言研究所，1962，第2765—2766页。

后世其将谓何？凡此皆圣心之少有所偏者。[1]

杨名所提及的“恐为市恩播威、賨缘偾事之渐”，其后在陶仲文那里得到了应验，而在邵元节之时尚未显见。邵元节因杨名劾其奸滥而乞休，被世宗劝留。可以看到，面对这些在朝士大夫的舆论，邵元节的反应是逊退。

相较于邵元节较为清净、逊避的态度，陶仲文在政治上则活跃得多，也更深地介入朝政。宋懋澄描述说：“随拜祠部尚书，居西内。劝上服道冠，绝与朝臣见，每兴大醮，必以金书符箓焚，竟阴使其徒瀹金，以故方士附之如云。是时真人既为天子师，至尊侧席以侍，每下坛更衣，分宜等皆为之绾带。播弄人主如婴儿，奔走卿相如仆隶，盖实录也。”[2]由于世宗后期常年不见朝臣，陶仲文成为皇帝身边最受宠信的人物，可以轻易影响人事，甚至在大政上也有举足轻重的影响。如他卷入夏言与严嵩的政治斗争，陶仲文与严嵩交好，“当夏未下狱时，适陕西澄城县有移山之变，事在嘉靖二十六年（1547）七月二十一日，直至十二月二十八日始入奏。时上方修长生祈福，而元旦得实封，且正值曾铣出塞失利之期，上震惧且大怒。而严介溪授真人陶仲文密计，令谮夏于上，谓山崩应在圣躬，可如周太史答楚昭王故事，移于将相。又私语大珰，汉世灾异，赐三公死以应天变。又密疏引翟方进事，而夏遂不免矣”[3]。

我们看到，当邵元节之时，士大夫尚有所发声，而陶仲文得

---

① 《明世宗实录》卷一四三，嘉靖十一年十月甲申，“中央研究院”历史语言研究所，1962，第 3328—3329 页。

② 宋懋澄：《九籥集》卷十，明万历刻本。

③ 沈德符：《万历野获编》卷八《内阁·计陷》，中华书局，1959，第 209 页。

宠之时，则已经积渐成势，在世宗的强硬态度之下，再无人敢言事。陶仲文曾谏言在地方兴雷坛以祷圣寿，黄州府同知郭显文监工不力，“谪显文典史，遣工部郎何城代，督趣甚急，公私骚然，御史杨爵、郎中刘魁言及之，给事中周怡陈时事，有‘日事祷祠’语，帝大怒，悉下诏狱，拷掠长系。吏部尚书熊浃谏乩仙，即命削籍。自是中外争献符瑞，焚修、斋醮之事，无敢指及之者矣”①。

相较于陶仲文而言，邵元节更有文才。邵氏能诗，亦可见士大夫的诗文酬赠。如夏言有《送邵真人展视仙源宫》：“青山新起赤霞宫，仙谷灵源有路通。亲侍紫皇持绛节，独归沧海御天风。金书两柱云霄下，玉带三围里闬同。明岁桃开早归谒，双凫无使注重瞳。诏曰许还山期日，来春赴阙预为劝驾云。”② 邵元节著有《太和文集》，已佚。《道家诗纪》载邵元节诗一首《太和观晨兴》：

> 一觉游仙终此夕，晓钟乱打东方白。道人早起不知寒，独立阶前看扫雪。③

这是一首较为浅易的即兴咏景诗，其中透露的从容，与邵元节“业尚冲密，恬澹幽深”的性情是一致的，“早起不知寒”“独立阶前看扫雪”透露着一丝幽独清绝的意味，结合邵元节屡次求归的经历，也许恩荣殊极的道人也有着外人不易觉察的复杂内心世界。明人李豫亨《推篷寤语》卷三《原教篇》中又引“邵真人”诗二首，李氏云：

① 张廷玉等：《明史》卷三〇七《佞倖》，中华书局，1974，第7896页。

② 夏言：《桂洲诗集》卷十七《送邵真人展视仙源宫》，明嘉靖二十五年刻本。

③ 张谦：《道家诗纪》卷三十一《明纪二·邵元节》，载《藏外道书》第34册，巴蜀书社，1994，第450页。

天地间之理亘古不易，人得之为性；天地间之气随时盛衰，人得之为命。性无增减，命却有增减。性乃自有生以来无变无换者是，命乃自有生以后时衰时旺者是。邵真人《咏性吟》曰：“一颗玄珠耀太虚，光明无欠亦无余。微尘法界藏诸妙，大地含灵共一初。生灭俱空无似有，阴阳莫测有如无。豁然透彻真常理，历劫绵绵只自如。”《咏命吟》曰：“虚无祖气号先天，化育乾坤满大千。万物有生同禀受，一元不息自周旋。谷神默默通玄牝，胎鼎温温养汞铅。九转圣功成一片，顶门迸出大罗仙。”世有留心性命之学者，举此二咏以辨之。[①]

四库提要论《推篷寤语》云：“明李豫亨撰。豫亨字元荐，松江人……其书参掇前闻，附以己见，多涉释、道二家言，《原教》《还真》两篇尤为驳杂。余录一卷，则豫亨裒其友人周思兼往返书翰，附缀于后。所谈皆修真炼性之说，益不足道矣。”李豫亨为正、嘉间按察使李日华之子，其友周思兼为嘉靖丁未进士，官至湖广按察司佥事，迁广西提学副使，未赴而卒。据此，知李豫亨大约生活在嘉靖、隆庆间。其所著《推篷寤语》前有隆庆四年（1570 年）自序，称“因舟中多暇，摅夙昔所知解，表见古今嘉闻懿行可垂世则者，间附己意，形之楮素，累数百条，启昔之寐而为今之觉”云云。李豫亨性耽博览，自五经子史，旁及山川、象纬、兵农、财赋、医卜、堪舆暨二氏之学，后为鸿胪丞。其所谓“邵真人”，当即嘉靖朝最有影响力、被封为真人的邵元节。邵元节卒于嘉靖十八年（1539），在其死后，世宗“命儒臣撰碑文墓

① 李豫亨：《推篷寤语》卷三，明隆庆五年李氏思敬堂刻本。

志，校刊《太和文集》”①，李豫亨去其时不远，又曾任职中朝，或有机会得睹。

从《咏性》《咏命》二首内容上来看，所咏内容主要关乎内丹性命之学。在内丹学中，性命问题是基础问题，内涵复杂，在不同语境中所指并不相同。普遍的看法是将“性”理解为偏向于心性和精神方面，而“命”则偏向于身体、生命、能量方面。如《还真集》说：“性者，人身一点元灵之神也；命者，人身一点元阳真气也……性乃为人一身之主宰，命乃为人一身之根本。日用之间，应万事者系乎性，为百事者属乎身。性所以能发机变，命所以能化阴阳。性应物时，命乃为体，性乃为用；命运化时，性乃为体，命乃为用。体用一源，显微无间，方可谓之道，缺一不可行也。夫修还丹之道，不过以神气混合而复本来性命之全体。”②《咏性》诗中强调“性”为生命之“灵”，生灭俱空，而又无所不在，是宇宙中一颗“玄珠”，光明永恒不朽，彻上彻下。而《咏命》则论及“命”的内涵和性质，认为它关乎先天之气，是使万物从“无”到“有”，赋予其形气、生生不息的要素。《悟真篇》云：“要得谷神长不死，须凭玄牝立根基。”玄牝是人身中一窍，为内炼的关键，《道法会元》说：“要知身中一窍，名曰玄牝。此之一窍，乃神炁气之根，虚无之谷，在身而求，不可求之于他也。”③故而温养身中精气神，以神炼气，凝神结精，最终结丹成功。宋以降内丹修炼成为道教主流，明代即使以斋法符箓见长的正一道，也无不重视性功命功的修炼。通过此二首诗，也可以从

① 张谦：《道家诗纪》卷三十一《明纪二·邵元节》，《藏外道书》第34册，巴蜀书社，1994，第450页。

② 王玠：《还真集》卷中《性命混融论》，《道藏》第24册，巴蜀书社，1994，第103页。

③ 《道法会元》卷一九五《八卦洞神玄妙序》，载《道藏》第30册，文物出版社、上海书店、天津古籍出版社，1988，第234页。

一个侧面见出邵氏的道教修为。

正如明人所言："伶官之盛，莫过正德；道流之盛，莫过嘉靖。"[①] 邵、陶二人虽然在宗教文学创作上的造诣并不高，但作为"嘉靖崇道"历史语境中的重要人物，其经历和行为对嘉靖朝政治、文化格局的形成起到了不可低估的作用，对嘉靖文学生态也有不可忽视的影响。其中最显著的现象就是"青词"创作的兴盛。

青词是道教科仪的专用文体，广义上包括斋醮仪式中献给天神的奏告文书以及步虚词。嘉靖朝出现了著名的"青词宰相"，如袁炜、严讷、李春芳、郭朴等，"帝专事焚修，词臣率供奉青词。工者立超擢，卒至入阁"。他们得到异于寻常的升迁，最重要的原因之一就是擅长写青词。由于嘉靖后期斋醮频繁举行，对青词需求日益加大，这也成为重要的刺激因素。《万历野获编》卷二描述道："世庙居西内，事斋醮，一时词臣以青词得宠眷者甚众。而最工巧、最称上意者，无如袁文荣炜、董尚书份，然皆谀妄不典之言。"[②]袁炜才思敏捷，且极工颂美，"帝畜一猫死，命儒臣撰词以醮，炜词有'化狮作龙'语，帝大喜悦。其诡词媚上多类此。以故帝急枋用之，恩赐稠叠，他人莫敢望"[③]。袁炜嘉靖十一年（1532）中进士，授编修，仅用六年时间就晋升至宫保、尚书。其仕途经历，可以说是彼时臣下"以青词结主知"的生动写照。

而更重要的影响是，皇帝崇信道流给嘉靖朝士人的心态、精神造成巨大冲击。因为嘉靖时期荣宠道流，以致朝廷滥任官爵，对儒家士人所恪守的传统政治价值秩序造成极大扰乱："陶仲文以真人，顾可学、盛端明以炼药南宫系衔者，亦共六人，而六人中

① 沈德符：《万历野获编》卷二十七《释道·乐工道士之横》，中华书局，1959，第700页。

② 沈德符：《万历野获编》卷二《列朝·嘉靖青词》，中华书局，1959，第59页。

③ 张廷玉等：《明史》卷一九三《严讷》，中华书局，1974，第5118页。

惟仲文以少傅兼少保，官既最崇，制亦最异，又弘治所无也，寅清之玷至此。”[1]如果说嘉靖前期“大礼议”带来的是皇权与士大夫群体内的局部冲突，并且是在儒家礼仪的范围内所做的政治折冲，那么嘉靖后期的崇道则是使儒家视为“异端”的道教之流介入政治生活，是对儒家价值观念体系的破坏和伤害，其影响广泛而深刻。如孟森所言，“世宗于议礼之后，继以奉道。议礼之摧折廷臣，以张璁、桂萼尸其祸，而璁、萼所未尽者，大抵由帝独断，而严嵩辈成之。至奉道之祸毒正人则尤远过于议礼。盖修道则务静摄，静摄则万几假手于阁臣，阁臣惟能以力赞玄修者，为所信任。嘉靖中叶以后，用事之臣固无不以青词邀眷，然用此以擅权固宠，以一念之患失，不得不与全国之正士为仇，此则以严嵩一人关系嘉靖中叶以后之朝局”[2]。士大夫感叹政治的失序，而这种失序也导致了士人精神价值的失范：“嘉靖初年，士大夫尚矜名节，自大礼献媚而陈洸、丰坊之徒出焉。比上修玄事兴，群小托名方技希宠，顾可学、盛端明、朱隆禧俱以炼药贵显……当时谄风滔天，不甚以为怪也。”[3]朝堂之上，“顺之无不合，逆之无不怒，由是大臣顾望，小臣畏惧，上下乖戾，浸成睽孤，而泰交之风息矣”[4]。一方面，他们对于这种局面怀有深沉的忧虑、失望，扼腕叹息，而另一方面，他们在这样的环境中无法实现自我价值，又因长久的抑郁幽愤而表现出疏狂不羁的态度，以此作为逃避国家忧患和社会责任困境的痛苦选择。正是在这样复杂的文化心理状态下，嘉靖时代的文学在弘、正“复古”之潮告一段落之后开启了新的篇章。

---

① 沈德符：《万历野获编》卷十三《礼部·礼部六尚书》，中华书局，1959，第334页。

② 孟森：《明史讲义》，上海古籍出版社，2014，第232页。

③ 沈德符：《万历野获编》卷二十一《佞倖·士人无赖》，中华书局，1959，第541—542页。

④ 张廷玉等：《明史》卷二〇八《余珊》，中华书局，1974，第5498页。

第六章　陆西星的思想世界与文学创作

陆西星是明代中后期道教发展史上的一位重要人物，在文化史、文学史上也有重要地位。作为内丹东派的重要人物，他继承和发挥金元以来的丹道思想，构建了一套较丰富的丹道理论。此外，作为一位博涉儒、释、道经典且著述颇丰的作者，陆西星留下了老子、庄子注释方面的著作，在明代老学、庄学史上有一定影响。此外，他还擅长吟咏，颇具诗才。在他身上，可以看到儒、道融汇的思想气质。

第一节　陆西星的生平与著述

陆西星（1520—1606），字长庚，号潜虚子，又号方壶外史，扬州兴化县人。明初高道如张三丰、张宇初等，或是身世如谜的高人异士，或出身道教天师世家，与他们不同的是，陆西星出身于一个典型的底层儒家知识分子家庭。他的家庭成员中，父亲精于《易》学，以布衣卒；其弟陆原博，“亦才士，宗臣拟之‘二陆’，其《楚阳诗选》与西星《南华副墨》并载焦竑《经籍志》中”[①]；其侄陆律，“与从父西星齐名，以嘉靖四十三年（1564）贡，为龙游训导，嗜学稽古无虚日，生产不一问也，著《从吾

① 梁园隶等纂修：《重修兴化县志》卷八《文苑》，成文出版社，1970，第942页。

集》，纵横有才士风”[1]；其从孙陆士骕，亦是闻名于地方的儒士。[2]这样的家庭氛围对陆西星为学为文影响深远，即使他后来投身道教，其思想仍留有儒家精神气质的印记。

一、儒道之间：身世、生平与交游

陆西星的人生履迹大致分为以下几个阶段[3]：

第一阶段，从正德十五年（1520）到嘉靖四十年（1561）。这一时期，他的思想在儒、道之间摇摆，儒家思想仍占主流。陆西星生于正德十五年（1520），幼颖悟，早年攻读诗书，习举子业。他十八岁考中秀才，为诸生时已颇有声名，但科举之路却并不顺遂，“九试不遇”。嘉靖二十六年（1547），其同乡李春芳举进士，廷试被点为状元。这件事也许给了他继续参加科举考试的信心。嘉靖二十八年（1549），陆西星与好友宗臣、同学赵宋共同参加乡试，宗臣、赵宋考中举人，宗臣于第二年登进士第，陆西星则依然没有考中。随后，陆西星连续参加乡试，均名落孙山。在此期间，他的心思也不是没有过旁骛。据其自称，嘉靖二十六年（1547），陆西星二十八岁时，与同道姚四溟“同被师眷”，于北海草堂遇吕祖（吕洞宾），得授口诀。第二年（1548），得吕祖及刘海蟾传授。嘉靖三十五年（1556）陆西星三十七岁时，据说频频得异人传授丹法。其自述云：“嘉靖丁未（1547），偶以因缘遭际，得遇法祖吕公于北海草堂，弥留款洽，赐以玄醴，慰以甘言。三

---

① 梁园隶等纂修：《重修兴化县志》卷八《文苑》，成文出版社，1970，第939—940页。

② 李瑞振：《明代内丹大家陆西星生平及思想略述》，载《中国道教》2012年第4期。

③ 阳明：《道教养生家陆西星与他的〈方壶外史〉》，四川大学出版社，1995，第7—10页。

生之遇，千载希觌。既以上乘之道勉进我人，首言阴阳合而成道。”[①] 从中可以看出，求仙问道未始不是他在功名蹭蹬之时的另一种心灵寄托与安慰。

嘉靖四十年（1561），是陆西星人生的一个转折点。这一年，他得地于灌河之滨，其东辟为大园，建宅于高树之西，自认为“适合仙旨，事皆前定”。如果说此前他还在世俗科举功名道路上奋斗，为奉母谋生而苦苦支撑，那么在此之后，他已决意皈向仙道之学。嘉靖三十九年（1560）好友宗臣的早逝，也极大地刺激了陆西星，让他对人生和生命有了更深入的思考和追寻。一年之后，陆西星参加了人生最后一次科举考试，当得知犹未中第的消息后，陆氏感慨命运不济，仕途无望，于是“绝意进取，转而沉潜道德、竟究玄理”[②]。他这种人生经历的转折，在《新梓方壶外史玄肤论序》中也得到了印证：“陆君潜虚早岁事举子业，艺称业举子者之最，瑰玮士林，去天尺五，于心非不当也。俄而若或启之，厌举子，弃去弗绩，日孳孳惟金火寻求，竟究玄理。”[③]

第二阶段，从嘉靖四十一年（1562）到万历三年（1575）。在这一时期中，他探索构建的内丹思想体系日益完善。如果说前一时期陆西星虽然有在道教上初步探索的志向，但终没有彻底放弃“以世俗事母”。那么到了这一时期，他已开始专心转向内丹探索。并且，此时的他已由前期自我摸索、积累零碎的思想片段，转向系统构筑具有特色的内丹修炼理论体系。在修炼途径上，由前期的修地元丹，转向以人元为主、地元为辅，并且博涉堪舆、医药

---

① 陆西星：《金丹就正篇序》，载《藏外道书》第 5 册，巴蜀书社，1994，第 368 页。

② 陆西星：《三藏真诠》，载萧天石编《道藏精华》第 12 集，自由出版社，1974，第 155 页，第 205 页。

③ 王部：《新梓方壶外史玄肤论序》，《玄肤论》，载《藏外道书》第 5 册，巴蜀书社，1994，第 359 页。

等知识领域，沉潜于内丹思想体系的建构。其内丹思想的代表作品，基本上在此阶段完成。嘉靖四十三年（1564），陆西星完成道教内丹史上专论双修丹法的《金丹就正篇》，其序云："甲子嘉平，予乃游于荒野，览镜悲生，二毛侵鬓，慨勋业之无成，知时日之不待。复感恩师示梦，去彼挂此，遂大感悟，追忆曩所授语，十得八九。参以契论经歌，反复䌷绎，寤寐之间，性灵豁畅，恍若有得，乃作是篇。"①这是《方壶外史》中最早的一篇，由此也可以看出他决意全心投入对内丹的修炼和著述。嘉靖四十五年（1566）十月，他完成《老子道德经玄览》。隆庆元年（1567）三月至七月，完成《黄帝阴符经测疏》。同年（1567），他还完成了《玄肤论》，这部著作的完成标志着其内丹学思想体系基本建立起来了。由此可以看出此一时期他的思想旨趣与目标所在。

第三阶段，万历三年（1575）以后。此一阶段，陆西星花费大量精力研读佛经，致力于打通、融汇释道二教，主要著作有《南华真经副墨》《楞严述旨》等。万历三年（1575）以后，他开始著述《南华真经副墨》。《南华真经副墨》序云："星款启寡闻，素无前识，而二氏之学，载之末年，颇窥堂奥，乃复添注是经……三易岁乃脱草……万历戊寅四月望日。"②万历六年（1578）书方脱稿。这部解庄著作在明代庄学史上地位重要，不仅证以丹经、道书，而且参以佛教思想来解读庄子，具有鲜明特色。这与陆西星晚年沉浸于佛经的经历是分不开的。其后，在万历二十四年（1596），他又撰写了《楞严经说约》引语，并在万历二十八年（1600），远游京师会见朋友李戴，与他探讨研读《楞严经》的新体会。李戴在《楞严经述旨》题辞中描述道："《述旨》以宗古德，

① 陆西星：《金丹就正篇序》，载《藏外道书》第5册，第368页。

② 陆西星：《南华真经副墨》序，蒋门马点校，中华书局，2010，第3页。

《通说》以为童蒙，皆如禅之要典。既又各于篇端，分章说约，以提挈纲维，开示蕴奥，用心亦良苦哉！庚子杪冬，远会京邸，以质新得。不佞分浼淮扬二守刻之郡斋，以公同志。”[①]可见他对《楞严经》疏解一事的重视。可以说，其晚年就是在孜孜研读《楞严经》中度过的。万历三十年（1602），又作《楞严经句义通说要旨絜言八则》。[②]他曾概括自己的经历是“幽谷朽生，素无前识，因师觉悟，学读蕊编，晚讨竺坟，刳心健相，质成鲁诰”[③]，陆西星晚年对于佛教经典的钻研，对其融汇三教思想特质的形成十分重要。

陆西星的交游以兴化士人为主，如宗臣、赵宋、李春芳等，其中与宗臣相交最深。明人徐渭《古今振雅云笺》卷一、张一中《尺牍争奇》卷七均收录了宗臣的书信《报陆长庚》：

> 足下龙卧沧江，云深雾远，丹经在握，白日难欺。间以其余，综辑昔采，俾左、马、曹、杜相顾失色。吾人之上计也。顷者春水渐深，鱼虾可网，足下箕踞独嚼，散发长吟，亦有一念以及远人乎？[④]

宗臣与陆西星可谓是惺惺相惜的知音，从这篇书信中我们可以想见陆西星其人的风采。这份友谊从宗臣与陆西星早年在乡校时就已开始。在《陆长庚母夫人叙》中，可以看到他与宗臣读书

① 李戴：《刻楞严述旨·楞伽句义通说二经题辞》，载《卍新纂续藏经》第14册，No.0294—B，新文丰出版有限公司，1983。

② 李瑞振：《明代内丹大家陆西星生平及思想略述》，载《中国道教》2012年第4期。

③ 陆西星：《楞严说曰引语》，载《卍新纂续藏经》第14册，No.0294—A，新文丰出版有限公司，1983。

④ 宗臣：《宗子相集》卷十四，《景印文渊阁四库全书》第1287册，商务印书馆（台北），1986，第170页。

治学时的生动情形，也从中可以窥见陆西星的性格之一斑：

> 余往在草莽时，则长庚时时共余治博士家语，顾非其好也，辄太息罢去，乃独亟称司马子长、杜少陵。当是时，闻其言者相与共目笑之，而余独嗟嗟异焉。于是时时过长庚草堂，长庚辄与余几而谈，细剖深语已，命侍子摘园蔬饭余或酒余，不夜不别，即别，复相与握手竟谈涂中。当是时，余贫，长庚更大贫，至不能张烛启涂，往往错足沟秽，不恨也。而太夫人张颇怪长庚暮归，辄问曰："儿所从朝夕者谁子哉？而殷殷亟亟焉。"长庚跽进曰："儿读天下之书，见天下之士者至众矣，乃亡逾斯人者，渊停岳峙矣，非儿不能友之。"亡何，又与二三子共谈艺事，则太夫人又时时出酒肴佐谈。长庚得以翱翔文史，驰骋今昔，虽自其雄才乎，要太孺人贤有教矣。①

嘉靖三十一年（1552）宗臣因病回乡，暂居百花洲，讲求药饵之法，陆西星时相过从，往往相谈终夜而不罢去。宗臣也有不少寄赠陆西星的诗作。如《山中与陆长庚》："秋日事行游，游此清江湄。俯视青鸟翻，仰见白日驰。人生寄一世，风尘岂足羁。贫贱安其常，富贵令身危。浮云起西北，帝乡不可期。甘此茂陵渴，愧彼首阳饥。商山有同调，行行歌紫芝。"②《诸子夜集因寄长庚》云："万里西风吹急湍，茅堂幽事起凭栏。客寻玄草频捐佩，

---

① 宗臣：《宗子相集》卷十二，《景印文渊阁四库全书》第1287册，商务印书馆（台北），1986，第110—111页。

② 宗臣：《宗子相集》卷四，载《景印文渊阁四库全书》第1287册，商务印书馆（台北），1986，第18页。

醉倚青松不著冠。渔父暮归双艇急，鲛人夜语一江寒。闻君已作餐霞侣，石上瑶华只自看。”① 这时，陆西星的生活重心已转向寻芝餐霞，而宗臣与陆西星的友谊，更多了一份淡泊归隐的共同人生志趣。

此外，兴化士人赵宋、李春芳等与陆西星的交往也值得关注。陆西星著书立说得到了他们的支持。赵宋，字方宇，嘉靖三十八年（1559）进士，累官至宁武兵备副使，山西行太仆寺卿，史志中说他“守正不阿，为言者嗾，迁南雄知府……归里后，日与昆弟宾从结布衣欢。性不喜华侈服御，俭朴有先民风”②。赵宋与陆西星有同窗之谊，陆西星著作得以梓行，赵宋多有帮助。如隆庆元年（1567），赵宋为陆西星的《玄肤论》出资刊刻，并为作后序云：“天不变则道不变，道不变则体是道者，亦可使之不变。而长生久视之道，端在于此。予三复其言，旨乎其味，而不能释也。于是日就斯人而与之语，久乃得其所著，录而藏之，既以自好，窃欲同之人人，乃捐薄俸，庸绣诸梓，使知道之正脉，或在斯人，而彼莽荡无当者之果不足信也。斯人者，予之同学，幼有奇赋，累举弗售，爰以夙因神授，遂绝意进取，沉潜道德二氏之书，多所赞述，今所刻者，特其径约云耳。”③嘉靖、万历年间名臣李春芳也与陆西星有交往，并且其交游圈对陆西星的著述活动也多有支持。其门生李戴曾为陆西星《楞严经述旨》撰写题辞，其弟李齐芳曾为《南华真经副墨》作序，而其后序则为李春芳之次子李茂年所作。此外，经由李春芳的介绍，陆西星与朝廷较有名望的官

---

① 宗臣：《宗子相集》卷七，载《景印文渊阁四库全书》第 1287 册，商务印书馆（台北），1986，第 64 页。

② 梁园棣等纂修：《重修兴化县志》卷八《列传》，成文出版社，1970，第 786 页。

③ 赵宋：《玄肤论后序》，载《藏外道书》第 5 册，巴蜀书社，1994，第 367 页。

员如郑洛等人有往还，陆西星屡次北行，除了寻访同志道友，也不乏拜会这些官员从而达到宣传其修道思想的目的。

陆西星著述颇丰，据《明史》卷九十八《艺文志三》著录，主要有：《老子玄览》二卷；《南华副墨》八卷；《阴符经测疏》一卷；《周易参同契测疏》一卷；《金丹就正篇》一卷；《张紫阳金丹四百字测疏》一卷；《方壶外史》八卷，包括《无上玉皇心印妙经测疏》《黄帝阴符经测疏》《崔公入药镜测疏》《纯阳吕公百字碑测疏》《紫阳真人金丹四百字测疏》《龙眉子金丹印证诗测疏》《邱长春真人青天歌测疏》《悟真篇注》《玄肤论》《金丹就正篇》《金丹大旨图》《七破论》《老子道德经玄览》《周易参同契测疏》《周易参同契口义》，共十五种。此外，还有《楞严经述旨》《楞伽句义通说》《道缘汇录》《终南山人集》《宾翁草堂自记》《鷇音漫录》《三藏真诠》等著作。可以看到，陆西星耗费大量心力对丹经、道书进行疏解，除了注疏作品之外，其内丹学代表著述作品主要是《金丹就正篇》《玄肤论》《七破论》等，它们是内丹理论专书，对于内外鼎关系、了性了命关系、天地人三元丹法、内外药关系、澄神调息与火符抽添等内丹修炼的关键问题进行了论述。另外，《鷇音漫录》是陆西星万历年间漫游北方的诗文集，从中可以窥见陆西星诗才之一斑。

二、陆西星与《封神演义》作者问题

20 世纪 30 年代以来，关于《封神演义》的作者问题，学界有陆西星、许仲琳、李云翔等不同说法。其中许仲琳、陆西星说产生较早。随着陆西星其人相关文献材料的逐步发现，其思想面貌及文化史意义也被学术界认知。陆西星说是学术界产生较早、影响较大的看法，值得关注。

主张作者为陆西星的，主要有张政烺、柳存仁等学者。孙楷第在《中国通俗小说书目》“明清小说部乙·灵怪第二”中录《封神演义》并撰按语说：“余始于石印本《传奇汇考》发见之。卷七《顺天时》传奇解题云：‘《封神传》系元时道士陆长庚所作，未知的否?’”[①]这一材料为陆西星说提供了线索。张政烺在《〈封神演义〉的作者》和《〈封神演义〉漫谈》两篇文章中对此做了探讨。前一篇文章是张政烺在北京大学学习期间，在胡适讲授的文学课程中应要求所作。在《〈封神演义〉的作者》中，他利用《传奇汇考》的材料，结合清嘉庆《扬州府志》、咸丰《兴化县志》中关于陆西星生平事迹、著述等相关材料，认为陆西星“其人娴文辞，有逸才，习金丹真诀，迷于道术，而又不废释教……其思想与《封神演义》之称燃灯、慈航……混释老为一谈，既崇道家而又不废释教者，正合。以是颇疑《演义》即西星所作”[②]。主要依据一是《传奇汇考》的记载，二是陆西星“三教合一”的思想与《封神演义》思想倾向一致。

张政烺的说法得到胡适的支持。胡适阅读张政烺的考证文章后，在给对方的复信中认为，“此书的作者是陆长庚，大概很可信了”，并且，胡适提出两点：其一，《封神演义》很可能受到《西游记》的影响。一是从陆西星生活的时代来看，“他的《南华副墨》有万历戊寅自序，戊寅为万历六年（一五七八），其时已在吴承恩（生约当一五〇〇）近八十岁的时候了。《西游记》必已流行。陆长庚大概从《西游记》中得了灵感，就取坊间流行的《武王伐纣书》（《全相平话》本，与今存之《列国志传》之第一册相同），放手改作，写成这部《封神演义》”[③]。二是从文本内容来看，

---

① 孙楷第：《中国通俗小说书目》，作家出版社，1957，第171页。

② 张政烺：《张政烺文史论集》，中华书局，2004，第63页。

③ 胡适：《复张政烺书》，载《胡适古典文学研究论集》，上海古籍出版社，1988，第956页。

《封神演义》也有对《西游记》的袭取，胡适认为："《封神》改本所以大胜于原本……就使纣方大大的生色，又造出一个申公豹来，从中挑拨是非，搬仙调怪，才有'三十六路伐西岐'的大热闹。'三十六路伐西岐'似脱胎于《西游记》的八十一难。'封神'一榜似从《水浒》的石碣脱胎出来。但《封神》中的三十六路，一路未完，一路已起；十绝阵未全破，而赵公明兄妹等都已出场。其章法之波澜起伏，实胜于《西游记》。"①其二，胡适提出进一步考证作者问题的建议，希望向旧修的地方志中寻找提及《封神演义》一书的材料。

力主陆西星说的是柳存仁。柳存仁于1937年在北京大学《文史》周刊上发表了《陆西星作〈封神〉考》，1940年在《宇宙风》（乙刊）第24期发表《〈封神演义〉作者陆西星》。在后篇文章中，他系统考证、总结了《封神演义》作者为陆西星的问题。其一是补充新发现的两条材料，证明陆西星为《封神演义》的作者。一是清嘉庆重修《一统志》于"扬州府·古迹"中有与贾似道关系密切的"摘星楼"，比照《封神演义》中相关情节，柳存仁认为这是作者对本地风光的信手拈来。二是万历刊本《宗子相集》，他在集中钩稽出宗臣与陆西星的交游，以及陆氏生平的若干材料，又从方志中寻绎史料，如嘉庆《重修扬州府志》、咸丰《兴化县志》等，进一步廓清了陆氏的生平、思想经历。

陆西星为《封神演义》作者说的文献记载见于《传奇汇考》，柳存仁对此进行了考察，认为《传奇汇考》一书的记载较为可信。首先就体例来看，此书录传奇作者名颇谨慎，故而陆长庚之名虽是附见，当有所据。其次，结合陆西星的身世、著述及思想倾向，

---

① 胡适：《复张政烺书》，《胡适古典文学研究论集》，上海古籍出版社，1988，第956—957页。

认为与《封神演义》的思想较为契合。同时，他分析了许仲琳说的不可信。许仲琳说的证据是舒载阳刊本卷二署名，然而舒刊本仅卷二署名许氏。柳氏进而指出："是盖书贾妄加耳，何不皆刻之于卷首，又仅刻一卷，不遍刻也？或谓许氏容为增改《封神传》之人，此或可信，要之，信许氏作封神书之说，实不若信为陆西星作为较近情理。"最后，他得出结论说："总集了上述的若干条的证据及零碎的考证，我愿意指出《封神演义》小说的作者，大概是明代扬州兴化县人陆西星。"①

其后的很长一段时间，柳存仁的学术兴趣集中于道教研究，对陆西星及《封神演义》作者问题未能忘怀，除了撰述《陆西星传》《陆西星之参同契测疏》，还有《陆西星、吴承恩事迹补考》。他主要做了两个方面的工作：其一，对前说进行了更为细致、深入的补充阐述。如对陆西星与《封神演义》的关系有了更准确的表述，对《封神演义》与其他文本如《列国志传》等的关系有更多考察，对质疑许仲琳说提出更多例证。他认为《封神演义》的成书并非独创，但陆西星是主要完成者："或可以证明百回本《封神演义》之作者或最后最大之整理者，实为嘉靖至万历间扬州兴化县之道士陆西星而非许仲琳。然陆西星亦非完全独创。陆是否曾见元代之《武王伐纣平话》今难质言。惟现存万历本之《列国志传》，其前身或更早在嘉靖间当已流行之同书刻本，或曾为陆西星所见，且为陆所利用，则有甚大之可能性。"②他进一步辨析许仲琳说，指出刊刻小说时编辑与版刻交往关系复杂，这是明代书

---

① 柳存仁：《〈封神演义〉作者陆西星》，载吴光正、郑红翠、胡元翎：《想像力的世界：二十世纪"道教与古代文学"论丛》，黑龙江人民出版社，2006，第99—100页。

② 柳存仁：《和风堂文集》下《陆西星、吴承恩事迹补考》，上海古籍出版社，1991，第1393页。

坊的常见情形，并举出了《新刊大宋中兴通俗演义》的刊刻署名等例子，以此说明舒载阳刊本卷首署题“许仲琳”作为小说作者的证据并不完全可靠。其二，发现、增加了新的文献材料。如从《续藏经》中发现陆西星所撰的《楞严述旨》《楞严经说约》，以及陆西星的解庄著作《南华真经副墨》，通过分析这些著作内容，进一步在行文、思想上与《封神演义》进行比照。在《陆西星、吴承恩事迹补考》中，柳存仁将《南华真经副墨》与《封神演义》中的文字进行比较，发现“两书间文字可以比附之处尚多……仅此两书，一长篇小说，一专门玄理之作，而相同相近之处如是之多，且其用法、关系又如是之密，且又吻合陆之身世，是或并非偶然者”①。此外，小说中的人物名字也与《副墨》和《庄子》关系密切，如“柏鉴”之名源自《庄子·德充符》篇，《南华真经副墨》解释甚详：“鸿钧道人”与《南华真经副墨》释《庚桑楚》篇的意味相近。尤其是小说中“陆压”一人，疑其为陆西星自况。“封神小说中此类隐谜暗示至再至三……谓其作者非陆西星，是诚有不易解释者矣。”② 类似的谜语还有影射嘉靖朝时事、人物的可能，如夏言、陶仲文等，“其截教之一派则愚疑作者用以讽刺明嘉靖时笃信道教、滥任传奉官之朝廷者也”，“颇见巧思”。③

与柳氏《封神演义的作者》同时，《中和》月刊发表了署名李光璧的《〈封神演义〉考证》。他从“作者考证”“故事之演化”“时代之背景”等几个方面，对小说作者问题进行了探究。此文也支持陆西星说，以《传奇汇考》所载为据，结合《兴化县志》《明

---

① 柳存仁：《和风堂文集》下《陆西星、吴承恩事迹补考》，上海古籍出版社，1991，第 1403 页。

② 柳存仁：《和风堂文集》下《陆西星、吴承恩事迹补考》，上海古籍出版社，1991，第 1405 页。

③ 柳存仁：《和风堂文集》下《陆西星、吴承恩事迹补考》，上海古籍出版社，1991，第 1403 页。

史·艺文志》《千顷堂书目》等史料进行了考析。文章还探讨了从元刊本《伐纣平话》到《封神演义》故事书写的演变历程，认为陆西星的二次创作对于《封神演义》取得“神魔小说史上最大的成功”具有重要意义。此外，他还从“时代背景”来考察，认为小说作者的创作与世宗朝道教盛极的社会背景有关。他在文章中认为：“道士陆西星，即曾及见闻嘉靖道流之盛者。太公神古（话）有流传，而不久以前，孝宗曾有封神之事。当时世宗又宠异熟习神号之道士，在此种崇道风气之下，道士陆西星自然感受社会意识之影响，遂采合于道家思想之伐纣传说，取伐纣平话为蓝本，参以道释典籍之传说，用新兴通俗章回小说之体裁，作为封神演义之长篇小说焉。”[①]

20世纪后半叶以来，《封神演义》作者的许仲琳说、李云翔说等逐渐占据主导地位。如章培恒在《〈封神演义〉的性质、时代和作者》中指出：“此书的开头一小部分出于许仲琳之手，但经过李云翔的修改；其他均出于李云翔之手。李云翔从事此一工作大概开始于天启四年（1624）或稍前一些，许仲琳撰写开头的部分自更在其前。”[②]章培恒、骆玉明主编的《中国文学史》认为：“此书最初作者为许仲琳，续作者为李云翔（他应是主要作者）。成书的年代，当在明天启年间。”[③]柳存仁等人的说法也遭到了不少反对，其中的代表是章培恒。他主要从三个方面反驳了柳存仁的说法：其一，他认为，许仲琳署名仅见于舒刊本《封神演义》卷二，不足以证明一定是书商伪造。其二，他指出，陆西星之说所依据的

① 胡从经：《中国小说史学史长编》，上海文艺出版社，1998，第234—235页。

② 章培恒：《不京不海集》，复旦大学出版社，2012，第296页。

③ 章培恒、骆玉明：《中国文学史》下卷《封神演义及其他神魔小说》，复旦大学出版社，1996，第324页。

材料为《乐府考略》一书，而此书在记载戏曲作者时多混乱、错讹，作者疏于考证，因而陆西星之说依据的材料并不可信。他又认为，“从小说描写来看，很难说此书崇尚道家……说它出于尊释、道的人士之手也许更适当一些”。其三，反驳柳存仁所提出的内证。柳存仁曾将《封神演义》文本内容与陆西星的《南华真经副墨》进行细读比较，证明两者之间关联密切，而章培恒认为，柳氏所举内容为《庄子》中习见之说或传统文史中普遍使用的情形，并不能说明与《南华真经副墨》的独特联系。

学界还有一种观点认为《封神演义》属于集体累积创作的作品。例如，陆三强认为，根据小说中出现的情节错误、矛盾及重复现象来看，结合“封神”故事的演变，《封神演义》应当是在长期的讲唱流传过程中与相关其他传说互相渗透而形成的，它不是个人创作，而是“世代累积型”的集体创作成果。①徐朔方梳理了《武王伐纣平话》《列国志传》与《封神演义》百回本之间的关系，他认为，作者署名存在模糊乃是缘于该书是民间艺人世代累积的集体创作，而非出于单一作者之手。并且，他从袭用的角度辨析了《封神演义》与《西游记》成书时间的问题，指出两书之间是相互影响而非单向影响的关系，这样的情况只有在世代累积的集体创作，在长期流传过程中才会出现。②从《封神演义》内容来看，确实经历了世代累积、不断演化的过程，这对于考虑《封神演义》作者与成书问题也具有启发意义。

在《封神演义》作者问题研究史上，陆西星说产生早、影响大。从研究方法来看，将传统的文献考证方法与现代学术研究思

① 陆三强：《〈封神演义〉的成书及作者》，载《陕西师大学报（哲学社会科学版）》1991 年第 2 期。

② 徐朔方：《论〈封神演义〉的成书》，载《小说考信编》，上海古籍出版社，1997，第 349—355 页。

想熔于一炉，既有考据学基础，充分利用文集、戏曲目录、方志等材料，又有宗教文学视域的理论，结合道教思想研究来发掘文本内涵；从研究价值上来看，随着对陆西星研究的不断拓展和深入，学者们对其生平、思想及其在明代道教发展脉络中的影响有了更清晰的认识，这也反过来为理解《封神演义》的文化语境和文本内涵提供了参照，其问题意识、学术视野已溢出了小说作者问题本身，具有重要的学术史意义和价值。

第二节　陆西星的思想面向

陆西星早年业儒，中年务丹道，晚年又钻研沉浸佛理，思想复杂多面。这种多面性思想样态的形成，当然离不开主体孜孜不倦的思想跋涉和探索，同时也与时代思潮的浸染密切相关。可以说，在他身上集中体现了明代中后期思想发展的趋势，那就是儒、释、道三教的交融、整合。这一点不仅在陆西星的思想历程中得以体现，在其著述中也有清楚的表达。他认为，“三教圣人同一宗旨，但作用不同耳，故有三者之别耳”，不仅佛、道有相通之处，“仙者主修，佛者主养。养者，涵育熏陶俟其自化，其功密，其程远而实难修；修者，省察克治冀其速化，其功勤，效速而较易”，儒、释、道三教在内在精神上也有共通点，“因问二教家只用一字可以尽盖其义者，使上通圣神，下及凡愚，皆可通晓。予答以三教性心，只一‘心’字。师云：心有真心，有凡心。如此又费讲解。予思一‘诚’字，云：‘诚’字又深，凡昧小人焉能通晓？师去而命予三思，三反皆不得。云：予一字乃四画字。命思之，不能得，从容云：乃‘反’字也。令悬昧小人只将日用道理一切反来，如阳施阴受，阳上阴下之类，一切反之；性宗则如六根、六尘一切反之，人为的我不为、人欲的我不欲，如是，反来自然合道。此字彻上彻下，可以立教”①。在他看来，儒、释、道三教虽然在教人的途径法门上有所不同，但有一点是相通的，那就是在心性的探索上，在使人返归天性这一点上是一致的。

这种观念的产生并不是偶然。明初曹安《谰言长语》卷上记载：“少时闻一诗云：‘袈裟新补片云寒，足蹑儒鞋戴道冠。欲把三家归一辙，捻沙终是不成团。’盖讥之也。俗云其人道冠、儒履、释袈裟，正此。”② 在元明以降的世俗社会中，三家早已泯然无界限。自明中后期以来，这种特征愈加明显。在主流理学思想“大传统”日益失去感召力，民间文化“小传统”活力焕发的时代，佛、道作为儒学之外的另一种知识文化体系，为士大夫提供了别开生面的知识、观念，提供了别样生活方式、人生理想，这对于想要挣脱理学教条拘束的儒家士大夫具有相当吸引力。

与陆西星生活年代相近的薛蕙、焦竑、林兆恩等，无不表现出对佛、道的浓厚兴趣。同时，他们也尝试将三家思想进行比较、融会贯通。薛蕙先研究神仙长生之术，后又研究儒家的学说，发现老子思想与儒家思想都是性命之学：“始予早岁嗜神仙长生之术，凡神仙家之说，无不观也。晚读《老子》而好之，当是时，予方蕲向圣人之道，致思性命之理，盖久之而若有得，考诸老子无异也。乃知昔之所嗜者，第方士之小术，而非性命之学也。复知老子之道惟导人反其天性，而非异端之流也。”③ 焦竑也是出入儒、释、道三家之间，他曾为道书《盘山语录》作序，其中说：“余少喜是书，不必铅汞龙虎，别安名目，与化金御女，自堕旁

① 陆西星：《悟真篇诗小序》，载《藏外道书》第 5 册，巴蜀书社，1994，第 332 页。

② 曹安：《谰言长语》卷上，载《景印文渊阁四库丛书》第 867 册，商务印书馆（台北），1986，第 35 页。

③ 熊铁基、马良怀、刘韶军：《中国老学史》，福建人民出版社，2005，第 444 页。

门，孳孳然独治心养性为务。此七真之正派也……夫方士言长生者往往穿凿于性命之外，不知养性之即为长生；世儒言性命斥养生，不知养其性者同乎天道而不亡。”①《盘山语录》为道书，焦竑少年即好之，而他所感兴趣的，是书中的性命理论。林兆恩更是“三一教”的倡导者，其《三教合一大旨》说：“沙界之华，龙天之夏，而为儒者曰我儒也，为道者曰我道也，为释者曰我释也。教既分为三矣，而余之意则欲会而归之，以复合于孔、老、释迦之道之本一也……道浑然而一也，若不知孔、老、释迦之道之所以一，则无以统其三，而为教之大。既识其一，复统其三；较然非三，浑然非一。大矣哉，至矣哉！此儒、道、释之所同，而孔、老、释迦之能事毕矣。”②“大道浑沦，未始有名。今既名儒名道名释矣，名焉既有，道日以支。纵有圣人者出，岂其能复返太朴，复归无名哉？故不得已而曰三教合一者，盖合而一之以孔子之儒，以存儒者既有之名尔。是虽不能复返太朴之无名，以媲德上古，而同文同伦之风，庶乎俗无殊尚，人无异教，不诡不僻，殆非叔季之世之所能及也。”③由此可见，陆西星思想的多面性是时代思潮的体现。

一、儒者的气质：儒家思想的底色

明代道士有两类不同群体，一类方士身份色彩突出，一类由儒士入道，由于身份不同，其思想、精神气质也有明显差别。由儒入道者，或是由于某种机缘对仙道之学产生兴趣。如永乐中道

---

① 焦竑：《澹园集》卷十六，李剑雄点校，中华书局，1999，第182页。

② 林兆恩：《三教合一大旨》，载《四库禁毁书丛刊》子部17册，北京出版社，1997，第660页。

③ 林兆恩：《教存儒名》，《四库禁毁书丛刊》子部17册，北京出版社，1997，第662页。

士林复，又名复真，字刚伯，“年十七出教家塾，有清溪道士尚守谦，延刚伯以儒书训其徒，刚伯心喜其闲静”，遂托身为弟子，永乐中召至京，修《为善书》及《永乐大典》，住龙虎山，号“弘文辅道”学士。永乐九年（1411），赴京修《道藏》，吴讷称其“所学多有过人者”①。又如宣德年间道士胡守法，字浩然，号充庵，又号纯和子。初学《易》，为儒士，偶得疾，一黄冠师劝之入道，云能从吾言其疾自愈，且后当大振玄门。“从之，疾果平”，于是从之学道。② 又如周思仁（？—1557），字爱卿，广东琼州府琼山县人，少为县庠生，精通《易》学。尝居书舍，遇异人，于是潜修其术，遂能前知休咎，以符咒治人疾病，皆有验。③ 又如周文兴，杭州江郎山人，登进士，官至符卿，不乐居官，遂筑室清平山下。④ 或是因读书仕进之途不顺遂，便弃儒业而从道。在明代中后期佛、道日炽的社会中，业儒仕进这条路走不通，“掷儒冠而冠黄冠，裂儒衣而裹缁衣”⑤也成为部分士人的选择。如正、嘉间道士万玉山，“幼攻举子业，已厌弃，投塔山寺为僧”⑥，后入道。这些人自幼饱读诗书，熟习儒家经典，如林复“甫成童，《五经》《四书》皆成诵弗忘，年十七出教家塾”⑦，周思仁“本琼山庠生，

---

① 陈梦雷：《博物汇编·神异典·方士部列传五·林复真》，载《古今图书集成》第 51 册，巴蜀书社，1985，第 62684 页。

② 王圻：《续文献通考》卷二四三，明万历刊本。

③ 阮元：《（道光）广东通志》卷三二九《列传六十二》，清同治三年重刻本。

④ 过庭训：《明朝分省人物考》卷五十五，明天启刻本。

⑤ 陈继儒：《陈眉公集》卷九《贞静庵碑记》，明万历四十三年刻本。

⑥ 王圻：《续文献通考》卷二四三，明万历刊本。

⑦《博物汇编·神异典·方士部列传五·林复真》，载《古今图书集成》第 51 册，巴蜀书社，1985，第 62684 页。

精于《易学》"[①]。尽管他们放弃了在业儒仕进征途上的奋进和亟亟入世，转而探求长生久视之道，甚至以"道士"的身份名重一时，但儒家思想仍然根植于其思想之中。陆西星也是典型的由儒入道，在他身上同样透露着鲜明的儒家思想气质。

早年业儒的经历为陆西星思想的形成奠定了基础。陆西星早年是以儒为业，这是他最初的思想基础。然而陆西星一直未能如愿中举，其"累举弗售"的原因，在宗臣的记载中也许可见一斑："余往在草莽时，则长庚时时共余治博士家语，顾非其好也，辄太息罢去，乃独亟称司马子长、杜少陵，当是时，闻其言者相与共目笑之，而余独嗟嗟异焉。"[②] 陆西星本来就不喜"治博士家语"，其志不在于此，勉强为之，自非其所擅长，之所以"屡败屡战"，乃是为了解决清贫的生计和无愧于父母的期待："后长庚与余次第应有司辟，已乃次第罢归，则仰天叹息曰：'嗟乎！余豪士，岂困一第哉！顾独念母夫人教我者勤也，且何以慰先君子地下？'盖长庚尊君以《易》学名世，卒乃萝荔其身以老，以故长庚之念深焉。"[③] 对于陆西星而言，虽然他以豪士自许，并不屑于寻章摘句的俗学，然而读书业儒的家族氛围仍然对他产生了不可忽视的影响，出于家族文化的熏陶，出于先人志向的感召，研习儒家经典成为其人生经历中非常重要的部分。即使研究和阐述老庄、丹道之说，他也会以儒家思想作为参照。可以说，儒家始终是其知识、思想架构的基础，是不能抹去的精神底色。

陆氏究心老庄，著有《老子道德经玄览》。他在《老子道德经

① 《博物汇编·神异典·方士部列传五·周思仁》，载《古今图书集成》第51册，巴蜀书社，1985，第62689页。

② 宗臣：《宗子相集》卷十二《陆长庚母夫人叙》，《景印文渊阁四库全书》第1287册，商务印书馆（台北），1986，第110页。

③ 宗臣：《宗子相集》卷十二《陆长庚母夫人叙》，《景印文渊阁四库全书》第1287册，商务印书馆（台北），1986，第111页。

玄览》序中说："《老子》者，圣人道德之微言，而性命之极致也。世儒谓老氏为见小，而以阴谋捭阖之术尽出其书，奚然哉！奚然哉！大道既隐，儒者各以所见为学，是此非彼，不得于言，而不肯求之于心，老氏之不白于天下，滋已久矣！且夫圣人治世之书，六经尚矣，必欲治世则取足于六经，老子奚贵焉？若夫溯大道之宗，穷性命之隐，完混沌之朴，复真常之道，则孰先老子！"[①] 他注老庄的立场值得注意的有两点：其一，他对《老子》的解读是基于对一般儒家思想认识的反思。他认为"世儒"将《老子》视为"阴谋捭阖之术"的权谋书，这是不对的。正如治世之书需取资于儒家经典"六经"，探索"道"的宗旨，穷究性命幽微之秘，这正是《老子》的长处，没有其他流派能够超越。他在解读老子思想时，是以儒家观念为重要参照的。无独有偶，在解读庄子著作《南华真经副墨》中，也随处可见儒家经典阅读的知识影响，如评述《庄子·杂篇》，他认为："《杂篇》，庄子杂著也……此篇中有苦心极力之语，大类张子《正蒙》，疑庄子平生绪言缀拾于内、外二篇之后者。"[②]其二，在解释内丹修炼过程中的某些概念、状态时，也会引用儒家思想加以阐述。例如，在内丹修养中，释"敬"的状态，实是借用孟子"养气"的相关说法来加以说明，他说："用敬以取真铅之炁。所以用敬，盖因人一身所有者皆是浊气，则皆是阴也，能敬则思虑不起，清气自如。故《易》曰：复其见天地之心。夫复者，复其本然之心，则天地在是。夫本然之心，正是那不思、不杂、不肆、不贰、不伪之心也，故孟子所谓

---

① 陆西星：《老子道德经玄览》序，载《藏外道书》第5册，巴蜀书社，1994，第217页。

② 陆西星：《南华真经副墨》卷六《杂篇·庚桑楚第二十三》，蒋门马点校，中华书局，2010，第331页。

‘清明之气’。子能敬，则固阴中之阳斯有真铅。”①

据陆西星自述，指点他修行的吕祖曾以孔子为榜样来勉励他修道，这实则反映其自身的思想倾向：“所谓敬，与儒者作圣之敬不同，只是在这上头惺惺做去。夫孔子圣人也，欲行周公之道，是圣心也，故梦见之，是圣梦也。然则孔子何尝因夜间浊气而胜其圣心？子患敬不立，则铅气生生则恶可已。”②即使在探索丹道过程中，其精神向导仍是儒家先贤。他在《破非论》中说：“陆子既闻性命之学于圣师，四方之士有就陆子而参道者，坐而与之言，不契，往复与之辩。或有非之者曰：‘老圣有言：知者不言，言者不知。善者不辩，辩者不善。今吾子之与人论道也，口喋喋焉不能置，无乃费于辞而伤于德乎?’曰：‘某有罪，请为子解之。昔者杨、墨充塞仁义，孟子辞而辟之。公孙丑曰：外人皆称夫子好辩，敢问何也？孟子曰：予岂好辩哉？予不得已也！且夫大道之世，人无异言，士无异学，故圣人者与天下相忘于无言。天下未必能尽如圣人之意，则圣人有忧之，故不得已而立之言。’”③ 他著《破非论》，是为了破除使人误入歧途的邪说，这种行为和孟子“不得已”而辩是类似的。可见在其思想潜流的深层，仍是以儒家圣贤志于道的情怀去追寻长生大道的理想。

此外，在陆西星心灵深处仍然有挥之不去的对现实的关怀。他曾有过漫游北方的经历，往返于齐鲁、北塞。他在路过紫荆关时，作《九月十四日过紫荆关》：“古人重防胡，九关卫神京。御戎自有道，岂在多甲兵。王者示无外，包荒尚中行。谅哉绥文德，

① 陆西星：《三藏真诠》，载萧天石编《道藏精华》12 集，自由出版社，1974，第 7 页。

② 陆西星：《三藏真诠》，载萧天石编《道藏精华》12 集，自由出版社，1974，第 8 页。

③ 陆西星：《三藏真诠》，载萧天石编《道藏精华》12 集，自由出版社，1974，第 375 页。

可以致升平。"[①] 紫荆关处于倒马关和居庸关之间，是"内三关"之首，它控扼西山之险，通宣府、大同，山谷崎岖，易于戍守，是京畿的重要关隘，有"畿南第一雄关"之称。明代西北边防屡有警，直接威胁京畿安全，"防胡"是国家军政的重大事项。陆西星深受儒家以德怀远思想影响，认为防御蒙古、守卫京城不仅仅在甲兵多少，以暴易暴，更需要以德服人，这样才能创造升平之世。可见，与一般道士相比，陆西星并未全然忘情于世俗，对于国家安危仍然有着不自觉的关怀。这种儒家思想对心灵的浸染，在他经过儒家思想圣地的时候流露得更明显。如他在旅途中经过山东滕县，作《十一日过滕县》："乱山岚气合，东日曙光新。问宿过滕县，长征作客身。农田思授井，社土不分民。亦有匡时略，今无问国人。"[②] 滕县曾是孟子讲学传道之地，滕文公"从孟子而响应善国之治"，可以说是儒家心目中的圣地，因而曾心怀儒家志向的陆西星在经过这里时也不禁生出感时之叹，多少人空有匡时才略，却再没有像滕世子那样虚心求教的在上位者。

陆西星的思想性格中打上了深深的儒家思想烙印，这种人文主义、理性主义的思想气质，使得他在道教修行中，在面对驳杂的知识传统时，表现出强烈的理性态度。他对"狂师瞽人，不能祖述圣经，理会文字，师心任臆，而以其说蛊惑于天下，则其败坏人心，淆乱正道"[③]的现象痛心疾首，深感"学术不明，流祸无

① 陆西星：《毂音漫录》，龚敏、任德魁点校，香港大学饶宗颐学术馆，2008，第21页。

② 陆西星撰：《毂音漫录》，龚敏、任德魁点校，香港大学饶宗颐学术馆，2008，第15页。

③ 陆西星：《三藏真诠》，载萧天石编《道藏精华》12集，自由出版社，1974，第375页。

极，仁者悯焉”[①]。故而他以谨严的态度去对待道教修炼，重视对丹经道书经典文献的阅读思考，认为熟读丹经远胜于道听途说，他在《七破论·破疑论》中说：“丹经者，时师之试石也。不能精思熟读，而徒以一言半句，师人以求道，其不入于邪宗而惑于异说者无几矣！”[②] 正是这种思想立场支持他广博涉猎丹道、老庄乃至佛教文献，以哲学体系的构架去建构以阴阳双修为核心的丹道思想体系，这也正是他得以在明代道教史中自成一派的重要原因。

二、融汇与创造：内丹思想

道教发展至宋代以后，内丹学渐盛，成为言道者的主流。对于此一现象，有学者指出：“内丹的兴起，它是一面受到古人飞升观念的影响，一方面是被长时期研究炼丹——外丹的经验所启发的。外丹的炼制是物质性的，内丹却既是物质的，又是近乎玄学的，因为它的实验程序有一部分只能够心领神会，必须经过有经验的人指点，而且需要个人的体验，不是语言文字可以完全说明。在葛洪或他以前的时代，控制呼吸的知识已经能够约略地掌握了，而且在葛洪、陶弘景的著述里，炼外丹用的名词，虽然有些很隐晦的（像河上姹女），那都是指的化学用词，决不会和行炁、导引的文字混为一谈。可是，从8世纪以后，行炁的功能研究发展到了更高些的境地，到了两宋，内丹已变成了一门独立的、很玄的学问。”[③]宋元以降，内丹之学更是蔚为大观，宗派迭出。

陆西星在道教史上以内丹东派的开创者而闻名。所谓“东

① 陆西星：《玄肤论序》，载《藏外道书》第5册，巴蜀书社，1994，第359页。

② 陆西星：《三藏真诠》，载萧天石编《道藏精华》12集，自由出版社，1974，第376页。

③ 柳存仁：《和风堂文集》中《一千八百年来的道教》，上海古籍出版社，1991，第669—670页。

派”，是与内丹南宗、北宗诸派相对而言。南宗、北宗之说，至明代已为常谈，宋濂说：“宋、金以来，说者滋炽，南、北分为二宗；南则天台张用成（伯端），其学先命而后性；北则咸阳王中孚（王嚞），其学先性而后命。”①南宗、北宗的谱系也十分清晰：“盖自东华少阳君得老聃之道，以授汉钟离权，权授唐进士吕岩、辽进士刘操。操授宋之张伯端，伯端授石泰，泰授薛道光，道光授陈楠，楠授白玉蟾，玉蟾授彭耜，此则世所号‘南宗’者也。岩授金之王嚞，嚞授七弟子，其一即公（丘处机）。余曰谭处端、曰刘处元（玄）、曰王处一、曰郝大通、曰马钰及钰妻孙不二，此则世所号‘北宗’者也。”②大致而言，南北二宗的分野主要表现在炼养方法上“性命”问题的不同看法。一般认为，南宗主张“先命后性”，北宗则主要指全真道王重阳一系，在修炼方法上主张“先性后命”，重视性命双修。

“东派”之名并非陆西星本人提出，而是清代李涵虚构建的流派之称。其说见于李涵虚所编的《吕祖年谱·海山奇遇》：“万历间有冷生者，不知名字里居，业歧黄，喜游云水。每来湖南、湖北，风月扁舟、吹笛以自娱……云：‘纯阳有三大弟子，为群真冠，海蟾开南派，重阳开北派，陆潜虚开东派，吾愿入西方，化一隐沦，亲拜吕翁之门，身为西祖。’一日，上黄鹤楼，忽遇吕祖，谓之曰：‘汝欲临凡耶？今乃万历丙午，再候二百岁，丙寅之岁，降于锦水之湄，为吾导西派可也。’”③ 在性命双修的问题上，陆西星吸收了北宗全真派的看法，即强调“修性”的优先。内丹

① 宋濂：《翰苑别集》卷九《送许从善学道还闽南序》，《四部丛刊初编》影印明正德本。

② 宋濂：《潜溪后集》卷四《跋长春子手帖》，《四部丛刊初编》影印明正德本。

③ 陆西星初编、李涵虚重编：《海山奇遇·吕祖年谱》，《吕祖全书》第六卷，《道藏精华》第9集，自由出版社，1980，第287—288页。

被称为“性命之学”，性命问题是其核心要义。内丹重视性功、命功的修炼，性命双修，是几乎所有内丹宗派的共识。然而在“性”与“命”修行孰先孰后的问题上，不同宗派则存在分歧。修性、修命的地位、先后次序问题，成为内丹学中的重要理论问题。一般认为，南宗以“先命后性”为特征，北宗则以“修性”为旨归，主张“先性后命”。

具体来说，在性、命问题上，陆西星比较佛、道二教的观点，提出了自己的看法。在《性命论》中，他说：

> 今之论者，类以性命分宗，而不知道器相乘，有无相因，虚实相生，有不可歧而二者。故性则神也，命则精与气也。性，则无极也；命，则太极也。可相离乎？或言释氏了性，道家了命。非通论也。夫佛“无我相”，破贪着之见也；道言“守母”，贵无名之始也。不知性，安知命耶？既知命矣，性可遗耶？故论性而不沦于空，命在其中矣；守母而复归于朴，性在其中矣。是谓了命关于性地，是谓形神俱妙、与道合真也。①

在陆西星看来，性与命是“道”和“器”的关系，“不知性，安知命”，知“命”则必不可遗“性”，他对“性”十分重视。在他看来，“性”是超越性的、本体性的存在，性是无极，命是“二五之精”，二者结合人始生，因而在“了性”“了命”的问题上，他仍主张“修道之要，莫先于炼性”：“是性之本体也，夫自情识开而本体凿矣。张子曰：‘形而后有气质之性。善反之则天地之性

---

① 陆西星：《玄肤论·性命论》，《藏外道书》第5册，巴蜀书社，1994，第363页。

存焉。’所谓情识，即气质之性也。所谓本体，即天地之性也。老子曰：‘复归于朴，复归于婴儿，复归于无极。’即善反也。故修道之要，莫先于炼性。性定而气质者不足以累之，则本体见矣。吾师之诗曰：‘不迷性自住，性住气自回。气回丹自结，壶中配坎离。’是后天得先天而妙其用也。是之谓了命关于性也。”①

他进一步阐述道：“夫道者，性命兼修，形神俱妙者也。金液炼形者，了命之谓也。玉液炼己者，了性之谓也。”以“玉液炼己”“金液炼形”来指称“了性”“了命”，取玉、金来比喻两种不同修炼状态。修性即炼己，务必要如玉“温润贞纯”，炼命则追求如金之“坚刚不坏”。在他看来，“内炼既熟，然后可以临炉采药，而行一时半刻之功……以之炼形，则体化纯阳，而形骸为之永固，一如金之坚刚而不坏矣”②。也就是说，只有先做好修性炼己的功夫，才能达到炼形的效果：“金丹之道，炼己为先。己炼则神定，神定则气住，气住则精凝，民安国富，一战而天下定矣。”③这也是从“无为”到“有为”的过程：“玉炼，则无为之道也；金炼，则有为之术也。自无为而有为，有为之后，而复返于无为，则性命之理得，而圣修之能事毕矣。”④

陆西星十分重视“炼神”。他在《玄肤论》中论述了炼神的三个步骤：澄神、养神、凝神。“澄神”即藏神，关键在于“遣欲”，他提出要“洗心”，去除“妄心”，使心神不受烦扰，达到虚静。

① 陆西星：《玄肤论·性命论》，载《藏外道书》第5册，巴蜀书社，1994，第363页。

② 陆西星：《玄肤论·金液玉液论》，载《藏外道书》第5册，巴蜀书社，1994，第363页。

③ 陆西星：《金丹就正篇后序》，载《藏外道书》第5册，巴蜀书社，1994，第370页。

④ 陆西星：《玄肤论·金液玉液论》，载《藏外道书》第5册，巴蜀书社，1994，第363页。

要使神清心静，务必要排除物欲，如此才能使神气不耗损。接下来，要“养神”。心静神清后，还要注意韬光养神，不可过于劳神，“若用之不已，则太露而反伤于本性”，须保持恬淡朴拙。“澄神”“养神”，都是为“凝神”做准备，凝神是“入玄之要旨，丹家之第一义”。所谓“凝神”，不是指凝聚不动，而是使神深入气穴中，与之相守不离。所谓“气穴”，是人胎受气之初，承受父母精气的地方，也有“气海”“关元”“灵谷”“归根窍”“复命关”等不同称呼。人处于胎中，呼吸与母体是相通的，母子分离，脐带剪落，“气穴”则自作用，人的呼吸之气，也归于穴中。真人与众人在呼吸之气上的区别就是，真人能够神依于息，众人则神有不存。即他在文中所说的：“神依于息则凝，神凝则气亦凝；神依于息则和，神和则气亦和：相须之道也。”①

陆西星所创“东派”的另一特色是“双修法”。道教内丹学的奠基之作是东汉魏伯阳的《周易参同契》和北宋张伯端的《悟真篇》，二书奠定了内丹学的理论基础。但由于这两篇文献涉及的道教修炼术语内涵丰富，缺乏明确指向，在表达方式上又十分晦涩，因而对其中修行功法的阐释逐渐出现了两派：清修与双修。内丹学认为，人禀受先天一炁，分为阴阳，阳气逐渐奔散，阴气也渐渐损耗，内丹强调真阳、真阴结合方能成丹，而阴阳二炁来源于何处，是清修与双修的分水岭。清修派认为，来源于一己之身的神气，所谓“乾坤坎离”交媾也是“自家精血”的交合。而在双修派观念中，阴阳乾坤指男女，坎离指男女精气，炼丹须采“外药”以炼内药。双修法在宋元内丹南宗派的理论实践中得到发展，南宗双修派始于刘永年，发扬于翁葆光、陈致虚等人，其思想方

① 陆西星：《玄肤论·凝神论》，《藏外道书》第5册，巴蜀书社，1994，第365页。

法大多以注释《周易参同契》《悟真篇》的方式呈现，行文晦涩、词意模糊。陆西星所创东派丹法系统是明清较有影响的双修派别，他自称得到吕洞宾的真传，其丹法与南宗一脉相承，却又有创造，正如胡孚琛所说，东派特色在于“采用竹破竹补，人破人补之法，从逆用逆修的原则出发，借炁修炁，假命续命”[①]。大致而言，陆西星双修法的一大特色是，在南宗双修派的基础上创造了更富于哲学性、系统性的理论来阐释“双修”的原理原则，简明精要。

陆西星在《金丹就正篇序》中明确地对俞琰主张的“清修法”提出了质疑：“凡言身外之修，一切斥为旁门；金鼎火符，悉皆认为炉火。固守先入，坚不可破。噫！果清净，不知下士何以大笑，而谤毁何以易生也？”[②] 他首先解释的问题就是，“先天一炁”为什么要从“彼处”求得：“金丹之道，必资阴阳相合而成。阴阳者，一男一女也，一离一坎也，一铅一汞也，此大丹之药物也。夫坎之真气谓之铅，离之真精谓之汞。先天之精积于我，先天之气取于彼。”[③]在他看来，内丹双修原理就是分别以男女之铅汞、精气相合。为什么不以一己之身修炼，而要相补呢？陆西星解释说，由于人纯然阴阳的先天“浑然之体”不会一直保有，“及夫情窦一开，阴阳交感，则先天之气，乃奔蹶而逸于坤中。故三画纯乾乃破其体而为离”，“取坎者，补其既破之乾也，填其既虚之画也，复其纯阳之体也。此神仙还丹之说也”[④]。在陆西星看来，并非所有人都需要通过“双修”法来修性了命，“其在人也，情窦未凿之

① 胡孚琛：《道教与丹道》，中央编译出版社，2008，第166页。

② 陆西星：《金丹就正篇》序，《藏外道书》第5册，巴蜀书社，1994，第368页。

③ 陆西星：《金丹就正篇》上篇，《藏外道书》第5册，巴蜀书社，1994，第368页。

④ 陆西星：《金丹就正篇》上篇，载《藏外道书》第5册，巴蜀书社，1994，第368—369页。

先，一乾坤纯阴纯阳之象也”[①]，如“童初之子，皆圣胎”[②]，“先天之气”没有耗损的人是可以直接达到这种效果，只是对大多数人而言，“既凿之后，阴阳之体交，而互藏之精用矣。少阴之数八，男子得之，故二八而精通；少阳之数七，女子得之，故二七而天癸至”[③]，浑沦之体凿破后，先天之气日益奔散，只能在同类中求以相补，“浑沦之体既破，则丹吾身之所有者，日改月化，动皆落于后天。后天之物皆属于阴，其法不能以久存，不得不假夫同类之先天者以补之。而同类之先天则太阳乾金也。以阳炼阴，形乃长存”[④]。他进一步解释说，由于阴阳精气互藏，“男得其精，而用精者化；女得其气，而用气者昌。用精者化，故顺而成人；用气者昌，故逆而成丹。先天之气为真铅，厥有旨也。以先天未扰之真铅，制后天久积之真汞，则其相爱相恋，如夫妇子母之不忍离，是皆自然而然”[⑤]。男女精气结合，顺则生人，逆而成丹，这就是双修的理论基础。宋元以降，道教南、北宗的修行途径各有特点，北宗重性功，修清净法，重视修己炼性、清静无为，南宗重命功，修阴阳法，运用同类阴阳栽接之法，注重火候、采药等。元代陈致虚已有融合南北的趋势，陆西星继承了这种态度，并将其整合构建成相对圆融成熟的理论体系，对重要概念和原理的论述明白精要，从而成为内丹学的集大成者。

---

① 陆西星：《玄肤论·阴阳互藏论》，载《藏外道书》第5册，巴蜀书社，1994，第361页。

② 陆西星：《玄肤论·内外药论》，载《藏外道书》第5册，巴蜀书社，1994，第361页。

③ 陆西星：《玄肤论·阴阳互藏论》，载《藏外道书》第5册，巴蜀书社，1994，第361页。

④ 陆西星：《玄肤论·内外药论》，载《藏外道书》第5册，巴蜀书社，1994，第361页。

⑤ 陆西星：《玄肤论·铅汞论》，载《藏外道书》第5册，巴蜀书社，1994，第362页。

三、《南华真经副墨》的庄学思想特色

《南华真经副墨》是陆西星阐释《庄子》的著作，《四库全书总目》云：“《南华真经副墨》八卷，明陆西星撰。西星字长庚，号方壶外史，不知何许人。焦竑作《庄子翼》，引西星之说颇多，则其人在竑以前。书首有其从子律序，作于万历戊寅（1578），则与竑相距亦不远也。是书编次一依郭象本，而以《天道》篇‘虚静恬淡寂寞无为’八字分标八卷，每篇逐节诠次。末为韵语，总论一篇之旨。其名《副墨》，即取《大宗师》篇‘副墨之子’语也。大旨谓《南华》祖述《道德》，又即佛氏不二法门。盖欲合老、释为一家。其言博辨恣肆，词胜于理。其谓《天下》篇为即《庄子》后序，历叙古今道术，而以己承之，即《孟子》终篇之意，则颇为有见。故至今注《庄子》是篇者，承用其说云。”①《南华真经副墨》是明代庄学史上公认的重要作品，对于明清庄子学的发展具有重要影响。

1. 以老解庄的出发点

陆西星是怎样理解《老子》与《庄子》关系的呢？陆氏自序云：“《南华》者，《道德经》之注疏也。其说建之以常无有，而出为于不为，以破天下之贪执者。去圣远，道德之风微，儒墨并起，各持其似以相是非。上仁义，崇圣智，而首乱之民，爰窃之以嚆矢天下。以故识者病焉，以为先疾而掩剂，则君参佐耆，适以玆毒而戕人。善摄生者不轻试以无妄之药。故曰上德为之而无以为，失道而后德，失德而后仁……”② 并说：“盖自几蘧以逮羲轩，莫不通于道而合于德，退仁义而摈礼乐，明于本度，系于末数，理

① 永瑢等：《四库全书总目》卷一四七《南华真经副墨》提要，中华书局，1965，第1256页。

② 陆西星：《南华真经副墨·序》，蒋门马点校，中华书局，2010，第1页。

之所以穷也，性之所以尽也，命之所以至也。明此者，谓之大道。”[①]陆西星解《庄子》的一个基本出发点，就是以《庄子》为“《道德经》之注疏”，将《庄子》作为《老子》的注释来看。他在书中多处表达了这种观点，如在《杂篇·庚桑楚》题解中说：“《杂篇》，《庄子》杂著也，章句有长有短，总之则推本道德，为《老子》一经之疏注。”[②]解说《胠箧》篇中“绝圣弃知”说，“段段议论皆《道德经》之疏义”[③]。

首先，陆西星在《南华真经副墨》的每篇题解中，或引用老子观点来说明一篇的核心思想，或说明一篇思想与老子的关系。如《德充符》题解说：“甚矣，形骸之足以累人也。老子有言：‘天下大患，为吾有身。’故《人间世》以全生免患为贵。虽然，游于羿之彀中而不中，亦有命焉。君子知其有命，一切委之自然，而不以死生利害易乎其念。此篇寓言，王骀、申屠嘉之类，盖真能外形骸、丧耳目，独以守宗保始为事者，盖学问必进于此，然后谓之德充之符。”[④]又如《大宗师》题解云：“《大宗师》，言道也。道者，自然而已，乃天所为，故老子云：‘天法道，道法自然。’知天之所为之自然也，而不以人为参之，斯得谓知之盛矣。此篇以自然为宗，其旨意则在于以其知之所知，养其知之所不知，至于死生之变，等之为昼夜。”[⑤]解释这两篇的主题时，分别以老子所

---

① 陆西星：《南华真经副墨·序》，中华书局，2010，第1—2页。

② 陆西星：《南华真经副墨》卷六《杂篇·庚桑楚第二十三》，中华书局，2010，第331页。

③ 陆西星：《南华真经副墨》卷三《外篇·胠箧第十》，中华书局，2010，第137页。

④ 陆西星：《南华真经副墨》卷二《内篇·德充符第五》，中华书局，2010，第75页。

⑤ 陆西星：《南华真经副墨》卷二《内篇·大宗师第六》，中华书局，2010，第88页。

言“天下大患，为吾有身”来说明“形”与“心”的关系，相对于“形”受命运主宰的有限性，“心”、精神是更自由自在的领域。他用“道法自然”来解释“以自然为宗”。“道法自然”是老子思想的核心，多次被用于题解中，如他在《应帝王》题解中说：“老子云：‘王法天，天法道，道法自然。’此篇以《应帝王》名者，言帝王之治天下，其与道相应如此。”①

《南华真经副墨》还特别指出《庄子》中的某些思想渊源于《老子》。在《齐物论》题解中，《南华真经副墨》认为，庄子所讲的“照之以天”“泯物我”，“忘是非，和之以天倪，休之以天均，因之以曼衍，嗒然如南郭子綦之丧我，犹然如庄周之蝶化，然后与物浑化，而逍遥之游可遂也”，其议论见识都是“自《老子》‘玄同’上得来”②。即《道德经》中所说的：“塞其兑，闭其门，挫其锐，解其纷，和其光，同其尘，是谓玄同。”“玄同”是老子哲学中的重要概念，形容的是一种境界，即老子认为挫去锐利使得锋芒不露，解除纷扰使其有条有理，收敛光辉使得不耀眼，混同尘俗，从而达到玄远高妙、与世齐同的境界。《南华真经副墨》指出，《齐物论》中所讲泯灭差异、万物齐一的思想，正是从老子“玄同”思想发展而来。又如《骈拇篇》题解云：“《骈拇篇》以道德为正宗，而以仁义为骈附，正好与老子‘失道而后德，失德而后仁，失仁而后义’参看。一部《庄子》宗旨，全在此篇。末用一句叫出‘予愧于道德，是以上不敢为仁义之操，而下不敢为淫僻之行’，上下俱不为，则虚静恬淡寂寞无为，而道德之正、

① 陆西星：《南华真经副墨》卷二《内篇·应帝王第七》，中华书局，2010，第113页。

② 陆西星：《南华真经副墨》卷一《内篇·齐物论第二》，中华书局，2010，第14页。

性命之情于是乎得之矣。”[①] 可以说，将《庄子》与《老子》进行对读并从中发掘其思想渊源，是陆西星解庄的基本思路。

此外，在具体篇章内容的解释中，陆西星也多引用老子的观点加以疏证，指出其与老子思想的关联。如《庄子·齐物论》云：

> 若是而可谓成乎？虽我亦成也。若是而不可谓成乎？物与我无成也。是故滑疑之耀，圣人之所图也。为是不用而寓诸庸，此之谓以明。[②]

《南华真经副墨》解释说：

> 若是之在彼者可谓成乎，移之在我亦成也，何必更言其非？若使是之在彼者不可谓成乎，移之在我亦无成也，何必更以非对？是故滑疑之耀，圣人所图也。滑者捉而不住，疑者见而不杀，皆“为是不用”之意。滑疑之耀，乃不明之明也，与“非所明而明之彼”者大是天渊。盖不用己是则无道成矣，无爱成则无道亏矣。圣人只明得此理，故曰：此之谓以明。此章正好与老子“光而不耀，廉而不刿”同看。熟老子者，方可以看庄子。林鬳斋自谓看得庄子精到，此处却说不透彻，不知此老如何着眼？[③]

① 陆西星：《南华真经副墨》卷三《外篇·骈拇第八》，中华书局，2010，第123页。

② 郭庆藩撰：《庄子集释》，中华书局，1961，第80页。

③ 陆西星：《南华真经副墨》卷一《内篇·齐物论第二》，中华书局，2010，第31页。

陆西星此处对林希逸的解说进行了申述。林希逸《庄子口义》解释此段说："凡天下之事，若只据其所能而可以为了当，则我之现前所能者谓之了当亦可也；若据此现前者未为了当，则凡天下之人与我，皆不得谓之了当。成，犹言了当也。"又说："滑疑，言不分不晓也，滑乱而可疑，似明而不明也。耀，明也。圣人之心其所主者未尝着迹，故其所见之处若有若无。图，欲也，言圣人之所欲者如此也。所以去其是不用而寓诸寻常之中，此之谓以明。"[①]陆西星认为，这段话说的是圣人认识事物不加以主观成见，也就因此超越是非之上，不会落入格套，这是最明智的方式，是真正的"明"，与老子"光而不耀，廉而不刿"的思想有相通之处。林希逸虽然从"圣人之心其所主者未尝着迹"的角度进行解释，却不及陆西星明白指出庄子此种观点的思想渊源来自于老子。在这一点上，林希逸说不及陆西星的解释透彻。

自汉代以来，学者们就形成了一种普遍认识，即将庄子视为老子思想的继承者，刘安《淮南子·要略》首开老、庄并举之先河，司马迁《史记·老子韩非列传》称庄子"其要本归于老子之言"。"以老解庄"在庄学史上有深厚悠久的传统。陆西星从"以老解庄"的立场出发，一方面是出于对这种传统的继承，另一方面是源于《老子》在道教知识体系中的重要地位。陆西星"以老解庄"的最终目的，是追求道教功行修炼的哲学深度。而无论其目的为何，不可否认的是，陆西星的确对于庄、老之间某些思想观念的内在联系做出了深入的发掘和阐释。

2. 以丹道解庄的核心思想

《南华真经副墨》的核心思想是以丹道解庄。陆西星读老庄之

---

① 林希逸：《庄子鬳斋口义校注》卷一，周启成校注，中华书局，1997，第30页。

书，其关怀、旨趣仍然是参透性命之学，将老庄之书作为解读丹经道书、参透修炼的思想源泉。不独《庄子》如此，他对老子的解读也是这样。其《老子道德经玄览序》云："星既读此书，窃窥立言之旨，参以丹经，质之师授，恍然似得其要领者，然后敢取其书，僭而演之，末复赘以数言，隐括其义。"① 而在《黄帝阴符经测疏》中则说得更加明白："星也寡昧，于道罔闻。独以因缘遭际，得蒙圣师提挈，指以性命根宗，三元机要，一旦茅塞顿开，豁无疑滞。乃取黄老之书，窃而读之，反复细绎，质以师授之言，参互考订，似有迎刃而解者，乃知庖丁之目无全牛，其肯綮者得而批导者熟也。星于暗昧之中略具只眼，不敢自私，妄意述之篇章，垂之竹帛，破诸说之支离，作一经之断案。有志之士得吾书而读之，性命之宗或其有悟，而吾圣师垂教万世之意，亦庶几其不孤矣乎！"②这是他读黄、老之书的立场，也是他读庄子之书的立场。由此可见，丹经、道书是陆西星用来解读老、庄著作的重要思想资源。他曾比较老、释二家的生死观说：

> 盖死生事大，吾人真实受用正在于此。然须要知得：适来，时也；适去，顺也。安时而处顺，死生不能易也。今之学老氏者，但以生为可求，益生厚生，裨益于有常之外，不知灭为幻灭，生亦幻生，以生生死，终未离幻。唯知道者以生死为旦暮，适去顺也，死则已耳，故不更求所以生者以生其死。今之学释氏者，但知生灭灭已，寂灭为乐，一切捐弃有为之法，不知落于顽空，沦于断灭，槁木死灰，无有是处。唯知道者以其知之所知，养

① 《藏外道书》第5册，巴蜀书社，1994，第217页。
② 《藏外道书》第5册，巴蜀书社，1994，第217页。

> 其知之所不知，而不灭生事以死其生。所以然者，盖以死生有时，吾人则当顺以待之。当生之时，本体在生，不当更作死观；当死之时，本体在死，不当更作生想。此之谓顺化。[①]

在他看来，学老子道家之言的人，一味追求“益生厚生”，而不知生死的空寂幻灭，是为不智；而学佛家空寂之学的人，但知“寂灭为乐”，而放弃追求生命的“有为之法”，落入“槁木死灰”，不知生之乐趣。对于生死的正确态度是，死时应明了死亡是生命的必然，生时更应当修性养命，这是所谓“顺化”的态度。由此看来，性命之旨才是他关注的核心，也是他注《庄子》的终极目的。

首先，他直接引用道书、丹经来解读庄子寓意。《南华真经副墨》中不乏引用《清静经》《参同契》《黄庭经》等道书内容来疏解文意，且多与心性修养、命功修炼方面有关。

《南华真经副墨》中涉及的道书多涉及心性的修炼方面，如《清静经》，全称《太上老君说常清净妙经》。《道藏提要》认为《清静经》出于唐代，全书以“清净”为宗，以“澄心遣欲”为本。《道藏目录详注》认为：“此经喻‘清净’二字，要人方寸虚明，独露真体。”历代道士都重视此经，全真派以其为日常持诵功课，在领受初真戒时也要诵习此经。[②]《清净经》是道教心性修养方面的重要经典。

《外物》篇中疏解“胞有重阆，心有天游，室无虚空则妇姑勃谿，心无天游则六凿相攘。大林丘山之善于人也，亦神者不胜”

---

① 陆西星：《南华真经副墨》卷五《外篇·知北游第二十二》，中华书局，2010，第325—326页。

② 任继愈主编《道藏提要》，中国社会科学出版社，1991，第447—448页。

一节说："所以学道之人常须静养。《清静经》云：'人神好清而心扰之，人心好静而欲牵之。常能遣其欲而心自静，澄其心而神自清，自然六欲不生，三毒消灭。'虚静天师《大道歌》云：'要得身中神不出，莫向灵台留一物。物在心中神不清，耗散真精损筋骨。《道德经》云：'致虚极，守静笃，万物并作，吾以观其复。'修真之诀无出乎此，亦足以相发明矣。"①《外物篇》中这一节承上节论述宇宙流转、社会人事变易而人多是古非今之谬，赞美了至人游于世而不僻的状态，要实现"游"而无碍的状态，必须不塞不壅，人的心灵如此，大道也如此。可见，庄子所关注的重点仍然是"道"，只不过以人的"目彻""耳彻""心彻"等身心的状态为例来说明道无壅蔽。而陆氏的解释重点则放到了学道之人的"养静"修为上。他认为这节的要义在于"言虚之为用"，而"虚静"正是修道时必须的一种精神状态。他以《清静经》《大道歌》等强调虚静对修养的意义，认为养静主要是为了使人达到心神澄清、集聚真精的境界。

又如《庄子·则阳》篇中"少知曰：'四方之内，六合之里，万物之所生恶起'"一节，主要内容是少知与大公调讨论万物起源的问题，大公调回答："阴阳相照相盖相治，四时相代相生相杀。欲恶去就于是桥起，雌雄片合于是庸有。安危相易，祸福相生，缓急相摩，聚散以成。"②《南华真经副墨》解释说："少知又问：万物之所生，从何而起？于是公调为从起处说起：太极既判，阴阳乃分，县象著明，莫大乎日月，《参同契》所谓'穷神以知化，阳往则阴来。辐辏而轮转，出入更卷舒'，是故有相照者；阴阳之精互藏其宅，是故有相盖者。盖之为言，藏也。阴主翕受，阳主

---

① 陆西星：《南华真经副墨》卷七《杂篇·外物第二十六》，中华书局，2010，第414—415页。

② 郭庆藩：《庄子集释》，中华书局，1961，第906页。

施与，是故有相治者。四时之气，生克嗣续，循环不穷，是故有相代、有相生、有相杀者。此时万物莫不乘此气机以出入，万物既生，则万事变化一时同起。故生则有情，有情则欲恶去就于是桥起，雌雄片合于是常有。桥起，即突然而起之义。片合，犹言分合。既有情矣，则不能无事，故安危、祸福、缓急、聚散相易相生，以摩以成。”① 这里引用《周易参同契》“日月悬象”章中的话来解释宇宙万物的生成。《周易参同契》简称《参同契》（以下简称《参同契》），东汉魏伯阳著，是道教早期经典，托易象以论修丹，系统地阐述了炼丹的原理、方法。“修丹与天地造化同途”②，道教经典在论述修丹原理、阐述其学术思想旨趣时，不可避免地涉及宇宙论。在内丹学看来，天地是一大宇宙，丹炉、人体是一小宇宙，故而修丹无非是参透、顺应宇宙运转的规律，将其运用到人的生命上。而《参同契》正是这方面的代表著作。《参同契》中这句话主要论述的是阴阳往来，《周易·系辞》云：“阴阳不测之谓神，一阴一阳之谓道。”能穷阴阳之道，就能知变化之源。丹道家认为，金水是变化之源，水火即阴阳之道，阴阳的相互作用是宇宙万物运转的原理，水火之气入于器中，熏蒸金水之形，如车轮常转，水气、火气卷舒交替，这正符合阴阳往来、相荡成宝的运天之道。在此，《南华真经副墨》主要采用了《参同契》中的宇宙论观点去解读阴阳理论视角下万物起源问题，确实更为丰富和深入。

其次，陆西星还将丹道思想融入对《庄子》的解读之中。陆西星多次提到，《庄子》中蕴含着丰富的修道思想，他借解庄来阐

---

① 陆西星：《南华真经副墨》卷六《杂篇·则阳第二十五》，中华书局，2010，第 399 页。

② 魏伯阳：《周易参同契分章通真义序》，朱熹等注《周易参同契集释》，中央编译出版社，2015，第 141 页。

述自己对内丹修炼问题的若干看法。陆氏在丹道思想上主张性命双修，在修炼人元丹法的过程中，筑基炼己阶段仍遵从清静无为法来修炼。如《在宥》一段：

> 慎汝内，闭汝外，多知为败。我为汝遂于大明之上矣，至彼至阳之原也；为汝入于窈冥之门矣，至彼至阴之原也。天地有官，阴阳有藏，慎守汝身，物将自壮，我守其一，以处其和。故我修身千二百岁矣，而吾形未尝衰。①

历来诸家注疏，对此段的解释都将重心放在解说老庄的“无为”之道上，而《南华真经副墨》的重点则在阐述“阴阳”的关系。如《南华真经义纂微》中引郭象注云：“人皆自修而不治天下，则天下治矣。窈冥昏默，皆了无也。老、庄之所以屡称‘无’者，明生物者无物，而物自生耳。忘视而自见，忘听而自闻，任其自动，故闲静而不夭。慎内全其真，闭外守其分，知无涯，故败也。极阴阳之原，则有官有藏，但当任之任，性命之极，极长生之致。身不夭乃能及物也。物无穷，而人以为终，徒见其一偏耳。皇王之称，随世上下，得通变之道以应无穷一也。失无穷之道，则自信于一偏，不能均同上下，故俯仰异心……入无穷，游无极，则与化俱。日月参光，天地为常，都任之也，物之去来皆不觉。故以死生为一体，无往而非存也。”②郭注的重点在阐发“无为”“自修”之义，修身是这样，治政也是这样，帝王只有“无为”才能避免好恶、偏颇。吕惠卿注说：“慎内则塞其兑，闭外则

---

① 郭庆藩：《庄子集释》，中华书局，1961，第390—391页。

② 褚伯秀：《南华真经义海纂微》卷三十一《在宥第二》，载《道藏》第15册，文物出版社、上海书店、天津古籍出版社，1988，第335页。

闭其门，此养神而保之之道，反是则多知而败矣。人未知道则域于阴阳而未尝至其原，无见无闻无知则遂于大明之上，入于窈冥之门。得是而穷之，则知天地有官其官也以此，阴阳有藏其藏也在此。慎守汝身，物将自壮。则奚为而外求哉?”① 所言的重点仍然是“保身”“自壮”之道，是人的行为处世哲理。而《南华真经副墨》则云：

慎汝内，握固其精神也；闭汝外，关键其耳目也。多知为败，泯绝其思虑也。如斯而论，可谓体道之至矣！然而道有阴阳，不可不知也。吾为汝遂于大明之上矣，则见至阳其赫赫乎，而至彼至阳之原，则赫赫者发乎地；吾为汝入于窈冥之门矣，则见至阴其肃肃乎，而至彼至阴之原，则肃肃者发乎天。故太极判而两仪分，则阴主乎静，阳主乎动，而天地有官矣。阴中含阳，阳中含阴，而阴阳有藏矣。邵子云：“阴阳之精，互藏其宅。”即此互藏之阴阳，永为吾人返还归复之枢要。故慎守汝身，慎其内而闭其外，则吾身之物将自壮矣。

此“物”字下得不苟，即丹家所谓“药物”也。由是而守其一，以处其和，使彼互藏之精与吾身中之物混合为一，而后圣修之能事始毕。盖“守一”“处和”四字，又肯綮中之肯綮。林鬳斋自谓看庄子颇精，到此漫尔说过，盖缘此老不曾于丹书上究心，是以茫无印证，只将南华作为言语文字等闲读过，大是可惜！②

---

① 褚伯秀：《南华真经义海纂微》卷三十一《在宥第二》，载《道藏》第15册，文物出版社、上海书店、天津古籍出版社，1988，第334—335页。

② 陆西星：《南华真经副墨》卷三《外篇·在宥第十一》，中华书局，2010，第155—156页。

陆西星将阐释的重点完全放在了对“阴阳”关系的解读上，其解读视角是“互藏之阴阳，永为吾人返还归复之枢要”，换句话说，是道教炼养所追求的长生久视、逆转生命之道。陆西星在《玄肤论·阴阳互藏论》中也谈道：“是知乾坤者，阴阳之纯也；坎离者，阴阳之交也。其在人也，情窦未凿之先，一乾坤纯阴纯阳之象也；既凿之后，阴阳之体交，而互藏之精用矣。少阴之数八，男子得之，故二八而精通；少阳之数七，女子得之，故二七而天癸至。岂非阳得阴数，阴得阳数，而互藏之义斯以见乎？”①道教炼养继承了《易传》中“一阴一阳之谓道”的观点，认为阴阳交互是万事万物发展的基本原则。在陆西星看来，先天的纯阳、纯阴之体被“凿”破后，“滓质”混入，内丹修炼就是要以阴阳为“药物”，阴阳交感顺则成人，逆则成丹。接下来他更明白地指出：

> 吾今为人抉破，直泄天机亦所不恤。曰：何谓守一？老子云：“得其一，万事毕。”所谓“一”者，先天真一之炁，即所谓“天地之精，互藏于阴阳之宅”者也。何以守之？亦曰：慎内闭外而已。何谓处和？处和者，调阴阳气序之和也。《参同契》云：“赏罚应春秋，昏明顺寒暑。”又云：“候视加谨密，审察调寒温。”是处和也。“和”即丹家所谓“火候”也，“一”即丹家所谓“药物”也。以之修身，则形神妙而道合真矣。度千二百岁而形不衰也，宜哉！②

这也正是他在《黄帝阴符经测疏》中所说的：“识互藏之精，

① 《藏外道书》第5册，巴蜀书社，1994，第361页。

② 陆西星：《南华真经副墨》卷三《外篇·在宥第十一》，中华书局，2010，第156页。

知动静之妙，窃合发之机，逆而用之，以伏藏于一身之中。人之一身，凡有九窍。而九窍之三要，又伏藏之关键也。三要者，耳目口三宝也。是三者，人皆知动，而不知静。故常失之于动，而有邪淫之害。圣人则知其可以动静也，而常守之以静，务使神气相守抱一无离。如此则伏藏之巧可施，而五贼之在心者各得其制，而不淫溺于九窍之邪矣。”①可见，他对庄子中“慎守汝身”“阴阳互藏”的解读与世俗士人有很大不同，主要从命功修炼的角度着眼，体现了内丹家的本色。

试再举一例。《庄子·知北游》中孔子问至道于老聃，老聃答以斋戒“疏瀹尔心，澡雪尔精神”，并进一步阐发说：

> 夫昭昭生于冥冥，有伦生于无形，精神生于道，形本生于精，而万物以形相生，故九窍者胎生，八窍者卵生。其来无迹，其往无崖，无门无房，四达之皇皇也。邀于此者，四肢强。思虑恂达，耳目聪明，其用心不劳，其应物无方。天不得不高，地不得不广，日月不得不行，万物不得不昌。此其道与!②

关于“精神生于道，形本生于精，而万物以形相生”，《南华真经副墨》解释说：“精神生于道，形本生于精，何以故？无极之真，二五之精，妙合而凝，而人生焉。其所谓神，即无极之真也；其所谓精，则二五之精也，知精神之生于道，则知性之所自出矣；知形本之生于精，则知命之所由立矣。上下二‘精’字，要有分晓。盖精神之‘精’，即道家所谓‘先天之精’，清通而无象者也；

---

① 《藏外道书》第5册，巴蜀书社，1994，第211页。

② 郭庆藩：《庄子集释》，中华书局，1961，第738页。

形本之'精'，即《易传》系辞中所谓'男女媾精'之'精'，有气而有质者也。万物皆以形形相禅而生，故胎生卵生总为生类。既生矣，则不能以无死。然而其来也不知何所来，其去也不知何所止，无门无房，而死生来去，四达之皇皇也。道之物物有如此者。"[①]庄子这段话的意思，一般注释认为是说明有形的东西是从无形中生出的，精神是从大道中生出的，形质是从精气中生出的，而万物都是依据各自的类型互相产生的，产生没有痕迹，离去没有界限，没有门径也没有归宿，不得不如此，就是道。其重点在于说明天地万物独特存在的本然性，如《庄子集释》说："有形气质之类，根本生于精微。'形本生于精'，谓常道也。言万物以形相生，亦皆自然耳，故胎卵不能易种而生，明神气之不可为也。夫无形之道，能生有形之物，有形之物，则以形质气类而相生也……禀之自然，不可相易。"[②]《南华真经副墨》的阐释兴趣点则在于"精"。"精"是道教内丹修炼中的重要概念，陆西星特别强调了"精神之精"与"形本之精"的区别，也就是丹家所强调的"先天"与"后天"之精的区别，关于这种区别。他在《玄肤论·先天后天论》的论述可以参照：

先天之真不可见，凡可见者皆后天也。今之言涕、唾、津、精、气、血、液者，皆有形滓质之物，俱属后天而不可用，则又以精气神当之。不知后天之用既行，则精、气与神又皆随用显发，而落于后天。何者？已凿之后，说着用着皆落后天，而先天之真沉潜沦匿，孱弱微细，日就萧索，而不足以为一身之主。至于老病死苦者，

① 陆西星：《南华真经副墨》卷五《外篇·知北游第二十二》，中华书局，2010，第316页。

② 郭庆藩：《庄子集释》，中华书局，1961，第738页。

后天之用竭，而先天不存也。然则欲吾形之永固者，舍先天奚以哉?①

陆西星特别强调，道教丹功所言的“精”是先天之真，而并非后天有形滓质。在他的双修思想中，丧失的先天精气也只有以同类先天精气去修补才会有效果。陆西星以道教修炼的眼光去解读庄子，将其内丹学思想融入阐释过程，使之有别于世俗士人解庄的旨趣、视域，拓展、丰富了庄子的阐释话语。

3. 以佛解庄的思想亮点

正如四库提要所总结的，《南华真经副墨》“大旨谓《南华》祖述《道德》，又即佛氏不二法门，盖欲合老释为一家”。陆西星解庄的一大亮点就是融入了佛教思想，是明代庄学史上“以佛解庄”的重要先行者。

陆西星将《庄子》与佛教经典相提并论，他认为:“震旦之有《南华》，竺西之贝典也。贝典专谭实相，而此则兼之命宗，盖妙窍同玄，实大乘之秘旨。学二氏者，乌可以不读《南华》? 缘督守中，则卫生之经也；地文天壤，则止观之渊也；藏神守气，则食母之学也；忘言绝虑，则总持之要也；有情有信，则重玄之秘也；无实无虚，则实相之理也。因是，则玄同之德也；忘我，则无相之宗也。生死一条，可不可一贯，则解脱之门也。”②在他看来，《庄子》在中国宗教经典中的地位，就如同佛教经典在印度文化中的地位一样，佛教经典专门阐述“实相”理论，而《庄子》除此之外还兼谈性命之理，在某种程度上与大乘佛教的旨趣是相通的。

陆西星在解庄的时候，也多以佛教思想来加以阐释，以佛教

---

① 《藏外道书》第 5 册，巴蜀书社，1994，第 362 页。

② 陆西星:《南华真经副墨序》，谢祥皓、李思乐辑校《庄子序跋论评辑要》，湖北教育出版社，2001，第 46—47 页。

“自性”“真如”“四大”“六根”“顽空”“世相”“实相”等观念来阐释庄子思想。如他认为《知北游》篇“断言语，绝名相，混溟晦昧，迥出思议之表。读《南华》者，《知北游》最为肯綮，从此悟入，则大乘法藏皆可迎刃而解矣”①。

《知北游》篇的主旨在谈道，道的特点是超越性的、不可言说的，《南华真经副墨》在阐释时说：“道之为物也，无名无相，无有知者，无不知者……无有得者，无不得者。”在此，陆氏借用了佛教中“无名无相”的思想去解释“道”，认为道是无名无相的“未始有始也者”，并将佛教中的“性体真空”用于对道的本体论认知，用于与“道”联系紧密的“有无”话题上。在解释《知北游》论“有无”时，《南华真经副墨》说：“能有无矣，而未能‘无无’，以道经参之，是‘所空既无’，而未到‘无无亦无’也，所以尚落‘无’之一边。既落于无，无复为有，及其为无所有，则清净之中着了一物，何从而得窅然空然、不见不闻乎哉？大抵性体真空，加一‘无’字不得，加一‘无无’不得，佛语所谓‘如剥蕉然，直至层层俱尽，而后始为空到’。妙哉！妙哉！”② 在此，陆西星其实是用佛教中的“空”去阐释“道”的“无”。萧登福注意到，早期的佛经翻译中，译者往往以“有”“无”“有为”“无为”“寂静”等与佛教中的“空”相对应，然而“其实两者差异甚大。《老子》以为天地万物‘有’生于“无”；‘无’与‘有’二者，是‘道’生‘物’时的一个过程；道体创生万物，系任运自然，不以私心造作，此为‘无为’，有心运为，则是‘有为’。道体无为，万物有为；澹泊、寂寞，都是在形容道体的样貌。佛

---

① 陆西星：《南华真经副墨》卷五《外篇·知北游第二十二》，中华书局，2010，第309页。

② 陆西星：《南华真经副墨》卷五《外篇·知北游第二十二》，中华书局，2010，第323页。

经中之‘空’，原指万物皆因缘和合而成，不能独立存在，以此观点，来说万物的无自性。佛教的‘空’‘有’，原不涉及宇宙本体论（道体）的问题……”①毋庸置疑，道之“有无”与佛教所言的“空”“无”并非一回事。但在陆西星看来，在对“道”的体认上，要借鉴佛教的“性体真空”，不只要认识到道的本质是“无”，现象界的存在都是虚空，因此不能执着于大小、情欲、功名等名相，甚至对非实在的“无”本身也不可执着，“既落于无”，则不能达到“窅然空然，不见不闻”的境界，也就无从体认“至道”。

与此相似的是，在与心性有关的问题阐释上，诸如“恬淡”“真心”，陆西星也同样借鉴佛教“真如”“真”与“幻”的思想加以解说。《在宥》一篇中“崔瞿问于老聃‘不治天下，安藏人心’一节，原文说：

崔瞿问于老聃曰：“不治天下，安藏人心？”老聃曰：“女慎无撄人心。人心排下而进上，上下囚杀；绰约柔乎刚强，廉刿雕琢。其热焦火，其寒凝冰。其疾俯仰之间，而再抚四海之外。其居也，渊而静；其动也，县而天。偾骄而不可系者，其唯人心乎！”②

《南华真经副墨》解释说：

又复撰出老子一段说话，以见人心之不可乱。盖恬淡素朴者，人之真心也；今之云云，则人之妄心也。然则心有二乎？曰：妄本无体。盖因真心挠动而后生，如

---

① 萧登福：《道家道教与中土佛教初期经义发展》，上海古籍出版社，2003，第432页。

② 郭庆藩：《庄子集释》，中华书局，1961，第381页。

> 水之有波浪者，然波浪息则还归本水，妄心灭则彻见真心。《圆觉经疏》云：“念无自性，不离本觉，本觉离念，即是真如。”《金刚科仪》云：“妄心尽处即菩提。”宗旨同此。是知真妄不二，触境则殊，排而下，进而上，皆因境而生心者也。①

这段话主要是阐发“无撄人心”的观点，换句话说，就是不要去扰乱人心，而使其保持道家所追求的“朴素淡漠”状态，目的是为了让人去除由欲望、知识等带来的对于自然状态的蒙蔽。其所强调的是不要被世俗的功名、欲望所束缚，心灵不随外物而动摇、奔逐，正如《南华真经副墨》解释的：“人心一，或为人所排，则黯然销魂，怅然失志而下矣；少或进之，则希望高远，求益不已而上矣。上下无常，因人起倒，忧愁苦恼，日夜相煎，其系也如囚，其恐怖也如杀。将此个恬淡素朴之心，化为一段儇美之态，以侧媚乎胜己之人。尽将平生廉隅方正之气，雕之琢之，殆几于尽，以求容悦于世……此皆惧排希进之人，用心若此。故语其燥急则热如焦火，语其战兢则寒如凝冰，语其迅疾则一俯仰之间而再临乎四海之外。方其不动也，渊然静而已矣；其动也，则悬隔如天。县而天，如云天渊悬绝也。忿戾骄亢而不可制者，其心之谓欤？盖信乎其不可撄也已。”②重心是在阐述人须葆有“恬淡素朴之心”。

从上文可以看到，在具体论述中，《南华真经副墨》借用了佛教的“妄心”之说来加以阐发。“妄心”是佛教世界观体系中的特

---

① 陆西星：《南华真经副墨》卷三《外篇·在宥第十一》，中华书局，2010，第150页。

② 陆西星：《南华真经副墨》卷三《外篇·在宥第十一》，中华书局，2010，第150—151页。

定概念，与“六识”“六尘”境界相关，是以眼、耳、鼻、舌、身、意等“六识”识别色、声、香、味、触、法等“六尘”境界，是名见分，故而称为“妄心”。妄心以攀缘、思虑为相，随因缘和合而起，随因缘生灭而生灭，因此是没有自性的，所以“妄本无体”。“妄心”之于“真心”，如波浪之于水，如吕澂曾说：“中国佛学有关心性的基本思想是：人心为万有的本源，此即所谓‘真心’。它的自性‘智慧光明’遍照一切，而又‘真实识知’，得称‘本觉’。此心在凡夫的地位虽为妄念（烦恼）所蔽障，但觉性自存，妄念一息，就会恢复它本来的面目。”[①] 由此而言，道、佛关于心性的说法有相通之处，这也是陆西星援引佛教思想解读庄子的基础。

陆西星常引用《圆觉经》《清净经》《金刚科仪》等佛家经典阐释《庄子》，尤其是当涉及生死问题时，陆氏常常引入佛教观念。《南华真经副墨》在解读《德充符》中关于“解桎梏”的说法时，援引佛教的观点说：“必欲解其桎梏，必须反其所见之异者而同归于一，以死生为一条，以可不可为一贯，然后可耳。一条即一贯也。以死生为一条者，未始有生，孰名为死？以可不可为一贯者，本来无是，焉得名非？如是，则善法恶法皆是幻法，善名恶名皆是诡名。此个不二法门，直是解粘去缚，本来无物，何处生尘。”[②]在解释《大宗师》中子桑户之死而其友“临尸而歌”时说：

方外、方内，即释氏所谓世法、出世法也。言彼与

---

① 吕澂：《试论中国佛学有关心性的基本思想》，载《吕澂佛学论著选集》卷三，齐鲁书社，1991，第1417页。

② 陆西星：《南华真经副墨》卷二《内篇·德充符第五》，中华书局，2010，第81页。

我，意趣不同。彼直与造物者为徒，而游于混芒一气之中，以生为寄，故有附赘县疣之譬，死则大患乃解，喻如决疣溃痈，乃称大快。既有此等意见，又恶知死生先后之所在而以哀乐为乎？且彼直谓此身幻耳，假于异物，托于同体，即《圆觉经》所谓地火水风四大假合而成幻身。及其死也，骨发齿爪归之于地，精津血液归之于水，暖气归火，动转归风，今者幻身复在何处？故忘其肝胆，遗其耳目，反复终始，不知端倪。芒然彷徨乎尘垢之外，而不知身世之何有，逍遥乎无为之业，而一任来去之自然，又恶能愦愦焉以强世之礼，而观示众人之耳目乎哉？①

佛教生命观的关注点，不止在身体的形质存灭上，更包含无形的识神存在，从出生到死亡的生命流转过程，更重视面对复归于无的历程。佛教对于生死的态度是超越性的，以有形的生命去证悟无限的生命，了生脱死，在缘起性空的体认下，不以色身为真实的自我，更要求不以色身造种种生死之业，以善行来圆满生命，在涅槃的证悟中放任色身自然老死，顺应世间一切有为法的生住异灭。佛教的生命真谛，是超越天地的成住坏空，化解人类的生老病死，宇宙大化，普度一切众生了脱生死。佛教关注的不是个人有形的色身，而是真如佛性的法身，是经由修行证悟而成的永恒生命，不再落入有形生命的生死流转中，追求无止境的生命境界。

解释《大宗师》中“子来有病，喘喘然将死”一节时，陆西

① 陆西星：《南华真经副墨》卷二《内篇·大宗师第六》，中华书局，2010，第105—106页。

星说：

> 此段又发出所以当安当顺的道理……寐觉亦是替死生二字者，此段议论着实脱洒可爱。然以释氏轮回之说而观，三恶道中，的有苦趣，一犯其中，急难自脱，修行之人为求断此，是以割爱学道。今者却说惟其所命去，亦恶乎不可？不知何为理长，似难决择。今请复以父母命子、大冶铸金二喻寻求至理。金之佳者决定铸为镆铘，子之贤者必不命之粪扫。六道升沉，随其业力，果报临身，谁容捍拒？《庄子》也只说得他一边逍遥学问，不曾统为众生立个方便法门。正如释氏《金刚经》，佛为发大乘者说，为发最上乘者说，上根之人直下明了“三界惟心，一切惟识”，猛将个生生念头一刀两断，直下便得解脱，入于不生不死之乡。此《庄子》吃紧为人，咽喉下刀，更不为立方便法门，与人打葛藤去也。[1]

《庄子》此节所宣扬的是视死生如一的生死观，认为死生是自然而然不可避免的事，是自然的规律，人不应该拘于形体的生与亡，而要接纳“安化”的人生态度，与大化同流，在与自然的同生同化中求得生命的安顿。陆西星在这里引用了佛教“轮回”之说加以阐述。佛教轮回之说，是在因果报应论的基础上形成的生命转化学说，认为众生由惑业的因而招感生死流转，犹如车轮的回转，永无止境。佛教认为，陷于生死轮回是痛苦的，只有超越生死轮回才能最终获得“解脱”。中国佛教结合固有的相关观念阐

① 陆西星：《南华真经副墨》卷二《内篇·大宗师第六》，中华书局，2010，第103页。

发了“六道轮回”的种种形态，一方面重视道德对于“轮回”中生命流转方向的作用，另一方面，也强调主体心性、精神的价值，“以追求主观心体的空寂为超脱轮回的境界”①。如此即是为众生从生死乃至轮回中解脱出来提供了精神支撑，这也是陆西星所赞赏的“将个生生念头一刀两断，直下便得解脱，入于不生不死之乡”的境界。

陆西星的《南华真经副墨》在明代庄学史上影响很大。从明代庄学的发展情况来看，明初庄学的发展陷入低潮，几无有分量的著作问世，直到嘉靖、万历才出现一批解庄之作，庄学出现复兴之势。陆西星于万历六年（1578）完成《南华真经副墨》八卷，是明代庄学著作风潮之初的经典之作，同时代较知名的只有释性通嘉靖四十五年（1566）所撰《南华发覆》八卷，然其影响力远不如陆著。《南华真经副墨》的影响尤大，杨起元（1547—1599）的《南华经品节》、焦竑（1540—1620）的《庄子翼》等著作，都受其该博综赡、融汇三教解庄风格的影响。陆西星著作甚至一度成为明代后期解庄著作竞相模拟、剽窃的对象。而其以佛解庄的方式，被认为具有开风气之先的意义，郎擎霄评论说：“自陆氏以佛释庄后，已为后世庄学别开途径。天启、崇祯间，释德清之《观老庄影响论》，每引佛说，以证老庄，方以智之《药地炮庄》，较有新解，而时杂佛说，大都欲援道入释，然方氏之说盖有托而言。”② 而如果将其放到明代思想发展脉络中去观察，可以发现，陆西星的《南华真经副墨》不仅体现了其个人思想风格，更具有强烈的时代性。

---

① 方立天：《中国佛教的因果报应论》，载《中国佛教哲学要义》，宗教文化出版社，2014，第 91 页。

② 郎擎霄：《庄子学案》，商务印书馆，1933，第 343 页。

第三节 《毂音漫录》——行旅与吟咏

《毂音漫录》主要是万历年间陆西星在外出漫游途中的吟咏之作。他在《毂音漫录引》中提及该书的创作缘起说："外史氏降于武皇帝之庚辰，年六十，世缘苟牵，漫拟逍遥之游，取道便之齐、之鲁、之上谷、之云中、之燕，复归故山。所过河山林莽，景与意融，辄矢口成句，或帆樯、马上、酒边，或肩舆中，又或杖策田畴间，所得皆成漫草……人有心，心属意，意有言，言成什，喙合鸣，鸣喙合，其鸣合也惛惛，斯谓道耳。"① 根据其卷首所载纪年，结合陆西星生平经历，可知集中诗文创作完成于万历八年（1580）至万历十二年（1584），即陆西星六十一岁至六十五岁间。学界已有学者从文献价值的角度对《毂音漫录》展开了研究②，而其文学方面的价值也同样值得我们关注。

一、壮游：庚辰北行诗文

《毂音漫录》卷一"庚辰稿"载"北游杂咏五十三首"、书二通、文一篇，是其北游的最早创作，而其中所涉及的人、事又较为明确。通过对其作详细梳理，大致可以了解陆西星万历八年（1580）北行的一些史实及其交游情况。

此行的一个目的地是保定。陆西星于三月十五日从家乡出发，取道山东，至闰四月末抵达保定。他探望了在保定的同窗好友赵

---

① 陆西星：《毂音漫录》，香港大学饶宗颐学术馆，2008，第10页。

② 龚敏：《陆西星研究两题》第四节《陆西星〈毂音漫录〉的价值》，香港大学饶宗颐学术馆，2008，第17—24页。龚敏辨析了清代《济南府志》中被误收在郑材名下的唱和诗作实是陆西星作品。此外，他认为本书有助于补充了解陆西星的生平、思想，结合诗作吟咏的内容，能够更深入理解陆西星弃儒从道后的阅读、著述活动及心路历程。

宋。赵宋，字方宇，嘉靖三十八年（1559）进士，累官至宁武兵备副使、山西行太仆寺卿，守正不阿，为言者嗾，迁南雄知府。归里后日与昆弟宾从结布衣欢，性不喜华侈服御，俭朴有先民风。[①]此年赵宋在保定。陆西星作有《保定与方宇兄话旧》："早年芸馆学摛文，何处操觚不共君。郢下阳春真绝调，人间骙袅久空群。秋风桂苑分宵雨，明月鸾台隔楚云。更欲采真西华去，尺书天远不堪闻。"[②]他在诗中回忆了早年在家乡与赵宋同窗共读的真挚情谊，也表达了与朋友阔别的慨叹。

陆西星春抵保定，在此度过夏天，直到秋季方才离开，逗留约半年。他有诗云："暖风将雨浥轻尘，转眼柔蔬匝地新。欲为闾阎回此色，争教何处不阳春。"[③]描绘的正是初到保定时所见的阳春景色。此外又有《题方朔献桃赞寿方宇》，显示桃熟之际仍在好友身边为其祝寿。

夏日他游览了郎山，访天庆观，其《天庆观与琴僧》有句"上人杖锡携丝桐，炎暑遇我犹龙宫"[④]。郎山，即狼牙山古称，明人郭正域《送罗中丞镇保定》有"滹沱南去绕郎山，诏领燕师长百蛮"句。郎山险峻雄伟，自古为保定名胜。陆西星作《大龙门歌八月游郎山作》《郎山绝顶有作》两首，其中这样形容郎山奇伟险峻的壮观景象："天门高启碧嶙峋，手臂华山事较真。已入寥天参灏气，似从空劫寄闲身。招提斗绝森龙象，风雨时来役鬼神。跻足荒山缘个事，生平叨作好游人。"[⑤]想象奇特，比喻新奇，如异峰突起，气势磅礴，生动描绘了夏日风雨中的奇丽山景。

① 梁园棣等纂修：《重修兴化县志》卷八《列传》，成文出版社，1970，第786页。

② 陆西星：《瞉音漫录》，香港大学饶宗颐学术馆，2008，第16页。

③ 陆西星：《瞉音漫录》，香港大学饶宗颐学术馆，2008，第20页。

④ 陆西星：《瞉音漫录》，香港大学饶宗颐学术馆，2008，第18页。

⑤ 陆西星：《瞉音漫录》，香港大学饶宗颐学术馆，2008，第18页。

他在保定盘桓有日，当是由赵宋介绍，与保定地方官员之间相互交往，诗酒酬赠。他在此期间结交了安肃县令冒守愚。冒氏号文楼，如皋人，方志称其“精严沉注，而发以机警，精熟律例”，先治高阳，“以繁调安肃，而治亦如高阳，于万历庚辰（1580）奉旨丈田亩、正经界、清册籍，至今民受其赐”[①]。万历庚辰即万历八年（1580），正是陆西星游保定时。陆西星有《题菜赠安素令冒文楼》二首，其中有句“君王欲问调羹手，试看烹鲜与割鸡”，似是称赞其事。又有《香山九老歌为安肃令作》：“人生百年贵有适，老合休息归山栖……五老同披太极图，欲从象罔觅玄珠。三老玩芝招白鹤，天池浴鸟烟漠漠。孤云飞去两峰间，大龙小龙高难攀。半天松影偃圆盖，一枕泉声闻远滩。相看云是香山路，好策青藜问程去。向平心事若为期，世路风尘岂常住。”[②]在这首诗中，作者将传统文人雅士安闲隐逸思想与宗教出尘之想结合起来。

陆西星此行另一个目的，就是至边塞拜望万历时有功于边塞的名臣郑洛。郑洛，字禹秀，谥襄敏，安肃人。嘉靖三十五年（1556）进士，除山东登州推官，选广东道御史。万历二年（1574），由浙江左布政使改右佥都御史，巡抚山西。移大同，加右副都御史，入为兵部右侍郎。万历七年（1579），以左侍郎总督宣、大、山西军务，历官至兵部尚书。其“为直御史，又为名藩臬，以至开府建牙，节制经略，其壮猷伟伐，功在封疆。居家明农，积粟三千石，以岁之无年，捐二千石以赈阖邑。接待里人，无论士大夫，即齐民，亦与之平等揖让，里人士生则颂义，殁则致哀焉”[③]。郑洛在万历朝曾主持西北边政。陆西星漫游时期，正

① 《安肃县志》卷二，清康熙十三年刻本。

② 陆西星：《縠音漫录》，香港大学饶宗颐学术馆，2008，第 17 页。

③ 过庭训：《明朝分省人物考》卷五，明天启刻本。

是他以兵部左侍郎身份总督宣大军务时。从时间上来看，陆西星当是万历八年（1580）春在河北保定探望故友后，盘桓至秋天，九月出发至边塞拜会郑洛。

此行会见的目的是什么？陆西星在《遗制府书》中透露了一些消息：

> 塞上之会，草及三月，旦暮晤言，订吾道之宗盟，立圣修之断案，可不谓千古一快者耶。古人之学，贵在深造实诣，吾辈所言，皆影响形似，譬则贫儿梦实，觉复茫然。比来行脚，直孟浪无谓。要之行与愿违，年驰事去，吾不知税驾之何所。念哉！惜哉！我公夙学性成，雄才天挺，得性命之要枢，握仙禅之正印。所谓取之左右，自足逢原，而窃聆玄旨，专属性宗。
>
> 夫学贵大成，道嫌拣择。二氏门途，同归合辙。但循之有序，是曰双修。有如略三玄之机要，而歆一指之空清。诚恐寥天楼阁，高处浮藜，将使人可望而不可攀。公亦何从径造耶？所谓见卵而求时夜，见弹而思鸮炙，计亦太早焉矣。弹指圆成八万门，刹那灭却三祇劫，误人不浅。古之贤豪如钟、如吕，曾知不出此，良以直超顿悟，未可轻言……鄙人兀坐山中，把茅盖顶，何求不遂？而乃营营奔逐，朝燕暮赵，欲以奚为？良由大药难求，直侣难遇，失了命之先程，犯独修之显戒。蜉蝣之朝，风火欻至，则此身此世，虚负师恩，将以何作为报耶！勉勉我公，早决大计……古之为道者，声应气求，呼谷传响，今独使山人踽踽跫鼬鼯之足音，公何忍耶？放言及此，不中权实，然忠告之愚，不可不深长思也。

穷荒善自珍啬。国家幸甚！吾道幸甚！嘉平望日具书。[①]

从这封书信中可以看出：其一，郑洛对佛、道似都有兴趣，或更倾心佛学，他曾与陆西星有过关于修道方面的探讨，只不过修道之心尚不坚定，故而陆西星此番与之会面是为劝勉其修道。其二，对于修道的途径，陆西星批评佛家“顿悟”的修行方式，力主道教“双修”之法。他在《复张还朴进士书》中也这样强调：“今天下上根利器不少，其人大都出世之法，超于捷径，皆走佛途。至于性命双修之旨，妙彻同玄之秘，漫不加意。夫药求同类，道忌独修，若也立地空情，冥心枯寂，则古之高仙上圣，曾知不出此。而乃征逐天涯，寻铅觅鼎，措足无虞之林，置身不理之口，何羡子之不惮烦。天苟丧予，则仆不得亲聆圣师之旨；道如绝脉，则海内不得传说于谫劣之言。夫十日一水，五日一山，然后知良工之心苦也。”[②]由此可见，陆西星此时在内丹修炼法门上已有心得，其“双修”理论的建构也日臻完善，故而结交一些朝廷要员及有功名的人士，向他们大力宣传推广“性命双修”的修道法门。

陆西星与西北边塞有不解之缘，其交游关系中多有任职于西北边塞者。万历八年（1580）十二月，他在边塞祭奠亡友成和仲：“世宗中，广陵儒生成君和仲，以武略赞议军机于制府翁公之门。会虏弗靖，君率众挺身斗昼夜，死之。事闻，上赠官荫子，庙食塞上。后三十余年，为万历庚辰（1580）嘉平月，戚友方壶外史游方过此，乃割鸡絜酒，为文酬成君而祭之……”[③]成和仲是其“戚友”，曾在“制府”翁公幕下，后殉国捐躯。这里的“翁公”，应是嘉靖二十三（1544）年至嘉靖二十八年（1549）间，以兵部

---

① 陆西星：《毂音漫录》，香港大学饶宗颐学术馆，2008，第 29—30 页。

② 陆西星：《毂音漫录》，香港大学饶宗颐学术馆，2008，第 32—33 页。

③ 陆西星：《毂音漫录》，香港大学饶宗颐学术馆，2008，第 30 页。

右侍郎兼右佥都御史总督宣大的翁万达。而万历八年（1580）陆西星前往边塞拜会的，正是时任宣大总督的郑洛。他与郑洛的相识，应是出于同乡李春芳的介绍，陆西星《闻制府范溪公谈边事有怀石鹿师相》中有句“安危自是关明主，筹略终当念老臣。直拟康侯蕃锡马，汉家无事画麒麟”①，他所歌颂的运筹帷幄、安邦定国的老臣“石鹿师相”，正是李春芳。

陆西星的同窗赵宋是嘉靖三十八年（1559）进士，累官至宁武兵备副使、山西行太仆寺卿。宁武为山西“三关”之一。据《皇明九边考》记载，山西设置四员兵备道：三关（雁门、宁武、偏头）、潞安、河东与岢岚道。李攀龙有《新设宁武兵备道名记》，记载了宁武兵备道设置的缘由和时间，正是嘉靖三十七年（1558）后为加强西北边防而设。兵备副使为按察司正官，正四品，无定员，是兵备道最高长官，受督抚、巡按御史节制。赵宋为宁武兵备副使，当与宣大总督有往来。

通过陆西星的人际关系网络可以看出，他与嘉靖、万历时期西北军中人物有着千丝万缕的联系。这些人中，有如郑洛那样威震一方的边塞名臣，陆西星与他的交往，更多是为了宣传、推介自己的道教修行理论，以此扩大自身影响；也有赵宋等重要的边防官员，陆西星与其更多是私谊，然而通过与他的交往也有机会结识更多地方士大夫。同时这种往还塞上的经历，使他接触到西北边境风光、军情民政，写出诸多吟咏边塞题材的诗作。

一个道士眼中的边塞景致是怎样的？其漫游西北边塞的经历之中又蕴含着怎样的情感呢？传统边塞诗歌吟咏的主题一般包括边地雄奇的异域风光、国家边政形势、驻边将士的艰辛孤苦以及保家卫国建功立业的壮志等。这些主题的部分内容在陆西星的诗歌

---

① 陆西星：《鷇音漫录》，香港大学饶宗颐学术馆，2008，第26页。

中也有所表现，但同时其中又蕴含着修道之士的个体化体验与表达。

陆西星的诗中不乏对边地雄奇风光和异域风情的书写。西北山川险要，景色壮美，迥异于中原和江南。在旅途中，他沿路经过崇山峻岭、雄关险道，写下独特意象的诗篇，记录西北边地壮阔苍茫、绚丽多彩的边塞风光，如对边地自然风光的描绘。由陆西星的诗，读者可以看到北地春色与众不同的魅力：

> 北府飞霜夜萧瑟，玉壶凝冰寒如石。忽报阳和天上来，遐荒草木皆生色。东风散满赤城霞，兰台匝地生黄芽。龙葱秀色可揽结，人间不数黄姚花。连株结茹纡还直，爽气逼人看不得。[①]

北地气候酷寒，飞霜凝冰，寒夜萧瑟，却在一夜之间阳春之气遍满人间，“忽报”春天的到来。荒凉的边地一下草木生色，黄草芽、葱茏树色交相辉映，枝叶纡蔓而枝干挺直，明媚之外透露出北地特有的刚健劲爽，令人耳目一新。

其笔下亦有地理形势的险峻、行路的艰难。如《二十日过北口山连蜷委蛇壁绝高险西北奇观也》：

> 万山攒北口，天与隔羌胡。诸葛沙边阵，王维雪里图。连蜷迷过马，绝壁碍飞凫。底用轮三驷，当关可一夫。[②]

---

① 陆西星：《縠音漫录》，香港大学饶宗颐学术馆，2008，第 26 页。
② 陆西星：《縠音漫录》，香港大学饶宗颐学术馆，2008，第 24 页。

北口山被群山环抱，是防御蒙古的天险，这险要的地势仿佛诸葛孔明设置的阵法，而壮阔荒凉的景色又似王维的图画。紧承上句，诗人具体描绘了其“险”，风沙飞扬、地形复杂，过往马匹也会迷途，绝壁高耸入云，飞鸟也要敛翅，是“一夫当关，万夫莫开”的兵家险地。

他也会记录旅途的闻见所感，如《十九日下黑石岭》：“朝下黑石岭，仆夫鼓增气。昨苦上山难，今觉下山易。山下何所见，积雪深漫漫。身如鸟摩空，渐落浮云端。浮云终日飞，漫客何时归。我志在万古，无劳歌是非。”①巍峨高山，积雪漫漫，浮云如飞，心旷神怡。又如《二十二日晓发七里坡度桑乾河晚宿西城》：“晓发七里坡，昼度桑乾河。二水深复深，寒冱无层波。山腰起黄雾，云端见青螺。行行问征夫，道平无轗轲。兹行险已尽，前路应无多。更假西城道，百里望阳和。且得暂休荫，吹篇闻啸歌。”②所写同样是充满异域风情的西北边地壮丽景观。《二十一日发蔚州望三川不至宿七里坡田家》云：“千山落日路全迷，问宿田家许暂栖。八十老翁争让席，二三儿女笑蒸藜。地炉有火支寒夜，霜柝无声候晓鸡。起望三川残月里，又冲冰雪度前溪。”③这首诗描绘了借宿田家的情形，老翁让席、儿女言笑，世俗的温馨也给荒寒旅途带来一丝暖意。

最奇特的是边关大雪纷飞的场景。《浮图峪望雪》云：

> 风吹易水寒呜咽，蜚狐岭外风沙别。一路犹行我地山，九月已落胡天雪。肩舆掖我陟崔嵬，凭高顿觉心眼开。浩劫不知何世界，瑶宫玉阙仙人台。大荒茫茫莽泂

① 陆西星：《縠音漫录》，香港大学饶宗颐学术馆，2008，第24页。
② 陆西星：《縠音漫录》，香港大学饶宗颐学术馆，2008，第25页。
③ 陆西星：《縠音漫录》，香港大学饶宗颐学术馆，2008，第25页。

沍，陟绝人烟失前路。参寥为我一解颜，我放奇观子无句。此身自觉入无余，又似浑茫太乙初。可怜一夜广昌雪，消尽平生万卷书。从前闻见俱无力，有口不妨吾挂壁。吟成掷笔向长空，化作飞虹几千尺。①

浮图峪是明代边塞要地。明人翁万达在《边关图说》中记载："老营堡转南，迤逦而东，历宁武、雁门、北楼，抵平刑关，又迤逦而南，而东为保定界，历龙泉、倒马、紫荆之吴王口、插箭岭、浮图峪，沿河口又东北为顺天界，历高崖白羊抵居庸而止，计二千五十里有奇，皆峻山层岗，所谓内险也。两险截然，固天之所以限夷夏者。"②浮图峪是山西、河北交界处的重要关隘，地势险要。陆西星在这首诗的开始便向人们展示了一幅边塞的荒寒图景，易水萧萧呜咽悲鸣，人烟稀少，唯有风沙漫雪。通过这样的描述，让人感受到酷烈的环境。随后视角转换，登上险峻高山，凭高远眺，触目所及的是更为阔大、辽远的视野，只见天地间一片白色弥漫，恍如天宫仙居。

值得注意的是，作为一名道士，在陆西星的眼中，即使是自然风物，也总是透露着与世俗眼光不同的道家情趣，其作品字里行间也离不开道家话语的影子。面对雄奇的景象，他的想象与诗思在天地间自由驰骋，联想到道教时间观念中的"劫"，天地沦坏，劫运数度，唯有天尊常存，降世开劫，这茫茫世界不知是几度"浩劫"后的世界了，而银装素裹的高山又让其联想到仙人居住的琼楼玉宇，从而将诗境推至广阔的时空中。大荒茫茫，又让他不禁感受到道教所描述的天地初开的鸿蒙时代，万物皆生于无

① 陆西星：《毂音漫录》，香港大学饶宗颐学术馆，2008，第22—23页。

② 陈全之：《蓬窗日录》卷二，明嘉靖四十四年刻本。

的浑茫境界，竟给人以从书卷中无法体验的感受。正是在这样一个无穷开放的空间，在这广阔无边的大世界中，这种天地混沌的至“大”之境，更接近于道教所言之“道”超越现实局限、恣意逍遥的特征，身处其中的人得以让哲思与诗思驰纵。

在陆西星的笔下也有不少关塞与戍边的书写，如《十八日过黑石岭》：

> 十里黑石岭，黑石何崚嶒。若无多人翼，天险不可升。东盘复西盘，过于上天难。白日不到地，回风生高寒。狐岭入青冥，中有铁甕城。朝廷重守塞，百里三连营。城上吹清笳，声声叫胡月。将军飨士归，醉赋梁园雪。①

黑石岭险要的地势，山石高耸特出，颇有李白《蜀道难》中所言“难于上青天”的气势。与蜀地崇山峻岭不同的是，黑石岭更有着北地的朔风和苦寒，高山峻谷中回荡着骇人的阴冷寒风，在一幅阴森、诡异、恐怖的山岭中，出现了关卡堡垒“铁甕城”。接下来，他将笔触转到镇守边关的将士，朝廷重守塞，派重兵守关，连绵的军营场面壮观，城上响起清冷的笳声，映衬着边地冷月，将军犒劳士兵而归，面对这奇丽雄壮的雪景，也不禁起了诗兴。

北地飞雪连天的雄奇、壮丽景象，除了激荡起诗人心中的英雄豪迈之气，也很自然地使人联想到边关的形势，如《十七日铁岭望雪口占》二首：

---

① 陆西星：《縠音漫录》，香港大学饶宗颐学术馆，2008，第24页。

天门高启铁山头，金界浮图第一楼。设险定须森虎豹，和戎今许罢貔貅。市来胡马金为勒，猎去阴山雪满裘。尽卷朱旗闲北斗，群公清暇坐消忧。

中天积雪万峰寒，独立苍茫倚剑看。西北地形天下险，洛阳筹策古来难。年催壮志蓬桑远，世有闲人宇宙宽。空谷定容高枕卧，时依台斗拜长安。①

巍巍山岭如天门开启的险关，岭上矗立的是第一高楼，而如今朝廷罢兵和戎，边事安定，往来的胡马不再是兵祸，是为互市而来，辕门军旗尽卷，一派安然，将领们清闲安坐。第二首诗主要是歌颂执政，西北地形险要，又是明朝扼制威胁北京的蒙古军事力量的关键，关系明朝政治、军事全局，台阁诸公决策筹划殊为不易，而能有如今的安定局面，全仰仗台阁大臣的定策。

在陆西星西北之行的诗作中，较少关于“征人”思乡愁怨的渲染，虽然也有“渐去乡关远，无人道北征”（《至蔚州》）、“且得暂休荫，吹笳闻啸歌”（《二十二日晓发七里坡渡桑乾河晚宿西城》）类似的表达，但并没有极力渲染戍边的艰苦和久别亲人的深沉愁怨，也不是全诗的主要基调。在他笔下，反而时见“边城画角动黄昏，樽酒相看笑语温。一醉不知疴在体，短歌能使客销魂”（《十一月二十三日酒边别制府郑公时漏下三鼓》），“吹笳坐啸真堪乐，久戍无劳赋采薇”（《闻制府范溪公谈边事有怀石鹿师相》）的边地豫乐景象。一方面，是由于他北行之目的是拜望镇守边地的总督；另一方面，出于儒家理念和修道人的宗教情怀，他对边事也有自己的主张，一如他在诗中所说的，“古人重边情，爱赋关山月。关山月皎皎，普照万国中。谁云异苦乐，四海皆困穷。朝

① 陆西星：《彀音漫录》，香港大学饶宗颐学术馆，2008，第23页。

廷重怀柔，将士无显功。不以万夫血，尽染征袍红。天马来月氏，蹀躞连钱骢。臣有垂衣颂，驰明宫奏光”（《十五日唐安阻雪》）；“帝意乃好生，不杀为真王。悠悠我心思，垂衣颂陶唐。喜见太平日，吾归负朝阳”（《广昌道中忽起归念有怀故人西华之约喜时际宁谧得遂心期》）。故而在其诗中，更多见到的是边地雄奇壮丽景色、荒寒艰险的地理环境，以及在这种异域环境中作为一个修道者身处这种异域环境的感受与联想。

二、羁旅：行旅书写

羁旅行役是修行人普遍的一种经历，相较于世俗人士，他们有相对富余的时间、精力与闲适的心态去游历，或奔波传道，或访灵山宫观，或寻道访友。道士和一般世俗士人的羁旅行役有什么共同之处，又有什么不同之处呢？一方面，他们有着和世俗士人相同的感受，在漫长寂寥的旅途中往往生出漂泊无定的感伤情绪。而另一方面，作为道家修行之人，他们的行旅目的多是传道、访道，是在某种特殊宗教使命驱使下的行为，即使没有特定的宗教目的，由于多少怀有特定的宗教信仰，他们也会在普遍性的羁旅情境中产生自觉谋求宗教践履的特殊心理体验。与世俗士人常常由于政治失意而产生的“去国怀乡”之感不同，对道士而言，羁旅行役加深了他们在游于现实与太真大道之间而陷入的生命何以安顿的心理体验与追问，这种切身的生存境遇凸显了个体生命存在的悲剧性真相，从而更激发了个人对人生价值追求的内省和探索，由此产生对修道的特殊心理体认。

与普通的行役诗文相同，在陆西星的笔下，旅途艰辛是一个时常被提及的主题。如《夜宿官庄集梦庄峰道兄》：“蓬蓬厉风济，日脚射长坂。问火田家舍，吾腹始亚饭。一春苦阴霾，衣垢不得浣。乱畋激横民，掠掳到鸡犬。畏途不可问，生事日以罕。田父止我宿，但谢无所款。篝灯四壁静，朗月照孤馆。故人入我梦，责我相见晚。喜剧悲复生，容光鬓毛短。年迫筋力微，行怯路途远。我贫何足怜，君才正当展。所恨无长绳，白日去不返。相忆同师门，问药得所产。何当遂心期，桃花待刘阮。”①旅途劳顿，风尘仆仆，“一春苦阴霾，衣垢不得浣”正是对行旅艰苦的真实写照。除却旅途中衣食不便、风餐露宿之苦，更可怕的还有沿途的危险，“乱畋激横民，掠掳到鸡犬”，在他笔下，地方的民变、动乱如此真实。陆西星自谓：“道人踵息之暇，雅爱矢歌，然不欲为妖冶愁叹之语，以媚时好。耳目肤浅，略举睹记，或感激时事，知其不能如此，如此而又以为不必如此。”② 从近乎白描式的记录以及凄恻笔触可以看出，作为一个道士，陆西星并非是全然超尘出外的修行人，他依然充满对现实的关怀。又如《过红花埠望郯城》：

身世从萍梗，风尘浣接䍦。怀人明月夜，作客暮春时。赤县仙凫远，红花驿路迟。不妨冲令尹，驴背已成诗。③

除了艰辛，行旅途中也不免感到寂寞，他常常感慨自己如浮萍飘零，只好借吟咏遣怀。在独宿荒凉地方的时候，这种孤寂的感觉更加强烈，如《廿六日游马陵山宿鼬鼯寺》：

问宿鼬鼯寺，凄然感废兴。碑荒刚辨冢，门启不逢

① 陆西星：《觳音漫录》，香港大学饶宗颐学术馆，2008，第 11 页。
② 陆西星：《觳音漫录》，香港大学饶宗颐学术馆，2008，第 83 页。
③ 陆西星：《觳音漫录》，香港大学饶宗颐学术馆，2008，第 14 页。

僧。古洞生燐火，空梁黯壁灯。远公何处所，吾欲话南能。①

陆西星为人豪迈旷达，为诗也如其人朗而畅，这首诗是陆西星创作中少有的幽冷凄绝之作。首句点题，投宿山寺，在颓败荒凉的山寺环境中感受到凄然之境。次联写山寺“凄然”的环境，山野中的枯冢荒碑，推开寺门却不逢一僧，可见废弃已久，“门启”以闹写静，突出了荒寺的幽冷寂静。颈联由远及近，由外及内，寺院之内，古洞中生出幽幽磷火，空梁上点着壁灯也黯然欲灭。虽然结尾想到从友人话禅来排遣寂寞，但行旅的孤独凄然仍是如此强烈。

陆西星的诗中多涉及舟行旅程的书写。《轂音漫录》中的《北游续咏》四十首中记录了舟行淮河一带的诗歌，如《舟次淮上候发》《舟发清江浦候出淮口》《二月十九日出淮口记候二十日矣》《桃源道中风正舟驶酒边谢朱漕官》《舟中独酌偶成》等。一方面，这与明代南北交通情况有关。陆西星的北行旅程大多是从江苏到北京、山西一带。就交通而言，自元代修建京杭大运河，明代沿袭并疏浚河道，运河成为南北交通的要道，南北旅行的便捷方式就是沿大运河舟行北上，运河沿岸的淮安、徐州、临清、德州，都是重要水运交通枢纽。另一方面，在舟行这一特殊的环境氛围中，他也对周围事物有着细腻的感受，故而以诗笔记录沿途的见闻与独特的心理体验。

在陆西星笔下，不乏对舟行沿途景色的生动描绘，对地域风物的细致刻画，并善于创造清新隽永的意境。如《三月三日舟次匙头去邳十五里》：

① 陆西星：《轂音漫录》，香港大学饶宗颐学术馆，2008，第14页。

野色苍茫昼不分，澹烟疏柳半氤氲。青山曲曲觞流转，芳草萋萋日气熏。何处酒香床甕熟，谁家笑语客船闻。物情去住闲皆得，已约沙鸥共一群。[1]

陆西星有着细腻敏锐的感受力，曾吟咏出“岸沙熏翡翠，日气漾玻璃”[2] 这样的诗句。此诗所咏是黄昏江岸的景色，野色苍茫，澹烟疏柳，青山芳草，不知从何处飘来酒香，传来人家的笑语欢声，一派宁静、安闲的景色，充满闲适趣味。

这种渔樵隐逸的闲适之趣时常出现在他的笔端，又如《古留城道中书所见》：

一湖清水灌漕渠，人在扁舟画不如。乞得青山常管领，计随黄褐老樵渔。[3]

有时于闲适之外，亦有惆怅，如《下邳道中晚眺开船逆上辛安》：

西阳山色逐人来，百丈牵篷次第开。舟上逆滩行似止，河当急转势如催。沙鸥狎客闲相剧，樯燕留人去复回。却忆故园花事动，几人高咏蹑层台。[4]

这首诗写夕阳西下时分，舟行逆流而上，远眺湍流，岸上沙鸥点点、燕子徘徊，勾起行旅之人的故园之思，淡淡的惆怅油然

① 陆西星：《縠音漫录》，香港大学饶宗颐学术馆，2008，第 58 页。
② 陆西星：《縠音漫录》，香港大学饶宗颐学术馆，2008，第 55 页。
③ 陆西星：《縠音漫录》，香港大学饶宗颐学术馆，2008，第 61 页。
④ 陆西星：《縠音漫录》，香港大学饶宗颐学术馆，2008，第 59 页。

而生。

陆西星还善于描写月夜舟行的景色，如《初十日夜过吕梁》：

吕梁悬水石摧颓，贾客帆樯落照开。何谓道人囊似洗，一船明月上洪来。

四天风力送帆樯，明月青山共渺茫。一夜浪花喧客枕，岸沙如雪上人床。①

两诗都是描写月夜行舟的情景。第一首诗首句点题，表明渡河的地点是吕梁洪，吕梁素以地势险要、水势湍急闻名，一“悬”字突出了山高川险、怒涛拍石的惊心动魄。紧接着写“夜”，商船扬帆，月色如洗，同是行旅人，和贾客相比，浪迹天涯访道的旅人就显得孤独落魄，然又并非一无所有呢，不见一船明月追随，逐波而来？一“上”字显出了明月相伴相随的情谊和亲切，从起笔的气势雄壮到结尾诗境清丽，转折自然流畅而有情趣。第二首通篇写景，充满诗情画意。与前面初度险关的景象不同，此首写顺风顺水，畅行无阻，两岸青山月如纱笼。浪花轻拍客枕，岸沙细洁如雪，是一派宁静的舟行夜色。

在行舟这种特殊的旅行环境中，面对浩渺的天地，人往往容易产生独特的体验和思考。其所作《二月十九日出淮口记候二十日矣》云：

扬帆下淮浦，风日喜融和。淮水如马狂，无风亦生波。榜人齐噪呼，戒心一何多。浅者防淤沙，深者避盘涡。前有面水城，遥遥望清河。昔恐为鲛人，今闻已弦

① 陆西星：《毂音漫录》，香港大学饶宗颐学术馆，2008，第59页。

歌。荏苒记行役，三年得重过。素无谐俗心，茫茫意云何。吾道在广济，安得栖山阿。大药不易求，忽忽鬓已皤。心期大力人，同挥鲁阳戈。夙愿如可谐，身外谅靡他。[①]

淮水自古凶险，即便眼前是一派风日融和的光景，但淮河仍是“无风亦生波”。他观察到沿途舟子榜人一齐呼号，浅处要防备淤泥、积沙，深处要避开危险的旋涡，这是水情，也是世情。白居易《问淮水》云：“自嗟名利客，扰扰在人间。何事长淮水，东流亦不闲？”[②]从水势滔滔联想到奔逐名利的世情是很自然的。而作为一个修道人，与世俗诗人不同的是，对于修道者而言，始终萦绕于心、不曾忘怀的还是修行大道，面对茫茫江水，他想到自己的奔波忙碌，而他的奔波与世俗人熙熙攘攘为名利不同，而是为了“广济”。道教同样注重济度，唯有超拔出尘世，获得肉体与精神的长存，才是最大的济度。“大药”难求，时节如流，古往今来的贤哲面对流逝的江水发出浩叹，作者同样感到自己所推崇的“双修”法门需要同志的协力才能实现，求得大道是他的夙愿。

在《枕上写怀》中他感慨道：

去年书剑客东陬，此日风波溯上游。野鹤任穿云影没，冥鸿宁为稻粱谋。迢遥赤县看花侣，嬾慢黄河负米舟。衰白只须凭大药，正怜蒲柳易惊秋。[③]

秋日万物开始衰落、凋零，最容易引起伤怀情绪，尤其是经

---

① 陆西星：《縠音漫录》，香港大学饶宗颐学术馆，2008，第55页。
② 白居易：《白居易集》，中华书局，1979，第269页。
③ 陆西星：《縠音漫录》，香港大学饶宗颐学术馆，2008，第60页。

过开阔苍凉的河道，野鹤穿云自由潇洒，进而联想到人为了生活奔波、为了稻粱之谋的飘零，“嬾慢”一词正是他此刻的心绪写照。“蒲柳易惊秋”，故地重游，自然景物的变迁也勾起他心中对时光流逝的感伤，对于修道者而言，他们的终极目的，是追求形神长存，生命永恒，生命的衰老、凋零尤其容易触动他们内心的焦虑和感怀。又如舟行遇阻的时候，这种“孤闷”的情绪也会凸显，其所作《岔河三日候行东望马陵山因怀旧游》云：“岔河三日舟不发，策杖踏莎沙上行。家家杨柳眼尽醉，点点白鸥飞若惊。黄河奔流到海去，大王雄风吹浪生。长吟觅句拨孤闷，东望马陵空复情。”[①]行程遇阻，诗人只好策杖闲游打发时间，而岸边景色宜人，杨柳依依，白鸥点点，但这些都不足以消除诗人心中的苦闷，当诗人面对滔滔河水奔流不还，时光易逝，大道未求得，而自己却停滞不前，孤闷的情绪依然笼罩着他。这种光阴如流水的怅惘感受和表达不是偶然，如《舟中独酌偶成》：

> 蓬窗潇洒亦吾庐，起探奚囊倦枕书。浮世久抛身作客，短歌谁念食无鱼。春和柳色浓于染，水狎鸥群回自如。别有生涯供白发，闲情应不混樵渔。[②]

值得一提的是，陆西星在诗中多处运用庄子中的意象与意境。如《三月十五日启行舟中口占》：

> 朝气四塞青，天知有风汛。舟子逼我行，以彼力能任。扬舲入广洋，翩翩快鹏运。飓风东南来，空有甲马

① 陆西星：《㲉音漫录》，香港大学饶宗颐学术馆，2008，第 58 页。
② 陆西星：《㲉音漫录》，香港大学饶宗颐学术馆，2008，第 56 页。

阵。天水摇混茫，前途藐询问。不可无衣袽，利涉忘戒慎。吾命已悬丝，平生仗忠信。击楫坐中流，长吟拨孤闷。[1]

全篇在意境上袭用《庄子·逍遥游》的痕迹十分明显。如清代王先谦所说："无所待而游于无穷，方是《逍遥游》一篇纲目。"[2]《庄子·逍遥游》的中心是探讨"无所待而游于无穷"的问题，也就是关心如何能够实现超越外物的自由，这是庄子哲学的重要命题。故而在文章中，庄子以鲲鹏等来说明"小大之辨"，尤其刻意渲染了鲲鹏翱翔、游于南溟天池的境界，雄奇怪诞，汪洋恣肆，如清代治庄学者刘凤苞所点评的那样："借鲲鹏变化，破空则来，为'逍遥游'三字，立竿见影，摆脱一切理障语。烟波万状，几莫测其端倪，所谓徜洋自恣以适己也。"[3]陆西星在这首诗中描绘了风雨大作中行舟的情景。

又如《再呈见鹏》：

鲲化北溟鹏运海，六合纵横无隔阂。南华拟作逍遥游，西竺一名观自在。性体真空绝较量，小莫破兮大难载。与君睥睨微尘众，蜗角之端两国坏。于中有见见若留，捏众大千成世界。如是我闻黄面翁，具兹天眼通非碍。[4]

这首诗所咏主题也是庄子思想。《逍遥游》中充分论证了"小

① 陆西星：《毂音漫录》，香港大学饶宗颐学术馆，2008，第11页。
② 王先谦：《庄子集解》，中华书局，1954，第3页。
③ 刘凤苞：《南华雪心编（上）》，方勇点校，中华书局，2013，第1页。
④ 陆西星：《毂音漫录》，香港大学饶宗颐学术馆，2008，第35页。

大之辨”，当我们以足够大的视野去观察世界，则事物之间的差距小到可以忽略不计。如果不能破除对于“小”差异的认知，那么难以达到“大”的齐一万物的境界，如庄子寓言蜗角之间的两国争斗，在其自身视角而言，是生死存亡攸关的大事，而在更广阔的视角来看，不过是如人俯视微尘。陆西星认为庄子所言与佛教义理也有相通处，佛教认为尘世的万事万物是空无、不真的，既然空去尘缘，那么尘世的荣辱、是非、得失、生死，一切有差别的东西，也无必要去计较、分别也失去了意义。

又如《大江东去词》：

> 二十余年，更扫尽浮云，再游燕市。苍狗白衣成变幻，直信此生如寄。王谢堂空，绮罗筵散，燕子旧家谁是？风尘之外，算来只有吾辈。　　登高倚眺，狂歌索醉，踏遍人间总佳丽。若个园林新气象，曲曲水清山媚。隔槛莺花，一帘风月，触处成三昧。飞来蝴蝶，问他庄子醒未。①

这首词的意境化用了《庄子》中的著名典故“庄周梦蝶”。“梦蝶”的故事富于诗意想象，以浪漫的笔触表达了相对主义的哲学思想，也由此为“人生如梦”的思想奠定了基础。《庄子》中讲到，人在做梦时并不自知，唯有梦醒后，方知曾经为梦。人生也是如此，当人“大觉”后，才知道所历人生只是一场大梦。后世普遍从人生无常的角度去理解庄周梦蝶，明人张瀚在《松窗梦语》中说：“静思往昔，即四五年前事，恍惚如梦，忆记纷纭，百感皆为陈迹，谓既往为梦幻，而此时为暂寤矣。自今以后，安知他日

① 陆西星：《瀫音漫录》，香港大学饶宗颐学术馆，2008，第34页。

之忆今，不犹今日之忆昔乎！梦喜则喜，梦忧则忧，既觉而遇忧喜，亦复忧喜。安知梦时非觉、觉时非梦乎！”[1]陆西星词中所咏也是类似主题。多年以来，陆西星奔波千里，往返北方与家乡之间，想要寻找修道路上的同志者，他回首自己坎坷漫长的修道生涯，也生出“人生如寄”的感慨。不过在他看来，世俗的荣华富贵皆是过眼云烟，或许唯有超尘出世的修道者，踏遍人间佳丽地，寄情山水，才是更快意的生活。

陆西星的诗风总体偏于豪壮，故而对于《庄子》中壮阔、雄伟风格的篇什更容易接受，如《七月十四日大风歌》：

> 大块游气噫为风，周旋六合无终穷。相吹以息三籁同，怒者其谁曰天公。天公高高不悯下，忍使风姨祸相嫁。十年三度度中元，惯向人家飘屋瓦。蓬莱东海转昆仑，缺陷世界将平吞。玄黄混杂野龙战，猛气喷薄天地浑。飞鸟走兔没深影，安用照耀称仪璘。孰闻经天有五星，制水摄风钤万灵。毋乃迻离失常度，不尔妖孽胡纵横。九关森严鬼神恶，几欲上诉且复却。藏书归来四壁立，上雨旁风畏沾湿。短茅幸不上青霄，肠断黎烝百忧集。呜呼！我无广厦千万间，不庇寒士空长叹。朝避长蛇夕猛虎，愁心使我凋朱颜。[2]

这首诗咏风，首先用到了《齐物论》中关于“天籁、地籁、人籁”的描述。《庄子》中描绘了天籁，风之气吹过万种窍穴发出各种各样的声音，气势磅礴，变化多端。诗中袭用了其中的意象，

---

① 张瀚：《松窗梦语》，盛冬铃点校，中华书局，1985，第1页。

② 陆西星：《骰音漫录》，香港大学饶宗颐学术馆，2008，第37页。

开篇呈现宏大的意境。“相吹以息三籁同，怒者其谁曰天公”，大风仿佛天公的怒意喷薄而出。接下来笔调一转，以道教修炼的常用语汇来形容比拟，《周易》坤卦有“龙战于野，其血玄黄”，形容飞龙大战于旷野，天翻地覆，血洒如雨，这是坤卦第六爻，象征阴盛之极以至与阳争战。飞鸟、走兔、水等同样也是道教内丹修炼的常用意象，太阳中有金足乌，月中有捣药玉兔，其后道教将其发展为在阴阳体系中具有象征意义的符号，代表与阴阳相关的符号。这里的龙战于野、飞鸟走兔隐没，既是形容大风突起、天地变色，也暗含着内丹修炼的过程和体验。同样，“五星”“制水摄风”“妖孽纵横”“九关森严”“鬼神恶”一方面是形容狂风咆哮、天昏地暗，另一方面也是修行时的独特状态和体验。最后又回到现实，由大风联想到杜甫心怀天下寒士，而自己作为孤贫的道士，没有能力大庇天下寒士，唯忧心天地催人性命，想到大药难求、大道难成而深深忧愁。虽然袭用了庄子的意象，但全篇在吟咏大风时仍体现出丰富的想象力和独特的创造力，别具一格。

陆西星之所以在诗词中多袭用、化用庄子的意象、意境，与其万历初年注庄的经历有关，他有《舟中读自注南华副墨漫成》：

> 北来多高风，流沙没萧艾。乃知微尘众，相合成世界。百川时灌河，势若瀛海大。一勺且自多，伯也亦何怪。眯目观寰区，四正失所在。下视凌倒影，八荒洞无外。大鹏上扶摇，九万一何快。斥鷃翔枋榆，控地力已溃。堪舆本无垠，蓬心苦生隘。不读三圣书，白日亦成寐。①

① 陆西星：《縠音漫录》，香港大学饶宗颐学术馆，2008，第 12 页。

可见，在万历初年（1573）到万历六年（1578）的时间里，陆西星一直沉浸在解读《庄子》中，并且在旅途中仍然在研读自己的新作。因此当舟行旅程中沿途所见触动其所思，便会生发出无限思考与感怀。他在《舟中读所注书述怀二十韵》中这样描述道：

夙感南华翁，慰我逍遥游。鹏有九万里，安能学蜩鸠。脱屣谢尘缘，等身若虚舟。冥心抉玄蕴，研精讨深幽。贝书与蕊策，眼底空全牛。心手忽相应，下笔无停留。收之八百牍，夜夜精光浮。旧业只自惭，不异俳与优。寥寥千圣心，契合各有由。作述等不殊，功德自相侔。仰观日星辉，俯察江河流。吾道幸有托，千古同悠悠。①

也许，正是舟行这种特殊的环境，造就了正沉浸于《庄子》世界的陆西星思想驰骋于天地之间，面对茫茫天地，灏灏流水，联想到历史的滚滚东去，荣华消弭无影，青春难再，万物易逝，进而引起共鸣，将人生的追求寄托于鸿濛大道，并最终成为明代中后期具有很大影响的文人道士。

① 陆西星：《縠音漫录》，香港大学饶宗颐学术馆，2008，第57页。

第七章　明代后期道士及其著述

明代后期道士最引人注意的著述，乃在于思想领域的开拓，又与其宗教实践密切相关。随着全真教的逐渐复兴，道士著述之风也有渐兴之势，其中尤以龙门派的兴起最值得注意。这一被认为创始于丘处机的全真教派，在几百年的时间里均默默无闻，到了明末清初才开始蔚为大观，渐成中兴之势，其中尤以伍守阳、王常月最见知于世。此外又有类似王一清这样的道士，其道名虽不甚显，然亦多有著述传世。

第一节　伍守阳内丹思想的要义

伍守阳（1574—1644），原名阳，字端阳，自号冲虚子，江西南昌县人。自称“丘长春真人门下第八派分符领节弟子”，为全真教龙门派第八代律师，是明代后期著名的内丹家，内丹清修派的集大成者。著有《天仙正理直论》《仙佛合宗语录》《金丹要诀》《丹道九篇》等。与清代乾隆时期的全真道士柳华阳并称，被认为是内丹术真正走向成熟和完善的关键人物。其生平事迹主要见于《仙佛合宗语录》附录《伍真人修仙歌》、申兆定《伍真人事实及授受源流略》（《天仙正理直论》附略）和闵一得《金盖心灯》卷二《伍冲虚律师传》等文献。

在伍守阳的人生经历中，万历二十一年（1593）有着不同寻常的意义。正是在这一年，伍守阳遇到了同县武阳人曹还阳，由此开启了自己的学道人生。《伍真人修仙歌》中说：“二旬五月得逢师，还阳曹姓戚之儿。”[1] 所谓的“还阳曹”，即曹还阳，“姓曹，号还阳，邱真人派下，法名常化。生于南昌武阳之精渡处。祖、父皆富闻。庐江县李虚庵真人有道行，治装往，谓得天仙之道”[2]。而伍守阳之所以走上修道之路，与他自身的阅读兴趣有密切关系：“当年童子侍师筵，叔兄兄叔叠绳愆。十龄奋志明经学，得遇重阳祖七篇。”[3] 于是他在十三岁的时候产生了“寻真求出世”的“异志”，逐渐脱去了争求功名利禄的“儒衣”。因而才会在遇到曹还阳之后，“一论天仙最上理，请到家中时扣之”，颇有相见恨晚之感，遂拜入曹氏门下，走上了求仙问道之路。

从万历二十二年（1594）得曹还阳传授外丹之法，至万历四十年（1612）得授仙佛合宗全旨，伍守阳前后历时近二十年才得以最终领受龙门丹道全义。对于此一经历以及自己的师学传承，伍守阳在《天仙正理直论》卷末叙述撰写此书的缘起时略有提及：“张真人于万历己卯年（1579）度李虚庵，至壬午（1582）复至李家，助李银，为行道之资。李真人于万历丁亥（1587）受曹还阳请至其家，曹与三友各具贽六金助道不足。戊子，曹三友又助师三十金，而修成证果矣。曹真人于万历癸巳（1593）与伍子遇，甲午年（1594）五月度伍子。计之己卯至癸巳，十五年也。至壬子，又十九年，曹复度伍子仙佛合宗全旨，以出三界之上者，并传以助道之方。嘱之曰：‘此《元史》所载邱真人助国之方

① 伍守阳：《仙佛合宗语录》附录伍真人修仙歌，载《重刊道藏辑要》毕集三，伍守虚校注，光绪三十二年（1906）四川成都二仙庵刻本，第48页。

② 伍守阳：《仙佛合宗语录》附录伍真人修仙歌，载《重刊道藏辑要》毕集三，伍守虚校注，光绪三十二年（1906）四川成都二仙庵刻本，第48页。

③ 伍守阳：《仙佛合宗语录》附录伍真人修仙歌，载《重刊道藏辑要》毕集三，伍守虚校注，光绪三十二年（1906）四川成都二仙庵刻本，第46页。

也。'"[1] 他在《仙佛合宗语录》中也自叙其渊源说："昔我祖师虎皮座张真人常幽栖于武当山，深得此名理，以吐露秘机。其后口授于庐江县之李虚庵，虚庵真人口授于南昌县南武阳里之曹还阳，还阳真人来口授于我及汝父真阳登仙派名手虚也，皆得闻此者。得与闻者，有熊秀庵亦名守虚、邓绍元名守空二者，新建县之西山仙种也，并曹老师之子号希还命名守玄者数人。"[2] 申兆定所作《伍真人事实及授受源流略》也指出："真人为龙门嫡嗣，原序谓龙门授之张静虚，即俗所谓虎皮张真人者。李虚庵师静虚，曹还阳师虚庵，而真人为还阳弟子，据此则真人为龙门四传弟子矣。问考龙门二十字派，真人适当第八字，即真人亦自书龙门第八派弟子。"[3] 由此可以看出由丘处机以至张静虚、李虚庵、曹还阳和伍守阳及其后派的道学传承脉络。[4]

伍守阳今存的著作，多以回答弟子的提问而写成。如《仙佛合宗语录》一书，采用的即是类似儒、佛语录的形式。其中各篇，就是伍守阳与诸弟子之间的问答。而《天仙正理直论增注》，也是缘起于万历乙卯（1615）"答吉王太和之问"[5]。伍守阳在《丹道九篇缘起》中也叙述说："冲虚子于万历乙卯（1615）初传吉王太和殿下百日炼精口诀。越七载至天启壬戌（1622），再传以采大药

---

① 伍守阳：《天仙正理直论增注》，载《重刊道藏辑要》毕集四，光绪三十二年（1906）四川成都二仙庵刻本，第79—80页。

② 伍守阳：《仙佛合宗语录·伍太一十九问》，载《重刊道藏辑要》毕集一，光绪三十二年（1906）四川成都二仙庵刻本，第85—86页。

③ 伍守阳：《天仙正理直论增注》卷首，载《重刊道藏辑要》毕集四，光绪三十二年（1906）四川成都二仙庵刻本，第3页。

④ 对于张静虚、李虚庵、曹还阳其人的生平大略，伍守阳《仙佛合宗语录》有简要记载。见《重刊道藏辑要》毕集一，光绪三十二年（1906）四川成都二仙庵刻本，第85页。

⑤ 伍守阳：《天仙正理直论增注》，载《重刊道藏辑要》毕集四，光绪三十二年（1906）四川成都二仙庵刻本，第52页。

口诀。又六年至崇祯戊辰（1628），三传之以五龙捧圣口诀。复求传仙佛合宗全旨，未允。越四载至壬申（1632），始允，度之，遂将仙佛合宗玄妙全旨尽泄于示谕之间，更将邱祖门下正传符节亦传付之。因其问之审而答之详，集成九章。”① “吉王太和”，即崇祯皇帝从兄朱常淳，派名太和，号云水，明英宗重孙。他是伍守阳最重要的弟子之一，《仙佛合宗语录》就是以伍守阳与他之间的十九篇问答作为开卷。其他弟子，诸如伍太初、伍太一、李羲人、朱星垣、姚耕烟、谢凝素等，都曾向伍守阳问道。伍守阳的丹道理论，正是在回答诸弟子的提问中得到进一步阐发。

一、“三教合一”思潮中的仙佛合宗观念

宋末元初全真道士李道纯曾作诗云：“禅宗理学与全真，教立三门接后人。释氏蕴空须见性，儒流格物必存诚。丹台留得星星火，灵府销镕种种尘。会得万殊归一致，熙台内外总登春。”② 南宋金丹派南宗创始人白玉蟾在一首词中也说：“道释儒门，三教归一，算来平等肩齐。道分天地，万化总归基……道传秘诀，佛流方便。忍辱慈悲，大成至圣，岂辩高低？都是后学晚辈，分人我，说是谈非。休争气、三尊一体，瞻仰共皈依。”③ 元末明初道士何道全作《三教一源》诗云：“道冠儒履释袈裟，三教从来总一家。红莲白藕青荷叶，绿竹黄鞭紫笋芽。虽然形服难相似，其实根源

---

① 伍守阳：《金丹要诀》，载《重刊道藏辑要》毕集六，光绪三十二年（1906）四川成都二仙庵刻本，第20页。

② 李道纯：《中和集》卷五《赠邓一蟾》，载《道藏》第4册，文物出版社、上海书店、天津古籍出版社，1988，第514页。

③ 白玉蟾：《满庭芳·修炼》其二，彭致中：《鸣鹤余音》卷三，载《道藏》第24册，文物出版社、上海书店、天津古籍出版社，1988，第270页。

本不差。大道真空元不二，一树岂放两般花？”[①] 宋元以降蓬勃而兴的“三教合一”思潮，至明代后期变得更为广泛和深入，为内丹思想的发展提供了丰厚的思想资源。

内丹之术强调人体通过修炼精、气、神，凝结成丹，从而达到证道长生的目的。在此义下，一切法门又都不外是成“道”之津筏。到了明末，“三教合一”大潮兴涌，各种思想、信仰都具有很大的开放性，儒、释、道各家论说已很少谨守自家范域，多广泛汲取诸家之说，其中尤以释、道两家更为明显。伍守阳也不例外。“仙佛合宗”的思想虽然很早就已经出现，但明确将其作为道家修炼的指导思想，并在具体修道实践中互为印证，则是从伍守阳开始的。[②]

“仙佛合宗”的修道思想是伍氏内丹学最重要的观念之一。《仙佛合宗语录》在“大修行人”一语下有一段注解说：“大修者，学仙佛正道，谈仙佛正理，持仙佛正戒，行仙佛正行者。”[③] 在具体论说中，伍守阳将道教的天仙与佛教的“世尊佛”视为同一：“得此真即天仙矣，即同世尊佛矣。”[④] 在他看来，仙、佛二教“同一工夫，同一景象，同一阳神证果”[⑤]，而凡是将其分而论之的看法，都是缺乏见识的表现。至于二者修行方式、言说内容之不同，“佛教离宫修定，仙教水府求玄”，不过只是缘于其出自“凡夫俗

---

① 何道全：《随机应化录》卷下《师游处所咏诗词歌赞》，载《道藏》第24册，文物出版社、上海书店、天津古籍出版社，1988，第139页。

② 卢笑迎：《“仙佛合宗”修道思想研究》，巴蜀书社，2012。

③ 伍守阳：《仙佛合宗语录·伍太一十九问》，载《重刊道藏辑要》毕集二，光绪三十二年（1906）四川成都二仙庵刻本，第15页。

④ 伍守阳：《仙佛合宗语录·吉王朱太和十九问》，载《重刊道藏辑要》毕集一，光绪三十二年（1906）四川成都二仙庵刻本，第6页。

⑤ 伍守阳：《仙佛合宗语录·伍太一十九问》，载《重刊道藏辑要》毕集一，光绪三十二年（1906）四川成都二仙庵刻本，第104页。

子之口”，而不是“圣真得道者言”。[①] 就得道之终极目的来说，仙、佛二者殊途同归，即所谓的“无为”“无所证”之“道”：“道修于有为以至于无为，道成于有证以至于无所证，仙佛皆然者也。”[②]

在伍守阳看来，之所以要特别强调合“仙”与“佛”，一个重要的原因在于无论是仙抑或佛，都只侧重于某一个方面，“佛言详于终而略于始，所以无始者必无终。仙言详于始而略于终，所以有安于成始而忽于成终者”。二者一个“详炁略神”，一个“详神略炁”，因而只有合二者之说互为印证，相互补充、发明，方能窥见修道真途，凝炼真丹：“古仙佛诸书，皆详一而略一。如仙书只详言炼精化炁，以出欲界，曰采取，曰烹炼，曰成丹，曰服食。至于十月之炼炁，但曰守中，不尽其化神之说。此皆书之所简也。如佛书只详言禅定、色界、四禅之理，用之以出色界，即仙之炼炁转神入定也。至于欲界离欲除淫，如仙之炼精化炁者，但曰不除淫修，禅定如蒸砂石，终不成饭。如来涅槃，何路修证，明明言淫之当戒，而不言淫机，身心何以得断淫根，何以无漏而成漏尽通不死之阿罗汉。亦是语之所以简也。”[③] 同时又与仙、佛之“道”均为“人”之所求有直接关系。无论是“佛道”“丹道”，归根到底仍不脱为“人道”：“身，一生也。心，一性也。入佛宗者，幸毋废起首脚跟下所行，以自绝于佛道者也。亦毋二视其性，而并自绝于仙道者也。人一而性岂二耶？遇有仙可学则学，仙即

① 伍守阳：《仙佛合宗语录·伍太一十九问》，载《重刊道藏辑要》毕集一，光绪三十二年（1906）四川成都二仙庵刻本，第104页。

② 伍守阳：《仙佛合宗语录·伍太一十九问》，载《重刊道藏辑要》毕集一，光绪三十二年（1906）四川成都二仙庵刻本，第106—107页。

③ 伍守阳：《天仙正理直论增注》卷首本序，载《重刊道藏辑要》毕集四，光绪三十二年（1906）四川成都二仙庵刻本，第9页。

佛也；遇有佛可入则入，佛即仙也。”[1] 此义之下，“仙”“佛”自然不会有截然的分别与对立，不过只是性命修炼、身心修炼的不同方式而已。

缘此，见于具体言说，伍守阳处处发掘仙、佛二家之说的共通之处：“其所同者，盖仙言炼精化炁，又言留得阳精决定长生，即同佛言戒淫修，梵行以出欲界者也。仙言转神入定，伏炁胎神，即佛言四禅定息定心定而灭尽以出色界者也。仙言炼神还虚，即佛言七地菩萨修上八地，如来出现已成佛时，加持至九地十地，更加持上至十一地等觉，以超出无色界之上者也。”[2] 其目的是由类举仙、佛二者学说能够相互印证，互为补充，从而推论仙佛一体的观念，进而确立其合宗仙、佛二家之说以作为修道核心观念的合理性与必要性。

二、性命双修与三关修炼

与仙佛合宗思想相呼应，伍守阳在内丹修炼上主张性命双修。此一做法，也是道家内丹修炼的一贯做法。如王道渊曾说：“神仙之学，不过修炼性命、返本还源而已。”[3]《性命圭旨》更是宣称“性命兼修为最上乘法”，“性命本不相离，道释原无二致，神气虽有二用，性命则当双修”。[4] 伍守阳则明确地在合宗佛、道思想的基础上提倡性命双修观念。现存题名《伍真人丹道九篇序》中有

---

① 伍守阳：《仙佛合宗语录·伍太一十九问》，载《重刊道藏辑要》毕集一，光绪三十二年（1906）四川成都二仙庵刻本，第120—121页。

② 伍守阳：《仙佛合宗语录·伍太一十九问》，载《重刊道藏辑要》毕集一，光绪三十二年（1906）四川成都二仙庵刻本，第104页。

③ 王道渊：《崔公入药镜注解》卷首序，载《道藏》第2册，文物出版社、上海书店、天津古籍出版社，1988，第881页。

④《性命圭旨·性命说》，载《藏外道书》第9册，巴蜀书社，1994，第512—513页。

一段话：

仙宗果位，了证长生；佛宗果位，了证无生。然而了证无生，必以了证长生为实诣；了证长生，尤必以了证无生为始终，所谓性命双修者也。斯录阐发仙宗，而以佛宗为印证，故名“合宗”，无非使天下后世知性命双修为要也。①

所谓“斯录”，即伍守阳与其弟子朱太和之间的九篇问答语录，亦即序中所谓的“仙佛合宗语录九章”，与题为《仙佛合宗语录》属同一性质的著述。伍守阳以道家思想为根本，同时援引佛家思想作为印证，以此构建其合宗佛、道两家之说的性命双修观念。

以“性命”之学为着眼点对儒、释、道三教进行辨析，是伍守阳内丹理论展开的基础。天启二年（1622），他在一段关于三教“性”“命”论说的分析中指出：

孔氏倡素王之业为一世法，而言性言命，其词微。释氏出称为梵王，而言性不言命，其词密。今之五经，孔氏之大藏也。今之大藏，释氏之五经也。五经首《易》，而《易》曰“穷理尽性以至于命”。至论大人与天地合德，日月合明，四时合序，鬼神合其吉凶，是性命之扃键也……大藏为卷五千四十有八，无非以性为宗。夫性，孔子罕言，而释氏言之密矣。乃密之中又有密者，

① 伍守阳：《伍真人丹道九篇·序》卷首，载《重刊道藏辑要》毕集六，光绪三十二年（1906）四川成都二仙庵刻本，第21页。

惟于诸咒语中载之。说咒者佛，讽咒之义者亦佛。菩萨而下，无能得其解者。故凡诵准提咒者，惟曰“吾遵密教耳”，必不得其解也。夫密者，咒之教也，非其所以教也。因其教求其所以教意者，其性中之命乎？身非世尊，焉谈师谛？故释氏之徒，佥曰见性成佛，而命学为绝传。老氏之教，则异是矣。《阴符》《道德》而下，亹亹言命，亹亹言性，而又亹亹言性必言命，言命必言性。余常评之：孔氏之言性、命，言其影，不言其形者也；释氏之言性、命，以性为形，以命为影者也；老氏之言性、命，言其影，并言其形者也。①

在伍守阳看来，儒教很少论及“性”与“命”，佛教只言“性”而不论“命”，道教则是合“性”“命”并而论之。结合其关于“仙道”“真我”的论述，可见其性、命并重的思想，即所谓“得生之理者，一阴一阳，为一性一命，二者全而为人也”②。由此也能看出其合宗仙、佛思想的根本仍是道家修行的思想观念。

历来的内丹家都强调性、命二者之间的相互依存关系，所谓“性无命不立，命无性不存，其名虽二，其理一也”③，强调通过性、命双修成就金丹大道。伍守阳在谈及性、命关系时，也突出二者的不可分离：“神已固藏之于心，炁已固藏之于脐。”“神即

---

① 伍守阳：《天仙直论长生度世内炼金丹诀心法·生死说》，载《藏外道书》第11册，巴蜀书社，1994，第251页。

② 伍守阳：《天仙正理直论增注·道原浅说篇》，载《重刊道藏辑要》毕集五，光绪三十二年（1906）四川成都二仙庵刻本，第4页。

③ 李道纯：《性命论》，《中和集》卷四，载《道藏》第4册，文物出版社、上海书店、天津古籍出版社，1988，第503页。

性，是心中所有，固不离于心；气即命，是肾中本有，固不离于肾。”① 其眼中的性命双修，具体来说就是炼气和炼神：“既谓炁为长生之本，宁不以神受长生之果者乎？将谓神为修长生之主，宁不以炁定长生之基者乎？是炁也，神也，仙道之所以双修性命者也。”② 所谓的“炁”也就是“命”，“神”即是“性”。而在二者之中，又有所侧重。在他看来，内丹的修炼要以炼性为根本，尤其注重“本性”“真性”的意义：“元神本性主宰乎性命，而双修始也。”③ 因而无论是采药、炼药，抑或伏炁胎息，其根本目的都是炼性修行。《天仙正理直论增注》在注解伍守阳的“真我”概念时指出：“真我者，是言己之本来面目，即元神本性之别号也。凡所为采药炼药，基之筑成于始者，皆由炼己，证本来面目之成于始者，即所以修性于始也。所为伏炁胎息，为脱胎出神，成还虚于终者，皆由炼己，证本来面目之成于终，即所以修性于终也。始终皆是本性，而成仙能复真性者，即仙也，非真性者，即非仙也。”④ 唯有将修性炼己贯穿于修行始终，性命双修才能获得圆满，也才能够证得大道，求得长生。

而作为龙门律宗传人，伍守阳又十分看中戒律之重要性，将其与“法律”等同，认为“若不持戒，道无由得”。在他看来，欲求仙道，先修仙德。如果想要得天仙正理，必须要以修德为基础：“后来修士，必于人道中先修纯德。”而所谓“人道”，即儒家所谓

---

① 伍守阳：《天仙正理直论增注·道原浅说篇》，载《重刊道藏辑要》毕集五，光绪三十二年（1906）四川成都二仙庵刻本，第 6 页。

② 伍守阳：《天仙正理直论增注》卷首本序，载《重刊道藏辑要》毕集四，光绪三十二年（1906）四川成都二仙庵刻本，第 3—4 页。

③ 伍守阳：《天仙正理直论增注》卷首本序，载《重刊道藏辑要》毕集四，光绪三十二年（1906）四川成都二仙庵刻本，第 6 页。

④ 伍守阳：《天仙正理直论增注》卷首本序，载《重刊道藏辑要》毕集四，光绪三十二年（1906）四川成都二仙庵刻本，第 5—6 页。

人伦之道，“人道中者，即五伦之事也。君当忠而忠，亲当孝而孝，兄长当顺而顺，朋友当信而信，谓之纯德。高真上圣皆言传得其人，身有功者当传于有德之人也”[①]。而要成为德修之人，必须做到佛家戒律中所说的不杀、不盗、不淫、不酒、不妄语、不绮语，或者是匡君护国、救世安人、救水救火、救灾救旱，以慈悲心救人患难、疾苦、贫穷、饥寒等。[②] 因而“欲学道修仙者，先当自勉，修合天德”。也只有在“德”的方面有所行，才能在“道”的方面有所得。而从他言说的内容来看，又可以明显见出伍守阳思想中合宗儒家、佛家学说的印记。

伍守阳内丹学以性命双修为基本精神，同时认为丹道修炼须经由三个步骤，也就是所谓的“三关”：炼精化气为初关，炼气化神为中关，炼神还虚为上关。经历了三关修炼，就能够得道成仙。[③] 三关修炼的最终归属是要得道成仙。而此一过程，又与生身成人的人道息息相关。人道的变化要经历三个阶段：“一次变化是父母初交，二炁合为一炁，而成胎也。二次变化者是胎完十月，有炁为命，有神为性，而将产也。三次变化者是产后长大成人，精炁盛极，十六岁时也：谓之三变者。”[④] 与此相呼应，三关修炼也要历经三个阶段：“修炼三关者，使精返为炁，炁炼为神，神还为虚，即是从三变返到二变，从二变返到一变，从一变转到虚无

---

① 伍守阳：《天仙正理直论增注·道原浅说篇》，载《重刊道藏辑要》毕集五，光绪三十二年（1906）四川成都二仙庵刻本，第44—45页。

② 参见伍守阳：《天仙正理直论增注·道原浅说篇》，载《重刊道藏辑要》毕集五，光绪三十二年（1906）四川成都二仙庵刻本，第40页。

③ 伍守阳：《天仙正理直论增注·道原浅说篇》，载《重刊道藏辑要》毕集五，光绪三十二年（1906）四川成都二仙庵刻本，第5页。

④ 伍守阳：《天仙正理直论增注·道原浅说篇》，载《重刊道藏辑要》毕集五，光绪三十二年（1906）四川成都二仙庵刻本，第5页。

之位，是为天仙矣。”① 由此丹道与人道之间形成了互逆的关系。

三关修炼的核心是“心”的运化转移。伍守阳将“心”称为“虚空之性体”，认为修道之人处于不同的阶段，要求“心”所处的状态也会有所不同：“炼精化气，以心主宰乎其化；炼气化神，亦心证成其化。此有心之运化转移，固不外于心。及炼神还虚，得虚灵独耀，非执着幻妄为虚空者，实无心之妙用也，亦不外于心。正三界为心之说也。”② 前两个阶段“心”居于主导，以“有心”去化气、化神；后一个阶段则类似一种混沌状态，无心无我。

伍守阳所谓的“还虚”，就是要回归到世界“本来之性体”，也即是所谓的“道”的原始状态：“虚也者，鸿蒙未判以前，无极之初也。斯时也，无天也，无地也，无山也，无川也，亦无人我与昆虫草木也。万象空空，杳无朕兆。此即本来之性体也。还虚也者，复归无极之初，以完夫本来之性体也。”然而这样的混沌状态，只存在于天地未开之初，后世的芸芸大众，问道求仙，又当如何才能成就还虚之功呢？伍守阳的回答是：“还虚之功，惟在对境无心而已。于是见天地无天地之形也，见山川无山川之迹也，见人我无人我之相也，见昆虫草木无昆虫草木之影也。万象空空，一念不起，六根大定，不染一尘。此即本来之性体完全处也。”究其根本，是要让“有心”转成“无心”，而关键是要进入一种空灵虚无之境界：“如是还虚，则过去心不可得，现在心不可得，未来心不可得。顿证最上一乘，又何必修炼己之渐法也哉！”所谓修炼“最上一乘”的“顿证”法门，与禅宗常说的顿悟异曲同工。③

---

① 伍守阳：《天仙正理直论增注·道原浅说篇》，载《重刊道藏辑要》毕集五，光绪三十二年（1906）四川成都二仙庵刻本，第7—8页。

② 伍守阳：《仙佛合宗语录·吉王朱太和十九问》，载《重刊道藏辑要》毕集一，光绪三十二年（1906）四川成都二仙庵刻本，第38—39页。

③ 伍守阳：《伍真人丹道九篇·最初还虚第一》，载《重刊道藏辑要》毕集六，光绪三十二年（1906）四川成都二仙庵刻本，第22页。

第二节　王常月的宗教实践与龙门派的中兴

王常月生活在明末清初之际，是伍守阳之外全真教龙门派又一位重要人物。根据《金盖心灯》卷二《伍冲虚律师传》等记载，伍守阳曾从王常月问道。尽管在伍守阳、王常月二人现存著作中，并未见二人交往的记载，然而作为同一时期龙门派两位重要的代表人物，王、伍确为全真教在明末清初的复兴做出了重要贡献。在全真教发展史上，王常月被称为龙门派的“中兴之祖”。

王常月原名平，常月为法名，号昆阳子。关于其生年，目前可知文献大致有嘉靖元年（1522）、万历二十二年（1594）、明末等三种说法，从其生活的年代和事迹来看，一般认为万历二十二年（1594）较为可信。[①] 万历四十六年（1618）前后，王常月在王屋山初遇龙门派第六代律师赵复阳，得受全真戒律。此后十余年间，王常月遍访名山，搜览三教经书。至崇祯元年（1628）前后，王常月往九宫山再次拜见赵复阳，得其亲收戒法，继承龙门衣钵。此后数十年间，王常月或隐或显，先后在北京灵佑宫、白云观、南京碧苑、杭州宗阳宫、湖州金盖山、松麈山、苏州穹窿山、武当山复真观、玉虚宫等地传戒说法，直至康熙十九年（1680）去世。所著有《碧苑坛经》《龙门心法》《初真戒律》等。[②]《碧苑坛经》和《龙门心法》分别由不同弟子记录，因而内容上多有重复，《碧苑坛经》内容更为完整。

---

① 参见朱展炎《驯服自我——王常月修道思想研究》（巴蜀书社，2009，第41—43页）、尹志华《王常月学案》（齐鲁书社，2011，第3页）的相关考辨。

② 其生平大略，可见闵一得《金盖心灯·王昆阳律师传》（载《藏外道书》第31册，巴蜀书社，1994，第183—184页）的相关记载。朱展炎《驯服自我——王常月修道思想研究》对其生平、著述、传戒受戒等问题有详细考辨，第40—63页。

尽管现存文献记载的王常月传道活动主要发生于清初，然而其思想的发轫及其现实基础，则是明代后期道教衰变的历史现状。明代建国尤其是中期以后，由于当政者的偏好及道教世俗化等因素的影响，全真教迅速走向衰落。随之受到重视的正一派，因其与政治、世俗有着过于紧密的联系，使得道教的修炼和法术在一般知识和信仰中常被作为“妖道”和“妖术”的代称，在士人的知识叙述与现实世界中，“淫祀”“妖异”“淫邪”等事也多与道教发生关系。王常月身处明末，其眼中的教内景象，反映的即是这样一种现实：“自七真阐教之后，教相衰微，戒律威仪，四百年不显于世。缘因教门之中，未曾有人出来，担当其任。所以把这照道的天灯，不曾剔明，使修行之人，昏暗难行，扶身的拄杖抛开，失其把柄。怪不得旁门邪教，反通行于天下，清静解脱正大光明之道，反寂寂不闻。”[①] 如此景象，不免令人有“教将不教”的末世感慨。在教相衰微的末法时代，却没有人出来担当传递道脉的重任，“照道的天灯”昏暗不明，供人“扶身的拄杖”也遭丢弃，盛行于世的只是邪门歪道之术，“全真”之称已名不副实：“既是出家做了道士，便就叫做全真。仔细思量，自从出家到今，何曾全过甚么真来？终年虚度时日，与俗人一样的老了。终朝涉水登山，南奔北走，虽是朝礼过了几座名山，比俗人多见些石头树木，究竟与俗人经商为客做买卖的一般苦，餐风宿水，著甚来由？何曾遇见神仙，传甚口诀？都是掮上掮下的俗人，俗眼凡胎，把丹经念上几篇，死死牢记着屑屑，名为吞石头，不会化的，全不知味。是故与俗人无异，安能出世超凡？”[②] 正是带着一种“拯

① 王常月：《碧苑坛经》卷上《戒行精严》，载《藏外道书》第10册，巴蜀书社，1994，第168页。

② 王常月：《碧苑坛经》卷中《定慧等持》，载《藏外道书》第10册，巴蜀书社，1994，第180页。

救道教”的历史担当和使命感，王常月从理论和践行两个层面对明末清初的道教进行整肃，广开坛站，说戒传道，努力唤醒在无道的世界中昏昏而行的芸芸道众，使正道正理重行天下，促成了全真教龙门派的再度兴盛。

一、重建以“初真”为核心的道教戒律体系

戒律是道教修行遵循的规戒和条文，二者功能有所不同：“戒”是为了防止“恶心邪欲”“乖言戾行”；“律”则是律令、条例，主要起惩罚作用。即如《洞玄灵宝玄门大义》中所释：“戒主于因，律主于果。戒论防恶，律论兴罪。”[①] 戒律在一定程度上来说是规范道教徒的行为准则。道教创立之初就制定了戒律，如天师道初创时就要求道众“诚信不欺诈，有病自首其过”。至后来则出现了《玄都律》《要修科仪戒律钞》《太上老君戒经》《太上老君经律》《正一法文天师教戒科经》等戒律著作。而全真教在创立初期就倡行苦修，在道教各派中最为重视戒律，甚至出现了《全真清规》《清规玄妙全真参访外集》这样的戒律汇编。[②] 以至明代编《道藏尊经历代纲目》概述戒律种类之繁、数量之富说：“道门戒品一千五百二十七戒，随法所受，检制修行。道门科品三十六卷，科令检制所受及传道品格。道门律品四十卷，制御鬼神，条录罪福。”[③] 其内容之丰富、体系之完备由此可见一斑。

一面是见诸于高文书册的大量戒律条例，一面是视戒律如虚文的狂悖逆行。王常月身处明末，眼见不少道士的行径，无不是

---

① 《洞玄灵宝玄门大义·释戒律第六》，载《道藏》第24册，文物出版社、上海书店、天津古籍出版社，1988，第738页。

② 唐怡：《道教戒律研究》，巴蜀书社，2008，第24—56页。

③ 《道藏阙经目录》卷下，载《道藏》第34册，文物出版社、上海书店、天津古籍出版社，1988，第516页。

在破坏着道教作为一般信仰的神圣性："扭曲作直，无知强辨，认得了几处道场，或得了一个庵庙，收了一两个徒弟，自己便心满意足，骄傲起来，不把那戒定慧放在心里，并不效法那律长戒师，威仪严密。又不与同门侣伴和同，瞎字不识，半窍不通，人还不曾变全，妄自尊大，向人说我们是上乘的功夫，拿把扇子，写了几句丹语，挂个袋儿，装了几部丹经，葫芦弄得许多，搜寻许多草头放在内，卖骗俗人银子。口称异人，传授海上丹方，取得银来，买酒买肉，满口狂言。脉理阴阳全然不达，胡乱拾着几个方子，假说立功，终日哓哓，谈天说地，东走西跑，寻衣觅食，败坏太上的法教，玷辱全真的声名。"① 教中道众对待戒律的态度，也缺乏庄严感和神圣感："把一件戒衣，一顶戒巾，付之东洋大海，或当或卖，或改常服，或补作袖头，亵渎天神，败毁道场。又把个净钵改作香炉，贮钱贮米，开斋破戒，饮酒吃荤，无所不至，把智慧消灭、仙根断绝了也。"② 正是基于这样的观察和认识，王常月对道教戒律重予提倡，新作阐扬，并由此建构了以"初真"为核心观念的新戒律系统。

王常月极为重视戒律在修道中的重要意义。在他看来，"戒"有着不可替代的作用："这个戒字，是降魔之杵，能镇压妖邪；是护命之符，能增延福寿；是升天之梯，能礼三清而超凡入圣；是引路之灯，能消除六欲而破暗除昏；是仙舟宝筏，能渡众生离苦海；是慈杠津梁，能济众生出爱河。诚修行人之保障，为进道者之提纲。仙圣无门，皆从戒入；圣贤有路，皆自戒行。实系仙真

① 王常月：《碧苑坛经》卷中《印证效验》，载《藏外道书》第10册，巴蜀书社，1994，第194页。

② 王常月：《碧苑坛经》卷上《戒行精严》，载《藏外道书》第10册，巴蜀书社，1994，第169页。

之要路通衢，贤哲之中门正道。”[①] 对全真修士来说，“戒”更是重中之重，是“全真第一关”[②]。王常月自述求道经历，也首先强调“俱从戒定中一步步行来”[③]。引申开来说，对于一教一国，“戒”同样也至为重要：“法中之戒，即正心诚意之学；戒中之法，即治国齐家之化。不过欲人循文归正，借此知玄。希圣希贤，为仙为佛，无不从此戒法而出。故正心诚意，离此戒而何造？治国齐家，舍此法而何化？诚为三教梯航，万不可阙。”[④] 然而在明末清初的时代，王常月不得不面对“近代以来，戒法日废”[⑤] 的困境，因此他也希望通过开坛说法，将教众的行为再次纳入到全真戒律的规范当中。重建戒律体系也就成了题中应有之义。

王常月还从修道本身出发强调持“戒”的重要性：“身不受戒，习气必不能移。习气若不能移，大体必不能养。大体不养，则元气不复。元气不复，命必不能立矣。心不持斋，种性必不能改。种性若不能改，则本心不定。本心不定，则元神不归。元神不归，真性必不能见矣。故大道无不以见性为体，养命为用。殊不知性即是道，命即是戒。道者无为，自然也。戒者有为，使然也。故至道之妙，从使然以至自然，即使从有为以至无为也。所

---

① 王常月：《碧苑坛经》卷上《戒行精严》，载《藏外道书》第10册，巴蜀书社，1994，第168页。

② 王常月：《昆阳律师付嘱偈》其六《行持》，载《重刊道藏辑要》张集七，光绪三十二年（1906）四川成都二仙庵刻本，第60页。

③ 王常月：《碧苑坛经》卷首《心法真言》，载《藏外道书》第10册，巴蜀书社，1994，第159页。

④ 吴太一：《初真戒说》，载《重刊道藏辑要》张集七，光绪三十二年（1906）四川成都二仙庵刻本，光绪第30页。

⑤ 王常月：《初真戒序》，载《重刊道藏辑要》张集七，光绪三十二年（1906）四川成都二仙庵刻本，第25页。

以凡务性命双修者，非持斋受戒必不可也。”[①] 王常月提出借以重建全真教戒律体系的核心概念是“初真”。所谓“初”，即“始”，“真”，即“不假”。提倡“初真”的用意，主要是缘于“世人始初无假之真性，本自天命，无思无为，自然而然，无善可修，无恶可作”[②]，代表的是一种未受污染、未经开化的混沌状态，也就是人的本初之心。而一旦其中掺杂人的思量变化，就会幻化出千百亿的化身，假如任心肆意，就很容易被“贪、嗔、痴、淫、杀、盗、恶口、绮语、两舌、妄言”十恶以及尘境外缘所左右，无法领悟无上至道。因此也就有必要通过修炼，重新恢复“始初无极自然之真性，以还天命之本来”，而修炼的法门则是他所提出来的“初真十戒”。[③]

“初真十戒”全称“虚皇天尊初真十戒”，内容包括：第一戒，不得不忠不孝，不仁不信，当尽节君亲，推诚万物；第二戒，不得阴贼潜谋，害物利己，当行阴德，广济群生；第三戒，不得杀害含生，以充滋味，当行慈惠，以及昆虫；第四戒，不得淫邪败真，秽慢灵炁，当守真操，使无缺犯；第五戒，不得败人成功，离人骨肉，当以道助物，令九族雍和；第六戒，不得谗毁贤良，露才扬己，当称人之美善，不自伐其功能；第七戒，不得饮酒食肉，犯律违禁，当调和气性，专务清虚；第八戒，不得贪求无厌，积财不散，当行节俭，惠恤贫穷；第九戒，不得交游非贤，居处杂秽，当慕胜己，栖集清虚；第十戒，不得轻忽言笑，举动非真，当

---

① 吴太一：《初真戒说》，载《重刊道藏辑要》张集七，光绪三十二年（1906）四川成都二仙庵刻本，第31—32页。

② 吴太一：《初真戒说》，载《重刊道藏辑要》张集七，光绪三十二年（1906）四川成都二仙庵刻本，第30—31页。

③ 吴太一：《初真戒说》，载《重刊道藏辑要》张集七，光绪三十二年（1906）四川成都二仙庵刻本，第31页。

持重寡辞，以道德为务。① 其中既包含了所不能为之事，也有所当行之事。《重刊道藏辑要》张集有《虚皇天尊初真十戒文》，对所谓“初真十戒”十条戒文有详细注解。②“初真十戒”虽是初入道门所奉持的戒律，却必须要经过受三皈依戒（皈身太上无极大道、皈神三十六部真经、皈命玄中大法师）、积功归根五戒（不得杀生、不得荤酒、不得口是心非、不得偷盗、不得邪淫），并在“锻炼百日，恶念尽消，器皿已净”的情况下，才被获准受戒。③ 受初真戒者被称为妙行师。

在《初真戒律》中，王常月分别就行持、入戒、三师、衣格、犯律忏解、持受诸咒、日忌、玄门持戒威仪、出入威仪、事师威仪、视听威仪、言语威仪、盥栉威仪、饮食威仪、听法威仪、出行威仪、起立威仪、坐卧威仪、作务威仪、沐浴威仪、弟子奉师科戒、戒衣等内容做了详细规定，并附女真九戒和昆阳律师付嘱偈。就内容来看，可谓是事无巨细。究其原因，或许是因为长期以来“道风中弛，规条荡佚，方外之士咸以飘笠逍遥，不加检束”④，故而有必要从各个方面做出详细规定。因此他在修道中提出了“戒行精严”的要求和期许：“‘戒行精严’四字：降心顺道唤作‘戒’，忍耐行持唤作‘行’，一丝不杂唤作‘精’，一毫不犯唤作‘严’。始终不变唤作‘持戒’，穷困不移唤作‘守戒’。”⑤ 其意与

① 王常月：《初真戒律》，载《重刊道藏辑要》张集七，光绪三十二年（1906）四川成都二仙庵刻本，第 35 页。

② 《虚皇天尊初真十戒文》，载《重刊道藏》张集二，光绪三十二年（1906）四川成都二仙庵刻本，第 53—58 页。

③ 王常月：《初真戒律》，载《重刊道藏辑要》张集七，光绪三十二年（1906）四川成都二仙庵刻本，第 34—35 页。

④ 笪重光：《初真戒后序》，载《重刊道藏辑要》张集七，光绪三十二年（1906）四川成都二仙庵刻本，第 61 页。

⑤ 王常月：《碧苑坛经》卷上《戒行精严》，载《藏外道书》第 10 册，巴蜀书社，1994，第 169 页。

全真教倡行苦修大体一致。

王常月的戒律体系由初真戒、中极戒、天仙大戒三个递进层级构成，合称“百日圆满三坛大戒”。受“初真十戒”之后，若是能够“更猛勇精进，持守言行，毫无过犯”，则可以再受太上老君中极三百大戒。中极戒即《中极上清洞真智慧观身大戒经》，受中极戒的称为妙德师。《道藏辑要》张集有《中极戒》一书，总共录三百戒文。① 受中极戒之后，更上一层为天仙大戒，全称“三坛圆满天仙大戒”，是龙门派的最高戒律。受天仙戒的被称为妙道师，也就是龙门派的律师。柳守元曾作《三坛圆满天仙大戒略说》对“天仙大戒”加以解说。② 对于三者之间有什么分别，相互之间存在怎样的关系，为何在初真戒之后又有中极戒、天仙戒，王常月的解说是：

> 你受的乃初真十戒，乃是教你们拘制色身，不许妄动胡行，起止无常的。至中极三百大戒，乃是教你们降伏顽心，不许妄想胡思，七心八意的。至天仙妙戒，乃是教你们解脱真意，不许执著粘缚的。大众，初真十戒粗，中极三百便细了。夫初真戒制其外六根，中极界（戒）扫其内六尘，天仙妙戒使三身解脱，八识消亡，九难十魔，不敢侵犯。③

初真戒的核心是“戒”，中极戒的核心是“定”，天仙戒的核

① 《中极戒》，《重刊道藏辑要》张集七，光绪三十二年（1906）四川成都二仙庵刻本，第 62—79 页。

② 具体内容见《重刊道藏辑要》张集七，光绪三十二年（1906）四川成都二仙庵刻本，第 1—24 页。

③ 王常月：《碧苑坛经》卷中《定慧等持》，载《藏外道书》第 10 册，巴蜀书社，1994，第 180 页。

心是“慧”。三者之间是层层递进的关系：“你们要先去受初真戒，降伏身心，使方寸不乱，则能见圣贤仙佛之心了；然后进受中极戒，开辟性灵，使玄关通澈，则能明圣贤仙佛之理了；然后进受天仙戒，精研妙义，使智慧圆通，则能通圣贤仙佛之道了。”① 三坛大戒之中，初真戒既是基础，同时也是核心。对普通修道大众来说，如何使他们回归修道正途，从而扭转日渐腐坏的道门风气，是王常月传道说戒最重要的任务，也是他面对全真教衰颓、堕落之势“担当其任”的历史使命。在此义下，“初真戒律”可以说是王常月戒律体系的基石。

二、重申“以清静为法”的修道方式

由于正一派在明代颇受重视，道教传统中符箓、烧炼、雷法等“术”层面的修行广受青睐，至明末已流弊横生，以致被视为“妖术”“妖法”。王常月曾对教内大众流连于各种奇功异术深感痛心：

> 世上愚盲之徒，不识自心，随物而转……或遇那方上走的道人……口谈丹诀，舌鼓笙簧，怎么是玄关一窍，尾闾海底，上至泥丸宫，下至涌泉穴，守中提气，立鼎安炉，延年却病，按摩导引。六字诀，八段锦，《悟真篇》，《参同契》，以及丹经上譬喻，铅汞龙虎，银砂夫妇，日月卦爻，龟蛇温养，沐浴结胎，入室坐圜，出阴神，出阳神，说不尽的三千六百旁门，八万四千魔法，那里数得尽……更有可恨一流，那谈鼎器的邪人，炼茅

① 王常月：《碧苑坛经》卷末《参悟元（玄）机》，载《藏外道书》第10册，巴蜀书社，1994，第216页。

银的骗子，动人以色，迷人以财。莫说无是一路道法，即使这种道法有真，岂是凡夫可以点金，淫人可以延寿？是以谈鼎器者，见色起心，对境动念，魂飞神荡，真汞下流，先天倾覆，至宝空亡，多成痨瘵。不曾接续得命，连命根都斩断了，岂不可恨可伤？至于烧茅银的骗子，讲砂说矿，一转两转，温养开点，言不尽的骗局诓脱之术，愚贪每至破家。比前面这些道人，罪业更加数倍。①

由批判这种种“旁门”“魔法”出发，王常月向教众提出了“清净身心”的要求，希望那些用意修行之人能够做到“自今日起，须将平日所迷的铅汞龙虎、阴阳烧炼种种譬喻，悉皆丢下，惟从清静法门，灭妄心，息邪念，平平稳稳，从中道大路而行”②，抛弃因受正一派修炼方法影响而带来的种种弊端，早日回归全真教修行的正途。

既然要尽量排除世俗干扰给修道带来的不利影响，改变道风不正的局面，自然要走一条与时兴的“烹铅炼汞”不同的修道之路。王常月一方面通过对戒律的重新提倡来拯救日益堕落的全真道众，从外在对修道者进行约束；另一方面，他又将改变的目光放在道众内在的自我修行方面，希望通过心性修炼来达到净化全真教思想和行为的目的。他曾多次作韵语暗喻这一看法：“时光容易过，心性要光明。莫待无常到，阴司黑暗行。牛头无好处，马面不容情。有过须急改，全凭戒行精。万法千门内，修心最上乘。

① 王常月：《碧苑坛经》卷上《求师问道》，载《藏外道书》第10册，光绪三十二年（1906）四川成都二仙庵刻本，第176—177页。

② 王常月：《碧苑坛经》卷上《清净身心》，载《藏外道书》第10册，光绪三十二年（1906）四川成都二仙庵刻本，第176页。

无岸无边海，循戒慧光明。”[①]“修道全凭一点心，心真念切道相亲。若然了念心虚静，何处功夫不得灵？……心中内静自家思，不许旁人半点知。自心境界多休著，方是心头大悟时。”[②]“万卷仙经谈不尽，一篇直指泄无余。劝君莫弄多方法，道在心头不在书。著相参玄杂想多，有心打坐坐成魔。许多邪路人偏走，正道无人可奈何？真人无相亦无形，一段天机处处陈。不顾眼前多暗摸，休抛正路入旁门。”[③] 如此等等，都可见其劝众修行的用心。

在王常月看来，“心”的修炼可以进入多种不同的状态，由此达到不同的境界：“只要明心，障蔽自能通得；只要诚信，金石自能透得；只要虚心，纤毫不能染得；只要恒心，万魔不能夺得；只要好心，冤恶自然化得；只要真心，魔头不能惹得；只要明心，圣贤可以齐得，自然通达了也；只要了心，仙佛可以证得，自然澈悟了也；只要虚心，妙理可以见得，自然钻进了也；只要澄心，妙相可以识得，自然开慧了也；只要照心，真空可以达得，自然默契了也；只要定心，生死可以明得，自然融化了也；只要平心，阎王可以见得，自然无罪孽了；只要公心，鬼神可以对得，自然无欺蔽了；只要正心，妖怪可以伏得，自然有光明了；只要诚心，邪魔可以慑得，自然多智慧了；只要施心，天神可以近得，自然大愿力了；只要慈心，愚顽可以化得，自然普荫得了；只要威心，厉恶可以伏得，自然无怖畏了；只要忍心，无物可以弃得，自然宽宏量了；只要空心，无相可以留得，自然登觉照了；只要忘心，无相可以分得，自然无人我了；只要婆心，无人不可知得，自然

① 王常月：《碧苑坛经》卷上《戒行精严》，载《藏外道书》第10册，光绪三十二年（1906）四川成都二仙庵刻本，第170页。

② 王常月：《碧苑坛经》卷中《印证效验》，载《藏外道书》第10册，光绪三十二年（1906）四川成都二仙庵刻本，第195—196页。

③ 王常月：《碧苑坛经》卷末《参悟元（玄）机》，载《藏外道书》第10册，光绪三十二年（1906）四川成都二仙庵刻本，第217页。

度众生了；只要无心，无境可以住得，自然能圆活了；只要圆通心，三界不能拘得，自然无罣碍了；只要利济心，无劫不可过得；只要清静心，无边可以住得，自然大圆满了。”[①] 如此种种，都是“心”之变幻而生的万象，虽似不可捉摸，却又实实存在，也是王常月“龙门心法”修炼所宣扬和追求的。所谓“我今明将大道，直指人心”[②]，其意亦在于此。

修行的过程就是降伏身、心、意，而其中的关键则是心的皈依：“此心又比此身不同。险恶异变，不可测度，如风吹海，海水洪深，风势涌烈，波涛潮浪，拥撼汹翻，起落不测，辗转难凭，历劫以来，所谓出头无日，苦海无边也。今欲皈依此心，当明此心是一团血肉结成，更非长久善良之物，贪声娱色，不畏犯法遭刑，甘食好财，那顾丧身失命，沉于饿鬼畜生不怕，送之刀山炭火不惊，流于瘟瘴疫养疠不辞，弄出星殒，山崩不避，种种祸因，皆是此心招摇起首。六贼先锋，七情魁帅。若欲修行而不自皈依此心者，岂能降魔伏怪，开障除邪，悟透玄机，得明正法，精参宗旨，直入上乘。”[③] 其中之意，正如王常月弟子之一的施守平所说的：“法原无法因心有，心本无心为法空。心现法王心现相，法皈心主法皈空。要明定法非圆相，须悟凡心即圣心。心法法心心法法，法心解脱是知音。”[④] 王常月所提倡的种种修炼之法，其根本之义

---

① 王常月：《碧苑坛经》卷下《功德圆满》，载《藏外道书》第10册，巴蜀书社，1994，第211—212页。

② 王常月：《碧苑坛经》卷首《皈依三宝》，载《藏外道书》第10册，巴蜀书社，1994，第162页。

③ 王常月：《碧苑坛经》卷首《皈依三宝》，载《藏外道书》第10册，巴蜀书社，1994，第161页。

④ 王常月：《碧苑坛经》卷首《心法真言》，载《藏外道书》第10册，巴蜀书社，1994，第159页。《龙门心法》上卷《心法真言》所记与此略有不同，见《藏外道书》第6册，巴蜀书社，1994，第729页。

都在于“心”，“心”之所在，即“法”之所在，“心”“法”二者是二而一的关系，亦即所谓：“出世的高人，自有无死无生最上一乘之道，其道即世法转身，本无有法。世法与出世法，只在一心，所用逆顺不同，其实只是一法。法亦非仅顺中逆用耳。夫顺中用逆，万法皈依无法，鬼神莫测其机；逆中随顺，一法散为万法，阴阳不出其算。不是以有心为作用，而用意推详，乃是神明智慧，理性本来如是，原不是另有甚么出世的法也。”①

在提倡心性修炼、修行过程中，王常月十分注重修行之人“清净身心”的功夫。在他看来，修道者只有使身心达到“清静”的状态，才能成就大道。而要做到这一点，必须要仔细参求“清”“静”二字。因此对于何谓“清”、何谓“静”，王常月做了详细辨析：

心无二念谓之清，念无驳杂谓之静；心不著相谓之清，念不停滞谓之静；念念圆明谓之清，光明无碍谓之静；一尘不染谓之清，万虑皆空谓之静；万物不能遁其形谓之清，鬼神不能测其机谓之静；心如流水谓之清，性如皓月谓之静；无始以来罪消灭谓之清，多劫之前因尽澈谓之静；内观其心心无其心谓之清，远观其物物无其物谓之静；三者既悟谓之清，惟见于空谓之静；观空亦空谓之清，空无所空谓之静；所空既无、无无亦无谓之清，湛然常寂、寂无所寂谓之静；真常应物谓之清，常应常静谓之静；洞然不昧谓之清，入众妙门谓之静；超出三界谓之清，解脱五行谓之静；虚空粉碎谓之清，

① 王常月：《碧苑坛经》卷上《清净身心》，载《藏外道书》第10册，巴蜀书社，1994，第174页。

粉碎虚空谓之静；光摄诸天谓之清，普度众生谓之静。[①]

清静之法，素来为道家所重。《老子》中就有“清静为天下正”的说法。更有据其说敷衍而成的《太上老君说常清静经》，认为“人能常清静，天地悉皆归”，“真常之道，悟者自得，得悟道者，常清静矣”。历代以降，多有道者对其书进行注解，杜光庭有《太上老君说常清静经注》，张君房《云笈七签》收录有《老君清净心经》，《道藏》太清部亦有《太上老君清静心经》，王玠有《太上老君说常清静妙经纂图解注》，李道纯有《太上老君说常清静经注》，等等，多达十余种。此外，《道藏》收录的还有《太上玄都妙本清静身心经》《太上清静元洞真文玉字妙经》《无为清静长生真人至真语录》等。从根本上来说，“清”是“我”之内心本然所处的一种状态，“静”是“我”之于外物而保持的一种心境。如果能做到二者兼得，也就达到了修道者的理想境界。

在劝众修行时，王常月要求修道者保持“出世”之心，其现实指向，是明代后期日渐普泛的道教世俗化倾向及由此产生的种种流弊。在他看来，唯有“专一以求出世”，才能够“超离生死”，进而达到“无死无生最上一乘之道”。所谓“世外”，是指“世法之外”。而要想在“世法中悟得出世法”，关键是“在乎此心还返”。要做到这一点，儒、释、道三家均有法可循：“在释谓之妙明真心，在儒谓之明德至善，在道谓之圆明道姥，又谓之祖炁。”进而认识到“世法非真，幻情是假，一切有为功能俱是梦境，物物无事，事事非实”，以达到“此心清净”的状态，所谓“人若不为形所累，眼前便是大罗仙”。由此实现一种“逍遥游”的境界：

① 王常月：《碧苑坛经》卷上《清净身心》，载《藏外道书》第10册，巴蜀书社，1994，第175—176页。

“能出世外，能住世间。纵横三界，去来自在以无拘；统辖万灵，变化玄通而莫测。上天下地，惟此称尊，莫与为等。”而要想修至“此身清静”，则需要“先将俗务丢开，尘情远绝，一切不同世法。甘淡薄而乐清闲，绝肥甘而离喧闹。皈依三宝，刻守一真。性情涵养和平，手足端庄整肃。眼目不可偏邪，意念不可散乱。心不可存思着想，口不可高唤扬声。收两目之神光，内炤不昧灵台；返两耳之精窍，内听常闻天籁。稀言启默，归乎自然不动。期无悔吝，思不浮游，神无烦躁，天机清畅，玄理圆通。口断荤腥，暗消多生之杀劫；身遵戒律，密行四大之威仪。足不乱步者心不慌，手不妄举者心不躁。坐则中正，不许偏歪，卧则灵惺，戒多昏睡。食则茹淡减味，而五脏清平；语则谨慎从容，而声音和畅”[①]。如此等等，都意在通过去除附着于道教之上的世俗色彩，从而回归纯粹修道的境界，也就是他所谓的“清静身心”。

在王常月看来，“清静”二字可以囊括一切修行法门：“这三教圣人，大藏经典，万法千门，诸天妙用，三万六千种道，八万四千法门，恒河沙数菩萨，无鞅数众金仙，皆不能出清静定慧无为妙法。大众，最上无上大乘上品至真妙道，生天生地，生人生物，皆从清静而来。”[②] 只要做到身清心静，就是已经合乎天心，大道自然也寓于其中了。

第三节 王一清《道德经释辞》的思想面向

老子《道德经》作为道家道教的最高经典，历代以来注释者不知凡几，以道士身份而进行注解者也代不乏人。仅正统《道藏》

① 王常月：《碧苑坛经》卷上《清净身心》，载《藏外道书》第10册，巴蜀书社，1994，第175页。

② 王常月：《碧苑坛经》卷上《清净身心》，载《藏外道书》第10册，巴蜀书社，194，第176页。

所收，就有不下四十余种，其中如杜光庭、白玉蟾、李道纯、杜道坚等均有相关著述传世。[1] 针对其间道士解老的主流趋向，姚孟昱指出："大矣哉！老子五千文也，以静为宗，以虚为用。说者专言炼养，而不知修齐治平之道，纤悉具备。"[2] 万历年间王一清所作《道德经释辞》，即是在此背景下产生的一部著作。

王一清的生平事迹今已不得其详，只能从姚孟昱的序及他自己的只言片语中得知他号体物子，为明万历年间道士。早年所习为儒家经义，此后因科举考试不顺，有志于学道，至壮年遂出家为道士，隐居武当山。流传至今的著述，除为《道德经》作释辞外，他还曾为五代谭峭所撰《化书》作过注解，收录于《道藏辑要》危集。《道德经释辞》是王一清在"阅《道德经》八十余家注释"的基础上，认为相关著述"言多乖劣，罔合经旨，互有得失，罔见全书"，于是"参详众论，以利其器，究极玄微，撮其精要，折衷诸家之说，参之未发，直而注之，目曰《道德释辞》"[3]。书成之后并未立即刊行，至万历丁酉（1597）在京城白云观遇见御马监右监丞（宦官十二监之一）段虚玄，段氏拜王一清为师，方将《道德经释辞》刊刻行世。

王一清作《道德经释辞》的重要理念之一，是要发掘《道德经》作为道教经典和思想经典的多重内涵。他在阐发《道德经》的旨意时明确指出："五千文不只专言炼养，盖亦兼言治道……若概以炼养之意释之，则隘矣，然非老子之旨也……圣人中心行道，

① 刘固盛：《道教老学史》，华中师范大学出版社，2008。

② 姚孟昱：《道德经释辞》卷首《道德经释辞序》，载《重刊道藏辑要》心集九，光绪三十二年（1906）四川成都二仙庵刻本，第1页。

③ 王一清：《叙道德经旨总论》，载《重刊道藏辑要》心集九，光绪三十二年（1906）四川成都二仙庵刻本，第7—8页。

不遗世法，老子曷尝专以炼养而言哉?"[1] 根据这一认识，他将《道德经》中各章按内容大致分为两大类：一类是"言炼养"的，如"谷神不死，是谓玄牝"（第六章），"载营魄抱一，能无离乎"（第十章），"致虚极，守静笃"（第十六章），"含德之厚，比于赤子"（第五十五章），"治人事天，莫若啬"（第五十九章），"反者道之动"（第四十章），"道常无为"（第三十七章）等；一类是言治道的，如"以正治国，以奇用兵"（第五十七章），"治大国若烹小鲜"（第六十章），"以道佐人主，不以兵强天下"（第三十章），"使我介然有所知"（第五十三章）等。将治道思想与道教修炼相结合来阐释《道德经》，是王一清《道德经释辞》的核心要旨和主要特点。

一、以清静、无为、自然、长生为核心的修道观

《道德经》虽仅有五千余字，但其内容广泛，历代解说者人各有说。王一清叙《道德经》主旨，将其概括为七点，即"本清虚，主无为，法自然，务道德，尚敦朴，绝圣智，潜仁义"。同时他还明确提出，对于《道德经》的内涵，阅读者"不可作一途看"，认为其中包含治心、养性、体物、知身等多方面内容，既有"清静之道""无为之道""自然之道""长生之道"，同时也多有关乎"治世之道"的内容。二者之中，与道家道教性命修炼有关的内容为其主体，用王一清的话说，就是"以清静为本，无为为体，自然为用，长生为征"。至于与齐家、和乡、治国、用兵等有关的"治世"内容，则只是其中的"绪余"。[2] 老子在《道德经》中将

---

① 王一清：《道德经旨意总论》，载《重刊道藏辑要》心集九，光绪三十二年（1906）四川成都二仙庵刻本，第2—3页。

② 王一清：《道德经旨意总论》，载《重刊道藏辑要》心集九，光绪三十二年（1906）四川成都二仙庵刻本，第2页。

“道”说成是“万物之奥”（第六十二章）。王一清解释说：“道者，本然之妙，名状难形，竖贯无际，横亘无边。其能包囊天地，故曰万物奥也。”① 在他看来，“道”就是一个无所不包、无所不能的存在：“可以包天地而括三才，可以贯金石而入水火，可以啸命风雷，可以鞭龙作雨，可以咒水草而驱邪愈疾，可以辟粒食而住世延年。”② 而既然“道”可以“包囊天地”，蕴含万物奥理，那么对其进行言说也就不能只专主于某一个方面，也应当是无所不包的，只是其间有所侧重而已。

在王一清对《道德经》的解读中，可以看到一个十分明显的倾向，即将其中的许多论说看作老子对修道者心性修炼的譬喻。例如《道德经》第十二章说：“五色令人目盲；五音令人耳聋；五味令人口爽；驰骋田猎，令人心发狂；难得之货，令人行妨。是以圣人为腹不为目。故去彼取此。”③ 对于此段话，王一清的解释是：

> 人之初也，性无不善，浑然天理，而精神魂魄，意之五神，安藏于心，冥然不见，自能食能言，而生识神便溺于见闻而迷其真。至于日积月累，习染渐深，元初凿矣。及其长也，惟以名利是求，声色是好，业力胜而道力微，人欲炽而天理灭，盖因眼、耳、口、心、意五者为之蛊也。贪色不反，以伤其神，故目盲；贪声不反，以伤其精，故耳聋；贪味不反，以伤其真，爽失道味；

① 王一清：《道德下经释辞·道者万物之奥章第六十二》，载《重刊道藏辑要》心集九，光绪三十二年（1906）四川成都二仙庵刻本，第57页。

② 王一清：《道德上经释辞·执大象章第三十五》，载《重刊道藏辑要》心集九，光绪三十二年（1906）四川成都二仙庵刻本，第34页。

③ 朱谦之：《老子校释》第十二章，中华书局，1984，第45—46页。

> 驰骋田猎，以动其意，心乱发狂；贵藏难得之货，心惑怖盗，日夜隄防。则向之所谓五神者化为五贼，蛊我精神，扰我魂魄，耗我元灵，魅我真性，为我之害也。是以至人教人存五神，斩五贼，实其腹以养气，不悦目以乱心，全诸内以养其真，忘诸外以驱其妄。故云去彼取此。①

在王一清看来，无论是五色、五音、五味，还是驰骋田猎、难得之货，都是用来诱惑人之精神、魂魄的外在欲望，圣人教人“去彼取此”，存天理而灭人欲，即是一个“养气”“养真”的心性修炼过程。不论《道德经》所说的本意如何，王一清做出这样的理解，显然与他的道士身份有密切关系。

王一清以道士身份释读《道德经》，关注其中与修道有关的内容自是情理中事。如他对《道德经》“专气致柔，能如婴儿乎”进行解析时指出：“婴，方生也。婴儿未有知识，其志专一，其气柔和，其心无妄，其神不罢纯一之意也。”② 道教内丹修炼中有所谓“元婴”之说，指修炼元神至一定阶段能够显化婴儿，而其所要达到的境界，即如王一清所说“其志专一，其气柔和，其心无妄，其神不罢纯一”的初生婴儿状态。又如对“爱民治国，能无为乎”的理解，也与人内在心性的修炼联系起来：“民喻精气，国喻身也。无为则心虚，心虚神凝，神凝气聚，气聚神和，而吾之身民安国治矣。”③ 将“民”视为人的精气，“国”视作人的身体，而

① 王一清：《道德上经释辞·五色令人章第十二》，载《重刊道藏辑要》心集九，光绪三十二年（1906）四川成都二仙庵刻本，第13—14页。

② 王一清：《道德上经释辞》，载《重刊道藏辑要》心集九，光绪三十二年（1906）四川成都二仙庵刻本，第11页。

③ 王一清：《道德上经释辞》，载《重刊道藏辑要》心集九，光绪三十二年（1906）四川成都二仙庵刻本，第12页。

以“无为”作为道教修炼心性的方式，因此将“民安国治”等同于人炼心、炼神、炼气的整个修炼过程。

将《道德经》内容与道教修炼进行联想比附，在王一清解释《道德经》时也偶有出现。如《道德经》第四十六章云：“天下有道，却走马以粪；天下无道，戎马生于郊。罪莫大于可欲，祸莫大于不知足，咎莫大于欲得。故知足之足，常足。”[①] 王一清在对老子原文进行必要的疏解之后，便将其与道教修炼之事进行类比，认为：“以修炼言之：天下有道，反情复性，无欲无为，却走马以粪，意马安闲，灵根发秀；天下无道，纵情昧性，念虑不休，戎马生于郊，意马驰骋，性地荒芜。欲妄不止，罪莫大也；贪著不了，祸莫大也；有而不忘，咎莫大也。惟知止足，则志有定向而心自静，心静念止，念止意安，意安气聚，气聚神凝，二物均平，丹道成矣。”[②] 如此直接类比的释解方式，在王一清的《道德经释辞》中虽不多见，但他在具体解读过程中将《道德经》内容与心性修炼结合起来，却是常见的做法。

在谈到《道德经》中与修道有关的内容时，王一清认为其中的不少言论，“足以发先天之秘，泄造化之机，而其意使人返朴还淳，以复太古之自然”，其核心要义是要“使人返虚静之本，复性命之原，如万物生于根而归于根也”。[③] 他在解说《道德经》内涵时经常使用“清静”“无为”“自然”“长生”等词，均为后世道教修炼中频繁出现的概念。与这些语词有关的论说，在老子《道德经》中甚是简略，然而经后人不断阐释、注解，其内容已十分

① 朱谦之：《老子校释》第四十六章，中华书局，1984，第185—188页。

② 王一清：《道德下经释辞·天下有道章第四十六》，载《重刊道藏辑要》心集九，光绪三十二年（1906）四川成都二仙庵刻本，第45页。

③ 王一清：《道德经旨意总论》，载《重刊道藏辑要》心集九，光绪三十二年（1906）四川成都二仙庵刻本，第2页。

丰富，成为构成道家核心观念的重要思想资源。

老子在《道德经》中曾明确提出“清静为天下正”（第四十五章）。王一清认为，尽管“躁极胜寒，静极胜热”是理所当然之事，然而有道之士却能够做到“心无邪妄，动静一如，超然出于静躁寒热之外”①，可见心性修炼对超脱外物影响所起的作用。而一切的关键，在于能以“清静”为心。一如他在解释“载营魄抱一，能无离乎”时所说的：“是以圣人教人，抱元以定其性，志一以静其心，常使神不离气，气不离神，神气冲和，阳纯阴灭，则魂载魄，谓之抱一无离也。”② 抱元以定性，志一以静心，便能够达到修道所追求的神、气相合的境界。

在王一清的释读中，与“清静”含义相近的用法还有“虚静”。他在对《道德经》中“冲道”进行解释时提出，“虚静”是“万法之宗”，是“万善之源”。③ 又认为：“至虚生神，至静生气，故知道从虚静中出。”④ 神全气完，道由是而生。而神、气二者的生成，又与“虚”“静”息息相关。

道教修炼讲求超脱生死，其中一项重要内容就是心性的修炼。王一清曾将“心”“意”与人之生、死联系起来，认为：“心清意静，生之门也；心荒意乱，死之户也。出入于生死之中者，元神也。心本无心，感物而有，元神化为识神矣。然人有此识神，生

---

① 王一清：《道德下经释辞·大成若缺章第四十五》，载《重刊道藏辑要》心集九，光绪三十二年（1906）四川成都二仙庵刻本，第44页。

② 王一清：《道德上经释辞·载营魄第十》，载《重刊道藏辑要》心集九，光绪三十二年（1906）四川成都二仙庵刻本，第11页。

③ 王一清：《道德上经释辞·冲道而用之章第四》，载《重刊道藏辑要》心集九，光绪三十二年（1906）四川成都二仙庵刻本，第6页。

④ 王一清：《道德上经释辞·致虚极章第十六》，载《重刊道藏辑要》心集九，光绪三十二年（1906）四川成都二仙庵刻本，第17页。

出那许多七情六欲，而烦恼忧苦，所以流浪生死也。”[①]《道德经》的论说以“道”为中心，“道”是万物的本源。“道”是无处不在的，万物皆与道有关：“天下有始，始初无物，道本无也。故知物乃道之子，道乃物之母也。既知得物乃道之所生，而人亦物，物即道也。人既与道为一，应当灭情还空，复归其始而还于道。虽终身应世，理事圆融，何往而非道哉?”[②] 作为万物之一的“人”，既然与“道”为同一，生于道，最终也应当归根于道。《道德经》中说“道生一，一生二，二生三，三生万物”（第四十二章），“道”与“一”之间实际是异名而同质。因此老子又说：“昔之得一者：天得一以清，地得一以宁，神得一以灵，谷得一以盈，万物得一以生，侯王得一以为天下正。”（第三十九章）而对于老子所说的“一”以及背后蕴藏的内涵，王一清的理解是：“一者，虚而灵，寂而神，无而有，散之一切处，敛之在方寸，恒在目前，而人莫识。此众生之本源，万法之主也。故天虚明而清，地虚静而宁，神虚无而灵，谷虚空而盈，万物虚通而生，侯王虚心以为天下贞，万殊一本也。”[③] 以“虚明”“虚静”“虚无”“虚空”“虚通”“虚心”等定义“天”“地”“神”“灵谷”“万物”“侯王”等的特征，实际上都是强调它们与“道”一般无二的性质，即文中所说的“万殊一本”。

“自然”之说是《道德经》中最重要的观念之一，是天地万物包含的至道，即所谓“人法地，地法天，天法道，道法自然”。王一清在解释“有物混成”一章时指出：“圣人教人笃静，法地；致

① 王一清：《道德下经释辞·出生入死章第五十》，载《重刊道藏辑要》心集九，光绪三十二年（1906）四川成都二仙庵刻本，第47页。

② 王一清：《道德下经释辞·天下有始章第五十二》，载《重刊道藏辑要》心集九，光绪三十二年（1906）四川成都二仙庵刻本，第49页。

③ 王一清：《道德下经释辞·昔之得一章第三十九》，载《重刊道藏辑要》心集九，光绪三十二年（1906）四川成都二仙庵刻本，第38—39页。

虚，法天；澹薄无为以法道；清静其心，纯粹其德，动止中度，左右逢原，法自然也。此言地、天、道三者，皆有自然之妙，学者当法之也。”① 然则何谓自然？在王一清看来：“自然者，莫能使之然，莫能使之不然也。”具体而言，“自然”就相当于“神妙”：“神者，莫知其所以神而神；妙者，莫知其所以妙而妙。甚至有不能以言语形容，不能以心思测度，知其所以然而不知其所以然，名其所以名而不知其所以名。”② 如此情形之下，“自然”之名也就变得不可定义，“自然”之义也难以捉摸。然而这样的特点正是“自然”的本旨。因此《道德经》所谓“道法自然”，即是将“自然”作为道的极致。

在具体论说中，王一清将“自然”视为天地万物生息流衍的最高法则。他在解释“天地不仁，以万物为刍狗；圣人不仁，以百姓为刍狗”时认为：“天地大生之仁，圣人大化之仁。不仁者，无心于仁之谓也。天地无心而化成至仁也，而言不仁者，谓其不私物也。圣人有心而无私，至仁也，而言不仁者，谓其不偏爱也。刍狗，祭品燎帛之具，祭则用之，已则弃之。言其适用适弃，皆出于无心，听之于自然，天地之于万物，圣人之于万民，皆然也。天地运一气生养万物，生者自生，杀者自杀，以任其自然，心普万物而无心也。圣人运一心教养百姓，安其分，乐其业，富贵贫贱，听其自然，以天地之心为心也。故知天地者，乃无心之圣人；圣人者，是有心之天地也。”③ 无论是天地还是圣人，其之于万物、万民，或运气生养，或运心教养，不管是无心还是有心，都是一

---

① 王一清：《道德上经释辞·有物混成章第二十五》，载《重刊道藏辑要》心集九，光绪三十二年（1906）四川成都二仙庵刻本，第26页。

② 王一清：《道德上经释辞·希言自然章第二十三》，载《重刊道藏辑要》心集九，光绪三十二年（1906）四川成都二仙庵刻本，第24页。

③ 王一清：《道德上经释辞·天地不仁章第五》，载《重刊道藏辑要》心集九，光绪三十二年（1906）四川成都二仙庵刻本，第6—7页。

种“听之自然”的行为，也才能据之造就“至仁”。因此，王一清解释“自然之道”为：“道法自然，本无得失，而随世得失，或得或失，听从于自然，以任其所至，然吾未尝介乎得失之间。”①

王一清在解释《道德经》首章“道可道，非常道”一节时，提出了“世间之道”与“出世之道”的说法。“世间之道”的特点是“有形，有名，有理，有事，故可道、可名也”；“出世之道”的特点是“无形，无名，视不见，听不闻，故不容言、不能名也”。② 在此基础上，王一清提出了“真常之道”的概念，认为它是“不变不易、无始无终、不生不灭、无欠无余”的“本然之妙”，类似于道家常说的“太极”。并且由此将“真常”与道家之“自然”联系起来：“无与有同出之于常，无欲、有欲同出之于心。心即性，性即道，而无所不同，是皆出之于自然。故曰同谓之玄也。玄者，自然也。自然者，玄之标，常之妙。常不可见，自然可见也。”③ 而所谓的“玄之又玄”，即是“妙中之妙”“自然而然”。“玄”“常”“自然”也就成了三位一体的概念。

与“自然”联系最为紧密的是“无为”。《道德经》中有“道常无为而无不为”（第三十七章）之说。在王一清看来，之所以说“道常无为”，是因为“道法自然”，因而“无为”乃是“道之常”。就好比春生秋杀，也并非是刻意而为，而是缘于“物之生也，时至气聚，不得不生；物之死也，时至气散，不得不死”，都不过只是“自然而然”之事。因此在他看来，“无为”也就是“无心为而为”。然而又不是“块然不接人事，如土木偶人，召之不

---

① 王一清：《道德上经释辞·希言自然章第二十三,》，载《重刊道藏辑要》心集九，光绪三十二年（1906）四川成都二仙庵刻本，第25页。

② 王一清：《道德上经释辞·道可道章》，载《重刊道藏辑要》心集九，光绪三十二年（1906）四川成都二仙庵刻本，第1页。

③ 王一清：《道德上经释辞·道可道章》，载《重刊道藏辑要》心集九，光绪三十二年（1906）四川成都二仙庵刻本，第2页。

来，麾之不去”这样的行径，而是“如明镜止水，物至则照，物去则空。事物之来，一切循乎自然，顺其理而应之，以辅万物之自然”。如此之下，即便是有为而作，也是“无为”的表现。[①]

因此可以看到，所谓“无为”，并非是无所作为，而是认为一切都应该是出于自然而然，是发自本心的一种自觉行为，而不是去刻意作为。王一清指出：“圣人法大道。无为之妙，无欲无私，谦卑柔弱，可名于小，言民不能见其大也。及其化成天下，万物归之，圣人不以自为尊，然后始知圣人道与天通，而民始尊之，可名于大也。爱之，养之，归之，大之，以任其自然，圣人何尝容心为之主？无心于民而民归之，无心于大而民大之，一切出之于无心，以任其自至。虽有济世之德，泽民之功，皆吾性分中之所当为，岂可有心而为之哉？惟谦德之不足，无欲无私，无为无执，以顺其自然，而能功成事遂，天下化行。此‘圣人终不为大，故能成其大’之义也。”[②] 因为能够行“无为”之道，一切顺其自然，出于无心而由乎本心，因而能够成就济世泽民的功德。

在王一清看来，“无为”观念在“德”的方面也有所体现。所谓“道者德之体，德者道之用”[③]，既然“无为”与“道”存在密切关系，自然也就与“德”有关。因而他在论“上德”与“下德”的区别时说：“上德无为有德，而不知其德，其德化矣，是以有德。下德为之执德，而不失其德，有而未化，是以无德。上德无为而无以为者，无心于德之谓也。下德为之而有以为者，有心于德之谓也。”在此义下，“仁”是“爱物之心，浑然与物同体，

---

① 王一清：《道德上经释辞·道常无为章第三十七》，载《重刊道藏辑要》心集九，光绪三十二年（1906）四川成都二仙庵刻本，第36页。

② 王一清：《道德上经释辞·大道泛兮章第三十四》，载《重刊道藏辑要》心集九，光绪三十二年（1906）四川成都二仙庵刻本，第33—34页。

③ 王一清：《道德下经释辞·昔之得一章第三十九》，载《重刊道藏辑要》心集九，光绪三十二年（1906）四川成都二仙庵刻本，第39页。

与道玄符”，属于“为之而无以为”，因此不失为“德之上也”；“义”是“制事之宜，为其存心于分别”，属于“为之而有以为”，因此只能算是“德之下也”；至于“礼”，则是“德之序”，“用以嘉会，而人或不之从，则攘臂引而揖之”，因为其“作为太甚”，因此是“德之愈下也”。[①] 由此，王一清提出自己对“玄德”的重新解释：“圣人之德，顺理而为，无有一毫人欲私智，增损于事物之上，一切出于自然。是故谓之玄德。”[②]“顺理而为”即王一清所谓老子的“无为”，而这一切都是出于自然而然。

汉代以后，“无为”一直是道教神仙修炼悟道、成道的方法和境界。内丹学兴起后，“无为”又成为内丹修炼最根本的方法和最高的境界。在王一清看来，“无为”之说与道家常言的心性修炼直接相关：“无为者，无心于为而无不为之义，虽若有为，犹无为也。吾由是知无为之道，诚有补于心矣。”[③] 他在解释《道德经》“圣人之治，虚其心，实其腹，弱其志，强其骨，常使民无知无欲，使夫知者不敢为也。为无为，则无不治”两句时指出：“至人教人治其身心也，恬憺无思而心虚矣。心虚则意定，意定则神凝，神凝则气聚，气聚而腹实矣。退怯无欲而志弱矣，志弱则无为，无为则精全，精全则髓满，髓满则骨强矣。是以至人常使民无知无欲者，盖以养其本然之至灵，而反于虚也。间或有当知当为者，但顺其理之自然而已。顺理而为，虽有为，犹无为也。无为则心

① 王一清：《道德下经释辞·上德不德章第三十八》，载《重刊道藏辑要》心集九，光绪三十二年（1906）四川成都二仙庵刻本，第37页。

② 王一清：《道德上经释辞·载营魄第十》，载《重刊道藏辑要》心集九，光绪三十二年（1906）四川成都二仙庵刻本，第12页。

③ 王一清：《道德下经释辞·天下之至柔章第四十三》，载《重刊道藏辑要》心集九，光绪三十二年（1906）四川成都二仙庵刻本，第42页。

虚，心虚性定，道妙在躬，何所往而不可哉！”[①]“心”“神”“意”“气”以及“精”“髓”“骨”等身、心两方面的修炼，都是顺理自然、无为而为的结果。

《道德经》作为后世道教崇奉的最高经典，其中诸多内容都被视作道家修炼的思想和方法指南，而其中最关键的一点就是不死长生之道。《道德经》中有所谓“死而不亡者寿”（第三十三章），道教就据以演绎出各种肉体成仙之说。王一清解读《道德经》，自然也免不了会由此立论。其中他对“谷神不死，是谓玄牝”的解释，就是从道家内丹修炼的角度展开：“玄者，虚灵之妙也。牝者，窍也。这个虚灵玄窍，阖辟元气，体性圆通，为生化之本，在人身天地之正中，是造化根宗，性命渊源，实天地交界之所，阴阳混合之处，水火交媾之乡，凝结圣胎之地，精神魂魄皆聚于此。自古神仙修炼内丹，皆在此处，所谓玄关一窍是也。……由是知之：谷神不死者，虚心养神之喻，言其体也；玄牝之门者，阴阳阖辟之喻，言其化也；绵绵若存，用之不勤者，志意不分之喻，言其用也。此言虚心养神，神得其所养而返于心，心不外驰而气自还于身，身心妙合，神气归根，结成大药，谓之还丹，乃不死之道也。”[②] 在王一清看来，这一章所蕴含的奥义，乃是后来道家修炼金丹的“鼻祖”。其中所说由虚心养神到气还于身、神气归根、结成大药，最后修炼成不死之道，正是后世道家所说内丹修炼的基本途径。

道教修炼注重养身，有所谓“肉身成仙”之说。《道德经》中说：“治人事天，莫若啬。夫唯啬，是谓早服。早服谓之重积德。

---

① 王一清：《道德上经释辞·不尚贤章第三》，载《重刊道藏辑要》心集九，光绪三十二年（1906）四川成都二仙庵刻本，第5页。

② 王一清：《道德上经释辞·谷神不死章第六》，载《重刊道藏辑要》心集九，光绪三十二年（1906）四川成都二仙庵刻本，第7—8页。

重积德则无不克，无不克则莫知其极。莫知其极，可以有国。有国之母，可以长久。是谓深根固蒂、长生久视之道。"① 王一清据此大谈"治身"之道，以为治身应当"不轻耗神气，以养其性"，如此才能得闻"事天之道"。② 他劝诫世人"游心于大象，造乎混沌鸿濛之墟，超然无外，作天地间一大丈夫，磊磊落落，散澮无拘"，以达到"大快其身心"的境界。由此以进，"学者试于正心静默之中以求之，绵绵密密以用之，而无间断，力久工纯，自然凿开混沌，探迹太虚，则大象可执，鸿濛可造矣"。③ 具体应当如何求之，他进一步展开说："治身者无所不啬，目不妄视，以啬其神；耳不妄听，以啬其精；口不妄言，以啬其气；心不妄思，以啬其真；身不妄动，以啬其形，而无所不啬。夫惟啬，则能内安其心，外闭其邪。故神得返心，心合于空，空无所空，以复其元初，皆啬之力也。"只有奉行啬养之道，保持神气饱满，进入"早服"状态，进而达到"重积德"的境界，也自然就克服了修炼过程中不断扰乱心神的各种私欲，由此得以窥见长生久视之道："私欲克尽，性天湛澄，可以治人，可以事天，自然与道玄合，莫之为而常自然，则终身用之，有无极之乐也。知其极乐，则造化在我，道妙由心，故足以为安身立命之所矣。这个安身立命之所，若人得之，超凡入圣为不难矣。是谓深根固蒂、长生久视之道。"④

---

① 朱谦之：《老子校释》第五十九章，中华书局，1984，第239—242页。

② 王一清：《道德下经释辞·治人事天章第五十九》，载《重刊道藏辑要》心集九，光绪三十二年（1906）四川成都二仙庵刻本，第55页。

③ 王一清：《道德上经释辞·执大象章第三十五》，载《重刊道藏辑要》心集九，光绪三十二年（1906）四川成都二仙庵刻本，第34—35页。

④ 王一清：《道德下经释辞·治人事天章第五十九》，载《重刊道藏辑要》心集九，光绪三十二年（1906）四川成都二仙庵刻本，第55页。

二、治国之道与南面之术

老子《道德经》重“道”，同时也好言“德”。其中论“德”有这样一段话：“修之身，其德乃真；修之家，其德有余；修之乡，其德乃长；修之于国，其德乃丰；修之于天下，其德乃普。故以身观身，以家观家，以乡观乡，以国观国，以天下观天下。吾何以知天下之然？以此。”[①] 在王一清的理解中，修身、齐家、和乡、治国、平天下在修德的层次上虽然是逐步推进，但在道的层面上却是一以贯之的。至于这个“道”是什么，王一清认为是“道一”。在他看来，“一”就是“至当”，是以“我”为中心而准之于万物的普遍合理性，因此也就可以“以我修身之术观人之身修不修也，以我齐家之法观人之家齐不齐也，以我和乡之志观人之乡和不和也，以我治国之道观人之国治不治也，以我平天下之心观天下人之心同不同也”，从而在修身、齐家、和乡、治国、平天下等各个方面都达到理想的境界。[②]

老子之道讲究清静、无为，其出发点虽然是个人的心性修养，然而对于古之圣王来说，无为并非无所作为，而是顺理自然，以自身言行作则，使民自化。因此王一清在《叙道德经旨总论》中认为，老子之道同样是一种“圣人南面之术”：

> 古之圣王，道治天下，静以修身，动必顺理，无欲无求，无为无执，顺理自然，不妄改作，所以不言而民信，不怒而民畏，无为而民治，其为道也如斯而已。观夫五千文之道，诚不外乎是矣。其曰“为无为，则无不

① 朱谦之：《老子校释》第五十四章，中华书局，1984，第215—216页。

② 王一清：《道德下经释辞·善建章第五十四》，载《重刊道藏辑要》心集九，光绪三十二年（1906）四川成都二仙庵刻本，第51页。

> 治”，其曰“爱民治国，能无为乎”，其曰“治大国若烹小鲜”，其曰“以政治国”，其曰“道常无为，不欲以静，天下将自正”，其曰“我无为而民自化，我好静而民自正，我无事而民自富，我无欲而民自朴”，其曰“以智治国，国之贼；不以智治国，国之福”，其曰“取天下常以无事，有事不足以取天下”，其曰“清静为天下正”，此老子之道，极深研几，圣人南面之术也。①

将道家学说视为“君人南面之术”的看法出自《汉书·艺文志》。其文云：“道家者流，盖出于史官，历记成败存亡祸福古今之道，然后知秉要执本，清虚以自守，卑弱以自持，此君人南面之术也。”又说：“及放者为之，则欲绝去礼学，兼弃仁义，曰独任清虚，可以为治。”在王一清看来，老子当周末乱世，面对周室将倾之势，空怀治国之策而得不到施展，因此才会心存感慨，在《道德经》中发为种种治国言论。他在解读《道德经》第五十三章时指出：“使我得位行志，则介然自守，躬行大道，南面无为以治其国也。然治国教民必自我始，我无为无事，而民自正自化也。施行之际，常存戒慎惕励之心而谨畏之，窃恐万民之失业，百司之不职，赏罚之不明，黜陟之不公也。政甚平易，岂是难行?”②所谓“治国教民必自我始”，正符合王一清对《道德经》“内以修身，外以治国”的定位。从某个角度来说，老子的治国之道是“内在型”的，是由对作为人君的“我”之“修身”出发，行无为之道，进而达到民安国治的目的。

---

① 王一清：《道德经旨意总论》，载《重刊道藏辑要》心集九，光绪三十二年（1906）四川成都二仙庵刻本，第4页。

② 王一清：《道德下经释辞·使我介然章第五十三》，载《重刊道藏辑要》心集九，光绪三十二年（1906）四川成都二仙庵刻本，第50页。

细绎《道德经》，可以发现其中提到“圣人”的地方有二十余处，对其言行、品德多有表彰，对“圣人”之治也多予肯定。如第三章云：“圣人治：虚其心，实其腹，弱其志，强其骨。常使民无知无欲，使知者不敢为，则无不治。”第二十二章云：“是以圣人抱一为天下式。”第二十九章云：“是以圣人去甚，去奢，去泰。”第四十九章云：“圣人无常心，以百姓之心为心。善者吾善之，不善者吾亦善之，得善。信者吾信之，不信者吾亦信之，得信。圣人在天下，怵怵；为天下，浑其心。百姓皆注其耳目，圣人皆孩之。”第五十八章云：“是以圣人方而不割，廉而不害，直而不肆，光而不曜。”第七十七章云：“是以圣人为而不恃，功成不处，斯不见贤。”第八十一章云：“天之道，利而不害。圣人之道，为而不争。”① 因此在解读《道德经》的过程中，王一清也极力宣扬“圣人之道”和“圣人治道”。在他看来，“圣人之道”即“无为之道”，其治政崇尚“无为”。而所谓的“无为”，并非不作为或听之任之，而是指一种不借助外力的顺其自然式的引导，以达到不治而治的理想境界。对此，他在具体解读中进一步指出：“圣人之为，时行则行，时止则止，以补万物之自然来干我者，顺以应之，即到解脱之场，入无为之域也。取天下常以无事，有事不足以取天下者。然天下之情，好安静而恶烦乱，归仁义而叛残暴。无事则民安，天下归之；多事则民烦，天下叛之。此人君南面之术，无为之道也。”② “无为而治”是符合王一清治世理想的“南面之术”。在王一清看来，老子撰写《道德经》，此亦为其用意之一。

在王一清的认知中，老子提倡的无为之道，在末法时代不失

---

① 朱谦之：《老子校释》，中华书局，1984。

② 王一清：《道德下经释辞·为学日益章第四十八》，载《重刊道藏辑要》心集九，光绪三十二年（1906）四川成都二仙庵刻本，第46页。

为求治的一剂良方："侯王若能法而守之，无欲以养心，顺理以应事，因时制宜，不逆民物，久而勿失，天下臣民自然感化。故曰万物将自化也。间或有妄心起，情欲生，直以理而治之，使则复静，静则妄尽心空，自然无欲，无欲则无事矣。无事无为，而民自安，国自治，天下自正矣。"① 如果能够将老子提倡的炼养之道运用于治国理民，其治理效果甚至能比已行的各种方案都会更胜一筹。王一清在引述了历代以来各种评论老子治国理念的看法后总结说：

> 故知五千文之旨，在于收敛事物之分散，而归于敦朴之纯一，无为而无不为，以复体性之自然也。旨哉玄矣，深矣，诚为众妙之门矣，岂止于修身复性、长生久视而已哉？若以其道举之于政，内以修身，外以治国，以无私应世，以无为治心，以无心待物，以无事治民，以不战为策命诸将，以省刑息事敕百司，则下民自然观感兴起，不数载间，其民淳淳，其俗朴朴，则羲轩之化复行，唐虞之治可觊，比隆禹文，铢视汤武，淳朴之风重见，圣人大体复明。上古圣王以道治天下，何有以加于此哉？②

"复体性之自然""修身复性、长生久视"不过只是老子论"道"的一个侧面，与之相对应的"治国"一面同样不容忽视。将包含于"无为"思想中的"无事""不战""省刑息事"等理念运

① 王一清：《道德上经释辞·道常无为章第三十七》，载《重刊道藏辑要》心集九，光绪三十二年（1906）四川成都二仙庵刻本，第36页。

② 王一清：《道德经旨意总论》，载《重刊道藏辑要》心集九，光绪三十二年（1906）四川成都二仙庵刻本，第7页。

用于国家治理，也能收到民安国治的效果。其论说虽带有道家复古主义的国家理想色彩，也是从另一侧面肯定老子学说作为一种治国方略的有效性。

国之治与不治，很大程度上即在于君与民之间的关系处于何种状态。所谓“水能载舟，亦能覆舟”，即是对君民关系与国之存亡间联系的一种形象表述。在王一清看来，善行“无为之道”的圣人，在处理君民关系方面也值得称道：“圣人之在天下，慄慄然亦甚切矣。视天下之人为一人，以天下之心为一心，而无所分别，故曰浑其心也。而天下之人，服圣人之化，皆注其耳目，而观圣人威仪可范，言语可法，仰之如天地，信之如神明，亲之如父母也。而圣人视其民也，诚恐伤之，故保之如赤子，爱之如婴孩也。”[①] “视天下之人为一人，以天下之心为一心”，对民众始终保持赤子之心，以对待婴孩的态度视民爱民，自然也能从民众那里得到同样的回馈。

老子提倡的自然之道，在世变的背景下或许不失为治政牧民的良方。《道德经》中说：“太上，下知有之；其次，亲之豫之；其次，畏之侮之。信不足，有不信！由其贵言。成功事遂，百姓谓我自然。”[②] 王一清认为，老子这是从使民“信”的角度谈论如何教化民众，稳定国家：“太古、上古之世，天下之民惟知有尊君而已。及其后也，始有亲誉之意。誉必生毁，民伪兴焉。故设刑法以威之，始有畏惧之心。法严则伤恩，始有侮慢之意。数者良由在上之人去诚用智而信不足，其民始疑而不信矣。民之不信而难治者，盖由上之有为，不尚真实，不务德化，惟以言语为贵以烦民，岂不愈重其疑，而民不信宜矣。莫若以不言之教，无为而治，

---

① 王一清：《道德下经释辞·天下无常心章第四十九》，载《重刊道藏辑要》心集九，光绪三十二年（1906）四川成都二仙庵刻本，第 47 页。

② 朱谦之：《老子校释》第十七章，中华书局，1984，第 68—70 页。

挽回太古淳风，而民安俗美，天下自然化也。如是则功成事遂，百姓谓我自然也。”[①] 在王一清看来，国家治理的根本，并不在于法律的严苛，而在于形成一种崇尚真实、言而有信的风气。如此一来，不需要过多言语的粉饰，民众自然而然会归化于为政者的仁德之下，从而达到治世的目的。

对历史大势的认识，也可以从自然之道得到启发。《道德经》二十九章云：“物或行或随，或嘘或吹，或强或羸，或接或隳。”[②] 王一清解释其含义说：“言天下之事，虽有前后温寒强弱安危之不一，而其自然之机，当然之理，其势有所不可掩者。然非智力之所能为，但循理之自然，无为无执，顺而应之，以安其分可也。”[③] 顺应自然之道，顺天应人，无为而为，是圣人的治国之道。能够做到这一点，才能创造“万民乐业，四海慕德，天下安宁”的升平气象，进而实现“安大宝，守神器”的太平盛世。

老子谈论治国，常为人所提及的一句话是“治大国若烹小鲜”(第六十章)。王一清认为，这其中蕴含了圣人治国的理念：“圣人之治大国，虚明以养其心，俭约以奉其身，清慎以坚其志，安静以治其国。”[④] 在他看来，治大国之人，如果可以做到“不自高自大而骄盈，惟以谦虚安静而为策”，就能够“得天下之心”，从而实现“国自治，民自安”的治世局面。[⑤]

---

① 王一清：《道德上经释辞·太上下知章第十七》，载《重刊道藏辑要》心集九，光绪三十二年（1906）四川成都二仙庵刻本，第18页。

② 朱谦之：《老子校释》第二十九章，中华书局，1984，第116—117页。王一清《释辞》所引《道德经》文与此略有差异。

③ 王一清：《道德上经释辞·将欲取天下章第二十九》，载《重刊道藏辑要》心集九，光绪三十二年（1906）四川成都二仙庵刻本，第29页。

④ 王一清：《道德下经释辞·治大国章第六十》，载《重刊道藏辑要》心集九，光绪三十二年（1906）四川成都二仙庵刻本，第56页。

⑤ 王一清：《道德下经释辞·大国下流章第六十一》，载《重刊道藏辑要》心集九，光绪三十二年（1906）四川成都二仙庵刻本，第57页。

对于国之用兵，《道德经》也曾多次谈及，其中之一说："用兵有言：'吾不敢为主而为客，不敢进寸而退尺。'是谓行无行，攘无臂，扔无敌，执无兵。祸莫大于轻敌，轻敌几丧吾宝。故抗兵相加，则哀者胜。"（第六十九章）对此，王一清在释辞中加以引申说："有国者若无轻敌妄动之心，常存不战保全之念，虽在军旅之中，如无行阵之可行，无臂之可攘，无敌之可迎，无兵之可执，以其无战之谓也。若轻敌者，必致于杀人，则仁慈不忍人之心又安在哉？"① 对于《道德经》提出的"以正治国，以奇治兵，以无事取天下"（第五十七章）说法，王一清解读说："以正治国，顺理而已。以奇用兵，从权变也。以无事取天下，无事无为则民安，故得天下之心也；政烦多事则民乱，故失天下之心也。吾何足以知其治国、用兵、取天下之道哉？但无私无欲以顺其自然而已。"② 在用兵方面，同样能够看到老子所提倡的"无为之道"。

---

① 王一清：《道德下经释辞·用兵有言章第六十九》，载《重刊道藏辑要》心集九，光绪三十二年（1906）四川成都二仙庵刻本，第63—64页。

② 王一清：《道德下经释辞·以正治国章第五十七》，载《重刊道藏辑要》心集九，光绪三十二年（1906）四川成都二仙庵刻本，第53页。

第八章　明代俗文学中的道教叙事
——以“二拍”为考察对象

道教徒的道教叙事以方外视角传教、论道、抒写个人的宗教体验，传教、论道作用于方内，才可广延信众。俗文学的道教叙事则是对这种作用的回应，有人云亦云的仿拟，也有呈现方内视角的再创作。关注后者，可以照见道教文学对世俗文学的渗透与影响，以及方内视角对方外叙事的关注与思考。俗众作为道教文学的主要受体，方内视角不宜置之不论。如论，明末拟话本小说集“二拍”可做参考。

第一节　遇仙：方外与方内

道教遇仙小说从方外的立场宣扬神仙实有、仙人可遇以吸引俗众，以仙缘难得阐释仙人有而难遇的问诘，坚定世人的修行奉道之心。“二拍”从方内的立场关注遇仙题材，是基于世人心存遇仙的侥幸而反受其害的现象，以仙缘难得来消解世人的遇仙奢想，既然仙缘注定就不要心存侥幸，要引命自安。

道教的遇仙小说体现出鲜明的世俗色彩，主要表现为仙人下凡恩济有缘、凡人遇仙得偿所愿的互动模式，迎合世人的遇仙期待。魏晋时期，遇仙即可白日飞升的说辞虽然可以吸引身处乱世的民众，但仍有人对未知的仙界心存疑惧，比照人间想象天界也尊卑有别，戒律森严，认为“天上多尊官大神，新仙者位卑，所奉事非一，但更劳苦”[①]。到了唐代，世人不愿割舍世俗享乐，宁愿选择人间富贵而放弃求仙，宣称“二十年宰相，重权在己，安可以白日升天易之乎?”[②]到了元明，随着俗欲的膨胀，世人的诉求更趋于实际的好处。为了迎合俗众，道教的仙人也不得不从天界下凡，走进宫廷、市井，甚至走进人的卧房，由修行导师转为命运军师，甚至枕席腻友，逐层下降。

帝王遇仙题材，关注的是帝王的长生欲。帝王在人间拥有无以复加的特权，所不能者在长生，因此道教为了迎合帝王，多以遇仙可长生、可飞升为饵。《汉武故事》中西王母亲临凡尘，指导汉武帝长生之术，《云笈七签》中罗公远先知如神，可带唐明皇游月宫，逛仙境。不同的是，从汉到唐仙人的形象有所变化。《汉武故事》中西王母是《山海经》《穆天子传》等传说中的上神，被道教借以自神其教，是理想的天仙形象，因“仙者非有求人主，人主者求之”[③]，故姿态高高在上。而“二拍”《初刻》卷七中提到的张果老、叶法善、罗公远等人，虽是道教网罗的地仙，但实有其人，很难抹去他们向帝王宣教、邀宠时的真实姿态。凌濛初通过对三人本事的剪裁处理，展现了唐时道士通过舆论造势、以仙人或仙使身份进入宫廷、小心谨慎地周旋在帝王身边，或是故弄玄虚、虚张声势，或是谨言慎行、虚与委蛇的实际处境。他们生怕一旦触犯龙鳞就失去宠信，甚至招来杀身之祸。如唐明皇见张果老，因他齿发衰朽不似得道之人，想出以饮之立死的毒堇汁试探他，试过后，仍疑心他来历不正并非真仙。再如罗公远善隐形之法，因为不肯教玄宗，玄宗就发怒喝令要将他绑出斩首。这些

① 王明：《抱朴子内篇校释·对俗》，中华书局，1985，第52页。

② 李昉等：《太平广记》卷十九《李林甫》，人民文学出版社，1959，第129页。

③ 司马迁：《史记》，中华书局，1982，第1396页。

人即便以幻术获得了帝王的关注，也不过是被帝王以俳优蓄之。唐明皇敬重带他游月宫的叶法善，与张果老一般，仅仅是“时常留他两人在宫中，或下棋，或斗小法，赌胜负为戏”[①]而已。到了明代，嘉靖皇帝也好道，他身边道士陶仲文以献方术得宠，史载“仲文得宠二十年，位极人臣，然小心慎密，不敢恣肆”[②]，即是现成例证。从汉至唐再到明，仙人的身份从高高在上的帝王师下降成阶下臣，由帝王祈求到迎合帝王的过程，趋势明显。

士子遇仙题材，关注的是士子的功名欲。自隋唐以科举取士，士人即对功名趋之若鹜，明代天顺年间还形成“非进士不入翰林，非翰林不入内阁，南、北礼部尚书、侍郎及吏部右侍郎，非翰林不任”的成例[③]，一旦登科，终身清贵。但是能跃龙门者毕竟是极少数，更多人终身失意，难求一第。唐落第举子杜羔曾被妻子这样奚落：“良人的的有奇才，何事年年被放回？如今妾面羞君面，君若来时近夜来。”[④]《初刻》卷四十中的士子李君接连十次落榜，也受到妻子的激聒。富贵则畏惧，贫贱而轻易，至亲夫妻尚且如此，人情冷暖于此可见。二拍作者本人对此也有切肤之感，据郑龙采《别驾初成公墓志铭》所载：“公（凌濛初）试于浙，再中副车；改试南雍，又中副车；改试北雍，复中副车，乃作《绝交举子书》，为归隐计。”[⑤]有此经历，无怪乎凌濛初有此感慨：“话说人生只有科第一事，最是黑暗，没有甚定准的。自古道‘文齐福不齐’，随你胸中锦绣，笔下龙蛇，若是命运不到，倒不如乳臭小

① 凌濛初：《拍案惊奇》，上海古籍出版社，1982，第122页。

② 张廷玉等：《明史·佞幸》，中华书局，1974，第7898页。

③ 张廷玉等：《明史·选举志》，中华书局，1974，第1702页。

④ 计有功：《唐诗纪事》，中华书局，1965，第1121页。

⑤ 郑龙采：《别驾初成公墓志铭》，载《学林漫录》第5集《曲目丛拾》（周绍良抄录），中华书局，1982，第97页。

儿、卖菜佣，早登科甲去了"①，"文章自古无凭据，惟愿朱衣一点头"②。乞钱羁客面，落第举人心，委实令人同情。因此，"仙助功名"成了士子们幻想的安慰。唐代士子祈请功名和庇佑的对象还是普度兼济的泛神，如柳神九烈君、岳神、吕洞宾、《初刻》卷四十入话中求祷的观音，以及正话中李使君客馆偶遇的白衣人等。文人小说的杜撰或附会，有时也会为道教所采用，如文昌梓潼帝君即是道教造神的成功案例。本来庙食在蜀的梓潼神在《铁围山丛谈》《梦粱录》等笔记中有了左右功名的神职，道教徒便通过《高上大洞文昌司禄紫阳宝箓》《梓潼帝君化书》等道书，结合文昌星崇拜，创造出一个专职的科举神——梓潼文昌帝君。魁星、朱衣神也是道教取材于方内叙事所造，成为文昌帐下的科举辅神。梓潼文昌帝君之所以能够在民间获得广泛受众，就在于其保护文运、祷应灵验的神格满足了世人对功名的渴求。

商人遇仙题材，关注的是商人的财色欲。明代商业兴起，有些地方倒把举业看淡，"却是徽州风俗，以商贾为第一等生业，科举反在次着"③。然而，经商大不易，"二拍"有因倒运折本的（《初刻》卷一文若虚），有因多次遭贼伤财的（《初刻》卷八王生），还有客死他乡的（《二刻》卷二十一王氏兄弟）。因此，商人梦想能够预知先机，获取暴利。在这种需求下，明代出现了以商人为主角的遇仙小说——《辽阳海神传》，《二刻》卷三十七即改编自此。文中的程宰弟兄折了本钱，怕还乡受人笑话，羞惭惨沮，只得客寄他乡，勉强度日。在此困厄之间，来自海神的女仙自献于程宰卧房之内，不但给予他情爱的满足，还助他完成发财致富与平安返乡的心愿。正如海神所说："我得与郎相遇，虽不能大有

---

① 凌濛初：《拍案惊奇》，上海古籍出版社，1982，第702页。
② 凌濛初：《拍案惊奇》，上海古籍出版社，1982，第702页。
③ 凌濛初：《二刻拍案惊奇》，上海古籍出版社，1983，第680页。

益于郎，亦可使郎身体康健，资用丰足。倘有患难之处，亦可出小力周全。”[①]凌濛初在转述此文时，不禁微词道：“但不知程宰无过是个经商俗人，有何缘分得有此一段奇遇?”[②] 无怪乎凌濛初有此一问。士农工商，从士人的立场来看，商人地位最低，程宰并无过人之处，竟能得到女仙如此温柔多情的慰藉和襄助，不过是白日做梦。但从商人的立场来看，“仙助功名”何尝不是士人的白日梦。

“二拍”三篇遇仙小说中，仙人的形象和功能与世推移。从此前汉魏遇仙小说中的女仙虽美，却凛然不可侵犯。如《汉武故事》中的西王母、上元夫人，她们在指斥武帝“情恣体欲，淫乱过甚，杀伐非法，奢侈其性”[③] 时，严辞厉声，不留颜面。葛洪《神仙传·麻姑传》中的麻姑，因凡人蔡经对她生出不敬之念——幻想用其手爪爬背瘙痒，就以仙法鞭责了蔡经。唐代女仙虽然混迹人间，但仙遇的对象多为忠臣孝子及文士，不至于像“二拍”中的明代女仙，竟能够去俯就一个俗商。仙人从帝王师、士子友到商贾“妻”，从迎请“诏集”、偶遇到自动上门，从宫廷、市井到卧房之内，从满足长生欲、功名欲到金钱欲和色欲，体现了世人日趋功利化、世俗化的遇仙诉求。

道教遇仙叙事接受宿命论，提出人人皆有遇仙、成仙的可能，声称“胞胎之中，已含信道之性”[④]，是为了广收信众。而“二拍”的遇仙小说强调宿命，是为了消解本事中道教叙事的消极影响，通过诗词、判词或干预叙事的议论来劝诫世人：即便神仙实有，但前缘已定，与其奢望遇仙，不若引命自安；与其欲求不满

① 凌濛初：《二刻拍案惊奇》，上海古籍出版社，1983，第684页。
② 凌濛初：《二刻拍案惊奇》，上海古籍出版社，1983，第693页。
③ 刘歆等：《西京杂记（外五种）》，上海古籍出版社，2012，第73页。
④ 王明：《抱朴子内篇校释·对俗》，中华书局，1985，第226页。

而致祸，不若清心寡欲以远祸。

“二拍”三篇遇仙小说（《初刻》卷七、《初刻》卷四十、《二刻》卷三十七）体现了统一的立场：即仙人仙术也难以改变人生宿命：道教先知不能免除玄宗幸蜀，仙君指引不能更改死期，海神有术不能妄取人财。尽管小说中并不否定仙人仙术的玄妙，如《初刻》卷七李遐周的谶诗“燕市人皆去，函关马不归。若逢山下鬼，环上系罗衣”预言了马嵬坡事变，罗公远的谶语“蜀当归”预言了玄宗能够转危为安，但凌濛初的叙事重点在于：即便仙家仙术能够前知，也不能左右历史的进程：“好道秦王与汉王，岂知治道在经常？纵然法术无穷幻，不救杨家一命亡。”[①]《初刻》卷四十李君在离世前，发表了一通宿命说：“仙兄数已定矣，哭他何干？”“就是当初富吾、贵吾，也元是吾命中所有之物。前数分明，止是仙兄前知，费得一番引路。我今思之：一生应举，真才却不能一第，直待时节到来，还要遇巧，假手于人，方得成名，可不是数已前定？天下事大约强求不得的。而今官位至此，仙兄判断已决，我岂复不知止足，尚怀遗恨哉？”[②] 李君的含笑而卒是对宿命的认可，也是凌濛初所要表达的：“人生自合有穷时，纵是仙家讵得私？富贵只缘乘巧凑，应知难改盖棺期。”[③] 以此来劝慰世人，功名有定数，不可强求。《二刻》卷三十七中海神仙术奇幻，程宰心里想要什么物件，即刻就能变出，但这仅限于炫技而已，不可妄取人财，也劝世人不要染指非分之物。

认同宿命，可以诠释命运的无常，也能够消弭些欲望，减少因此产生的痛苦。提倡天道有常，君主就应以常理治国，而不是希求仙人辅弼；提倡物有定主，世人就不应枉使心机，想要财富

---

① 凌濛初：《拍案惊奇》，上海古籍出版社，1982，第126页。
② 凌濛初：《拍案惊奇》，上海古籍出版社，1982，第718页。
③ 凌濛初：《拍案惊奇》，上海古籍出版社，1982，第718页。

就该以正常的方式去赚取；提倡功名前定，士子就不必因落第而抑郁不快，不必刻意钻营。认可因缘宿定，就少些痴心妄想。认可寿夭有定，就能多些达观洒脱。世信神仙，不如信公道。不去想非分之物、享非分之福，才能避免无名之祸，避免生出过多无谓的挣扎与痴想，消减个人膨胀的欲望，舒缓时不我予的痛苦。

简言之，道教遇仙题材是以遂欲来迎合世人的欲望，“二拍”则是以宿命和认命来纾解世人的欲望。凌濛初试图以此打消世人对神仙、仙术的期待，将他们引回到传统的道德观念中来，希望世人广积阴骘，积德行善才是正道。

第二节　修仙：遂欲与禁欲

道教在修行理念层面推崇冲虚清净，但在修行实践中却存在黄白术、房中术这类的方技，以吸引那些“也要炼银子，也要做神仙，也要女色取乐”① 的世人。多有借修炼之名、行纵欲之实者，信黄白术求财不得反而破财败家，信房中术求内丹不成反而劳精耗神，信服食求长生反而中毒短命。

道教修仙叙事为了阐释修仙可成与实践失败的想象，强调修仙可成打消修行者的疑虑，坚定修仙者的道心，将修仙失败归因于修行者自身的道心不坚，称：“或有怠厌而中止，或有怨恚而造退，或有诱于荣利，而还修流俗之事，或有败于邪说，而失其淡泊之志，或朝为而夕欲其成，或坐修而立望其效。”②“张道陵七试赵升”即是典型案例，最关键的考验，也是最后一次考验，是以张道陵投空坠崖来考察赵升，赵升坚信不改，“自掷谷中”③，才算

① 凌濛初：《二刻拍案惊奇》，上海古籍出版社，1983，第 374 页。
② 王明：《抱朴子内篇校释·极言》，中华书局，1985，第 239 页。
③ 张君房：《云笈七签》第五卷，中华书局，2003，第 2383 页。

通过考验。因此，道教叙事的重心在于劝导：虔心奉道，才可能有遇仙的缘分；坚定修仙，才可能得道成仙。假使求道者有一丝动摇或疑虑，就会前功尽弃。

“二拍”并不旨在质疑道教的修炼理念与修炼方技，它认为道教的三重修炼教门皆是正法，不过是层次高低有别而已：“最上者冲虚清净，出有入无，超尘俗而上升，同天地而不老。其次者，修真炼性，吐故纳新，筑坎离以延年，煮铅汞以济物。最下者，行持符箓，役使鬼神，设章醮以通上界，建考召以达冥途。”① 然而，道教旨在宣讲和劝信，强调虔心是修炼成败的关键，“二拍”则旨在消解和劝诫，强调寡欲和无私才是修成的前提。

“二拍”对炼丹术、黄白术、房中术的阐释可以见出其立场。

炼丹术是道教的重要组成部分，葛洪《抱朴子·金丹》认为，服食金丹可以长生：“夫金丹之为物，烧之愈久，变化愈妙。黄金入火，百炼不消，埋之，毕天不朽。服此二物，炼人身体，故能令人不老不死。”② 凌濛初沿袭这种说法，“制造之药，其方未尝不是仙家的遗传”③，“看了（朱）文公此诗，也道仙药是有的”④，但凌濛初强调的是炼丹修仙的前提：“却是神仙炼制此药，需用身心宁静，一毫嗜欲也无，所以服了此药，身中水火自能匀炼，故能骨力坚强、长生不死。今世制药之人，先是一种贪财贪色之念横于胸中，正要借此药力挣得寿命，可以恣其所为，意思先错了。又把那耗精劳形的躯壳要降伏他金石熬炼之药，怎当得起？所以十个九个败了。”⑤ 凌濛初认为世人之所以炼不成金、延不了命、

---

① 凌濛初：《拍案惊奇》，上海古籍出版社，1992，第272页。
② 王明：《抱朴子内篇校释·金丹》，中华书局，1985，第71页。
③ 凌濛初：《二刻拍案惊奇》，上海古籍出版社，1993，第372页。
④ 凌濛初：《二刻拍案惊奇》，上海古籍出版社，1993，第373页。
⑤ 凌濛初：《二刻拍案惊奇》，上海古籍出版社，1993，第373页。

修不成仙，就在于欲念太重："如今这些贪人，拥着娇妻美妾，求田问舍，损人肥己，掂斤播两，何等肚肠！寻着一伙酒肉道人，指望炼成了丹，要受用一世，遗之子孙，岂不痴了……难道是掉起内养工夫，单单弄那银子的？只这点念头，也就万万无有炼得丹成的事了。"[①]依凌濛初的阐释，神仙修炼丹药之所以成功，在于神仙不是为了满足私欲，而是用来济世、度人。如果不禁欲而妄想长生只能是水中捞月，其结果往往与预期恰恰相反，求财反破财、求长生反短命。如晋人喜服食"五石散""寒食散"，后世君王、士大夫也多有同好。明嘉靖皇帝更是离谱，竟相信道士之言而炼"红铅""秋石"，导致"晚年须眉脱落，乃至大渐，丹毒并作"[②]。所谓丹毒并作，实际就是重金属中毒。凌濛初所言，当是有感而发。

黄白术是炼丹术的一种，专指炼金术，初始是为了服食修炼。汉方士李少君曾上书游说武帝："祠灶则致物，致物而丹沙可化为黄金。黄金成以为饮食器则益寿。"[③] 葛洪在《抱朴子·黄白》中力证黄白术的灵验可信，一是仙方实有，但"古人秘重其道，不欲指斥，故隐之云尔"；二是仙方难解，"多深微难知，其可解分明者少许尔"；三是修炼不易，"斋洁禁忌之勤苦，与金丹神仙药无异也"；四是传须得人，"如非其人，口是而心非者，虽寸断支解，而道犹不出也"。以此种种来打消"世人多疑此事为虚诞"的顾虑。[④] 这种论证，是对黄白术在实践层面很难实现的解释，但却成为一些方士招摇撞骗的说辞。

---

① 凌濛初：《拍案惊奇》，上海古籍出版社，1992，第 303 页。

② 王圻：《续文献通考》卷二四〇，第 23 册，浙江古籍出版社，2000，第 14367 页。

③ 司马迁：《史记》，中华书局，1982，第 1383 页。

④ 王明：《抱朴子内篇校释·黄白》，中华书局，1985，第 283—285 页。

“二拍”《初刻》卷十八以专章来揭穿黄白术的骗局，认为方士以黄白术骗人，之所以能够得逞，主要有两个原因。一个是方士抓住了世人的贪心：“原来人心不可有欲：一有欲心被人窥破，便要落入圈套。”[①] 如该卷中的潘监生，本是松江一个富翁，还是国子监监生，有钱，有见识，也不缺女色，但看到丹客豪奢挥霍，又有美姬相伴，就心有不足，羡慕道：“这个人有此丹法、又有如此美姬，人生至此，可谓极乐。”因为这种贪心才中了丹客的圈套，将银子交与丹客，结果被“提罐”骗走。另一个原因是方士利用了道教黄白术的理论，哄得世人虔心。面对世人的质疑：“破布衫巾破布裙，逢人惯说会烧银。自家何不烧些用？担水河头卖与人。”方士是这样回应的：“神仙必须度世，妙法不可自私。必竟有一种具得仙骨，结得仙缘的，方可共炼共修，内丹成，外丹亦成。”[②] 方士还会利用炼丹的禁忌理论，设置圈套，骗人在丹房犯戒，再以炼丹须斋洁为由，将炼丹失败的原因归于对方。潘监生之所以一再上当，除了贪心外，就是相信了这些说辞，他把炼丹失败的原因归结为“无缘遇不到好的”，“从古有这家法术，岂有做不来的事？”[③] “纵不然，或者另遇着真正法术，再得炼成真丹，也不见得。”[④] 当他被某丹客骗了两千两银子后，还认真地以为“是自家错过”，若不是自己贪图丹客侍妾的美色，在丹房里就破了色戒，丹就炼成了，此后“越好那丹术不已”[⑤]。若不是潘监生自己参与了骗局，又遇到当初骗他入彀的娼女道破当日真相，他还会痴心下去。凌濛初捏合了《古今谭概》卷二十一《丹客》

① 凌濛初：《拍案惊奇》，上海古籍出版社，1992，第 303 页。
② 凌濛初：《拍案惊奇》，上海古籍出版社，1992，第 303 页。
③ 凌濛初：《拍案惊奇》，上海古籍出版社，1992，第 303 页。
④ 凌濛初：《拍案惊奇》，上海古籍出版社，1992，第 315 页。
⑤ 凌濛初：《拍案惊奇》，上海古籍出版社，1992，第 314 页。

多则本事，突出潘监生的一再上当，详细描述了潘监生从执迷不悟、怀有侥幸到如梦初醒的心理过程，揭穿了方士高超的骗术，使得潘监生在参与骗局的妓女指点下，幡然醒悟，终身不信炉火之事。

房中术是道教方技之一。早期道教宣扬“乐而有节”，通过阴阳和合，将产生较早的房中术吸纳到道教修炼方技中，即“用女子为鼎器，与他交合，采阴补阳，捉坎填离，炼成婴儿姹女，以为内丹，名为采战工夫，乃黄帝、容成公、彭祖御女之术”①。这种方技“又可取乐，又可长生”②，能够强身治病、延年益寿，甚至达到肉身成仙的功效。但随着道教的发展，房中术多为士人所诟病，道教亦将其定位为下道，《真诰》称：“紫微夫人授书曰：夫黄书赤界，虽长生之秘要，实得生之下术也。非上宫天真、流軿晏景之夫所得言也。此道在长养分生而已，非上道也。”③尽管如此，房中术仍然流行于世俗中，成为世人宣淫的借口与佐欢的工具，也成为道教徒向世俗权贵邀宠的秘术。明世宗嘉靖中后期颇好此道，一为长生，二为纵欲。《留青日札》卷四载方士向嘉靖献药，“至于武当山道士太康高守中，进三元等丹，皆用麝香、附子诸热毒之剂，假以延年羽化为名，其实皆房中术耳”④。《万历野获编·秘方见幸》载陶仲文“献房中秘方，得幸世宗，官至特进、光禄大夫、柱国、少傅、少保、礼部尚书、恭诚伯”⑤。上有所好，下必效焉，一时朝野上下，庙堂内外俱好此道。然而，此术多以药石辅佐，如果纵欲，不但会坏人精神、损人形体，甚至可能

---

① 凌濛初：《二刻拍案惊奇》，上海古籍出版社，1983，第 374 页。

② 凌濛初：《二刻拍案惊奇》，上海古籍出版社，1983，第 374 页。

③ 《真诰》卷二，载《道藏》第 20 册，文物出版社、上海书店、天津古籍出版社，1988，第 497 页。

④ 田艺蘅：《留青日札》三十九卷，朱碧莲点校，上海古籍出版社，1992，第 672 页。

⑤ 沈德符：《万历野获编》，中华书局，1959，第 546 页。

丧命。

“二拍”《二刻》卷十八以专章来劝人莫痴心房中术可长生的话头。凌濛初将故事背景放在“国朝”，应有讽喻时风之意。文中的玄玄子能够代表借房中术行骗的一类术士形象，他们以“内丹采战”“初下手人必借力于药”等话语来打动世人，不过是借秘药邀宠获利而已。甄监生听信这番话语，因贪心导致服药过量而死。凌濛初认为玄玄子虽有过错，但甄监生也是咎由自取：“你道这些方士固然可恨，却是此一件事是甄监生自家误用其药，不知解法，以致药发身死，并非方士下手故杀的。”① 凌濛初并非道学先生，他能够正视人欲，肯定合理情欲，反对纵欲。如青年男女，正值青春，彼此思慕，则是人之常情。在《初刻》卷二十五“赵司户千里遗音”、《初刻》卷二十九“通闺闼坚心灯火”、《初刻》卷三十四“闻人生野战翠浮庵”、《二刻》卷九“莽儿郎惊散新莺燕”、《二刻》卷十七“同窗友认假作真”、《二刻》卷二十九“赠芝麻识破假形”、《二刻》卷三十五“错调情贾母詈女”等篇中，凌濛初对偷情、私订终身、痴心不渝的男女表现出宽容与同情，只因他们以情为先，非同纵欲。如果是出家人，凌濛初也主张如果不能守戒不如索性还俗，既可以纯洁宗教队伍，又可以合理满足情欲。但是对于纵欲者，凌濛初却多有劝惩。凌濛初认为，凡事不可过欲，纵欲则必会伤身。如果能够乐而有节、适度即可，就不至像甄监生一样：“信着方上人，好那丹方鼎器，弄丢了自己的性命，又几乎连累几条人命。”②

人皆有欲，最难超脱。道教最上等的冲虚境界非常人所能企及，因此修仙必禁欲的前提是世人修炼的最大障碍。“二拍”还以

① 凌濛初：《二刻拍案惊奇》，上海古籍出版社，1983，第378页。

② 凌濛初：《二刻拍案惊奇》，上海古籍出版社，1983，第373页。

“杜子春遇仙”为例，苦劝世人：“只如杜子春遇仙，在云台观炼药将成，寻他去做‘外护’，只为一点爱根不断，累他丹鼎飞败。”①世上俗人七情六欲齐全，就更不要痴心妄想了，正所谓：“丹术须先断情欲，尘缘岂许相驰逐？贪淫若是望丹成，阴沟洞里天鹅肉。”②

简言之，“二拍”的修仙理论是：古人修仙为济世，今人修仙为济私，故前者可成，后者必败。修炼方技必须在这一前提下进行。凌濛初的修仙理论平衡了道教理论上倡导的丹道效应与实践效果之间的反差。作者并非在指导世人如何修仙，而是警醒世人：仙缘难得少妄想，欲望不除莫修仙。

第三节　修行：持戒与破戒

无论方内方外，都对道教徒有较高的要求。道教以传统伦理为基础，以严格戒律为约束，期望获得世俗的认可。为了能够使道教徒奉行正法，除了努力向传统伦理靠拢，道教组织还制定一系列的道教戒律来规范道教徒的行为。尽管戒律有简有繁，但都把禁欲放在戒律的首位，有欲望则有所谋求，就会将为公的思想转为为私，就会将正法变为邪术。

道教戒律中也纳入了传统伦理中的忠孝观念，如葛洪认为：“欲求仙者，要当以忠孝和顺仁信为本。若德行不修，而但务方术，皆不得长生也。”③从中可以看出道教戒律对传统伦理的迎合。儒家伦理对修身、齐家、治国、平天下有一套理论，道教伦理也体现了对正统伦理的认可，即个人修心以清心寡欲，修身以戒淫

① 凌濛初：《拍案惊奇》，上海古籍出版社，1982，第303页。
② 凌濛初：《拍案惊奇》，上海古籍出版社，1982，第317页。
③ 王明：《抱朴子内篇校释·黄白》，中华书局，1985，第53页。

邪、行善抑恶来稳定社会，修行以贵人重生、保国安民来实现对政权的辅佐。然而，道教戒律颇多，有些戒律太过繁细，如果违背戒律，则幽有神谴，明有教规，还会招致方外人的非议。

“二拍”在处理道教徒持戒与破戒题材时，并未简单地调侃或谴责，而是从人性化的立场关注道教徒的本能欲望，认为能脱俗最好，若不能免俗，不如还俗。至于那种既不能脱俗，又要依仗道家法术满足个人私欲、为非作歹的教徒，凌濛初才加以贬斥。

道家法术本身并无正邪之分，正如凌濛初所界定的：“那学了与民间祛妖除害的，便是正法：若是去为非作歹的，只叫得妖术。虽是邪正不同，却也是极灵验难得的。”[①] 凌濛初认为最上者“冲虚清净”，正是先秦道家所提倡的。老子《道德经》提出：“罪莫大于可欲，祸莫大于不知足，咎莫大于欲得。”正法往往需要严格禁欲，济世安民——（剑术）——要戒酒及色；延年益寿——（房中术及黄白丹道）——须清心寡欲；“祛妖除害”——（符箓）——须奉持谨慎、戒淫邪不法之事。总之以禁欲为第一要旨。禁欲则可以使道教徒与世俗众生拉开距离，才能够站在方外对红尘中人施以无功利的宗教关怀，这既是凌濛初对宗教救世、济世的期待，也是对世俗人生秩序稳定的渴望。

凌濛初并不排斥道家法术，只要不违背世俗伦理，都可以作为欣赏的对象。“二拍”《初刻》卷四、《初刻》卷十七、《二刻》卷三十七就对剑侠、道士、海神三家仙术表现出超乎寻常的热情。《初刻》卷七“唐明皇好道集奇人”的主要篇幅便是对道士的法术的展示。凌濛初分别展示了李遐周（前知算术，预知明皇幸蜀、贵妃投缳）、张果（噀水成驴、胎息不死、先知术、杯化道士、辨识仙鹿、自神其年）、叶法善（诛荡精怪、扫馘凶妖、所在救人、

---

① 凌濛初：《拍案惊奇》，上海古籍出版社，1982，第273页。

识破番使之奸谋、元宵夜携玄宗西凉观灯、八月中秋领玄宗游月宫）、罗公远（识破守江龙、与三藏斗法、化隐身术）等人的法术，以欣赏的姿态来堆叠道家仙术的幻妙无穷，又以佛、道斗法中道教的胜利来肯定道家仙术的神通高明。《初刻》卷四“十一娘云岗纵谭侠”列举了剑侠的高超剑术，无论是唐时盛传的红线、隐娘、香丸女子、崔妾、侠妪、解洵妇、贾人妻、三鬟及车中女子，还是“国朝”韦十一娘和她的两位弟子，大多具备出入无形、行踪无际、飞檐走壁如履平地的特点，她们随身常备匕首或白练，善救急解厄，杀人则多取其首级，极具传奇色彩。《二刻》卷三十七“叠居奇程客得助”中海神的出场，便是西王母下降凡尘的仿写，更显道家仙术之妙。

持正法者，从自身修为层面要戒淫邪、行善抑恶。果报思想佛道皆有，如所谓“祸福无门，唯人自召。善恶之报，如影随形”的说法，因此修身行善最为基本。破色戒不仅是个人修行问题，还关涉社会伦理。《中庸》云：“君子之道，造端于夫妇。”道教徒在破色戒方面，比佛教徒还便利些，正如凌濛初所说：“但是邪淫不法之事，偏是道流容易做。只因和尚服饰异样，先是光着一个头，好些不便。道流打扮起来，簪冠着袍，方才认得是个道士；若是卸下装束，仍旧巾帽长衣，分毫与俗人没有两样，性急看不出破绽来。况且还有火居道士，原是有妻小的，一发与俗人无异了。所以做那奸淫之事，比和尚十分便当。”①“二拍”专以一卷（《初刻》卷十七）来阐述此事，“而今再说一个道流，借设符箓醮坛为由，拐上一个妇人，弄得死于非命。说来与奉道的人，做个鉴戒”。教徒若能够不破色戒，不去破坏人伦，不仅于自身修行有益，还能够减少世俗家庭的不稳定因素，成全世人的“齐家”之愿。

---

① 凌濛初：《拍案惊奇》，上海古籍出版社，1982，第274—275页。

持正法者，从社会伦理层面要报国安民。道教伦理中有济世安民的思想，带有浓厚的世俗色彩。佛教主张度人出世来远离苦厄，而道教则以悬壶济世、辅佐明主、制造天书及其他舆论等方式来实现对世俗的关注与干涉，多有道士参与国政，以宣扬、实践道家天下太平的政治理想。

为人谋福则为正法，为己谋利则成妖术。如剑侠不能以剑术来谋图私欲，“不得妄传人、妄杀人；不得替恶人出力害善人；不得杀人而居其名。此数戒最大”，“就是报仇，也论曲直。若曲在我，也是不敢用术报得的。”① 只有那些虐使小民、贪贿害命的守令，张大威权、专好谄奉、反害正直的上司，只剥军饷、不勤武事、败坏封疆的武官，培植心腹、专害异己、使贤奸倒置的宰相，私通关节、贿赂徇私、黑白混淆的试官，才可以用法术来对付。所谓“救难解危，方是修仙正路”。海神不能妄用法术使人富贵，如程宰想要金银，海神变予他看，却不能直接给他，最多可以指点路径，要让他自去经营。而那些有法术者，奉法要恭谨。以术乱国的妖道如唐赛儿之流，则为道教正法与传统伦理所不容。凌濛初论及符箓时称：“只是符箓这家，时时有人习学，颇有高妙的在内。却有一件作怪：学了这家术法，一些也胡乱做事不得了。尽有奉持不谨，反取其祸的。”② 以此来警戒修道之人，要奉行正道、遵守戒律。

“二拍”以三个专章关注道士破戒而致使家破、民惑、国乱的典型案例。

《初刻》卷十七“西山观设箓度亡魂”关注的就是道士的色欲对家庭伦理的破坏。家庭是社会的最小单元，家庭的和乐与否是

① 凌濛初：《拍案惊奇》，上海古籍出版社，1982，第 72 页。
② 凌濛初：《拍案惊奇》，上海古籍出版社，1982，第 272 页。

社会能否稳定和谐的基础。《诗经》第一篇是《关雎》，因为“先王以是经夫妇，成孝敬，厚人伦，美教化，移风俗”，即将夫妇关系提到最显要的地位。《大学》指出先修身、齐家，之后才能治国、平天下。对道教徒来说，非但无家，更该无欲，若是贪恋世俗欲望，就不该披着道袍。俗人难以割舍欲望本是常理，但出家人则既言“出家”，就该谨守清规、专心修持，一旦破戒，就会受到教内外的双重谴责。最为常见的就是破色戒，违背世俗伦理，陷女子于不贞，致家庭遭到破坏。

如果详参本事《绿窗新话》卷上《王尹判道士犯奸》①，会发现作者将原本不足三百字的故事扩充至一万七千余字，除了大量的心理铺排突出吴氏的心理挣扎，还以增加人物、改变情节及结局等手法突出道士破戒、引人向恶的过程及破戒的下场，用以劝诫：“这本话文，凡是道流，俱该猛省!”② 将作者的再创作与本事对比如下，从中可见作者的创作意图。

首先，突出道士黄妙修的首恶地位。表现一：将奸情的原因归结为黄妙修的主动勾引。本事说“吴氏妙年新寡，其春心难守。妙修揣其意，每于声音间，寓词挑之”。意为吴氏有意在先，妙修会意在后。而凌濛初则强调吴氏原无此意，是黄妙修挑逗使然：“元来吴氏请醮荐夫，本是一点诚心，原无邪意。谁知黄知观是个色中饿鬼，观中一见吴氏姿容，与他说话时节，恨不得就与他做起光来。”“那里还管甚么《灵宝道经》《紫霄秘箓》，一心只念的是风月机关、洞房春意。密叫道童打听吴氏卧房，见说与儿子同房歇宿，有丫鬟相伴，思量不好竟自闯得进去。”之后便日夜思量

① 谭正璧：《三言两拍资料》（下），上海古籍出版社，1980，第662—663页。另《隋唐嘉话》（下）、《朝野佥载》卷五亦有相似情节，但背景为唐，且情节仅为母诉子一段。

② 凌濛初：《拍案惊奇》，上海古籍出版社，1982，第298页。

如何勾引吴氏。本事说妙修“令吴氏择吉日，以白绢为桥，当空召请，能至亡魂。吴氏感此言，时与妙修议论此事，情意狎昵，遂谐缱绻”，仍是吴氏主动，妙修配合。凌濛初则强调黄妙修与徒弟对勾引吴氏进行谋划，最后想出办法，即假借招魂而创设幽会之所，“吴氏心里也晓得知观必定是托故，有些蹊跷”，但还是在黄妙修的挑逗之下与之勾搭成奸。凌濛初还细致刻画了吴氏在黄妙修的挑逗之下的内心挣扎，甚至以梦的形式表现吴氏压抑的欲念。突出道士黄妙修先存色念，继之勾引，实为首恶。表现二：将吴氏告子的原因归结为黄妙修的出谋划策。在灵堂招魂成就好事之后，黄妙修遂与吴氏长相往来。但是吴氏之子逐渐成为二人幽会的绊脚石。“母诉子”一段本事中仅提到：“吴氏愤怒诉府，论子不孝”，并未涉及道士。而凌濛初则突出了黄妙修在母诉子事件中的教唆角色。吴氏经历了羞愧、愤恨，到与黄妙修两次商议如何除去亲子，黄妙修第一次的反应是怕日后落下埋怨，让吴氏自家发得心尽。吴氏未即下狠心，提出再等两日。第二次吴氏再与黄妙修商量此事时，黄妙修赚得吴氏发尽心后提出方案，告发其子忤逆：“此间开封官府，平日最恨的是忤逆之子，告着的不是打死，便是问重罪坐牢。你如今只出一状，告他不孝，他须没处辨！你是亲生的，又不是前亲晚后，自然是你说得话是，别无疑端。就不得他打死，等他坐坐监，也就性急不得出来，省了许多碍眼。况且你若舍得他，执意要打死，官府也无有不依做娘的说话的。”黄妙修还自告奋勇，要去投递状纸“他在你身边，不好弄手脚。我与衙门人厮熟，我等暗投文时，设法准了状，差了人径来拿他，那时你才出头折证，神鬼不觉”①。计划翔实，考虑周到，险些使刘达生冤死在二人之手。凌濛初将吴氏走入官府状告

① 凌濛初：《拍案惊奇》，上海古籍出版社，1982，第292页。

亲儿的主使归为黄妙修。虽然吴氏通奸是错，但年少守寡，其情可悯，黄妙修本是方外人，却行奸在先，劝恶在后，乱伦常在先，破其家在后，实为首恶。

其次，增人物、改结局，突出劝惩意图。本事结局为“府尹释达生，重治道士于法”，《三言两拍资料》中另外两则类似题材的结局处理是“放其子，杖杀道士及寡妇，便同棺盛之”“乃杖母及道士，杀，便向棺载母丧以归”。凌濛初没有选择使吴氏同死，概为全其子之孝。吴氏在公堂上见儿子舍命护她，人性复苏：“吴氏起初见打死了道士，心下也道是自己不得活了；见儿子如此要替，如此讨饶，心里悲伤，还不知怎地。听得府尹如此分付，念着儿子好处，不觉掉下泪来，对府尹道：‘小妇人该死！负了亲儿，今后情愿守着儿子成人，再不敢非为了。’”但最终羞愧抑郁而死，以示行淫下场。黄妙修则当堂杖罢，活人入棺。自己备棺来，原为送己去，表现了天理昭彰，罪有应得，更具批判意味。

本事中黄妙修并无徒弟，作者增加这两个角色，彰显对道教徒行淫破戒的批判。太素与吴氏有染，结果死于遗精梦泄痨瘵之病。黄妙修另一道徒太清闻得二人死讯自叹道：“今日方知道家不该如此破戒。师父胡做，必致杀身，太素略染，也得病死。还亏我当日侥幸，不曾有半点事，若不然时，我也一同做枉死之鬼了。”遂还俗，得以善终。凌濛初以太清的慨叹照应入话中的两则道士破戒遭神谴的例子，突出了作者对道流的劝惩。行正法者一时心中懈怠、口内亵渎，尚且神天不容，何况专一做邪淫不法之事的，神天岂能容恕？故奉劝道流，莫要做那奸淫之事。内丹只可自身修炼，不要妄想以女色为鼎器，导致术败身亡。

以此观之，色戒不可轻破，如不能守戒，倒不如还俗做一常人。几乎所有涉及邪道的都与色相关。后文提到的两个乔势天师暗地里也是夫妻，何道士与唐赛儿勾结也源起于何道士的色心，先成奸事复又作恶。破色戒坏人伦常，虽不及惑民、乱国危害性大，但最为普遍，故作者在《初刻》卷十七的入、正话中，对破色戒之道徒予以强烈谴责，其中带有明显因果色彩的劝惩。

《初刻》卷三十九“乔势天师禳旱魃”关注的是道教徒术士为物欲而惑民敛财的行为。本卷入话中以一段议论、两个故事阐释了凌濛初对待巫术的态度：承认自古有神巫之术，否定后世妄称神鬼、假说阴阳之乔势巫师，揭露他们淫祀、破人钱财又惑民无算的恶行。正话则从三个层面详细展示了巫师乔势惑民为敛财、愚民自始至终迷信、正直太守为民请巫后为民杀巫的过程，表现了作者态度：同情愚民，赞赏太守，批判巫师。作者的目的：揭穿巫师邪术本来之面目，警醒愚民，莫再被迷惑。

表现一：增加巫师的发迹史、骗人史与敛财史。该篇本事出自《太平广记》卷三百九十六《狄惟谦》。原小说是为太守作传，凌濛初改变了叙述中心，增加了郭与女巫作势（乔势）、敛财以及造谣旱魃、堕妇人胎的情节描写，突出了左道惑民的特点。原本提到两个巫师发迹史仅几句话：“时有郭天师，即并州女巫，少攻符箓，多行厌胜。监军使携至京国，因缘中贵，出入宫掖，遂赐‘天师’号”。后文未提及二人敛财、作恶之事。凌濛初将二人的发迹史改为骗人史：“本州岛有个无赖邪民，姓郭名赛璞，自幼好习符咒，投着一个并州来的女巫，结为伙伴。名称师兄师妹，其实暗地里当做夫妻，两个一正一副，花嘴骗舌，哄动乡民不消说。亦且男人外边招摇，女人内边蛊惑……种种不一。弄得大原州界内七颠八倒。”后来到京师见神见鬼，说得活灵活现，一唱一和，偶尔灵验就被哄传起名声。凌濛初还夸张了二位“天师”的乔势，再三推拒县令的邀请，非要州将亲请才允诺，再以浩大的排场出场，由县令亲自拢轿，鼓乐相迎，待到祈雨不来时二人就思量脱身，甩锅给县令，称是县令不才的缘故，才使得天不肯降雨。巫师乔势是本事固有，但惑民、敛财、作恶一段却出于凌濛初自构，主要写巫师如何细致地谋划骗人的说辞，如何作恶谋财，甚至为推脱法术不灵而称有旱魃，要堕妇人胎。凌濛初设计二人被斩，以示邪不能胜正。

表现二：增加对愚民迷信的劝诫。作者批判巫师，是出于对世人生存状态的关心。正因为愚民的迷信，才使巫师有行骗的市场，“乡里人信是活灵活现的神道，匾匾的信伏”，烧献不停，“愚民信伏，习以成风，真是瘤疾不可解，只好做有识之人的笑柄而已”。巫师固然可恨，愚民亦使人感到悲哀。作者讽劝的主要对象就是下层民众：“世人酷信巫师的，当熟看此段话文。”

巫师淫祀在民间一直颇为盛行，凌濛初能窥破其骗术真相，破除迷信，是基于儒家士人的立场。根据郑龙采所作《墓志铭》载，崇祯十七年（1644），凌濛初六十五岁在房村令任上，“御寇房村，呕血而死”，临死前仍不忘百姓，“公呼百姓谓曰：‘生不能保障，死当为厉鬼殛贼！’言与血俱，大呼‘无伤吾百姓’者三，而卒。众皆恸哭，自死以殉者，十余人”。由此可以更好理解“二拍”劝世的一片苦心。

《初刻》卷三十一“何道士因术成奸”是对妖道乱国的集中关注。与前两类因色欲、物欲而破坏他人家庭、愚弄下层民众的行为相比，借法术祸国殃民的破坏力更大。历史上多有借宗教为名作乱之人，如黄巢、张角、白莲教、唐赛儿等，甚至会动摇国家根基，造成人民流离失所。“二拍”作者认为法术虽灵验，没有用于顺天保民，而是用来满足个人的权力欲，就是妖术。

历来作乱起事者大多会制造舆论、炮制谶语，散布君权神授、天命所归的谣言，以此赢得民众的追随，用佛教则称佛转世，用道教则称有九天玄女送天书，神人授神术，或两者兼用。然而，以宗教方式起事的虽然能够在短时间内吸引大量下层民众，造成极大破坏力，但往往不能持久，多以失败告终。凌濛初在该卷入话诗中，谴责了这种妖术乱国的行为："天命从来自有真，岂容奸术恣纷纭？黄巾张角徒生乱，大宝何曾到彼人？"他再三劝诫，提出正法应该辅佐朝廷，建功立业，传名后世，若是萌了私意，打算起兵谋反，必然不会成功，如张角、微侧、微贰、孙恩、卢循等人，即便是得了天赐的兵书法术，如果用于谋反，也必定败亡。

该卷正话说的是永乐时期唐赛儿谋反事。正话本事颇多，凌濛初对唐赛儿故事的改编有三点值得注意：

一是突出妖道色彩。在民间，唐赛儿有少诵佛经、自号佛母、削发为尼之类的传闻，凌濛初则剔除了其中与佛教相关的元素，突出唐赛儿的妖道色彩。唐赛儿有仙缘得天书，得授仙术，得梦示等，都带有道教叙事的色彩，剪纸人马作战，通役召鬼神、变化百物等法术，也来自民间对于妖道形象的设定。

二是突出妖淫首恶的地位。本事并未提及唐赛儿是否好淫，凌濛初则新增了何道士这一角色，设计了何道士与唐赛儿因淫生乱，因欲亡身的情节。即两人之所以起事，是因为被人捉奸，唐赛儿用妖术与官府对抗，开库藏、分钱粮、聚人马，终于越闹越大，在青州府形成与政权相对立的军事化组织。二人之所以心生嫌隙，也是攻城略地后各有所欢，最终导致唐赛儿妒杀何道士，唐赛儿又被其新宠设计斩杀。与其他版本唐赛儿遁去不知所踪相比，凌濛初给出了一个明确的结局，直言"此可为妖术杀身之鉴"，体现了他对行妖术而乱国者的反感，也提醒民众，洞察妖道、妖术乱国的本质，不为所动，不要啃聚倡乱。

总体来看，"二拍"道教题材之间有着内在的联系，遇仙题材、修仙题材和破戒题材均围绕神圣与世俗展开情节链条，展示了宗教修持的种种样相。道教以世俗欲望为关怀对象，以遂欲为旨归，期望超拔于世俗之外，离苦得乐；而凌濛初在世俗之中，以节欲为手段，希望纾解凡人欲而不能的痛苦。这些痛苦，有的恰恰是受了方外视角的道教叙事而产生。“二拍”以方内视角加以审视，呈视出俗众对道教叙事的接受与回应。

第九章　明代皇室的道教文学活动

明代皇室崇道是一种普遍现象，从明太祖朱元璋、成祖朱棣以下的历代皇帝，到朱权、朱有燉等明代各地的藩王，都以各不相同的形式表现其对道教信仰或者道教人物的尊崇，并因此留下了丰富的文学遗产。本章以皇室成员的崇道信仰及其相关著述为观察点，以探讨明代道教对文学、文化及上层思想、观念的影响。

第一节　明代皇室崇道的一般情形

在明代建国过程中，朱元璋身边曾出现过周颠、张中等道士，并为确立政权发挥了重要作用。开国以后，朱元璋十分注重利用佛、道两教来为国家政治伦理服务。在此背景下，确立了以正一派为主要道教宗派的思想，册封正一派天师也由此成为国家的常典。同时，又通过设立玄教管理机构，对天下道士进行统一管理，发放度牒。明成祖以真武大帝托身自诩，经由“靖难之役”夺取政权，大规模修建武当山宫观。此后的历代帝王，多有种种崇道的行为，甚至不乏像嘉靖皇帝这样沉迷炼丹之人。关于明代帝王崇道的一般情形，在本书第二章已有涉及，以下主要就明代皇室其他成员尤其是各地藩王崇道的情况做简单描述。[①]

无论是因为将遁入道门作为避祸的手段，还是出于朱元璋对道教颇为推崇从而受其影响的缘故，朱元璋诸子（即初代藩王）

---

① 有关明代藩王与道教相关联的总体情况，参见王岗著、秦国帅译《明代藩王与道教：王朝精英的制度化护教》，上海古籍出版社，2019。

中有不少都对崇道表现出浓厚的兴趣。其中如为人们所熟知的宁献王朱权（1378—1448）。他是明太祖朱元璋的第十七子，1391 年被封为宁献王，封地在大宁卫（今内蒙古宁城）。朱棣即位以后，朱权先后请封杭州、苏州，不许，改封于江西南昌。晚年隐居西山梅岭，崇奉道教，建南极长生宫，自号大明奇士，悠游以终。又据《明史·诸王传》记载：朱元璋第十二子朱柏（1371—1399），“尤善道家言，自号紫虚子”。朱柏洪武十一年（1378）受封，十八年（1385）就藩。建文初，有人告其谋反，自焚死，谥戾王，永乐初改谥献，称湘献王。[①] 解缙曾为作《湘献王神道碑文》（《明文衡》卷七十五）。朱柏的封地在荆州，自幼崇奉道教，曾作《太和山寻张三丰故居》（一作《赞张真仙诗》）云：“张玄玄朝饮九渡之清流，暮宿南岩之紫烟。好山浩劫知几载，不与景物同推迁。我来不见徒凄然，孤庐高出古松顶，第有老猿接臂相攀缘。”[②] 甚至在太祖诸子中，有不乏因为服食丹药而致丧命的例子。据《太祖实录》记载：“庚戌，鲁王檀薨。上第十子也。生两月而受封，幼聪慧，好文学，善歌诗。年十五之国。服金石药致毒伤目，至是疾作而薨。”[③] 朱檀为朱元璋第十子，生于洪武三年（1370），洪武十八年（1385）就藩兖州。洪武二十二年（1389）去世，谥荒，称鲁荒王。

在各地藩王的继任者中，也出现了不少崇信道教、方术的子嗣。其中如第八代辽王朱宪㸅（朱植六世孙），嘉靖年间“以奉道为世宗所宠，赐号清微忠教真人，予金印”[④]，与一般道士无异。

---

① 张廷玉等：《明史》卷一一七《诸王二》，中华书局，1974，3581 页。

② 朱彝尊：《明诗综》卷一下，中华书局，2007，第 30 页。

③ 《明太祖实录》卷一九八“洪武二十二年十二月庚戌”，“中央研究院”历史语言研究所，1962，第 2974 页。

④ 张廷玉等：《明史》卷一一七《诸王二》，中华书局，1974，第 3588 页。

隆庆元年（1567），受御史陈省弹劾，被夺去真人法号和金印，次年（1568）被废为庶人，辽藩也被废除，宗族被归入楚藩。据沈德符《万历野获编》记载："辽废王宪熵喜方术，性淫虐。时世宗奉玄，则亦假崇事道教。以请于上，得赐号清微忠孝真人，赐金印及法衣、法冠等。每出，辄服所赐衣冠，前列诸神免迎牌及拷鬼械具，已可骇笑。乃至入齐民家，为之斋醮，自称高功求酬谢，尤为无赖。又以符咒妖术欲得生人首，适街有醉民顾长保者，被割丧元，一城惊怪。其他不法尤多。"①又如徽恭王朱厚爝（明英宗曾孙），因与地方官争讼，就"以重贿赂上（即嘉靖皇帝）所幸真人陶仲文，言王（即朱厚爝）忠敬奉道。上悦，封为太清辅玄宣化忠道真人，铸金印赐之。薨，谥恭王。次子载埨嗣位，用南阳人梁高辅者，修房中药，取红铅梅子，配以生儿未啼时口中血，名为含真饼者，服之而效。遂以药达之上，并遣高辅因陶仲文以进。上又悦，封高辅为通妙散人，仍封埨为清微翊教辅化忠孝真人，赐金印如其父"②。尽管二人均是出于投皇帝所好而行道教之事，当中也不免有故作姿态的嫌疑，却多少可以见出其时藩王崇尚道教、方术的一般情形。

明代有不少藩王与道士有着广泛的交往。太祖第二子秦王朱樉玄孙朱诚泳（1458—1498）即其中之一。朱诚泳号宾竹道人，成化四年（1468）封镇安王，成化二十三年（1487）袭封秦王。在其所作《小鸣稿》中，有多首与道士的赠答作品：《步虚词赠印炼师》（卷二）、《送道士还山》（卷三）、《印湛然炼师道院》（卷五）、《题印湛然炼师画像》（卷五）、《怀道士》（卷七）、《赠山中

---

① 沈德符：《万历野获编》卷四《宗藩·辽王封真人》（上册），中华书局，1959，第121—122页。

② 沈德符：《万历野获编》卷四《宗藩·徽王世封真人》（上册），中华书局，1959，第120—121页。

道士》（卷七）、《访印炼师不遇》（卷七）等，此外还有不少怀仙、游仙之作。[①] 又如朱有燉，在其所作《诚斋录》中，也有不少与道士交游的作品：《赠别道士陈致静》（卷一）、《题处静斋送道士陈致静南游》（卷二）、《送广玄子西归》（卷二）、《示道人》（卷二）、《赓纯阳真人劝出吟》（卷二）、《赠道士张古山》（卷二）、《示学道生》（卷二）等。[②] 朱权也有一首《送天师》收录在《千家诗》中。[③] 而在张宇初所撰《岘泉集》中，则有诸多显示各地藩王与之往来的作品：《蜀府五云西奉教作》《蜀王之国饯别应教》《湘府赐衣赋此以谢》《湘府赐书赋谢》《湘府赐酒馔赋谢》《安府赐衣赋谢》《湘府赐巾赋谢》《壬午九日蜀府颁赐内馔》《安府赐诗奉次》《谢蜀府赐口衲歌》等。作为当时的玄教领袖，张宇初成为各地藩王的座上宾。类似道士与藩王之间的交往，虽不能必然表示藩王们已具有道教的信仰，却无疑可以反映出他们对道教都有很大的好感，尤其是到了明代中后期，在有不少皇帝都痴迷道教修炼而造成负面影响的背景下。

明代藩王中有许多都以“道人”“散人”或“××子”作为别号，如赵府康王朱厚煜号枕易道人，沈府镇康王朱恬焯号西岩道人，安庆王朱恬烒号西池道人，宪王朱胤移号南山道人，安王朱诠钚号凝斋道人，德平王朱胤椗号南岑道人，宣王朱恬焌号西屏道人，蜀府温懿王朱宣墡号味一道人，桂王五世孙朱俊噤号芦花散人，周宪王朱有燉号全阳道人，朱权号涵虚子，朱柏号紫虚子，等等。而就个人著述来说，明代不少藩王都有道教著作传世。其中朱权著述最丰，记录于其名下的多达数十种，如《造化钳锤》

① 朱诚泳：《小鸣稿》，载《景印文渊阁四库全书》，商务印书馆（台北），1986。

② 朱有燉：《诚斋录》，赵晓红整理《朱有燉集》，齐鲁书社，2014。

③ 《千家诗》，张立敏注，中华书局，2009，第144页。

《神隐》《天皇至道太清玉册》《庚辛玉册》《乾坤生意》《寿域神方》《洞天秘典》《净明奥论》《阴符性命集解》《道德性命全集》《救命索》《命宗大乘五字诀》《肘后奇方》《吉星便览》《肘后神枢》《运化玄枢》《内丹节要》《臞仙斗经》《洞天清录》《原始秘书》《三教本末》以及注解《道德经》《阴符经》《清静经》，等等。

此外，刻印道教书籍也可视为明代藩府崇道的一种表现。例如明太祖第十五子辽简王朱植（1377—1424），曾在永乐五年（1407）序刻明初正一派天师张宇初的《岘泉集》，其时张宇初尚在世。书前另有时任辽王属僚程通所作序。朱植在序中称张宇初“学行渊邃，资识超颖，贯综三氏，融为一涂，旁及诸子百家之言，靡不畅晓”，“发为文辞，论议雄迈伟杰，读之令人击节不已”。[①] 辽王朱植于洪武十一年（1378）封卫王，洪武二十五年（1392）改封辽，洪武二十六年（1393）就藩广宁。建文中因朱棣起兵归朝，后改封荆州。朱植与张宇初之间的交谊，应当是在改封荆州之后。朱植曾多次对其进行赏赐，张宇初有多首诗记其事。如《过彭泽蒙辽府颁赐》云：“客思萧条趋野航，中宫宠赐沐亲王。龙旗照舰江流急，虎卫扬帆石壁苍。彭蠡不沽桑落酒，番湖应乏蔗团浆。分封愿睹雄藩屏，泽被山林颂世康。”又有《辽府赐色笺赋此以谢》《辽府赐棕扇赋谢》等诗。[②]

更多的情况是由藩府主持刻印前代的道教典籍。根据陈清慧的统计，明代藩府刻印的道家类著作有30种，与儒、释两家基本持平，具体的书目包括：五代谭峭《谭子化书》，天顺间代府刻本、嘉靖十七年（1538）周藩刻本、明伊藩刻本；元陈致虚《金

① 张宇初：《耆山无为天师岘泉集》卷首，明崇祯四年张显庸重校本。
② 张宇初：《耆山无为天师岘泉集》卷六，明崇祯四年张显庸重校本。

丹正理大全》，嘉靖十七年（1538）周藩刻本、嘉靖四十二年（1563）蜀藩刻本、明宁藩刻本（题《金丹大要》）；元陈致虚《周易参同契分章注》，嘉靖间周藩刻本、嘉靖三十一年（1552）伊藩刻本；《太上老子道德经》，万历三十二年（1604）周藩刻本；晋葛洪《抱朴子内外篇》，嘉靖四十四年（1565）鲁藩刻本；元萧廷芝《金丹大成集》，嘉靖四十二年（1563）蜀藩刻本；《修真十书》，明蜀藩刻本；朱常淓辑《万汇仙机》，崇祯间辽藩刻本；宋张伯端《悟真篇》，明庆藩刻本；宋葛长庚《重编白玉蟾文集》《重编白玉蟾续集》，正统七年（1442）宁藩刻本；宋赵希鹄《洞天清录》，明宁藩刻本；沈藩刻本《龙虎经注》《阴符经注》；赵藩刻本《修真秘要》；等等。[①]

第二节　朱权的道教思想与文学创作

在明代皇室成员中，朱权可能是著述最为丰富的一个。在其七十年的人生历程中，署其撰述、编纂的作品多达一百三十余部，即使在整个明代也居于前列。[②] 论者对其作品关注较多的是《太和正音谱》及所作杂剧，而对其他著作则相对较少。朱权的号有大明奇士、涵虚子、臞仙、丹丘先生等，又曾自称是太清南极冲虚妙道真君下凡，被净明道尊为一代祖师。各家书目著录其所撰道教作品很多，然而存世的却并不多。现以其所作道教类作品为中心对其道教思想及创作展开论述。

在明初诸藩王中，朱权是较少得享高寿的一位。其之所以能

① 陈清慧：《明代藩府刻书研究》表1《明代藩府刻书总目》，南京大学博士学位论文，2011，第80—100页。又见该论文第四章《明代藩府刻书总体考察》，第137页。

② 叶明花、蒋力生：《宁王朱权著作分类述录》，载《江西中医学院学报》2009年第6期，第18—25页。

够如此，按照史书记载，是他自我避祸的结果。在经历建文时期被朱棣用计谋胁迫一起参加“靖难”之役，到永乐初改封南昌，被人诬告巫蛊之事后，朱权“自是日韬晦，构精庐一区，鼓琴读书期间，终成祖世得无患”。仁宗、宣宗时期，又曾上书希望恢复原来的封国，并且因议论宗室定品级等问题，从而受到皇帝的诘责，于是他便“日与文学士相往还，托志翀举，自号臞仙”[①]。关于自己人生道路的转移，朱权在《壶天神隐记》中曾做过这样的描述：“予生于疆宇宴安之日，值幽闲娱老之年，缅思曩昔经涉之务，勃然惩怆，是以心日已灰，志日愈馁矣。于是屏绝尘境，游泳道学，身虽汨于华衮，心已外于纮极。但日常飞神玄漠，出入天表，纵神辔，策罡飚，乘白云，谒虚皇，稳岸天巾，振衣霄汉，长啸则海天失色，謦欬则万籁风生，俯视寰壤，渺焉一点青烟，半泓秋水。是时天地在吾腹，宇宙在吾身，造化在吾手，与人不同者矣。”[②] 这样的转变，当然也与他幼时所表现出来的志趣有关：“性机警多能，尤好道术。太祖尝曰：‘是儿有仙分。’”[③] 因此，“游泳道学”虽然是不得已后的人生选择，但也是因为他少年时期就留心于道家道术，故而对道学、道教的理解也颇为深刻。

朱权修道思想的根本在于对“道”的体认。他在《救命索》一书的前言中曾对“道”在中国古代文化语境中的含义做过比较：

> 欲逃空虚、脱鬼关、出阴阳陶冶之外者，其道有二：炼阳神者本之于天，道在冲举，谓之仙，故曰天尊。修

① 张廷玉等：《明史》卷一一七《诸王二》，中华书局，1974，第3591—3592页。

② 朱权：《神隐》卷首，载《藏外道书》第18册，巴蜀书社，1994，第274页。

③ 查继佐：《罪惟录》卷四，浙江古籍出版社，1986，巴蜀书社，1994，第1234页。

> 阴神者本之于地，乐于寂灭，谓之佛，故曰世尊。中国曰大道，西胡曰佛法，皆有大乘小乘之基，皆谓之曰道。这“道”之一字自古未有。老子曰：“吾不知其名，强名之曰道，强字之曰大。”故有大道名焉。若非老子立这“道”字，后世学道者如遗腹之子不识其父矣。今三教中凡言学道、修道皆用老子这一“道”字。《中庸》曰：“率性之谓道，修道之谓教。”亦以“道”字名也。道是无为的，法是有为的。至晋五胡乱华，姚苌、石勒二胡各造胡书，始称佛为修道，亦以“道”名矣。是修道之为教也。其三教中皆不出乎“道”之一字。①

在朱权看来，无论是佛家之道，还是道家之道，甚至是儒家之道，在“道”之本源上都有一致性，尤其是对身体和精神两方面都追求超脱的佛、道两家来说。由此出发，他赞同《荀子·解蔽》中所说的“天下无二道，圣人无两心”的看法，而这一看法，也是明初朱元璋看待佛、道两教的根本态度。以此为基础，他进一步指出：“天地之生物也，无一物不禀二气所生。人亦天地间一物也，故体与天地同，是以合于道，修之可与天地而同长存焉。既有可延之道而不修，是自弃之，不亦悲乎?”其认为人可以通过修道而达到与天地共长存的境界，也就是他所说的“救命之索”，即所谓“初阶筑基炼己之法”。而从内容上来说，《救命索》一书分列“人身造化”“丹道宗源”“初阶小乘”“性宗”“命宗大乘”“实跻圣地”和“炼己”七个方面。

在《神隐》一书中，朱权将道家的全精、全气、全神视为人

---

① 朱权：《救命索》，载《藏外道书》第25册，巴蜀书社，1994，第679页。

修养摄生的基本方法，认为其做法大体是“平昔燕居之日，大概勿要损精、耗气、伤神”，而一旦三者丢失，真气耗散，身体就会不坚，也就谈不上成就仙道。① 具体而言，他提出将精神的修持与日用养生结合起来，既注重“山人家事”“神游天阙”“知命听天”“寄傲宇宙”“啸咏风月”“旷志物外”、“放浪形骸”“遁世无闷”等精神修养，也不忘“卜筑之计”“草堂清兴”“草堂杂用”“山居饮食”等日常之事。两个方面的结合，也就是朱权所谓的“神隐”思想。正因如此，朱权在谈论内丹、心性修炼之外，还撰写了不少有关养生、医药甚至艺术方面的著作，其思想的渊源则是本于道教将修身养性作为修道基础的观念。

朱权撰述有关道教源流、官制、仪轨等内容的著作《天皇至道太清玉册》，成于正统九年（1444），署“南极遐龄老人臞仙撰”，书前有朱权所作自序，并有其所作《原道》一篇，署“南极冲虚妙道真君遐龄老人臞仙顿首书”。该书卷首目录原作二卷，上卷列“开辟天地”“道教源流”“天皇龙文”“乾运造化”“醮事仪范”“天心玄秘”“道门官制”“赤文天律”“清规仪范”各章，下卷列“宫殿坛墠”“奉圣仪制”“天乐仙仗”“全真仪式”“冠服制度”“修真器用”“玉笈灵文”“朝修吉辰”“数目纪事”“醮献祭品”等章，万历收入《续道藏》，分为八卷。关于写作缘起与内容大要，朱权在序中做了明确论述：“自有道教以来，三皇建极，五帝承天，其奉道而修天道者，其教之事物有未备，言奥有未宣，制度有未传，仪制有未正，余乃考而新之……大发群典，缵类分遍，悉究其事，大宣玄化。其天地之始分，造化之始判，道统之始起，仪制之式，器用之备，衣冠礼乐之制，天心灵秘之奥，道

① 朱权：《神隐》卷上《摄生之道》，载《藏外道书》第18册，巴蜀书社，1994，第277页。

门仪范之规，立为定制，举道门之所用，皆载此书也。命曰《天皇至道太清五册》。”① 其用意是编一本道教的百科全书，以此作为修道者的必备手册。

根据《宝文堂书目》以及朱权自己所撰的《太和正音谱》等记载，朱权曾作《辩三教》（又名《周武帝辩三教》）杂剧。虽然其剧本今已不存，然而从其题目来看，讲述的应当是周武帝关于儒、释、道三教大辩论的故事。联系明初朱元璋曾作《三教论》、《释道论》等文，提出以佛、道二教“暗助王纲”“阴翊王度”的理念，可以想见朱权的《辩三教》所要表达的，也应当是以儒家思想为主，而将佛、道二教作为建构国家伦理的有益补充。后来丘濬的《五伦全备记》、邵灿的《五伦香囊记》，或许就是由朱权的作品得到了启发。此外，朱权与道教主题相关的杂剧作品还有《瑶天笙鹤》、《白日飞升》（又名《淮南王白日飞升》）、《独步大罗》（又名《冲漠子独步大罗天》）等，今仅存《冲漠子独步大罗天》一种。

朱权所作《冲漠子独步大罗天》杂剧今存脉望馆《孤本元明杂剧》抄校于小谷本。② 剧中冲漠子（皇甫寿）自称“濠梁人也，生于帝乡，长居京辇，为厌流俗，携其眷属，入于此洪崖洞天，抱道养拙，远离尘迹，埋名于白云之野，构屋诛茅，栖迟于一岩一壑”，联系朱权的经历，显然为作者自况。剧名所谓“大罗天”，是道教中常说的诸天之名。从剧情内容来看，这是一部典型的道教度脱剧，也就是常说的神仙道化剧。剧中皇甫寿一心慕道，东华大帝说他“夙有道缘，素慕真风，精思妙道，刻志玄功，每日

① 朱权：《天皇至道太清玉册》卷首，载《道藏》第36册，文物出版社、上海书店、天津古籍出版社，1988，第356页。

② 朱权：《冲漠子独步大罗天》，载《孤本元明杂剧》二，中国戏剧出版社，1957。

清晨，必诵《道德经》一遍，至晚诵《黄庭经》一卷。一日三遭祝香，至夜又烧夜香，以求度世”，于是派吕洞宾、张真人（即张伯端）前去点化，二人分别为其锁住心猿意马，去除酒色财气，斩掉三尸之虫，传授给他广成子授黄帝之道及《玉枢经》至理，并让他服下金丹，教予炼丹方法，赠他《悟真篇》，度他过弱水，步入大罗天。最后以众仙庆贺收场。全剧以吕洞宾为正末，以张真人为外末，唱词多是道教玄理的敷衍，而关目中更不乏“姹女”（铅）、“婴儿”（水银）、“黄婆”（脾）等。

在剧中，朱权借张伯端之口，授予冲漠子的道教经典包括《玉枢经》《悟真篇》。其中引《玉枢经》一段云：“欲闻至道，至道深窈，不在其他，尔尚非有，何况于道，不闻而闻，何道可谈。”（第二折）原文见于《九天应元雷声普化天尊玉枢宝经》，与此略有不同：“天尊言：尔诸天人，欲闻至道，至道深窈，不在其他。尔既欲闻，无闻者是无闻，有见即是真道，闻见亦泯，惟尔而已。尔尚非有，何况于道，不闻而闻，何道可谈。”① 九天应元雷声普化天尊为道教诸神之一，是南极长生大帝之化身，掌管雷神组织，号称雷祖。《玉枢经》作为道教经典，吕洞宾曾作《玉枢经赞解》，白玉蟾有《九天应元雷声普化天尊玉枢宝经集注》。提到《悟真篇》的一段则云：“我传与你这一本《悟真篇》，着你参透玄机，方得跳出迷途，可成大道。”（第二折）《悟真篇》的作者正是张伯端，其丹法传自吕洞宾。《悟真篇》为道教丹鼎派重要著作，后被金丹派南宗开创者白玉蟾奉为祖经。朱权在后世被奉为祖师，《玉枢经》《悟真篇》即为该派内丹修炼的重要典籍，因而在剧中借冲漠子之名以二书修道。

---

① 《道藏》第1册，文物出版社、上海书店、天津古籍出版社，1988，第758—759页。

朱权永乐初改封南昌时年仅二十五岁，正是意气风发之时，然而却不得不韬晦隐身，于是转而醉心道教，专于修炼。《冲漠子独步大罗天》杂剧可以说是他入道的写照。剧末当他最终斩断尘缘，修成大道，入大罗天之后，东华帝君便率领岳孔目（即铁拐李）、钟离子、淮南子、葛洪、白玉蟾、陈抟、费长房、王真人（即王重阳）、周颠、刺阘张（即张三丰）、吕纯阳等群仙为他庆贺，并命其为“丹丘真人”。而朱权的号当中正有“丹丘先生”一号。由此来说，这篇杂剧又反映了朱权求道的心路历程。因此在其去世后，最终是以道士形象安葬在他身前主持修建的南极长生宫。[①] 也正是出于后期崇道的思想变化，朱权在所作《太和正音谱》中将“神仙道化”、“隐居乐道”（又曰“林泉丘壑”）置于“杂剧十二科”的前两位，并且在“新定府体一十五家”中对所谓的“丹丘体”“黄冠体”予以好评：“丹丘体，豪放不羁……黄冠体，神游广漠，寄情太虚，有沧霞服日之思，名曰道情。”[②] 又在具体评论曲家创作时，常见“瑶天笙鹤”“不吃烟火食气”“太华之仙风”“蓬莱之海月”“洞天春晓”“非神仙中人，孰能致此”等用语。由此可见道教思想对朱权文学思想、创作的影响。

第三节　朱有燉的道教文学创作

朱有燉（1379—1439），明太祖朱元璋第五子周定王朱橚长子，字诚斋，号全阳子、全阳道人、全阳翁、锦窠道人等，谥宪王。洪武二十四年（1391）被册立为周世子，后因父得罪，被发配云南。明成祖即位，恢复封地。永乐十八年（1420），朱橚因被

---

① 陈文华：《江西新建明朱权墓发掘》，载《考古》1962 年第 4 期，第 202—205 页。

② 朱权：《太和正音谱》卷上，载《中国古典戏曲论著集成》第 3 册，中国戏剧出版社，1957，第 16 页。

告谋反，虽免死罪，却不得不在归国之后“献还三护卫”。洪熙元年（1425）朱橚去世后，朱有燉嗣位。朱有燉在位期间，弟朱有爋曾数次攻讦。[①] 在此种种情势之下，朱有燉的心态自然也发生了转变，他在《隐居》套曲中说是：“谁似你无忧愁恣意经营，想起那三般儿梦里犹惊。烦的是劳着心理案牍系系萦萦，闷的是拘着身因冠带齐齐整整，怕的是提着胆有言责战战兢兢。自思自省，那般儿快乐安身命，惟隐逸较闲静。”[②] 其又曾作《嘲一修道者幼年飘荡老而省悟》套曲云：“到如今悔去也言而有信，看来也往事休论，恰便似一枕黄粱梦醒人。你如今乐仙家千载寿，养丹灶四时春，想着那恋莺花何太蠢。”[③] 因此他之所以留心文学、方外也就不难理解。由其所作《书怀》一首，或许能道破他倾心方外的心理动因：“老来容我学痴顽，但得身闲道亦闲。心上是非休苦辩，眼前名利不相关。愁消愁释三杯后，沤灭沤生一笑间。欲访高僧心意识，顿空诸相亦何艰。”[④] 他将自己内心的种种情思都化作了对道教世界和艺术境界的追求与向往。

从思想形态上来说，朱有燉在《新编抝搜判官乔断鬼》中，借徐行之口，对儒、释、道三教优劣、源流等问题做了详细解说，在他看来，三教是“圣人之心，未尝不同”，而之所以在后世出现纷争，只是因为教门之间的差别，而并非内在精神上存在相互抵触的地方。由此出发，他解述三教源流说：

---

① 张廷玉等：《明史》卷一一六《诸王一》，中华书局，1974，第 3566 页。

② 朱有燉：《诚斋乐府》，赵晓红整理《朱有燉集》，齐鲁书社，2014，第 542—543 页。

③ 朱有燉：《诚斋乐府》，赵晓红整理《朱有燉集》，齐鲁书社，2014，第 548 页。

④ 朱有燉：《诚斋录》卷二，赵晓红整理《朱有燉集》，齐鲁书社，2014，第 651—652 页。

> 夫儒教者，乃至圣文宣王。姓孔，名丘，字仲尼……其教也，正纲常，明人伦，使礼乐刑政四达而不悖。天地万物，以位以育，祖述于尧舜，宪章乎文武，其有功于天下后世也大矣。故秦嬴欲去儒，而儒终不可去。夫道教者，乃太上金阙帝君，元始以一炁化生道君，道君化生老子，姓李，名耳，字伯阳，谥曰聃……其教也，使人清虚以自守，卑弱以自持，清静无为，恬淡寡欲，其有补于世教也大矣。故萧梁欲除道，而道终不可除。夫释教者，西方之圣人释迦佛也……其教也，弃华而就实，背假而归真，由力行而造于安行，由自利而至于利彼，其为生民之所归依者众矣。故三武欲灭佛，而释终不可灭。源乎三教者，自尧舜相传而儒教源于此，自老子著《道德经》而道教源于此，自汉明帝梦金人而释教源于此。宋孝宗有云："以佛治心，以道治身，以儒治世。"此诚言也。孩儿，三教皆同，不可不敬。①

从思想层面来说，三教合一思潮在元代以后逐渐成为主流意识；从国家层面来说，明初朱元璋曾多次就三教问题进行论说，并出台了一系列的诏令使之纳入国家伦理体系当中。朱有燉有关三教殊途同归的看法，反映了明初思想界关于儒、释、道三者之间关系的一般认识。

由于其特殊的人生经历，朱有燉对道教有着浓厚的兴趣。他在题署为"宣德八年……全阳道人书于黍朱丹室"的《紫阳仙三度常椿寿》杂剧的前言中，自陈其慕道之心说："予生也，夙慕仙风，南游于江汉，北历于沙漠，尝遇道人指授金丹秘诀，后得

① 朱有燉：《朱有燉集》，齐鲁书社，2014，第431页。

《悟真篇》一观，与吾初闻授者若合符节，信矣神仙之道，惟此可谓真者矣！因感先师真人之恩德，乃制传奇一帙，以歌咏真人之神通妙用，以尽吾之仰慕之心焉。"① 朱有燉在诗文词曲等各体的创作中，都有与道教有关的作品。如其所作《录道书有作》诗云："高卷珠帘写道书，千言万语有如无。探玄岂被人情碍，养性全将世事疏。升降龟蛇临玉鼎，翻腾龙虎入丹炉。浮生勿谓尘缘重，静里还同太极初。"② 朱有燉对学道之事有着不同一般的理解，如他在一首诗中所说的："学道无他术，安居保太和。少愁因事少，多病得闲多。日月如奔骥，光阴似掷梭。蓬莱三万里，音信复如何。"③ 对道教精神和修炼也颇有领悟。如其所作《悟道吟》两首云："慈悲为雨法为航，心是莲华性是香。静里工夫此子力，闲中议论许多长。提携一气通金界，颠倒三车运玉浆。笑把明珠闲玩弄，眉间万丈白毫光。""自从悟得真如理，今古空谈善有因。撒手往来还是我，点头问讯属何人。安闲常乐胜中胜，自在频观身外身。大笑西来缘底事，等闲识破便休论。"④ 其又曾作《学仙》诗云："修炼休差认假形，要知真气与真精。神同恍惚谁能见，道在虚无不可名。阴兔衔山银海暗，阳乌出水玉楼明。瓶中自有长生药，不是黄芽九转成。"⑤ 他还曾专门作吟咏道教修炼中常被提及的铅、汞的道情散曲。【北正宫・白鹤子】《八篇道情咏铅汞》

① 朱有燉：《朱有燉集》，齐鲁书社，2014，第224页。

② 朱有燉：《诚斋录》卷二，赵晓红整理《朱有燉集》，齐鲁书社，2014，第629页。

③ 朱有燉：《学道》，载《诚斋录》卷一，赵晓红整理《朱有燉集》，齐鲁书社，2014，第601页。

④ 朱有燉：《诚斋录》卷二，赵晓红整理《朱有燉集》，齐鲁书社，2014，第651页。

⑤ 朱有燉：《诚斋录》卷二，赵晓红整理《朱有燉集》，齐鲁书社，2014，第659页。

云："寂心无象染，实腹有丹藏。丹实汞难飞，象寂铅偏旺。""欲修千岁寿，须在片时间。点得汞成银，便觉神光灿。""黄婆心不顺，铅汞莫相亲。纵有炼丹炉，那得天仙分。""先天真一气，莫向后天寻。若向后天寻，此理差之甚。""欲知铅汞体，父母未生前。赤肉上真人，即是神仙眷。""红铅与白汞，和合入丹炉。成得此摩尼，始觉吾家富。""方知三教理，总是这些儿。若向异中求，不是丹修士。""达得玄机了，休轻说与人。为甚莫轻言，只恐人难信。"[①] 可见其对炼丹之事应是有过直接的体验。

性命双修是道教内丹修炼的根本。而在性功的修炼中，有一个很重要的步骤是要去除"酒色财气"对人身的影响。朱权的《冲漠子独步大罗天》杂剧中冲漠子要修炼成仙，吕洞宾、张真人二人度化他的重要内容之一就是让他脱去"酒色财气"的熏染，从而进入清虚寡淡的境界。吕洞宾也曾经作诗云："酒色财气四堵墙，人人都在墙中藏。若能跳得墙外去，不是神仙也寿长。"可见"酒色财气"对心性修炼来说是重要的考验。朱有燉散曲中有多首咏"酒色财气"的作品，如【南仙吕·西河柳】《咏酒色财气》、【北双调·快活年】《咏酒色财气》、【北双调·殿前欢】《咏酒色财气》等。[②]

朱有燉与道教有关的创作，最为人所注意的是他所作的神仙道化剧。在今存由朱有燉撰写的31部杂剧作品中，与道教主题有关的就有10部：《新编张天师明断辰钩月》《新编群仙庆寿蟠桃会》《新编洛阳风月牡丹仙》《新编瑶池会八仙庆寿》《新编紫阳仙三度常椿寿》《新编福禄寿仙官庆会》《东华仙三度十长生》

① 朱有燉：《诚斋乐府》，赵晓红整理《朱有燉集》，齐鲁书社，2014，第496页。

② 朱有燉：《诚斋乐府》，赵晓红整理《朱有燉集》，齐鲁书社，2014，第503、504—505、521—522页。

《新编吕洞宾花月神仙会》《新编河嵩神灵芝庆寿》《新编南极星度脱海棠仙》。这些作品，大多以“新编”的面目出现，无论是思想主旨还是宗教观念都颇有不同。如《新编张天师明断辰钩月》杂剧，朱有燉在永乐二年（1404）所作的引言中说：

> 世人常以鬼神为戏言，或驰骋于文章以为传记者，予每病其媟嫔之甚也！夫后土地祇、上元夫人、河洛之英、太阴之神，若此者不一，是皆天地之间至精至灵正直之气，安可诬以荒淫，配之伉俪，播于人耳，声于笔舌间也？暇日因见元人吴昌龄所撰《辰钩月》传奇，予以为幽明会合之道，言之木石之妖，或有此理，若以阴阳至精之正气，与天地而同行化育者，安可诬之若此耶？①

所谓吴昌龄《辰钩月》，一般认为即《录鬼簿》著录的《张天师夜祭辰钩月》，而《元曲选》中收录的《张天师断风花雪月》虽有所改动，但应即吴氏所作的《辰钩月》杂剧。从内容主旨上来说，吴作尽管也有张天师这样的道教人物出场，然而其表现的重点乃在“风花雪月”方面；而朱有燉的“新编”则处处敷衍道教正理，一如剧末张天师的道白所说的：“月乃是三光正气，嫦娥是月里神仙。他怎肯思凡下界，也待学尘世姻缘？因为这妖精作警，暂假名姓托瞜天。陈秀士愚迷不省，皆因他好色心坚。不觉地担疾染病，错认做鬼是神仙。那法官又不会除妖断怪，因此上嫦娥女负屈衔冤。尘世内胡诌乱嘧，辰钩月万古名传。则今番分别邪

---

① 朱有燉：《诚斋杂剧·新编张天师明断辰钩月》，赵晓红整理《朱有燉集》，齐鲁书社，2014，第1页。

正，世间人听我良言。这的是千万载清光显耀，一轮儿明月团圆。”究其用意来看，是希望借助张天师的审断来维持道教的神圣性，而不致沦入市井世俗的趣味。这样的处置，显然与一般通俗文学中将嫦娥塑造成思凡下界的形象截然不同。而其根本的出发点，即在于表现其处处张扬的“阴阳至精之正气”，而不是所谓的“幽明会合之道”。

朱有燉所作神仙道化剧最重要的一类是神仙庆寿主题的作品，其旨趣基本都是专注于庆赏。如《新编群仙庆寿蟠桃会》一剧的前言说：“自昔以来，人遇诞生之日，多有以词曲庆贺者。筵会之中，以效祝寿之忱。今年值予初度，偶记旧日所制【南吕宫】一曲，因续成传奇一本，付之歌，唯以资宴乐之嘉庆耳。”[①] 在《新编瑶池会八仙庆寿》杂剧的前言中，朱有燉明确提出自己创作此类题材作品的旨归：“庆寿之词，于酒席中，伶人多以神仙传奇为寿，然甚有不宜用者，如《韩湘子度韩退之》《吕洞宾岳阳楼》《蓝采和心猿意马》等体，其中未必言词尽皆善也。故予制《蟠桃会八仙庆寿》传奇，以为庆寿佐樽之设，亦古人祝寿之意耳。”[②] 道教中神仙欢聚的场景，长生不老的寓意，无疑可以为庆赏增加更多的吉祥色彩。朱有燉对此类题材作品进行“新编”，从某种程度来说开创了神仙主题庆赏杂剧新的写作模式。

---

① 朱有燉：《诚斋乐府》，赵晓红整理《朱有燉集》，齐鲁书社，2014，第142页。

② 朱有燉：《诚斋乐府》，赵晓红整理《朱有燉集》，齐鲁书社，2014，第214页。

附　录　明代道士著述征存

1.《太上升玄说消灾护命妙经注》

王道渊注。

《道藏·洞真部·玉诀类》收录，作一卷，题注作者：修江混然子。

2.《黄帝阴符经夹颂解注》

王道渊注。

《道藏·洞真部·玉诀类》收录。原书三卷，《道藏》合为一卷。题注作者：南昌修江混然子王道渊注。

3.《崔公入药镜注解》

王道渊注。

《道藏·洞真部·玉诀类》收录，作一卷。题注作者：混然子注。

4.《青天歌注释》

《道藏·洞真部·玉诀类》收录。题注作者：混然子注释。

5.《大明玄教立成斋醮仪范》

宋宗真等编。

《道藏·洞玄部·威仪类》收录，作一卷。参编者有宋宗真、赵允中、傅同虚、邓仲修、周玄真等。

6.《洪恩灵济真君自然行道仪》

不署撰人。

《道藏·洞玄部·威仪类》收录，作一卷。任继愈主编《道藏提要》（中国社会科学出版社，1991，第349页）以为“编成于明成祖永乐年间”。

7.《洪恩灵济真君集福宿启仪》

不署撰人。

《道藏·洞玄部·威仪类》收录，作一卷。任继愈主编《道藏提要》以为与《洪恩灵济真君自然行道仪》等共为一编。

8.《洪恩灵济真君集福早朝仪》

不署撰人。

《道藏·洞玄部·威仪类》收录，作一卷。任继愈主编《道藏提要》以为与《洪恩灵济真君自然行道仪》等共为一编。

9.《洪恩灵济真君集福午朝仪》

不署撰人。

《道藏·洞玄部·威仪类》收录，作一卷。任继愈主编《道藏提要》以为与《洪恩灵济真君自然行道仪》等共为一编。

10.《洪恩灵济真君集福晚朝仪》

不署撰人。

《道藏·洞玄部·威仪类》收录，作一卷。任继愈主编《道藏提要》以为与《洪恩灵济真君自然行道仪》等共为一编。

11.《洪恩灵济真君祈谢设醮科》

不署撰人。

《道藏·洞玄部·威仪类》收录，作一卷。任继愈主编《道藏提要》以为与《洪恩灵济真君自然行道仪》等共为一编。

12.《洪恩灵济真君礼愿文》

不署撰人。

《道藏·洞玄部·威仪类》收录，作一卷。任继愈主编《道藏提要》以为与《洪恩灵济真君自然行道仪》等共为一编。

13.《洪恩灵济真君七政星灯仪》

不署撰人。

《道藏·洞玄部·威仪类》收录，作一卷。任继愈主编《道藏提要》以为与《洪恩灵济真君自然行道仪》等共为一编。

14.《玄门报孝追荐仪》

不署撰人。

《道藏·洞玄部·威仪类》收录，作一卷。任继愈主编《道藏提要》以为“从内容文字看，似出明代”。

15.《诸师圣诞冲举酌献仪》

不署撰人。

《道藏·洞玄部·威仪类》收录，作一卷。任继愈主编《道藏提要》认为：“包括五种酌献仪……皆明成祖时事，故此仪之编者，盖为明初武当山道士。”

16.《金箓斋祈寿三朝仪》

不署撰人。

《道藏·洞玄部·威仪类》收录，作一卷。任继愈主编《道藏提要》考证为明成祖敕撰。

17.《金箓斋上寿三献仪》

不署撰人。

《道藏·洞玄部·威仪类》收录。任继愈主编《道藏提要》考证为明成祖时编。

18.《金箓斋延寿设醮仪》

不署撰人。任继愈主编《道藏提要》考证为明代所编。

《道藏·洞玄部·威仪类》收录。

19.《金箓斋玄灵转经三朝行道仪》

不署撰人。任继愈主编《道藏提要》考证为明代所撰。

《道藏·洞玄部·威仪类》收录，作一卷。

20.《金箓十回度人三朝开收仪》

不署撰人。

《道藏·洞玄部·威仪类》收录，作一卷。任继愈主编《道藏提要》考证为明人所编。

21.《金箓十回度人三朝转经仪》

不署撰人。

《道藏·洞玄部·威仪类》收录，作一卷。任继愈主编《道藏提要》考证为明人所编。

22.《灵宝归空诀》

赵宜真（？—1382）编。

《道藏·洞玄部·方法类》收录，作一卷。题注作者：原阳子赵宜真编述。

23.《西壁文集》

张宇清撰。宇清字彦玑，号西璧，张宇初弟，道教正一派第四十四代天师。永乐八年（1410）嗣掌教，宣德二年（1427）卒。封崇谦守静真人。生平见《道家诗纪》卷三十。

23.《南华真经循本》

罗勉道撰。

《道藏·洞神部·玉诀类》收录，作三十卷。《明史·艺文志》著录。

24.《大明玄天上帝瑞应图录》

不署撰人。

《道藏·洞神部·记传类》收录，作一卷。

25.《玄天上帝启圣灵异录》

不署编者。

《道藏·洞神部·记传类》收录，作一卷。任继愈主编《道藏提要》认为“系明代汇集元代崇祀玄帝真武之碑记诏旨而成”。

26.《大明御制玄教乐章》

不署撰人。当是道士奉敕所编。

《道藏·洞神部·表奏类》收录，作一卷。

27. 《萃善录》

不署撰人。任继愈主编《道藏提要》认为“当系张国祥所编”。

《道藏·洞神部·表奏类》收录，作二卷。

28. 《原阳子法语》

赵宜真撰，刘渊然编集。

《道藏·太玄部》收录，作二卷。收诗歌偈颂四十八首，题辞二篇，论说一篇。

29. 《还真集》

王道渊撰。

《道藏·太玄部》收录，作三卷。

30. 《道玄篇》

王道渊撰。

《道藏·太玄部》收录，作一卷。

31. 《随机应化录》

何道全撰，贾道玄编。

《道藏·太玄部》收录，作二卷。

32. 《太上玄天真武无上将军箓》

不署撰人。任继愈主编《道藏提要》认为：“此箓当为明初正一道士所作。”

《道藏·正一部》收录，作一卷。

33. 《高上大洞文昌司禄紫阳宝箓》

不署撰人。假托文昌降坛告鸾府侍仙真人刘安胜。任继愈主编《道藏提要》认为“此箓或即刘安胜所造”，“出于明初”。

《道藏·正一部》收录，作三卷。

34.《太上北极伏魔神咒杀鬼箓》

不署撰人。任继愈主编《道藏提要》以为明初正一道士所作。

《道藏·正一部》收录，作一卷。

35.《太上正一延生保命箓》

不署撰人。任继愈主编《道藏提要》以为明初正一道士所造。

《道藏·正一部》收录，作一卷。或名《太上正一延生保命秘箓》。

36.《太上正一解五音咒诅秘箓》

不署撰人。任继愈主编《道藏提要》以为明初正一道士所造。

《道藏·正一部》收录，作一卷。或名《太上解五音咒诅妙箓》。

37.《道门十规》

张宇初撰。

《道藏·正一部》收录，作一卷。

38.《受箓次第法信仪》

不署撰人。

《道藏·正一部》收录，作一卷。分《受箓次第法信仪》《天师治仪（上）》两部分。任继愈主编《道藏提要》认为《受箓次第法信仪》为明代道士编纂而成。

39.《洪恩灵济真君灵签》

不署撰人。任继愈主编《道藏提要》以为出于明代。

《道藏·正一部》收录，作一卷。

40.《灵济真君注生堂灵签》

不署撰人。任继愈主编《道藏提要》以为出于明代。

《道藏·正一部》收录，作一卷。

41.《岘泉集》

张宇初撰。《千顷堂书目》卷二十八小传云："字子璿，广信人。嗣汉四十二代天师。洪武十年嗣掌道教，赐号无为真人。颖悟有文学。王绅为集序。”①

《道藏·正一部》收录，作十二卷。《景印文渊阁四库全书》收录，作四卷。《千顷堂书目》卷二十八著录，作《岘泉文集》，二十卷。《明史》卷九十九《艺文志》著录，作《岘泉文集》，二十卷。《（雍正）江西通志》卷一〇四《仙释》引《天师世家》作《岘泉文集》，二十四卷。

42. 《北帝伏魔经法建坛仪》

卢中苓编。任继愈主编《道藏提要》推断认为：“本篇与明初传世之《伏魔经坛谢恩醮仪》在内容上相近……疑此二篇原为一书，均出于明初正一道士卢中苓之手。”

《道藏·正一部》收录，作一卷。

43. 《伏魔经坛谢恩醮仪》

不署撰人。任继愈主编《道藏提要》考证为明代正一道士所造。

《道藏·正一部》收录，作一卷。

44. 《皇经集注》

周玄贞集注。

《续道藏》收录，作十卷。

45. 《元始天尊说东岳化身济生度死拔罪解冤保命玄范诰咒妙经》

不署撰人。任继愈主编《道藏提要》考证出于明代。

《续道藏》收录，作一卷。

46. 《太上老君说城隍感应消灾集福妙经》

不署撰人。任继愈主编《道藏提要》认为此书“出自洪武九

① 黄虞稷：《千顷堂书目》卷二十八，上海古籍出版社，2001，第696页。

年以后，万历以前”。

《续道藏》收录，作一卷。白云霁《道藏目录详注》作《护国保宁佑圣王威灵公感应城隍经》。

47.《皇明恩命世录》

不署编者。

《续道藏》收录，作九卷。白云霁《道藏目录详注》作四卷。全书收明朝太祖、成祖、宣宗、英宗、景帝、宪宗、孝宗、武宗、世宗等朝皇帝御撰关于道教之赞、文、诰、敕旨等。

48.《汉天师世家》

张正常撰，张宇初删定，张国祥续补。

《续道藏》收录，作四卷。《千顷堂书目》卷十六著录，作一卷。

49.《弘道录》

不署撰人。任继愈主编《道藏提要》考证作者为明世宗时之浙江人。

《续道藏》收录，作五十六卷。全书起自唐尧，迄于明代。

50.《消摇墟经》

洪自诚撰。

《续道藏》收录，作二卷。摘编老君至张三丰等六十三位神仙的传记。

51.《天皇至道太清玉册》

朱权编撰。

《续道藏》收录，作八卷。原书二卷。

52.《吕祖志》

不署编者。任继愈主编《道藏提要》认为系明代道流所编，出于嘉靖、万历间。

《续道藏》收录，作六卷。

53.《道德经释略》

林兆恩撰。

《藏外道书》第一册收录，作六卷。《千顷堂书目》卷十六著录，作六卷。

54.《玄宗大道》

林兆恩撰。

《千顷堂书目》卷十六著录，作二卷。

55.《常清净经注释略》

林兆恩撰。

《千顷堂书目》卷十六著录，作一卷。

56.《道德经释辞》

王一清释。王一清，号体物子，太和武当道士。

《道藏辑要·心集》收录，分上经、下经。《贩书偶记·子部·道家类》著录，作二卷，万历辛丑刊本。

57.《南华真经副墨》

陆西星撰。

《藏外道书》第二册收录，《续修四库全书》第1291册影明万历六年李齐芳刻本。《千顷堂书目》卷十六著录。《国史经籍志》卷四《子类·道家》著录，作八卷。

58.《读南华真经杂说》

陆西星撰。

存明万历六年李齐芳刻本，收入《续修四库全书》第1291册。

59.《老子道德经玄览》

陆西星撰。

《澹生堂书目》著录。《千顷堂书目》卷十六著录，作二卷。

60.《阴符经测疏》

陆西星撰。

《澹生堂书目》著录。《千顷堂书目》卷十六著录，作一卷。

61.《周易参同契测疏》

陆西星撰。

《千顷堂书目》卷十六著录，作一卷。

62.《参同契口义》

陆西星撰。

《千顷堂书目》卷十六著录，作一卷。

63.《方壶外史》

陆西星撰。

《千顷堂书目》卷十六著录，作八卷。

64.《悟真篇小序》

陆西星撰。

《千顷堂书目》卷十六著录，作一卷。

65.《龙眉子金丹印证测疏》

陆西星撰。

《千顷堂书目》卷十六著录，作一卷。

66.《金丹就正篇》

陆西星撰。

《千顷堂书目》卷十六著录，作一卷。

67.《金丹大旨图》

陆西星撰。

《千顷堂书目》卷十六著录，作一卷。

68.《张紫阳金丹四百字测疏》

陆西星撰。

《千顷堂书目》卷十六著录，作一卷。

69.《崔公入药镜测疏》

陆西星撰。

《千顷堂书目》卷十六著录，作一卷。

70.《南华真经注疏》

程以宁注疏。

《道藏辑要·牛集》收录，作四卷。

71.《太上道德宝章翼》

白玉蟾真人章句，复圭子程以宁阐疏。

《道藏辑要·心集》收录，作二卷。

72.《问道篇》

阳道生撰。阳道生，号葆真子，全真龙门派道士，丘处机五传弟子。天顺六年（1462）生，成化七年（1474）入道。

《贩书偶记·子部·道家类》著录，作一卷。有隆庆间刊本。

73.《化书新声》

晋紫霄真人谭景升著，王一清注。

《道藏辑要·危集》收录，作一卷。

74.《仙佛合宗语录》

伍守阳著。

《道藏辑要·毕集》收录，作六卷，附录一卷。

75.《天仙正理直论增注》

伍守阳撰并注，伍守虚同注。

《道藏辑要·毕集》收录，作一卷。

76.《金丹要诀》

伍守阳撰。

《道藏辑要·毕集》收录。

77.《伍真人丹道九篇》

伍守阳撰。

《道藏辑要·毕集》收录。

78.《张三丰先生全集》

张三丰撰，李西月编。

《道藏辑要·毕集》收录，作八卷。

79.《金液还丹捷径口诀》

张三丰撰。

《千顷堂书目》卷十六著录，作一卷。

80.《金丹秘旨》

张三丰撰。

《千顷堂书目》卷十六著录，作一卷。

81.《金丹直指》

张三丰撰。

《千顷堂书目》卷十六著录，作一卷。

82.《赐号太和先生集》

邵元节撰。生平见《明史》卷三〇七《佞幸·邵元节传》。

《千顷堂书目》卷二十八著录，作四卷。《千顷堂书目》卷十六著录，作《太和集》，四卷。①

《明史》卷九十九《艺文志》著录，作《邵元节集》，四卷。

83.《性命圭旨》

尹继先撰。一作尹继先高弟撰。

《千顷堂书目》卷十六著录，题《尹真人性命圭旨》，四卷。《道藏精华》第一集收录。

84.《道藏目录详注》

白云霁撰。字明之，上元人。

四卷。《景印文渊阁四库全书》收录。《千顷堂书目》卷十六

① 黄虞稷：《千顷堂书目》卷十六，上海古籍出版社，2001，第437页。

著录。

85.《铁柱延真万年纪录类编》

熊常静撰。明初道士。

《千顷堂书目》卷十六著录。

86.《增注感应篇》

刘渊然撰。

《千顷堂书目》卷十六著录，题作“刘长春增注感应篇”，注云：“字渊然。”

87.《观物吟》

邓羽撰。

《千顷堂书目》卷二十八著录，作一卷。小传云：“南海人。明初知青阳县事，后为道士，隐居武当之南岩。自号松石道人。不知所终。”①

《明史》卷九十九《艺文志》著录，作一卷。

《列朝诗集》闰集第一《邓青阳羽》：“羽，南海人。国初青阳县令，后为道士。常居武林，后隐武当山之南岩。永乐中，不知所往，人以为仙去。有《观物吟》一卷。自言：‘忘情消白日，高卧看青山，动落花流水之机，适闲云幽鸟之趣，遂成意外不期然而然之句。’”

《明诗综》卷八十八传云：“羽，南海人。明初知青阳县事。后为道士，隐居武当之南岩。自号松石道人。不知所终。有《观物吟》。”

《御选明诗姓名爵里八》传云：“邓羽，南海人。明初知青阳县，后为道士。常居武林，复隐武当南岩，自号松石道人。有《观物吟》。”

① 黄虞稷：《千顷堂书目》卷二十八，上海古籍出版社，2001，第696页。

88.《石矼樵唱》

卢大雅撰。

《千顷堂书目》卷二十八著录。小传云：“贵溪人。龙虎山道士。”①

《明诗综》卷八十八传云：“大雅，贵溪人。龙虎山道士。有《石矼樵唱》。”

曹学佺《石仓历代诗选》卷三六五传云：“卢大雅，亦龙虎山人。”

89.《弘道集》

周思得撰。

《百川书志》著录，作一卷，附录一卷。共计三十六篇。②

《千顷堂书目》卷二十八著录。小传云：“字养真，别字素庵，钱塘人。扈从成祖北征，恩宠甚厚。历事五朝，晋秩二品，享年九十，谕葬赐茔。”③

《明一统志》卷三十八传云：“周思得，钱塘人。少颖悟，从四十三代天师张宇初读道家书。本朝永乐初，召至京。尝扈从北征，宠赉优厚。宣德、正统间，累封崇教弘道高士，领道录司事。卒年九十二，赠通灵真人。”

《列朝诗集》传云：“字养真，钱塘人。行灵官法，先知祸福。文皇帝北征，召扈从，数试之不爽。招弭祓除，祈雨禬兵，咸如影响。乃命祀灵官神于宫城西。灵官藤像，上获之于东海。朝夕崇礼，所征必载。及金河川，舁不可动，就思得秘问之，曰：‘上帝有界，止此也。’已而果有榆川之役。思得历事五朝，年逾九

---

① 黄虞稷：《千顷堂书目》卷二十八，上海古籍出版社，2001，第696页。

② 高儒：《百川书志·古今书刻》卷十三，上海古籍出版社，2005，第196—197页，第255页。

③ 黄虞稷：《千顷堂书目》卷二十八，上海古籍出版社，2001，第696页。

十，赐谥弘道真人。”

《明诗综》卷八十八传云：“思得，字养真，别字素庵，钱塘人。有《弘道集》。”

倪岳《正祀典疏》云：“永乐中，有杭州道士周思得，以灵官之法显于京师，附体降神，祷之有应。乃于禁城之西建天将庙及祖师殿。”①

93.《止庵集》

林复真撰。

《千顷堂书目》卷二十八著录。小传云：“字刚伯，常熟人。龙虎山道士。预修《永乐大典》。归居致道观之来云堂。”②

《明诗综》卷八十八小传云：“复真字刚伯，常熟人。入龙虎山为道士。预修《永乐大典》。归居致道观之来云堂。有《止庵集》。”

《（雍正）江南通志》卷三十一《舆地志·古迹·苏州府》：“朗吟亭，在昭文县丹井东北。明永乐中道士林复真建。”

杨循吉《虞山致道观新建览翠楼记》：“斯堂起林复真，历王志玄、顾常清，皆以羽服司教门事，而蒙实承其派。”（《吴都文粹续集》卷二十八）

94.《逍遥集》

章志宗撰。

《千顷堂书目》卷二十八著录。小传云：“字清源，号逍遥子，松溪文昌观道士。”③

《明诗综》卷八十八传云：“志宗字清源，号逍遥子。松溪文

---

① 黄训：《名臣经济录》卷二十九，《景印文渊阁四库全书》第443册，商务印书馆（台北），1986，第638页。

② 黄虞稷：《千顷堂书目》卷二十八，上海古籍出版社，2001，第696页。

③ 黄虞稷：《千顷堂书目》卷二十八，上海古籍出版社，2001，第696页。

昌观道士。有《逍遥集》。”

《石仓历代诗选》卷三六五：“章志宗，字清源，号逍遥。习五雷法。”

95.《丹丘漫稿》

钱月龄撰。

《千顷堂书目》卷二十八著录。小传云：“字鹤山，无锡人。居洞虚宫。”①

《明诗综》卷八十八传云：“月龄字鹤山，无锡人。居洞虚宫。有《丹丘漫稿》。”

96.《同亭诗悦》

佘和叔撰。

《千顷堂书目》卷二十八著录，作一卷。②

97.《野怀散稿》

汪丽阳撰。

《千顷堂书目》卷二十八著录，作一卷。小传云：“铅山人，号痴颐子。嘉靖初武夷接笋峰道士。遗蜕葬于石壁。”③

《明史》卷九十九《艺文志》著录，作一卷。

《御选明诗·姓名爵里八》传云：“汪丽阳，自号痴颐子，铅山人。嘉靖初真于武夷接笋峰。有《野怀散稿》。”

98.《适适吟》

张蚩蚩撰。

《千顷堂书目》卷二十八著录，作一卷。小传云：“武夷山道士。”④

---

① 黄虞稷：《千顷堂书目》卷二十八，上海古籍出版社，2001，第696页。
② 黄虞稷：《千顷堂书目》卷二十八，上海古籍出版社，2001，第696页。
③ 黄虞稷：《千顷堂书目》卷二十八，上海古籍出版社，2001，第696页。
④ 黄虞稷：《千顷堂书目》卷二十八，上海古籍出版社，2001，第697页。

《明史》卷九十九《艺文志》著录，作一卷。

99.《潜庵咏物诗》

颜复膺撰。

《千顷堂书目》卷二十八著录，作六卷。小传云："字安仁，冲虚山道士。"①

《明史》卷九十九《艺文志》著录，作六卷。

100.《破瓢道人诗》

吴孺子撰。姚士粦有《吴少君遗事》一卷，见《千顷堂书目》卷十。

《千顷堂书目》卷二十八著录，作二卷。小传云："字少君，兰溪人。嘉、隆间，以黄冠游吴、楚间。"②

《（雍正）浙江通志》卷一九三《人物十·隐逸下》引《续高士传》："吴孺子，字少君，兰溪人。儿时父不课经史，独授杜诗一编，长好《离骚》《老》《庄》《尔雅》。遇俗夫，则云：'吾不识字。'口诵诗，使人代书之。家居兰溪东郭。负郭有田一顷，尽硗瘠，凿沟引山泉入厨。日闭门，藉虎皮危坐。或问之，曰：'吾寻味好客话言耳。'性爱洁，不畏寒，遇泉水清泠，虽秋冬，辄解衣以浴。尝游雁荡天台石梁，绝粮，啖芦菔根四十余日。后居僧寺，自炊一铜灶，饭不足则餔糜，日买两钱菜，分干叶为虀羹。语人曰：'免吾低眉向人，胜饱于粱肉耳。'有一大瓢，摩挲如玉，所至持携。他日过荆溪，遇盗破之，抱瓢泣数日夜乃去。晚自称破瓢道人。隆庆末，卒于梁溪。"

《御定佩文斋画谱》卷五十七《吴孺子》引邹迪光《吴山人墓志铭》："吴孺子，字少君，别号玄铁，又号懒和尚，金华人。善

① 黄虞稷：《千顷堂书目》卷二十八，上海古籍出版社，2001，第697页。
② 黄虞稷：《千顷堂书目》卷二十八，上海古籍出版社，2001，第697页。

画鸡、鹜、水鸟、芙蕖、芦藻，幽峭闲适，嫣然有致，绝不涉丹青家蹊径。”

王世贞《吴孺子游间仅一瓢后破书此慰之》诗云：“吴郎手携长生瓢，自云巢许同消摇。偶然洗颍瓢破碎，赤手向余不得骄。男儿有身差足慰，况乃生无向平累。揖予竟作汝南游，别有壶中贮天地。”（《弇州四部稿》卷二十一）

沈季友编《槜李诗系》卷十四《破瓢道人吴孺子》：“孺子字少君，号玄铁，兰溪人……按孺子游屐半海内，而吾郡尤数数往还。始客于项氏、戚氏，或姚氏、钟氏、梅溪李氏、海盐钱氏及释戒襄处最久，后终于梁溪。”

李日华《六研斋笔记·二笔》卷四：“吴少君喜自拈佳句，多有不成篇者，如《废寺》云：‘偶经荒落处，人道古招提。不见山僧在，时闻春鸟啼。泉侵松下路，石堕屋边溪。’止六句。又：‘少年不识数，两手为十五。醉后自骑马，堕马亦弗苦。’又：‘淡月不成影。’只一句。又：‘白日不得意，不如秋夜长。’止两句。”

朱彝尊《静志居诗话》卷二十三：“吴孺子，字少君，金华人。嘉、隆间，以黄冠游吴、楚间。有《吴少君集》。”

朱彝尊《静志居诗话》卷二十三：“少君周游吴、楚间，留槜李独久。性至巧，工于制器，一瓢精绝。过荆溪，为盗所击，王元美为作《破瓢歌》……诗六卷，沈嘉则、赵汝师为作序，邹彦吉为作墓铭，余仲房、王伯谷为作传，姚叔祥为述遗事，均未尝言其为道士。独顾玄言辑《国雅》目为黄冠，今从之。”

101.《吴少君诗》

吴孺子撰。

《千顷堂书目》卷二十八著录，作二卷。与上书应为同一集。《（雍正）浙江通志》卷二五一《经籍十一》著录《吴少君集》，六卷。注云引自《明诗综》，沈嘉则、赵汝师为序。

102.《水月轩稿》

徐渊撰。

《千顷堂书目》卷二十八著录。小传云："字湛虚，一字月汀，又字秋沙，海宁人。万历中栖贞观道士。"①

《明诗综》卷八十八传云："渊字湛虚，一字月汀，又字秋沙，海盐人。万历中栖真观道士（一作文始道院）。有《水月轩稿》。"

103.《虫吟》

吴道隆撰。

《千顷堂书目》卷二十八著录。小传云："字易水，桐城太霞宫道士。"②

《明诗综》卷八十八传云："道隆字易水，桐城太霞宫道士。有《虫吟》。"

104.《蜀道吟》

徐斗支撰。

《千顷堂书目》卷二十八著录。小传云："字梁父。嘉兴万寿宫道士。"③

《明诗综》卷八十八传云："斗支字梁父，嘉兴万寿宫道士。有《蜀道唫》《荆南杂咏》。"

105.《荆南杂咏》

徐斗支撰。

《千顷堂书目》卷二十八著录。

106.《放鹇亭集》

李延昱撰。一作李延昰。

《千顷堂书目》卷二十八著录。小传云："初名彦贞，字我生，

---

① 黄虞稷：《千顷堂书目》卷二十八，上海古籍出版社，2001，第 697 页。
② 黄虞稷：《千顷堂书目》卷二十八，上海古籍出版社，2001，第 697 页。
③ 黄虞稷：《千顷堂书目》卷二十八，上海古籍出版社，2001，第 697 页。

一字期叔，后更今名，改字辰山。上海人。隐于医。晚居平湖佑圣宫，自称道士。”①

《御定佩文斋书画谱·纂辑书籍》著录，作《放鹇亭稿》，作者李昰。

《明诗综》卷八十八传云：“延昰初名彦贞，字我生，一字期叔，后更今名，改字辰山，上海人。隐于医。晚居平湖佑圣宫，自称道士。”

《静志居诗话》卷二十三：“辰山生长士族，人不知其门阀；策名仕版，人不知其官资；博综图籍，人不知其储藏；洁治酒肴，人不知其庖爨。所撰《崇祯甲申录》《南吴旧话》，足以裨国史之采择。及疾革，平居玩好，一瓢、一笠、一琴、一砚，悉分赠友朋，而以储书二千五百卷畀予。诵其诗，知为徐孝廉闇公之弟子，然其出处本末，终莫得而详也。诗亦伯仲几社诸君，入之黄冠中，翘翘东楚。”

《槜李诗系》卷二十九《放鹇道者李延昰》：“延昰字期叔，号辰山，上海人。少负逸才，善谈论，熟于旧家典故及诸琐碎事……其诗文曰《放鹇亭稿》，露抄雪纂。晚年黄冠草履，自称道者。二子早丧，遂无嗣。年七十，忽病作，命龛趺坐而逝。”

107.《榔梅居诗稿》

陈泓撰。

《千顷堂书目》卷二十八著录。小传云：“字白浮。嘉兴万寿宫道士。”②

《明诗综》卷八十八传云：“泓字白浮，嘉兴万寿宫道士。有《榔梅居诗稿》。”

① 黄虞稷：《千顷堂书目》卷二十八，上海古籍出版社，2001，第697页。

② 黄虞稷：《千顷堂书目》卷二十八，上海古籍出版社，2001，第697页。

108.《玄洲集》

徐颖撰。

《千顷堂书目》卷二十八著录。小传云："字渭友。海盐学生，以诖误逃于僧。自楚归，入茅山为道士。"①

《檇李诗系》卷十九《玄洲道士徐颖》："颖字渭友，一字巢友，海盐人。为诸生，以诖误逃于僧。自楚归，入茅山为道士。往来句曲道上，双髻道服，骑紫牛，导以孔翠，道路諠哗，传神仙来，儿女罗拥不得前，且以为天上人携将怪异物落人间矣。久之，复出游江南、燕、雒间。好谈兵，以徐鸿客、姚荣靖自许。兵后，入闽、粤，不知所终。尝自言欲作三十六洞天游，以故瓢笠所至，几遍天下。葛震甫序其诗，有九合：曰有闲情，曰遇佳山水便住，曰中年以前能好学，曰弃家入山，曰无长物，曰不交流俗人，曰无应酬语，曰苦吟，曰不多作。有《玄洲集》。"

《明诗综》卷八十八传云："颖字渭友，更字巢友，海盐学生，以诖误逃于僧。自楚归，入茅山为道士。好谈兵，以徐鸿客、姚广孝自许，后不知所终。"

109.《效颦集》

沈元寿撰。

《（弘治）湖州府志》著录。小传云："字云潜。归安静庵观道士。"

《千顷堂书目》卷二十八著录。小传云："字云潜。归安静庵观道士。"②

110.《铁矿集》

张友霖撰。

---

① 黄虞稷：《千顷堂书目》卷二十八，上海古籍出版社，2001，第697页。
② 黄虞稷：《千顷堂书目》卷二十八，上海古籍出版社，2001，第697页。

《千顷堂书目》卷二十八小传云："字修文，贵溪人。洪武初辟教门高士，提点万寿宫。"①

《千顷堂书目》卷二十八著录，作二卷。《明史》卷九十九《艺文志》著录，作二卷。《千顷堂书目》卷十六作《铁汉集》。②

111. 《道法权衡玄髓歌》

《百川书志》卷十一著录，作一卷。③ 署皇明通灵真人撰。《千顷堂书目》卷十六著录，作一卷。

按：周思得赐号通灵真人。

112. 《救命索》

《百川书志》卷十一著录，作一卷。④ 署皇明臞仙撰。

按：朱权号臞仙。

113. 《元始无量度人上品妙经通义》

张宇初注。

《道藏·洞真部·玉诀类》收录，作四卷。

---

① 黄虞稷：《千顷堂书目》卷二十八，上海古籍出版社，2001，第697页。
② 黄虞稷：《千顷堂书目》卷十六，上海古籍出版社，2001，第437页。
③ 高儒：《百川书志》卷十一，上海古籍出版社，2005，第162页。
④ 高儒：《百川书志》卷十一，上海古籍出版社，2005，第164页。

参 考 文 献

一、古代典籍

[1] 明实录［M］．台北："中央研究院"历史语言研究所，1962.

[2] 曹安．谰言长语［M］．文渊阁四库全书本．

[3] 曹学佺．石仓历代诗选［M］．文渊阁四库全书本．

[4] 陈继儒．陈眉公集［M］．刻本．史辰伯，1615（明万历四十三年）．

[5] 陈全之．蓬窗日录［M］．刻本．1516（明嘉靖四十四年）．

[6] 陈田．明诗纪事［M］．上海：上海古籍出版社，1993.

[7] 褚伯秀．南华真经义海纂微［M］．明正统道藏本．

[8] 董天锡．赣州府志［M］．刻本．上海：上海古籍书店，1962.

[9] 傅金铨．天仙正理读法点睛［M］//胡道静，陈耀庭，林石清．藏外道书：第11册．成都：巴蜀书社，1994.

[10] 王明．抱朴子内篇校释［M］．王明，校释．北京：中华书局，1980.

[11] 葛寅亮．金陵玄观志［M］．南京：南京出版社，2011.

[12] 郭庆藩．庄子集释［M］．王孝鱼，整理．北京：中华书局，1961.

[13] 郭象．南华真经评注［M］．刻本．1624（明天启四年）．

[14] 过庭训．明朝分省人物考［M］．明天启刻本．

[15] 何良俊．四友斋丛说［M］．北京：中华书局，1959.
[16] 胡维霖．墨池浪语［M］．刻本．
[17] 大明律［M］．北京：法律出版社，1999.
[18] 焦竑．澹园集［M］．北京：中华书局，1999.
[19] 郎瑛．七修类稿［M］．刻本．
[20] 李道纯．中和集［M］//道藏：第4册．北京：文物出版社，1988.
[21] 李西月、张三丰先生全集［M］//道藏辑要：续毕集．刻本．成都：二仙庵，1906（光绪三十二年）．
[22] 李翊．戒庵老人漫笔［M］．北京：中华书局，1982.
[23] 梁园隶．重修兴化县志［M］．台北：成文出版社，1970.
[24] 林希逸．庄子鬳斋口义校［M］．周启成，校注．北京：中华书局，1997.
[25] 林兆恩．三教合一大旨［M］//四库禁毁书丛刊：子部：第17册．北京：北京出版社，1997.
[26] 凌濛初．二拍［M］．北京：文化艺术出版社，1997.
[27] 娄近垣．重修龙虎山志［M］//中华续道藏初辑：第3册．台北：新文丰出版有限公司，1999.
[28] 陆人龙．型世言［M］．长沙：岳麓书社，1993.
[29] 陆西星．南华真经副墨［M］．刻本．1578（明万历六年）．
[30] 陆西星．三藏真诠［M］//萧天石．道藏精华：12集．台北：自由出版社，1974.
[31] 陆西星．方壶外史［M］．盛克琦，编校．北京：宗教文化出版社，2010.
[32] 陆西星．毂音漫录［M］．龚敏，任德魁，点校．香港：香港大学饶宗颐学术馆，2008.
[33] 陆西星．南华真经副墨［M］．蒋门马，点校．北京：中华

书局，2010.
[34] 潘基庆．南华经集注［M］．明刊本．
[35] 彭致中．鸣鹤余音［M］//道藏：第24册．北京：文物出版社，1988.
[36] 钱伯城，魏同贤，马樟根．全明文：第1册［M］．上海：上海古籍出版社，1992.
[37] 钱谦益．列朝诗集［M］．北京：中华书局，2007.
[38] 邵雍．伊川击壤集［M］//四部丛刊初编集部．
[39] 沈德符．万历野获编［M］．北京：中华书局，1959.
[40] 释大闻．释鉴稽古略续集［M］//续修四库全书：1288册．上海：上海古籍出版社，2002.
[41] 苏伯衡．苏平仲文集［M］．文渊阁四库全书本．
[42] 孙碧云：修身正印［M］//王卡，汪桂平．三洞拾遗：第9册．合肥：黄山书社，2005.
[43] 王常月．碧苑坊经［M］//藏外道书：第10册．成都：巴蜀书社，1994.
[44] 王常月．初真戒律［M］//重刊道藏辑要：张集．刻本．成都：二仙庵，1906（光绪三十二年）．
[45] 王圻．续文献通考［M］．明万历刊本．
[46] 王世贞．弇山堂别集［M］．北京：中华书局，1985.
[47] 王一清．道德经释辞［M］//重刊道藏辑要：心集．刻本．成都：二仙庵，1906（光绪三十二年）．
[48] 王原祁．佩文斋书画谱［M］．北京：中国书店，1984.
[49] 王直．抑庵文集［M］．文渊阁四库全书本．
[50] 魏伯阳．周易参同契集释［M］．北京：中央编译出版社，2015.
[51] 谢肇淛．五杂俎［M］．上海：上海书店，2001.

[52] 永瑢. 四库全书总目 [M]. 北京：中华书局，1965.
[53] 余继登. 典故纪闻 [M]. 北京：中华书局，1981.
[54] 余之祯. 吉安府志 [M]. 刻本.1585（明万历十三年）.
[55] 张瀚. 松窗梦语 [M]. 盛冬铃，点校. 北京：中华书局，1985.
[56] 张谦. 道家诗纪 [M] //上海图书馆未刊古籍稿本：第 59 册. 上海：复旦大学出版社，2008.
[57] 张三丰. 张三丰全集 [M]. 方春阳，点校. 杭州：浙江古籍出版社，1990.
[58] 张廷玉. 明史 [M]. 北京：中华书局，1974.
[59] 张萱. 西园闻见录 [M]. 北平：哈佛燕京学社，1940.
[60] 张宇初. 耆山无为天师岘泉集 [M]. 刻本.1754（清乾隆十九年）.
[61] 赵翼. 廿二史札记 [M]. 北京：中华书局，1963.
[62] 朱国祯. 涌幢小品 [M]. 北京：中华书局，1959.
[63] 朱彝尊. 静志居诗话 [M]. 北京：人民文学出版社，1998.
[64] 朱元璋. 高皇帝御制文集 [M]. 刻本.1535（嘉靖十四年）.
[65] 宗臣. 宗子相集 [M]. 文渊阁四库全书本.

二、近人著述

[1] 索安. 西方道教研究编年史 [M]. 吕鹏志，陈平，译. 北京：中华书局，2002.
[2] 卜正民. 明代的社会与国家 [M]. 陈时龙，译. 合肥：黄山书社，2009.
[3] 福井康顺，山崎宏，木村英一，等. 道教：第三卷 [M]. 朱越利，冯佐哲，译. 上海：上海古籍出版社，1992.

[4] 福井康顺，山崎宏，木村英一，等．道教：第二卷［M］．朱越利，徐远和，译．上海：上海古籍出版社，1992.
[5] 福井康顺，山崎宏，木村英一，等．道教：第一卷［M］．朱越利，译．上海：上海古籍出版社，1990.
[6] 秋月观暎．中国近世道教的形成：净明道的基础研究［M］．丁培仁，译．北京：中国社会科学出版社，2005.
[7] 窪德忠．道教史［M］．萧坤华，译．上海：上海译文出版社，1987.
[8] 小林正美．新范式道教史的构建［M］．王皓月，译．济南：齐鲁书社，2014.
[9] 崔建英．明别集版本志［M］．北京：中华书局，2006.
[10] 丁常春．伍守阳内丹思想研究［M］．成都：巴蜀书社，2007.
[11] 方立天．中国佛教哲学要义［M］．北京：宗教文化出版社，2014.
[12] 戈国龙．道教内丹学溯源［M］．北京：中央编译出版社，2012.
[13] 葛兆光．道教与中国文化［M］．上海：上海人民出版社，1987.
[14] 葛兆光．屈服史及其他：六朝隋唐道教的思想史研究［M］．北京：三联书店，2003.
[15] 葛兆光．中国宗教与文学论集［M］．北京：清华大学出版社，1998.
[16] 龚鹏程．道教新论［M］．台北：学生书局，1991.
[17] 苟波．道教与明清文学［M］．成都：巴蜀书社，2010.
[18] 何孝荣．明朝宗教［M］．南京：南京出版社，2013.
[19] 胡从经．中国小说史学史长编［M］．上海：上海文艺出版

社，1998.
[20] 胡孚琛．道教与丹道［M］．北京：中央编译出版社，2008.
[21] 胡孚琛．中华道教大辞典［M］．北京：中国社会科学出版社，1995.
[22] 胡适．胡适古典文学研究论集［M］．上海：上海古籍出版社，1988.
[23] 黄景春，李纪．道心人情：中国小说中的神仙道士［M］．上海：上海辞书出版社，2005.
[24] 黄兆汉．道教与文学［M］．台北：学生书局，1994.
[25] 黄兆汉．明代道士张三丰考［M］．台北：学生书局，1988.
[26] 金正耀．中国的道教［M］．北京：商务印书馆，1996.
[27] 孔令宏，韩松涛．江西道教史［M］．北京：中华书局，2011.
[28] 孔令宏．宋明道教思想研究［M］．北京：宗教文化出版社，2002.
[29] 寇凤凯．明代道教文化与社会生活［M］．成都：巴蜀书社，2016.
[30] 郎擎霄．庄子学案［M］．上海：商务印书馆，1933.
[31] 刘固盛．道教老学史［M］．武汉：华中师范大学出版社，2008.
[32] 刘仲宇，吉宏忠．正一道教研究：第一辑［M］．北京：宗教文化出版社，2012.
[33] 柳存仁．和风堂文集［M］．上海：上海古籍出版社，1991.
[34] 卢笑迎．“仙佛合宗”修道思想研究［M］．成都：巴蜀书社，2012.
[35] 吕澂．吕澂佛学论著选集［M］．济南：齐鲁书社，1991.
[36] 牟钟鉴，胡孚琛，王葆玹．道教通论：兼论道家学说［M］．

济南：齐鲁书社，1991.
[37] 卿希泰．中国道教思想史：第三卷［M］．北京：人民出版社，2009.
[38] 卿希泰．中国道教思想史：第四卷［M］．北京：人民出版社，2009.
[39] 卿希泰．中国道教史（修订本）：第四卷［M］．成都：四川人民出版社，1996.
[40] 卿希泰．中国道教史（修订本）：第三卷［M］．成都：四川人民出版社，1996.
[41] 任继愈．道藏提要［M］．北京：中国社会科学出版社，1991.
[42] 任继愈．中国道教史［M］．上海：上海人民出版社，1990.
[43] 孙楷第．中国通俗小说书目［M］．北京：作家出版社，1957.
[44] 唐大潮．明清之际道教“三教合一”思想论［M］．北京：宗教文化出版社，2000.
[45] 唐怡．道教戒律研究［M］．成都：巴蜀书社，2008.
[46] 王福梅．明代灵济道派研究［M］．成都：巴蜀书社，2013.
[47] 王志忠．明清全真教论稿［M］．成都：巴蜀书社，2000.
[48] 吴光正，郑红翠，胡元翎．想像力的世界：二十世纪“道教与古代文学”论丛［M］．哈尔滨：黑龙江人民出版社，2006.
[49] 萧登福．道家道教与中土佛教初期经义发展［M］．上海：上海古籍出版社，2003.
[50] 谢祥皓，李思乐．庄子序跋论评辑要［M］．武汉：湖北教育出版社，2001.
[51] 谢正强．傅金铨内丹思想研究［M］．成都：巴蜀书

社，2005.
[52] 熊铁基，马良怀，刘韶军．中国老学史［M］．福州：福建人民出版社，2005.
[53] 徐朔方．小说考信编［M］．上海：上海古籍出版社，1997.
[54] 阳明．道教养生家陆西星与他的《方壶外史》［M］．成都：四川大学出版社，1995.
[55] 杨建波．道教文学史论稿［M］．武汉：武汉出版社，2001.
[56] 尹志华．王常月学案［M］．济南：齐鲁书社，2011.
[57] 张方．明代全真道的衰而复兴［M］．北京：中国社会科学出版社，2018.
[58] 张明学．道教与明清文人画研究［M］．成都：巴蜀书社，2008.
[59] 张政烺．张政烺文史论集［M］．北京：中华书局，2004.
[60] 章培恒．不京不海集［M］．上海：复旦大学出版社，2012.
[61] 赵伟．林兆恩与《三教开迷归正演义》研究［M］．北京：中国社会科学出版社，2011.
[62] 赵轶峰．明代国家宗教管理制度与政策研究［M］．北京：中国社会科学出版社，2008.
[63] 朱越利，陈敏．道教学［M］．北京：当代世界出版社，2000.
[64] 朱展炎．驯服自我：王常月修道思想研究［M］．成都：巴蜀书社，2009.
[65] 庄宏谊．明代道教正一派［M］．台北：台湾学生书局，1986.

后　记

明代道教文学虽然是我感兴趣的话题，但此前却从未写过相关论文。这本书的写作，实在是源于一项不容拒绝的任务：丛书主编光正兄既是我本科的前辈校友，后来又夤缘做了同门师兄弟，而今他的夫人又跟随我念博士。如此缘分，实在难得。于是在光正兄的安排之下，我接下了这项艰巨的任务。为了不负光正兄所托，更好地完成研究工作，我又不得不找来两位师妹助阵。她们二人是公认的才女，在明代文学研究方面又都素有所成，愿意在百忙之中抽出时间赶写文稿，让我十分感动。经过三人通力合作，最终勉力完成了光正兄交予的任务。全书共有九章，具体分工如下。

余来明：第一章、第二章、第三章、第四章、第七章、第九章、附录

方宪：第五章、第六章

白金杰：第八章

全书的统稿和修订工作由余来明负责。研究生刘学超帮忙核对了部分文献。责任编辑曲丹丹认真负责，为此书的出版付出甚多。在此一并表示感谢！作为第一责任人，书中如有任何错误，或者写作上存在的疏漏和不足，都将由我负责。

余来明

2017 年 12 月 1 日